alles so leicht

W0360983

© Carolyn Roberts

Meg Haston lebt in Jacksonville, Florida. Hier schreibt sie und arbeitet als Beratungslehrerin an einer Privatschule. »Alles so leicht« ist ihr erster Jugendroman.

MEG HASTON

alles so leicht

Aus dem Englischen
von Alexandra Ernst

CARLSEN

Für alle Stevies –
und alle Seelenklempner, die ihnen zur Seite stehen.

MIX
Papier aus verantwortungsvollen Quellen
FSC® C083411
FSC www.fsc.org

Veröffentlicht im Carlsen Verlag
Juli 2018
Mit freundlicher Genehmigung des Thienemann Verlages
Originalcopyright © 2014 by Meg Haston and Alloy Entertainment, New York
Originalverlag: HarperTeen, an imprint of HarperColins Publishers
Originaltitel: Paperweight
Copyright © der deutschsprachigen Ausgabe: 2015 Thienemann in der Thienemann-Esslinger Verlag GmbH, Stuttgart
Umschlagbild: Natalie C. Sousa unter Verwendung eines Fotos von Catherine Macbride/Getty Images
Umschlaggestaltung: formlabor unter Verwendung des Originalentwurfs
Corporate Design Taschenbuch: bell étage
ISBN 978-3-551-31611-0

CARLSEN-Newsletter: Tolle Lesetipps kostenlos per E-Mail!
Unsere Bücher gibt es überall im Buchhandel und auf carlsen.de.

Die Kunst, was zu verlier'n, ist gar nicht schwer,
erscheint es uns auch (schreib's hin!) als Malheur.

ELIZABETH BISHOP

ERSTER TAG

Freitag, 4. Juli, 13.34 Uhr

Noch siebenundzwanzig Tage bis zur Freiheit, und ich bin gefangen in einem Blechkasten mit grau bezogenen Sitzen und dem künstlichen Piña-Colada-Gestank eines Wunderbaums, der am Rückspiegel baumelt.

Josh – Verzeihung! *Joshua* – würde mich vermutlich ein hysterisches Huhn nennen. Manchmal stelle ich mir vor, wie er solche Dinge sagt. Es ist nicht so, dass ich seine Stimme höre oder er mir im Traum erscheint oder irgend so ein Quatsch. Aber wenn ich ganz still bin, kann ich beinahe – nur beinahe – die Worte verstehen. Je näher der Jahrestag rückt, desto mehr strenge ich mich an. Ich tue so, als würde er neben mir auf dem verfaulten Holzbalkon stehen, vor Sonnenaufgang, wenn mein flacher, rasselnder Atem das einzige Geräusch auf der Welt ist. Ich beschwöre ihn mitten in der Nacht herauf, und dann sitzt er an meinem Bett, in dem ich berauscht und krank vor Eden und Alkohol liege. Ich bilde mir ein, er würde mir mit kreisenden Bewegungen sanft den Rücken massieren und mir diese lieblichen französischen Schlaflieder ins Ohr flüstern, die unsere Mutter uns immer vorgesungen hat. Dann fühle ich fast die Wärme seiner Hand.

Ich wünschte, er wäre jetzt hier, um mich zu beruhigen. Ich sitze in der Falle – auf dem Beifahrersitz eines weißen Minivans neben einer fremden Frau mit Haaren wie ingwerfarbene

Zuckerwatte. Sie erzählt mir gerade von der fantastischen Leistung ihrer Enkelin als Velma Kelly in der Schulaufführung des Musicals *Chicago*. Als ob wir alte Freunde wären, als ob sie denkt, ich hätte nicht gemerkt, dass sie die Kindersicherung eingeschaltet hat, als wir vom Flughafen losfuhren.

In alten Filmen kommen immer Männer in Weiß und karren die Verrückten in die Irrenanstalt. Ich kriege eine Frau in einem weißen Minivan.

»... so eine lebendige Darstellung.« Die Zuckerwatte ist nicht zu bremsen. Ihre schimmernden, pinkfarbenen Nagelverlängerungen tippen auf das Lenkrad, die Hände liegen exakt auf der Viertel-vor-drei-Position. »Sie ist tatsächlich in die Rolle hineingeschlüpft. Bill – das ist mein Mann – hat alles auf dem Camcorder aufgenommen.«

Ich schaue aus dem Fenster auf das endlose Band eines zweispurigen Highways. Die flache Wüste New Mexicos sieht aus wie eine Kinderzeichnung: ein wächsern blauer Himmel über der gezackten, roten Erde; Kakteen, die so schief stehen, als ob jemand sie einfach achtlos in den Boden gesteckt hätte. Ich kann sogar die kräuselnden Hitzewellen sehen, wie damals, als Josh und unser Dad hinter dem Haus in der Broad Street gegrillt haben. Aber wenn ich blinzele, verschwinden sie.

»Sie ist die Einzige in unserer Familie mit einer künstlerischen Ader.« Die Zuckerwatte lacht und schüttelt den Kopf. Ihr Haar sitzt fest wie eine Haube.

Der Minivan biegt auf eine lange, schmale Landstraße ein. Rechts liegt ein Feld, seit Stunden das erste Grün, das ich zu sehen bekomme. Hinter dem Grün ist ein staubiger Reitplatz, an dessen Zaun ein paar Pferde gebunden sind. Mehrere quadratische, weiß verputzte Gebäude mit flachen Dächern verteilen sich über das Gelände. Sie sind alt und stehen in unregelmäßigen Abständen, wie Würfel, die man auf den sandigen Boden geworfen und dort liegen gelassen hat.

»Wir melden dich erst einmal in der Villa an, und dann bringe ich deine Sachen in deinen Bungalow«, sagt die Zuckerwatte.

Villa? Bungalow? Aus ihrem Mund klingt das Ganze wie ein All-inclusive-Hotel. Beinahe hätte ich den Begrüßungscocktail verlangt. Der Rausch von gestern Abend verfliegt allmählich.

Der Bluterguss über meiner linken Augenbraue pocht, und ich betrachte mein Spiegelbild im Fenster. Die Schwellung hat sich zu einer rötlichen Beule ausgewachsen, die wie die Kontur von Italien aussieht, um neunzig Grad gedreht. Ich hätte mir die Haare darübergestrichen, wenn ich noch Haare hätte, die der Erwähnung wert gewesen wären. Aber letzte Woche hatte ich sie satt – an einigen Stellen waren sie wellig, an anderen glatt, als ob sie sich nicht entscheiden könnten. Also habe ich Eden dazu gebracht, sie mir ganz dicht am Kopf abzuschneiden. Jetzt kleben mir unregelmäßige Stoppelflächen am Schädel. Ich kann mich nicht erinnern, wann ich das letzte Mal geduscht habe.

Die Straße mündet in einer kreisrunden Auffahrt vor einem großen, ebenfalls weiß verputzten Gebäude. Es sieht aus wie die anderen, nur ausladender, mit einem geneigten Dach aus roten Ziegeln.

»Im Augenblick sind noch neunzehn weitere Mädchen bei uns, vier pro Bungalow. Du bist in Bungalow drei. Tolle Mädchen in Bungalow drei, ganz tolle Mädchen«, erklärt die Zuckerwatte zwitschernd. »Sie werden sich so freuen, dir alles zu zeigen.«

Oh, super, ich hoffe, es gibt auch Gruppenkuscheln.

»Und das hier ist die Villa.« Sie stellt den Minivan ab und dreht sich zu mir um. Sie ist eine bekehrte Ex-Raucherin, das sieht man an den bläulich weiß gefärbten Zähnen und den haarfeinen Linien, die sich von ihren gekräuselten Lippen nach außen ziehen wie ausgetrocknete Bachläufe.

»Ich freue mich sehr, dass du dich zu diesem Schritt entschlossen hast, Stephanie.« Einen Augenblick lang fürchte ich, dass sie meine Hände umfasst, vielleicht um mit mir zu beten. Aber vermutlich steht mir ins Gesicht geschrieben, dass das keine gute Idee wäre, und so lässt sie es bleiben. »Wir alle freuen uns.«

»Stevie. Ich werde Stevie genannt.« Meine Stimme ist rau. Schwach, obwohl ich plötzlich stinksauer bin. Warum hat Dad ihnen nicht gesagt, wie ich genannt werden will? Stevie. Niemals Stephanie. Ich bin keine Stephanie.

»Stevie.« Sie klingt unsicher, vielleicht hat sie gerade das Antlitz meiner Mutter auf meinem linken Unterarm entdeckt. »Stevie«, versucht sie es noch einmal. »Willkommen zum ersten Tag deiner Heilung.«

Ein Klicken ertönt, und ich betätige den Hebel. Die Tür schwingt auf.

Ich setze meine grauen Flip-Flops in den roten Staub und blinzle ins Licht. Zwei Betontreppen führen hinauf zu einer hölzernen Eingangstür mit einem verspielten Griff aus Schmiedeeisen. Zwischen den Treppen steht ein gekachelter Springbrunnen, aus dem ein Rinnsal aus fauligem Wasser tröpfelt.

Der Anblick erinnert mich an eine von diesen dämlichen Renovierungsshows, die Josh nebenher laufen ließ, während er für sein Psychologiestudium lernte. So klug war er: mit siebzehn an der Uni und in der Lage, gleichzeitig fernzusehen und zu lesen.

»Also ehrlich, Josh«, sagte ich und setzte mich auf den schäbigen senffarbenen Wohnzimmerteppich. Der Teppich roch nach Katzenpisse und Zigaretten. Nachdem unsere Mutter uns verlassen hatte, zogen wir in diese heruntergekommene Wohnung im Westen der Stadt. Kein Vergleich zu dem luftigen viktorianischen Haus in der Broad Street, in dem wir zu viert gelebt hatten. Josh und ich nannten unsere neue Wohnung *Château Bruchbude*. »Können wir nicht was anderes gucken?« Auf dem Couchtisch lag eine ungeöffnete Tüte mit Salt-&-Vinegar-Chips, etwas, das unsere Mutter uns nie erlaubt hätte.

»Solltest du nicht schreiben?«, gab Josh vom Sofa zurück, einer französischen Recamiere aus dem achtzehnten Jahrhundert. Wie der Rest unserer Möbel gehörte sie früher unserer Mutter. Sie passte überhaupt nicht zu den billigen Plastikrollos und den hässlichen Leuchtstoffröhren. »Oder dich wenigstens mit einer Schreibblockade in deinem Zimmer einschließen?«

»Ben sagt, dass es so etwas wie eine Schreibblockade nicht gibt. Nur ein verdrängtes Ich-will-das-auf-gar-keinen-Fall-machen-Gefühl.« Bennett Ashe war Schriftsteller und ein Freund unseres Vaters. Sie hatten sich kennengelernt, als mein Dad eine Schreibgruppe für Männer gründete und sie in der Zeitung annoncierte, bei der er als Journalist im Kunst- und Kulturressort arbeitete. Die Zusammenkünfte der Gruppe verliefen immer gleich: Donnerstagabends trafen sie sich in unserer Küche, tranken Bourbon und erzählten sich von ihren neuen Romanen, die nie Wirklichkeit wurden. Ben war der einzige echte Autor in der Gruppe, wenn man von den drei Manuskripten absah, die mein Dad wie Pornoheftchen ganz unten in seiner Schreibtischschublade versteckte.

»Wie läuft's mit … ähm, dem Seminar?« Das war es nicht, was er fragen wollte. Oder worüber – über wen – er etwas wissen wollte. Aber es gab ein ungeschriebenes Gesetz zwischen uns beiden, und er hielt sich daran.

»Gut, denke ich.« Ben bot während des Sommers ein Literaturseminar für die Studierenden des Community College an, und er war bereit, mich teilnehmen zu lassen. Dad schwor Stein und Bein, dass es nur an meinem Talent lag und überhaupt nichts mit der Tatsache zu tun hatte, dass Ben praktisch zur Familie gehörte und mich armes mutterloses Kind bemitleidete. Aber klar doch.

»Ich könnte mir deinen Text anschauen, wenn du möchtest.«

»Er ist noch nicht fertig«, sagte ich schnell. »Vielleicht später.«

Ich streckte die Beine aus und presste meine Handflächen gegen den Teppich, fühlte, wie die kratzigen Fasern gegen den Druck ankämpften. Ich holte tief Luft, ganz langsam, und spannte gezielt meine Beinmuskeln an. Die Bein-Lifts müssen akkurat sein, sonst zählen sie nicht. *Eins. Pause. Halten. Und ab. Zwei. Pause. Halten. Und ab.*

Josh achtete nicht auf mich, sondern starrte auf das Haus im spanischen Stil, das im Fernsehen gezeigt wurde. Es stand in Miami, umringt von Palmen. Im Garten gab es sogar einen Pool. Das Hemd des Hausbesitzers war so weit aufgeknöpft, dass man seine haarige Brust sehen konnte.

»Schau dir den Springbrunnen vor dem Haus an. Hübsch, nicht?« Josh griff nach der Chipstüte und riss sie auf. Eine Wolke aus Salz und saurem Essig stieg daraus empor. Mein Magen verdrehte sich vor Schuldgefühl. Zu viel Salz, hätte sie gesagt. Zu viel Fett. Josh war das egal. Er tat so, als ob das alles keine Rolle spielen, als ob sie nie zurückkommen würde. »Los doch. Die magst du doch so gern.« Er kippte die Tüte in meine Richtung.

»Tue ich nicht«, stieß ich hervor. »Außerdem habe ich schon gegessen.« Ich wechselte das Bein. Schneller jetzt, doppeltes Tempo. Ich war sehr effizient, wie eine Maschine. Ich achtete darauf, durch den Mund zu atmen, damit nicht der leiseste Hauch von Fettgeruch in mich eindringen konnte. Ich war eine Festung. »Diese Show ist doch nur was für gelangweilte Hausfrauen, Josh. Ganz ehrlich.«

»Halt die Klappe.« Er warf die Fernbedienung nach mir und traf mich an der Schulter. Ich schnappte sie mir und schaltete auf A&E. »Außerdem heiße ich *Joshua*.« Seit er an der Uni angenommen worden war, bestand er darauf, mit seinem vollen Namen angesprochen zu werden. Vermutlich dachte er, dass dann die echten Studenten nicht merken würden, dass er erst siebzehn und außerdem noch Jungfrau war.

»Ich bitte um Verzeihung«, sagte ich schnaubend. »Diese Show ist für gelangweilte Hausfrauen, *Joshua*.«

Die Zuckerwatte öffnet die Haustür und bedeutet mir einzutreten. »Nach dir.«

Ein Schwall eisiger klimatisierter Luft fährt mir unter die Kleidung und hinterlässt Millionen kleiner Erhebungen auf meiner Haut. Hier drinnen ist es kälter als im Flugzeug. Ich fühle, wie meine Körperfunktionen einen Gang höher schalten.

Gut so.

»Die Villa ist für dich so eine Art Hauptquartier. Hier nimmst du deine Mahlzeiten ein und verbringst die Zeit zwischen der Gruppentherapie und den anderen Aktivitäten. Die Bungalows sind nur zum Schlafen da. Sie werden tagsüber abgeschlossen«, erklärt sie mit gedämpfter Stimme, während sie mich durch einen langen, mit spanischen Fliesen ausgelegten Gang führt.

Wir erreichen einen riesigen Raum, in dessen Mitte der Schreibtisch einer Krankenschwester thront. Eine Hälfte des Raums ist ein Speisesaal mit fünf runden Tischen aus hellem

Holz. Die andere sieht aus wie ein Aufenthaltsraum in einem Sommercamp für geistig Verwirrte und hoffnungslos Verdrehte: Bunt zusammengewürfelte Sofas stehen vor einem Fernseher, auf Tischen liegen Buntstifte und Zeichenpapier.

Entlang der hinteren Wand geben gläserne Türen den Blick auf eine Terrasse und einen kleinen Hof frei. Dahinter liegen der Reitplatz und die Wiese, dann die leere Wüste. Ich bin am Ende der Welt angekommen.

»Die anderen Mädchen haben jetzt Gruppentherapie. Du wirst sie beim Nachmittagsimbiss kennenlernen.« Ihre Stimme hallt ein wenig, und die Wände ringsum fangen an zu schwanken. Ich kneife die Augen zusammen und bereite mich auf den Fall vor.

»Vorsicht, Liebes«, sagt sie und hält mich fest. Sie hat unerwartet flinke Reflexe.

»Mir geht's gut«, stoße ich hervor und reiße mich los. Als ich die Augen wieder aufschlage, stehen die Wände still. »Mir geht's gut.«

Sie presst die Lippen so fest zusammen, dass sie praktisch nicht mehr zu sehen sind. »Die Schwestern werden dich vor dem Abendessen untersuchen, dir etwas Blut abnehmen und ein EKG machen. Aber zuerst möchte Anna dich begrüßen.«

»Anna?« Kenne ich eine Anna?

»Anna. Deine Therapeutin.« Langsam geleitet sie mich zu einer Bürotür an der linken Wand des Saals. »Du hast Glück. Anna ist die beste, die wir haben.«

Glück? Die Zuckerwatte ist ja völlig verdreht.

Wir stehen jetzt vor der Tür, und mein Anstandswauwau klopft in schneller Abfolge dreimal an das Holz. AnnaAnna-Anna.

»Herein.«

Die Zuckerwatte nickt erst mir zu und dann zum Türgriff. »Geh rein.«

Mit zitternder Hand greife ich nach der Klinke. Aber das bin ich gar nicht. Ich bin entrückt, eine Zuschauerin in einem kalten, dunklen Theater, die miterlebt, wie ein ahnungsloses Opfer seinem Ende entgegengeht.

Tu's nicht!, will ich schreien. *Das ist eine Falle!* Aber das Mädchen auf der Bühne hört mich nicht. Sie drückt bloß die Klinke nach unten und tritt über die Schwelle. So ist es immer.

ERSTER TAG

Freitag, 4. Juli, 14.01 Uhr

»Ich heiße Stevie«, sage ich, bevor die Seelenklempnerin auf falsche Gedanken kommt. Die Zuckerwatte ist abgezogen. Ich drücke mich mit dem Rücken gegen die Tür, als Stütze – und damit ich das Gefühl habe, immer noch weglaufen zu können.

»Stevie. Ich bin Anna. Ich bin während deines Aufenthalts hier deine persönliche Therapeutin.« Die Seelenklempnerin lächelt ein warmes Lächeln, bleibt aber auf ihrem roten Sessel sitzen. Mit flinken Bewegungen faltet sie ein glänzendes gelbes Blatt Papier, bis es Formen annimmt. Sie macht keine Anstalten, meine Hand zu schütteln oder gar mich zu umarmen; vielleicht gibt es doch eine Art göttliche Fügung. »Offiziell fangen wir erst morgen an, aber ich habe gehört, dass du heute ankommst, und wollte mich vorstellen.« Sie legt die halb fertige Papierskulptur neben sich auf den Tisch.

Ich nicke. Als Belohnung dafür, dass sie mich nicht angefasst hat.

»Setz dich doch.« Sie deutet auf ein türkisfarbenes Zweisitzer-Sofa, das ihrem Sessel gegenübersteht. Die beiden Zierkissen darauf sind rund und safrangelb, und mit winzigen braunen Perlen bestickt.

Ich wäge ab, ob ich mich rühren soll oder nicht. Es wäre nicht fair, eine Gefügigkeit in Aussicht zu stellen, der ich mich letztendlich verweigern werde. Aber ich bin so müde, so bleischwer, dass ich einfach mit den Schultern zucke und mich auf die weichen Kissen plumpsen lasse. In dem Moment, in dem ich in das Polster sinke, stelle ich mir vor, ich wäre ein ganz gewöhnliches Mädchen, das sich nach der Schule auf einem Sofa lümmelt. Ich lasse meiner Fantasie freien Lauf und sehe Süßigkeiten vor mir. Eiskrem. Nein. Schoko-Pops oder Frosties, etwas, das meine Mutter immer als krebserregend bezeichnet hat.

»In der ersten Woche kann es sein, dass du dich ein bisschen überfordert fühlst, mit den ganzen Therapien und dem Ablauf hier«, sagt SK.

Ich werde sie SK nennen; *Seelenklempnerin* ist mir zu umständlich. Sie trägt locker *sitzende, gerippte* Jeans und ein weißes Tanktop. Eine moosfarbene Strickjacke verhüllt Teile ihres prachtvoll hervorstechenden Schlüsselbeins, aber ihre Hüften und ihr Hintern sind weich. An ihren nackten Füßen steckt ein türkisfarbener Zehenring. Ihr erdbeerfarbenes, welliges Haar ist unordentlich auf ihrem Kopf hochgetürmt und festgesteckt. An der Innenseite ihres rechten Handgelenks hat sie das Peace-Zeichen eintätowieren lassen, damit alle Welt weiß, dass sie Yoga macht und für Pro Familia spendet. »Jeden Morgen beim Frühstück bekommst du einen Stundenplan, aus dem ersichtlich ist, wo du wann sein musst. Wir bauen auch Zeit zum Entspannen ein, damit du dich ausruhen und nachdenken kannst. Es ist Freizeit, die du so verbringen kannst, wie du möchtest, allerdings musst du in der Villa bleiben oder auf dem Rasen vor dem Haus.«

»Also doch nicht frei, was?« Warum habe ich bloß den Mund aufgemacht? Ich darf sie nicht an mich heranlassen.

»In der ersten Woche lernst du dein Behandlungsteam kennen: mich, deinen Arzt, deinen Psychiater und deinen Ernährungsberater«, fährt sie unbeeindruckt fort und zieht die Füße unter ihren Sessel. »Es gibt eine Menge Papierkram und ein paar Computertests, ebenso wie medizinische Untersuchungen. Das alles ist nötig, damit wir genau verstehen, was du brauchst, während du bei uns bist.«

Ich werde nicht lange hier sein. Noch siebenundzwanzig Tage bis zum Jahrestag. Wenn ich es bis dahin schaffe. Mit ein bisschen Glück bin ich dann schon weg. Verschwunden, genau wie meine Mutter.

»Wenn das alles erledigt ist«, sagt SK, »dann gehen wir zu einer regelmäßigen Routine über. Wir beide werden uns dreimal wöchentlich zu Einzelgesprächen treffen, und zweimal pro Woche hast du Gruppentherapie.«

Das scheint mir der richtige Zeitpunkt, um wieder mit den Schultern zu zucken.

»Das ist alles ein bisschen viel, ich weiß.« Als sie lächelt, fällt mir auf, dass sich ihre beiden Schneidezähne unten leicht überlappen. »Du kannst jederzeit fragen, wenn du etwas wissen möchtest. Hast du jetzt irgendwelche Fragen?«

Ich schüttele den Kopf.

»Okay.« Sie legt ihren Kopf schräg und nickt. »Du bist bestimmt erschöpft.«

Solche Sprüche kriegen nur Psychologen hin. Ich betrachte die Wand rechts von mir, aber nirgends ist ein Diplom zu sehen, vermutlich um mir das Gefühl zu geben, dass sie bloß irgendein Mädchen ist, das ich kenne, und dass wir ganz gemütlich zusammensitzen, Zeitschriften durchblättern und miteinander quatschen, so nach dem Motto: *Mal ehrlich – was meinst du, würde mir ein Pony gut stehen?* Und dann: *Also … manchmal schließe ich mich im Bad ein und stecke mir den Stiel meiner Zahnbürste in den Hals. Mal ehrlich – ist das nicht völlig abartig?*

Ich fahre mit meiner rechten Hand über meinen Bauch und zähle die Rippen auf meiner linken Seite. Einmal, zweimal, dreimal. Sie stehen nicht mehr so weit vor wie gestern. Ich muss hier raus. Die ganze Sache ist ein einziger Fehler. Ich habe Dad gesagt, dass es ein Fehler ist.

SK nimmt eine Mappe vom Tisch und blättert sie durch. »Deinen Einweisungspapieren entnehme ich, dass du nicht viel Zeit hattest, dich auf … das hier vorzubereiten. Nur einen Tag, wenn ich es richtig verstehe.« Der Tisch ist bemalt wie ein Schachbrett. Darauf steht einer von diesen Zen-Zimmerbrunnen. Das Wasser fließt laut und irgendwie unregelmäßig, als ob ein Elefant mit Prostataproblemen versuchen würde zu pinkeln.

»Falsch.« Jetzt die rechte Seite. Einmal, zweimal, dreimal. Ich kann sie unter all der Weichheit kaum noch fühlen. »Acht Stunden.«

»Wow.« Sie beugt sich zu mir. »Möchtest du mir erzählen, wie das abgelaufen ist? Wie bist du hierhergekommen?«

»Mein Dad hat angefangen, sich Sorgen zu machen, schätze ich. Also hat er hier angerufen. Ich kann nicht … Ich weiß nicht.« Das ist keine Lüge. Ich weiß wirklich nicht, wie ich hierhergekommen bin. Ich fahre mit dem Mittelfinger über meine rechte Hüfte. Im Zentrum fühle ich die Narbe durch den Stoff meiner Jeans, knorrig und hart.

»Beschreibe mir doch, woran du dich erinnern kannst. Von deinem Blickwinkel aus betrachtet, nicht von Dads.« *Dad*, sagt sie. Als ob er auch ihr Dad sei. Als ob wir eine gemeinsame Vergangenheit hätten.

»Ich habe nicht behauptet, ich könnte mich nicht erinnern.« Aber sie fixiert mich weiter, und ich weiß, dass sie nicht klein beigeben wird, bis sie etwas von mir bekommen hat. »Ich bin letzte Nacht nach Hause gekommen … heute früh. Und er hat auf dem Sofa auf mich gewartet. Er hat ferngesehen.«

»Wie viel Uhr war es?«

»Keine Ahnung. Vielleicht drei oder vier. Es lief gerade eine Wiederholung der *Dick Van Dyke Show*.«

»Du warst aus?«

»Mit Eden. Meiner … Mit Eden. Sie hat mich heimgefahren.« Ich grabe meine Fingernägel in eins dieser gelben Kissen. Edens Name in meinem Mund fühlt sich an wie flüssiger Zorn. Aber sie ist alles, was mir geblieben ist, also schlucke ich ihn hinunter.

Als ich nach Hause kam, saß Dad in seinem Unterhemd und Jeans da und rauchte. Sein Mund war offen, aber es kam nichts heraus. Vielleicht lag es am Alkohol, aber plötzlich war Josh bei uns. »Er hat Angst«, übersetzte er. »Er wusste nicht, wo du warst. Er weiß nie, wo du bist. Nicht mehr.«

»Merkt er denn nicht, dass ich betrunken bin?«, rief ich kichernd. »Total dicht, besoffen, bekneipt.«

»Er ist ja nicht blöd, Stevie.« Ich spürte Joshs Müdigkeit. »Du hast viel zu wenig Achtung für ihn übrig. Genauso wie du alle anderen zu wenig achtest.«

»*Ohhh, Rooobbbb!*«, heulte Mary Tyler Moore im Fernseher.

»Hör zu«, sagte ich. »Spar dir deine Ansprache für ein anderes Mal, okay? Ich habe im Moment einfach zu viel um die Ohren. Es ist bald Jahrestag, weißt du?«

»Sag bloß!«

»Ich bereite ein Opfer vor«, erklärte ich mit ernster Miene. Dann brach es plötzlich aus mir hervor, ein schrilles, unkontrolliertes Lachen. Ich machte einen Schritt auf Dad und die heulende Mary Tyler Moore zu. Und dann wurde alles dunkel.

Als ich nichts mehr weiter sage, greift SK nach einer Plastikflasche mit Wasser zu ihren Füßen. »Dad meinte, du seist ohnmächtig geworden, als du nach Hause kamst. Du hast dir die Stirn an der Kante des Couchtischs aufgeschlagen.« Sie schraubt den Verschluss ab und trinkt einen Schluck.

Ich deute auf das purpurfarbene Mal über meinem Auge. Italien. *Beweisstück Nr. 1, Signorina.*

»Diese Ohnmacht … Hing das mit deiner Anorexie zusammen? Damit, dass du unterernährt bist? Oder hattest du getrunken?«

»Beides.« Ich beiße mir auf die Innenseite meiner Wange, aber mein Lächeln ist wohl trotzdem zu sehen. Der Drang zu fliehen ist verschwunden, und jetzt will ich nur noch meine Augen schließen und mich in das Wort einsinken lassen, mich darin einweichen, bis meine Haut ganz schrumpelig geworden ist. *Anorexie*. Ja. Ja! Es ist, als ob sie mich zum ersten Mal richtig sieht.

»Passiert dir das oft?«

»Was?«, frage ich. Ich will, dass sie es noch einmal sagt. *Nenn mich bei meinem Namen.* »Das Trinken oder die Ohnmacht?«

»Das eine oder andere. Beides.« Ihre Konturen werden unscharf, schwimmen hin und her.

»Manchmal.«

»Also … du kommst heim, fällst in Ohnmacht, und als du wieder zu dir kommst, woran erinnerst du dich?«

»Ähm …« Ich schließe die Augen. »Brezel oder Erdnüsse?« Daran erinnere ich mich: An eine Frau mit orangefarbenem Make-up und mascaraverklebten Wimpern, die sich mit einem Porzellanlächeln über meinen Sitz beugt und mich mit einem Südstaatenakzent fragt: »Breezel oder Eerdnüsse, Heerzchen?«

»Das Nächste, woran du dich erinnerst, ist also, dass du in einem Flugzeug sitzt.«

»Ich habe keine genommen«, sage ich schnell.

»Keine …«

»Brezel oder Erdnüsse. Ich habe keine gegessen.« Allein bei dem Gedanken daran verkrampfen sich meine Eingeweide. Wieder zähle ich die Rippen. Diesmal sind sie kaum noch zu finden.

»Ich verstehe.« SK beugt sich leicht vor. »Verrätst du mir, was du gerade denkst?«

Ich reiße die Augen auf, und plötzlich sehe ich die Welt mit einer glasklaren Deutlichkeit.

»Ich glaube, dass ich nicht hierhergehöre.« Die Entbehrung lässt mich scharf sehen wie ein Falke. Ich weiß, was geschehen muss. Ich werde Eden anrufen und sie bitten, mir ein Flugticket zu schicken. Sie wird sauer sein nach der SMS, die sie heute Morgen von mir bekommen hat, bevor das Flugzeug abhob, aber ich werde ihr sagen, dass ich da immer noch betrunken war. Es war nicht so gemeint. Nur ein einziger Anruf, und sie wird mich retten. Handys sind hier nicht erlaubt, aber ich bin gleich in die Damentoilette gehuscht, als das Flugzeug landete, und habe mein Handy in meinem BH versteckt, zusammen mit ein paar Zwanzig-Dollar-Scheinen, die ich aus Dads Brieftasche geklaut hatte.

»Du glaubst nicht, dass du krank genug bist, um hier sein zu müssen«, sagt SK. »Wenn du mit einer Zahl zwischen eins und zehn beschreiben müsstest, wie motiviert du bist, diese Behandlung durchzuziehen, wie würde deine Einschätzung ausfallen? Zehn wäre die höchste Motivationsstufe.«

Oh, ich bin motiviert. Ich bin motiviert, alles zu unternehmen, was nötig ist, bevor der Jahrestag gekommen ist. Wenn sie denkt, dass sie mich mit ihrer süßen Art und ihrem begeisterten Kopfnicken aufhalten kann, dann ist sie die Irre.

»Mit wem muss ich sprechen, wenn ich hier auschecken will? Am besten noch heute Abend?«

Ihr Mund öffnet sich, als ob sie etwas sagen will. Dann presst sie kurz die Lippen zusammen. Der pinkelnde Elefant lässt sich nicht mehr länger ignorieren.

»Ich kann verstehen, dass es für dich überwältigend sein muss, in ein Therapiezentrum am anderen Ende des Kontinents zu kommen. Besonders, weil du keine Zeit hattest, dich darauf vorzubereiten.«

»Überwältigend ist wohl der falsche Ausdruck«, sage ich kalt. Mein Geduldsfaden wird immer dünner. Ha! Dünner. »Ich gehöre einfach nicht hierher.«

Sie nickt. »Ich weiß, dass du das denkst. Aber Stevie …« Ihr Blick verschränkt sich in meinen. Erst jetzt bemerke ich die Farbe ihrer Augen. Sie sind türkis, fast genauso wie das Sofa.

»Stevie«, wiederholt sie. »Ich darf dir versichern, dass du ganz bestimmt hierhergehörst. Du bist unglaublich unterernährt. Wenn du dich nicht augenblicklich in Behandlung begibst, dann wirst du sterben. Ich würde sogar vermuten, dass es deine Absicht ist, zu sterben.«

Endlich verstehen wir einander.

»Im Augenblick will ich nur, dass du weiterlebst, damit wir miteinander reden können. Vielleicht wirst du es irgendwann auch wollen.«

Ich will nichts weiter als meinen Zeitplan einhalten. Tick-Tack.

»Also … wie ist das jetzt mit dem Auschecken?«

Sie faltet die Hände in ihrem Schoß. »Da du erst siebzehn bist, kannst du dich nicht selbst entlassen. Das muss Dad für dich erledigen. Und er hat unmissverständlich klargemacht, dass du die ganzen sechzig Tage hierbleiben musst. Länger, wenn nötig.«

Mein Körper krümmt sich, als ob sie mir gerade einen Schlag in die Magengrube versetzt hätte.

Sie spricht weiter, sagt etwas über »Heilung mit einem großen H«. Vermutlich will sie mir klarmachen, dass dies der erste Tag vom Rest meines Lebens sein könnte. Das jedenfalls hat mir Dad auf dem Weg zum Flughafen gesagt.

Sechzig Tage. Ihre Zeitplanung macht alles ein wenig komplizierter. Weiß sie denn nicht, dass der Jahrestag schon in siebenundzwanzig Tagen ist? Ich habe alles bis ins kleinste Detail geplant, habe seit beinahe einem Jahr jede meiner Bewegungen choreografiert. Mit einigen Fehltritten, wie ich zugeben muss.

Ich werde einen Weg hier heraus finden. Ich werde Eden anrufen, sie wird ein Flugticket für mich kaufen. Dann trampe ich zum Flughafen. Ich tue alles, was nötig ist, damit ich rechtzeitig zum Sterben zu Hause bin. Ich werde Josh nicht noch einmal im Stich lassen. Wenn sich der Tag, an dem ich meinen Bruder umgebracht habe, zum ersten Mal jährt, werde ich keinen Atemzug mehr tun.

ERSTER TAG

Freitag, 4. Juli, 20.56 Uhr

Die ersten Stunden sind geprägt von Snacks und Mahlzeiten, die ich verweigere. Die unberührten Kalorien brennen sich in mein Bewusstsein wie komplizierte Gleichungen. Ich habe meine Rechenaufgaben erledigt; ich weiß, wie viel Gewicht ich ungefähr noch verlieren muss, damit mein Herz mit einem letzten Zucken den Dienst versagt. Der Tod ist keine exakte Wissenschaft, was für uns, die wir Genauigkeit zur Religion erheben, ziemlich nervtötend ist.

Während des Abendessens und dann wieder zu einem letzten Imbiss vor dem Schlafengehen muss ich mich in der Villa an den Tisch zu den anderen Mädchen von Bungalow drei setzen. Sie sind zu dritt. Ihre Namen haben sie mir vorhin über Platten voller Essen und schweißnassen Krügen mit Eistee genannt. Namen, die ich mir nicht merken werde. Warum sollte ich? Ich werde nicht lange hierbleiben. Eden wird eine Lösung finden.

Eins der Mädchen ist eine Brünette mit fedrigen Haaren, die viel zu schnell isst und viel zu viel Fleisch auf den Rippen hat. Sie hat bestimmt keine Anorexie. Die Zweite ist schon eher eine Bedrohung: eine Blondine mit krummem Rücken, die eine Magensonde, einen durchsichtigen Schlauch, im rechten Nasenloch hat. Das Ende der Sonde liegt hinter ihrem Ohr. Ihre Schulterblätter stechen nach hinten, ihre Knochen sind scharf wie fein ziselierter Marmor. Die Dritte ist nicht der Rede wert: ein fleischiges Mädchen mit roten Wangen und einer Wolke ungezähmter weißblonder Locken. Sie ist nicht stark genug, um sich den Anforderungen des Hungers zu stellen, sondern scheint geradezu eifrig darauf bedacht, sich den hiesigen Regeln zu unterwerfen.

Und es gibt so viele Regeln, dass ich sie mir nicht alle merken könnte, selbst wenn ich wollte. Mach langsam, schling dein Essen nicht herunter, beeil dich, iss nicht zu langsam. Keine Sweatshirts mit Taschen am Tisch, Ärmel während der Mahlzeit hochkrempeln bis zu den Ellbogen. Kein Gerede über das Essen, keine Grimassen oder ungebührlichen Laute während der Mahlzeit. Eine Einheit Salz pro Mahlzeit, zwei Einheiten Pfeffer, mehr nicht. Nicht das Essen in kleine Stücke schneiden. Drei Mahlzeiten am Tag, drei Snacks am Tag. Wenn eine Mahlzeit verweigert wird, wird ein Nahrungsergänzungsmittel angeboten. Wenn das abgelehnt wird, wird das in den braunen Ordnern auf den Regalen bei der Schwester vermerkt.

Der Abendimbiss geht zu Ende. Munteres und eifriges Geplapper umwirbelt mich, während die anderen ihre leeren Joghurtbecher zusammendrücken und Zellophanverpackungen zerreißen und darauf warten, endlich gehen zu dürfen. Die Türen der Villa und die Tür zu der einzigen Toilette werden erst dann aufgeschlossen, wenn die Wachhunde sicher sind, dass die Insassen jede einzelne Kalorie verdaut haben.

Ich werfe einen liebevollen Blick auf das rote Plastikarmband, das an meinem Handgelenk baumelt. Ich streichle es.

DESLISLE, STEPHANIE (STEVIE)
Datum der Einweisung: 4.7.
Bungalow 3

Rot ist die Farbe der Macht. Rot ist für die Mädchen, die sich innerhalb der Therapie nicht weiterentwickeln, die Mädchen, die nicht zunehmen. Gelb ist für die Mädchen, die nachgeben, die einen Teil des vom Behandlungsteam empfohlenen Gewichts zugelegt haben.

Und Grün … Grün ist für die Verlierer. Für die Mädchen, die sich gegenseitig das große H für Heilung mit Glitzerstiften in die Handflächen malen, die Mädchen, die von morgens bis abends Stein und Bein schwören, dass sie sich nicht von ihren Problemen unterkriegen lassen. Ich bemitleide die grünen Mädchen.

»Du bist Stevie, stimmt's?«

Widerstrebend blicke ich auf.

Die anderen Mädchen haben ihre Tabletts weggeräumt, und ich bin allein mit der dicken Blondine. Sie fährt mit ihrem pummeligen Zeigefinger an der Innenkante des Plastikbehälters entlang, in dem sich Erdnussbutter befunden hat. Es ist, als hätte sie ein Schild an die Stirn genagelt, auf dem in Leuchtbuchstaben BULIMIE steht.

»Stevie. Ja.« Ich werfe einen Blick auf das Handgelenk des Mädchens. Gelb. Das Plastikband spiegelt bei jeder Bewegung das Licht der Deckenlampen wider.

»Wie geht's dir so weit? Die ersten Tage sind ziemlich hart.«

Ich blinzle. Was will sie von mir?

Sie spricht weiter. »Ich bin so was von aufgeregt, dass ich jetzt eine Zimmerkameradin habe. Ich bin nämlich allein, seit Jill weg ist, und ganz ehrlich, ich geh fast ein vor Langeweile. Teagan und Cate« – ihr Kopf fährt herum und sie senkt die Stimme – »die sind in dem anderen Zimmer in Bungalow drei. Sie sind supercool und alles, aber ein bisschen jung, und irgendwie haben die ihr eigenes Ding am Laufen, weißt du?«

Ich hätte fast gelacht. Zimmerkameradin. Das hört sich ja an, als wären wir hier im Sommerlager. Ich konzentriere mich auf das harte Plastik meines Handys, das tröstend an meiner Brust liegt. Als sie mich wogen und wie eine Laborratte an ein EKG-Gerät anschlossen, habe ich das Telefon in den Falten meiner Jeans versteckt, die ich auf den Boden gelegt hatte.

»Hör mal …« Ich beiße mir auf die Zunge, ehe ich ihren Namen ausspreche, obwohl ich die Wahl habe zwischen *Bulimie, Abschaum, Nullnummer* und einigen anderen.

»Ashley.« So, wie sie es ausspricht, klingt es wie *Asch-lüi.*

Na klar. Sie ist genau der Typ Tussie, deren Name mit einem *Iii* wie *igitt!* endet. Die Tussi, die es nur mit Ach und Krach zu den Cheerleadern geschafft hat und die wegen ihrer Orangenhaut eigentlich ständig auf Bewährung ist.

Ehe ich ihr sagen kann, dass sie bloß ihre Zeit verschwendet, erhebt sich ein Pfleger und klatscht in die Hände. »Okay, Mädchen. Neun Uhr. Die Bungalows sind jetzt offen. Ich wünsche euch eine gute Nacht.«

»Na endlich.« Weißblondchen schiebt ihren Stuhl zurück und wirft ihren Müll in den Eimer. Ich folge ihr zur Tür hinaus in den Hof. Die eiskalte Luft trifft mich unerwartet. »Ich habe langsam Platzangst bekommen.«

Sie geht mir voraus um die Villa herum und stupst mich in Richtung eines steilen Schotteraufstiegs. »Hier entlang.«

Ich höre das rhythmische Hieven ihrer Schritte neben mir, das sich dem Schlag meines Herzens anpasst, während wir den Hügel erklimmen. Bungalow drei steht auf dem Hügelkamm. Hinten am Haus gibt es eine kleine Veranda mit zwei Schaukelstühlen.

»Woher kommst du?«, fragt sie.

»Aus der Gegend um Atlanta.«

»Cool. Ich bin aus Dallas.« Sie keucht. Sie ist schon jetzt außer Atem.

»Was machen deine Eltern?«

Eltern. Plural.

Der Schotter unter meinen Flip-Flops knirscht durch mein Gewicht, ein Echo anderer, vertrauter Geräusche – das Knistern der Folie um die Trüffel, die meine Mutter in einer Kristallschale auf dem Schreibtisch in ihrem Büro stehen hatte. Schon als kleines Mädchen wusste ich, dass diese Süßigkeit nicht für mich bestimmt war. Es lagen sechs Trüffel darin, immer sechs Stück. Die Schokolade war für Klienten, für Erwachsene, die sich an die Regeln, die für kleine Mädchen galten, nicht halten mussten.

So viele Regeln, an die man sich nicht hielt.

Ich durfte fast nie mit meiner Mutter zur Arbeit gehen. Eine Anwaltskanzlei sei kein Platz für ein Kind, sagte sie immer. Ich bettelte jeden Sommer. Im Büro war es kühl, glänzend und still – alles, was sie war, und alles, was ich sein wollte. An meinem achten Geburtstag gab sie nach. Ich packte meine Sachen in eine Stofftasche und fuhr mit ihr zu einem Hochhaus aus Stahl und Glas im Zentrum von Atlanta. Ich spielte in ihrem Büro, machte aus dem schimmernden Konferenztisch aus Mahagoni ein Schiff oder eine Hütte, baute Palisaden aus staubigen Büchern, die wir in dem Secondhand-Buchladen ein paar Blocks von unserem Haus entfernt kauften. Anna Karenina, Holden Caulfield und Jo March bildeten die Schutzmauern um mich herum. Ich kauerte mich hinter sie und atmete ihren staubigen Duft ein, während meine Mutter an ihrem Schreibtisch saß, gebadet in das weiße Licht ihres Computerbildschirms. Sie trug eine gestärkte weiße Bluse. Sie hatte einen langen, dünnen Körper, wie eine Tänzerin, und kirschrote Lippen, die nie verblassten.

Sie war die einzige Frau in der Anwaltsgemeinschaft. Die Leute, die etwas zu sagen hatten, flüsterten Worte wie *Washington* und *Oberstes Gericht*, wenn sie in der Nähe war. Sie galt als vielversprechend. Ich fragte sie einmal, ob die Art, wie andere über sie redeten, sie stolz machte. *Vielversprechend* sei wie ein Edelstein, sagte sie. Anfangs faszinierend, aber nach einer Weile zieht das Gewicht einen in den Abgrund.

»Mom?« Stirnrunzelnd blickte ich auf das offene Buch in meinem Schoß. Flaubert. Bevor meine Mutter Jura studierte, hatte sie ihren Abschluss in französischer Literatur gemacht. Sie versprach mir oft, dass wir eines Tages nach Frankreich fahren würden, nur wir beide. Sie würde mir alles zeigen: die Seminarräume an der Université Paris-Sorbonne, wo sie studiert hatte, das Apartment im Quartier Latin, das Café, in dem sie ihre Magisterarbeit geschrieben hatte.

»Mmm?« Ihre Stimme kletterte über meine Palisaden.

»Meinst du, Madame Bovary liebt Berthe?«

»Berthe ist ihre Tochter, Herzchen. Alle Mütter lieben ihre kleinen Mädchen.«

»Aber es kommt mir nicht so vor, als würde sie sie lieben.«

»Na ja, Madame Bovary ist keine besonders glückliche Frau.«

»Aber kann Berthe sie nicht glücklich machen, Mom?« Meine Kehle wurde eng.

»Nein, meine Süße. Kinder können ihre Eltern nicht glücklich machen. Das ist nicht ihre Aufgabe.«

Es gab so vieles, was ich fragen wollte, aber wir wurden unterbrochen. Sie musste in eine Sitzung. Ich blieb so lange in meiner Festung, wie ich konnte. Aber schon damals war ich schwach. Ich schlich mich zu ihrem Schreibtisch und öffnete die Schublade, in der sie ganz hinten die Tüte mit den Trüffeln aufbewahrte. Die Tüte war noch fast voll; sie würde nie die Trüffel in der Tüte zählen, nicht wahr? Ich wickelte die Schokolade aus und stopfte mir die cremigen Kugeln in den Mund. Die Knie bis zur Brust hochgezogen und den Kopf leicht gesenkt, passte ich perfekt unter ihren Schreibtisch. Und dort, eingewickelt in mich selbst, kam mir ein Wort in den Sinn: Trost.

Am Bungalow angekommen stößt Weißblondchen die Tür mit der Hüfte auf. »Die klemmt manchmal, dann muss man Gewalt anwenden.«

Der Bungalow ist winzig, mit gestrichenen Betonwänden und einem dünnen, graublauen Teppich über dem Betonboden. Rechts und links des Flurs gibt es je ein Schlafzimmer. Am Ende des Flurs befindet sich noch eine Tür, vermutlich die zum Bad.

»Wir wohnen hier.« Weißblondchen hoppelt in das rechte Schlafzimmer und schaltet das Licht ein.

Das Zimmer ist kahl, mit zwei Betten unter verblichenen dunkelblauen Tagesdecken. Ein breiter, flacher Schrank erstreckt sich an einer Wand. Eine Schiebetür aus Glas überblickt die Dunkelheit der Wüste.

Ihr Bett steht am anderen Ende des Zimmers, und bei ihr sieht es so aus, wie ich es mir immer im Zimmer einer Erstsemester-Studentin vorgestellt habe: Schwarz-Weiß-Fotos von Freunden und ihr Name in bunten, dickbauchigen Tonpapierbuchstaben an der blauen Pinnwand über ihrem Bett. *Ashley*, steht da, nicht *Ashliii*. Ups! Falsch geschrieben, denke ich. Ein paar Selbsthilfebücher stehen neben einem digitalen Wecker auf dem Einbauregal. Auf der anderen Seite des Weckers hocken ergeben ein kleiner Plüschhund, ein blauer Bär und ein einohriges Kaninchen.

Auf meiner Seite steht ein schwarzer Koffer am Fußende des Bettes.

»Deine Sachen sind schon ausgepackt.« Weißblondchen tritt sich die mit bunten Markern bemalten Sneaker von den Füßen. »Sie müssen dein Gepäck durchsuchen.« Dann wuchtet sie ihren Körper auf das Bett.

»Ist das dein Ernst? Warum?« Mein Atem geht flach. Aufhören. Ich werde mich nicht unnötig aufregen. All das – das Mädchen, der fadenscheinige Teppich, die Betonwände – ist nur vorübergehend. Es wird nicht lange dauern, bis Eden mich hier rausholt.

»Du weißt schon, das Übliche. Rasiermesser. Abführmittel. Essen.«

Ich gehe durch das Zimmer und öffne die Schranktür. Ein paar Kleidungsstücke hängen schlaff an einer Holzstange.

»Wo zum Teufel sind meine Sachen?« Ich schiebe zwei Jeans beiseite, das übergroße Sweatshirt, das immer noch nach Josh riecht, wenn ich die Augen schließe, drei Langarmpullis und das T-Shirt der Atlanta Braves. Meine Laufschuhe stehen unordentlich auf dem Boden des Schranks, und ich rücke sie zurecht. Plötzlich bin ich wütend.

»Wahrscheinlich haben sie einige Sachen einbehalten. Man darf nichts haben, was zu eng oder zu kurz ist. Und auch nichts mit Spaghettiträgern.«

»So ein Quatsch!« Ich reiße Joshs Sweatshirt von dem Drahtkleiderbügel und ziehe es mir über.

»Ich weiß, es ist blöd, aber eigentlich keine schlechte Idee. Für mich wäre es der absolute Trigger, wenn ich all diese dürren Mädchen in ihren winzigen Tops sehen müsste. Für dich nicht?«

Mein Körper wird heiß. Natürlich wäre es für mich nicht so! Ich *bin* eins dieser dürren Mädchen! Oder ist ihr das nicht aufgefallen? Sieht sie mich denn nicht?

»Ich will meine Sachen wiederhaben.« Das ist alles Dads Schuld. Meine Haut fühlt sich erst heiß an, dann kalt, und dann verschwimmt der Raum. Meine Fingerspitzen wandern zu meiner Brust, zählen die Knochen. Ich fühle das Handy in meinem BH.

»Glaub mir, am Anfang ist alles dämlich, aber …«

»Ich gehe raus.«

Sie sagt irgendetwas über regelmäßige Kontrollen, aber ich schlage ihren Worten die Tür vor der Nase zu. Ich hole erst wieder Luft, als ich draußen bin. Die Kälte sticht in meinen Lungen. Ich höre Stimmen in der Dunkelheit, vor der Villa kichern Mädchen, aber niemand ist nah genug, um mich zu sehen. Ich hole das Handy heraus und schalte es ein.

Es dauert lang, bis Eden antwortet. Im Hintergrund rauscht das übliche Getöse einer feuchtfröhlichen Gesellschaft. Gläser klirren. Ich weiß genau, wo sie ist.

»Heyyy, Süße! Die Nation vermisst dich! Was ist los mit dir?«, kreischt sie. Falls sie sauer auf mich ist, ist sie zu betrunken, um sich daran zu erinnern.

Ich spiele mit, *weil* sie betrunken ist. Mitzuspielen, wenn sie betrunken ist, ist meine Spezialität.

»Das Essen ist scheiße.« Nicht, dass ich etwas über die Qualität des Essens sagen könnte. Ich drücke meinen Rücken gegen die Außenwand des Bungalows und lasse mich durch mein Gewicht nach unten ziehen. »Hör zu, ich kann nicht lange reden. Ich … meinst du, du könntest zu mir nach

Hause gehen und mit meinem Dad reden? Auf mich hört er nicht, aber wenn ihm vielleicht jemand anders sagen würde, dass das hier eine miese Idee …«

»Jaaaaason!« Ihr besoffenes Lachen lässt meine Ohren klingeln.

»Ich heiße Jaden, Baby. Jaden.« Eine tiefe, knirschende Stimme. Er atmet in den Hörer. »Hallo? Wer ist da?«

»Ich habe gute Nachrichten für dich«, sage ich zu Jaden. »Sie ist eine besoffene Schlampe.«

Ich lege auf. Nur noch zwei Balken auf dem kleinen Batterie-Symbol in der oberen linken Ecke, und ich habe vergessen, das Ladegerät mitzunehmen.

ZWEITER TAG

Samstag, 5. Juli, 9.59 Uhr

»Kannst du dich an dein erstes Mal erinnern?«, fragt SK.

Einfach so. Wir laufen über den Rasen hinter der Villa, während sie nach einem hübschen Plätzchen für unser Therapiegespräch Ausschau hält. Sie hat eine kratzige gelbe Picknickdecke unter dem Arm, und ich habe den Plastikbecher mit der Nahrungsergänzung in der Hand, von der ich nichts trinken werde. Ein paar der anderen Mädchen liegen bäuchlings im Gras und schreiben Tagebuch. Alles an mir ist verkrampft: mein Atem, meine Schultern, meine Eingeweide. Ich bin eingewickelt in Hass, Hass auf diesen Ort, auf Eden, auf meinen Vater.

SK bleibt am Rand des Rasens stehen, unter den steifen gelben Krallen einer Palme. Sorgfältig breitet sie die Picknickdecke aus und lässt sich darauf nieder.

»Mein erstes Mal«, wiederhole ich, stelle den Becher mit den Kalorien ins Gras, setze mich und ziehe die Knie an die Brust.

»Ich vermute mal, dass man die erste Erfahrung mit einem solchen Verhalten nicht vergisst.«

»Man denkt immer daran.«

»Du meinst, du denkst immer daran.«

»Das habe ich doch gesagt.« Ich bin froh, dass sie nichts kapiert. Dann kann sie mir wenigstens nicht erzählen, sie habe das selbst erlebt und ich müsse ihr glauben, wenn sie mir sagt, dass es für mich Heilung gibt.

»Nein …« Sie rümpft die Nase und schaut am Stamm der Palme nach oben. Sie sieht so jung aus. »Ich meine, *du* denkst immer daran. Du, Stevie, denkst sehr oft an dein erstes Mal. Du kriegst es nicht aus deinem Kopf.«

Meine Augenlider senken sich, und ungebeten kehrt die Erinnerung an dieses erste Mal zurück, eingerahmt von dunklen Scherben. Das erste Bild ist immer dasselbe. Ich, zusammengesunken auf dem Fahrersitz von Dads altem Buick. Laufender Motor, ausgeschaltete Scheinwerfer. Der Gestank nach ranzig gewordener Süße. Mein alkoholgeschwängerter Atem, die Völlerei, die Scham.

»Stevie?« SKs Stimme, wie ein sanftes, gefährliches Klopfen. »Kannst du mir beschreiben, was gerade in dir vorgeht?«

Ich werde sie niemals die wahren Bilder sehen lassen. Die Last der Erinnerung gehört allein mir. Ich halte meine Augen geschlossen, ändere aber die Szenerie.

»Zeig mir, was du siehst, Stevie.«

»Ich … ich bin in meinem Zimmer.« Die Lüge hört sich so ehrlich an, dass ich beinahe stolz auf mich bin. »In unserer Wohnung.«

»In deinem Zimmer also. Bist du allein oder ist jemand bei dir?«

Ich weiß, was sie hören will, noch ehe sie es weiß. Sie will wissen, ob es einen bösen, bösen Mann gab, der mich angefasst hat. Das ist die einzig mögliche Erklärung. Etwas Unaussprechliches muss mir widerfahren sein, damit ich so wurde, wie ich bin.

»Er ist da«, sage ich, weil mir sonst nichts einfällt. Niemand hat mich je angefasst. Jedenfalls kein Mann. Aber vielleicht hat sie recht; vielleicht brauche ich einen Grund. Etwas Funkelndes, das ich der Öffentlichkeit präsentieren kann – *Schaut her!* –, damit die anderen den Wahnsinn begreifen können. *Aha!*, werden sie sagen, *jetzt verstehen wir*.

»Er …«, flüstert SK. Offenbar hat sie Angst, dass ein lautes Wort mich davon abhalten könnte, ihr die Wahrheit zu enthüllen.

»Joshua.«

Das Wort ist heraus, ehe ich mir auf die Zunge beißen kann. Ich reiße die Augen auf. Die Sonne brennt mir auf den Nacken, und der dünne Baumwollstoff meines Pullis klebt an meiner feuchten Haut.

Scheiße. Scheißescheißescheißescheiße. Meine Finger krümmen sich zu Krallen und kratzen Klumpen aus rauem, trockenem Gras aus dem Rasen. Warum habe ich das gesagt? Reicht es nicht, dass ich ihn getötet habe? Muss ich auch noch Lügengeschichten über ihn erzählen? *Scheiße.*

»Dein Bruder. Der … gestorben ist.« Den du umgebracht hast, will sie offensichtlich nicht sagen. Vielleicht hat sie zu viel Angst davor.

»Josh ist mein toter Bruder, ja.« *Es tut mir leid*, sage ich stumm zu ihm. *Es tut mir so leid. Ich weiß nicht, warum ich das gesagt habe. Aber sie darf es ja niemandem weitererzählen. Es ist gegen das Gesetz oder so ähnlich. Lieber Gott, ich bin so ein elender Scheißhaufen. Mir würde sowieso niemand glauben. Jeder weiß doch, dass ich eine Lügnerin bin, Josh. Jeder weiß es.*

»Okay. Ihr beide seid also in deinem Zimmer.« Ihre Stimme wandert im Verlauf ihrer Worte stets nach oben, als ob all ihre Sätze Fragen wären, selbst die, die es nicht sind.

»Ja. In meinem Zimmer.« Warum kann ich nicht aufhören? Warum kann ich ihr nicht sagen, dass Josh natürlich tausendmal in meinem Zimmer war, aus tausend unterschiedlichen Gründen, aber nie aus dem, den sie sich gerade ausmalt?

»Ich will nicht mehr darüber reden«, sage ich zu SK.

»Okay. Dann reden wir über etwas anderes, etwas, über das du reden willst.«

Ich blinzle. »Ich will über gar nichts reden.«

»Ich habe den Eindruck, dass dir etwas im Kopf herumgeht.«

»Nein.«

Ich lege meine Hand auf die Picknickdecke. Dad hatte auch mal so eine, ein alter Quilt, den seine Großmutter gemacht hatte, bevor er geboren wurde. Ich kann mich an einen Augustmorgen erinnern, als Mom auf Geschäftsreise war und Dad uns zu einem Picknick am See mitnahm. Josh saß auf der Decke und war in irgendein Taschenbuch vertieft, während ich am Ufer des Sees Sandengel machte.

SK verstummt, aber ich spüre, wie sie mich anschaut. Ihr Blick ist so intensiv, dass ich das Gefühl habe, sie sei in mich hineingeschlüpft und würde das leise Knirschen des Grases unter meinen nackten Kinderfüßen hören und die vergilbten Seiten dieses blöden Taschenbuchs sehen.

»Stevie, das sind bloß Erinnerungen. Sie können dir nicht wehtun. Josh kann dir nicht wehtun. Jetzt nicht mehr.«

Ich will mich kneifen, bis ich blute. Josh hat mir niemals wehgetan. Er war der *Einzige*, der mir nie wehgetan hat! Und hier sitze ich und lasse zu, dass sie über ihn redet, als sei er ein Monster gewesen. Mein Inneres verknotet sich, und die Sonne brennt, und ich kann fast den Einband erkennen, aber immer wieder entzieht er sich meinem Gedächtnis.

»Hast du jemals darüber gesprochen, was Josh …«

Das reicht. »Er hat niemals … Das war es nicht, woran ich dachte.« Meine Stimme ist scharf. »Ich dachte an das Taschenbuch, in dem er las, und ich kann mich nicht erinnern, was für ein Titel es war. Sie brauchen also gar nicht erst zu fragen.« Mein Brustkorb hebt und senkt sich in unregelmäßigem Rhythmus. Ich bohre meine Finger in die Narbe an meiner Hüfte, halte mich daran fest, wie ein Kind sich nach einem Albtraum an seiner Bettdecke festklammert.

Sie schweigt eine Weile. Dann fragt sie: »Wann war das?«

»Bei diesem Picknick. Dad hat Josh und mich manchmal zum Picknick am See mitgenommen, wenn unsere Mutter irgendwo außerhalb einen Gerichtstermin hatte.«

»Das klingt schön.«

Ich winde meine Füße aus den Flip-Flops. Das Gras hier ist hart und rau, ganz anders als an jenem Tag. »Dad sagte, wenn wir nicht hingehen können, wo Mom hinging, dann müssten wir das jeweilige Land oder die Stadt eben zu uns bringen. Er meinte, wir könnten genauso weltmännisch sein wie sie. Als wir das zum ersten Mal machten, war sie in Rom.«

»Also habt ihr italienisch gekocht?«

»Ja. Ich war acht und Josh neun. Und Dad hat uns zum See vor der Stadt mitgenommen, wo wir Spaghetti gegessen haben. Wir hatten sogar diese kleinen Sektgläser aus Plastik dabei, aus denen wir roten Traubensaft getrunken haben. Sie wissen doch, diese Plastikgläser, die man zusammenschraubt?«

»Ja. Die kenne ich. Schön sind die, richtig festlich.«

Ich schließe die Augen und lasse mir von der Sonne die Haut durchkneten. »Aber ich kann mich einfach nicht daran erinnern, was für ein Buch er an diesem Tag las.«

»Und dieses Detail ist dir wichtig?«

»Ja. Es ist irgendwie … wenn ich mich nicht an alle Details erinnern kann, dann … Ich weiß auch nicht.« Ich merke, dass ich Arme und Beine leicht bewege, als würde ich einen Sandengel machen. Ich erstarre.

»Dann was? Dann entgleitet er dir?«

»Sind wir jetzt fertig?«

»Wir haben noch ein paar Minuten. Du kannst entscheiden, wie du sie nutzen möchtest.«

Ich richte mich auf, wende mich von SK ab und blicke mich um. Weißblondchen sitzt an einem Tisch aus Schmiedeeisen vor der Terrassentür und unterhält sich mit einem alten Inder in einem weißen Kittel. Das ist vermutlich der Psychiater.

»Ich brauche eine neue Mitbewohnerin«, sage ich.

»Du magst deine Mitbewohnerin nicht.« Etwas habe ich schon gelernt: SK steht auf Wiederholungen. Ein Papagei wäre billiger. »Kannst du mir sagen, was dich stört?«

»Nein«, murmele ich und schaue immer noch zur Terrasse. Weißblondchen unterstreicht ihre Worte mit beschämenden Gesten der Begeisterung.

»Stevie, wenn du mir nicht sagst, was dein Problem ist, dann wird es mir schwerfallen, dir bei der Lösung zu helfen.« Ich höre die Anspannung in SKs Stimme. »Ich bin Therapeutin, aber leider keine Gedankenleserin.«

Weißblondchen merkt, dass ich sie beobachte, und unterbricht ihr Gespräch, um mir aufgeregt zuzuwinken.

»Also schön«, sage ich seufzend und wende mich wieder SK zu. »Es ist ihre … Art.«

»EsistihreArt. EsistihreArt«, quäkt der Papagei. »Was genau an ihrer Art ärgert dich?«

Ich starre sie an, versuche ihr telepathisch klarzumachen, was los ist. Wie kann sie von mir erwarten, dass ich Fortschritte mache, wenn ich mit einem Gelb-Mädchen in einem Zimmer schlafe? Wie kann ich eine Bulimie-Kuh in meiner Nähe ertragen? Alles an ihr ist einfach zu viel: ihre runde, üppige Gestalt, dieser wilde Hunger nach menschlicher Nähe. Und das Fleisch, all dieses ausufernde Fleisch. Sie ist das Gegenteil von mir. Ich bin beherrscht, ruhe in mir selbst. Ich brauche keinen Kontakt. Ich brauche keine Nahrung. Ich brauche nichts.

»Sie ist einfach nicht besonders hilfreich«, sage ich. »Für das, was … was ich in der Zeit, die ich hier verbringe, erreichen will.« Schon jetzt habe ich meine Sprache der Umgebung angepasst. Das wird nützlich sein, um zu bekommen, was ich will. Um nach Rom zu kommen.

Sie krümmt ihre Zehen. »Und was willst du hier erreichen?«

Ich starre sie an und frage mich, ob ich mich verhört habe. Diesmal wünsche ich, sie hätte sich einfach nur wiederholt. Aber sie erwidert meinen Blick.

Was ich erreichen will? Kann sie denn meine Absicht nicht an den scharfen Kanten erkennen, mein Ziel nicht in meinen glasigen, toten Augen? Sie müsste es langsam kapiert haben, wo ich doch jede Mahlzeit und jede Nahrungsergänzung verweigere. Oder gebe ich mir nicht genug Mühe, habe ich noch nicht genug erreicht, sodass sie meinen Weg nicht sehen kann, den Weg, den zu gehen ich mir geschworen habe, den ich gewählt habe?

Ich habe die Macht gewählt. Ich habe den Tod gewählt.

»Stevie? Deine Ziele für die Therapie?«

Ich habe nur ein Ziel. Seit letzter Nacht kenne ich die Wahrheit; sie dämmerte mir, als ich in die Dunkelheit starrte und auf Weißblondchens gleichmäßiges Schnarchen lauschte. Ich weiß jetzt: Eden wird nicht kommen. Dad wird nicht kommen.

Die Wahrheit überwältigt mich beinahe, und ich gebe mir alle Mühe, die Gedanken abzublocken, die auf mich einstürmen: *Ich kann mich nicht persönlich von Dad verabschieden, kann Eden nicht sagen, dass ich sie für alles verantwortlich mache, dass nichts davon geschehen wäre, wenn es sie nicht gäbe.*

Josh. Mit der einen Silbe seines Namens lösche ich jeden Funken des Bedauerns aus. Meinen Plan hier durchzuführen, wird schwieriger sein als zu Hause. Aber ich werde es tun. Ich tue es für ihn.

Ich stelle mir vor, wie ich sein werde, wenn ich tot bin. Vollkommen. Atemlos. Mit einem stillen, steinernen Herzen. Die Last meines nutzlosen Körpers verfault in der Erde. Meine Seele, leichter als Papier, gleitet weg von ihrem Kerker aus Fleisch.

Ich gestatte mir ein kleines Lächeln. Der Tod wird mich nicht im Stich lassen. Er wartet auf mich, mit offenen Armen. Und ich bin bereit, bewege mich mit sicheren Schritten auf den letzten Akt zu. Auf eine bis ins kleinste Detail ausgeklügelte Szene, die alle sprachlos machen wird. Und ich werde meinem Publikum gegenübertreten: meiner Mutter. Eden. Meinem Vater. SK. Und dann, in einer schimmernden Wolke aus Rauch – *Puff!*

Werde ich verschwinden.

VIERTER TAG

Montag, 7. Juli, 12.10 Uhr

Ich bin erst drei Tage hier, und schon kräuseln die Schwestern und Pfleger ihre dicken Wurstlippen, wenn sie sehen, dass sie an meinem Tisch eingeteilt sind. Für jedes Mädchen gibt es einen Schnellhefter. Je dicker der Hefter, desto stärker das Mädchen. Ich habe schon acht Eintragungen – eine für jede Mahlzeit seit meiner Ankunft.

Heute beim Mittagessen wähle ich meine Portion äußerst sorgfältig aus: ein symmetrisch geformtes Salatblatt, ein perfekt geschnittenes Stück Karotte. Ich lasse ihr wässriges Gewicht auf meiner Zunge ruhen. Am Ende jeder Mahlzeit räumen die Gelb- und Grün-Mädchen ihre Teller weg und bekommen als Belohnung einen Becher mit schwachem Kaffee (zwei Portionen Kaffeesahne! Nicht mehr!). Mir ist kalt, und Kaffee würde mich wärmen. Aber die Schwester, die an unserem Tisch die Aufsicht hat, sitzt rechts von mir und lässt mich nicht aus den Augen.

Ich atme durch den Mund und versuche, nicht nach unten zu schauen. Ich weiß, was mich erwartet, wenn ich schwach werde: Tomatensuppe, so dick wie geronnenes Blut. Weiches, schwammiges Gemüse mit Perlen aus milchigem Öl. Blassgelbe Apfelsoße in einer gestockten zuckrigen Masse. Wenn ich das alles anschaue, es rieche oder – was Gott verhüten möge – es berühre, wird es in mich eindringen.

Weißblondchen mir gegenüber versucht, meinen Blick einzufangen. »Ich weiß, am Anfang ist es schwer«, sagt sie mitfühlend über ihren Kaffeebecher hinweg. »Du musst es nur *versuchen*! Tu einfach nur dein Bestes. Das reicht *völlig* aus.«

Die anderen beiden Mädchen aus Bungalow drei, Teagan und Cate – oder Cate und Teagan –, murmeln zustimmend. Diejenige mit der Sonde in der Nase flüstert etwas Unverständliches, aber in deutlich ermutigendem Ton. Von einer wie ihr hätte ich mehr erwartet.

»Bist du fertig, Stephanie?«, fragt die Schwester. Es gibt ein paar Schwestern, fünf oder sechs, aber an die kann ich mich erinnern, weil ihr Name so dick klingt wie Fleisch: Hannah. Ich habe gehört, wie einige der Mädchen sie hinter ihrem Rücken *Hammah* nennen.

»Ja«, sage ich.

Hammahs schmale Augen zucken über meinen Teller, dessen Inhalt so gut wie unberührt ist.

»Wie wär's mit etwas Nahrungsergänzung?« Ihre Stimme verrät mir, dass sie die Antwort bereits kennt, und so spare ich mir einen Kommentar.

»Nur ein bisschen? Damit ich ihnen sagen kann, dass du's versuchst?«

»Nein.« Ich habe schon den Salat gegessen. Josh hat mir immer gesagt, ich solle mein Gemüse aufessen. Mehr bringe ich nicht fertig, und auch das wirft meine Kalkulation für den Tag durcheinander. Erbärmlich. Ich starre so lange auf die Wand hinter ihr, bis ich alles verschwommen sehe. Das ist schön. So gefällt mir die Welt, unscharf an den Rändern, als ob ich auf den Meeresboden gesunken wäre und zur Sonne hochschaue.

Nach dem Mittagessen gehe ich hinaus auf den Rasen. Mein Stundenplan für heute gewährt mir drei Dreißig-Minuten-

Einheiten zur *persönlichen Besinnung* vor meiner nächsten Sitzung mit SK, in der ich mich dann gemeinsam mit ihr besinnen soll, während sie mich unter die Lupe nimmt. So ein Quatsch. Ich besinne mich doch sowieso die ganze Zeit. Auf Mom. Auf Eden. Auf Josh. Ich besinne mich so sehr, dass ich kaum noch atmen kann.

Statt mich zu besinnen, mache ich meine Übungen, als Buße für den Salat. Auf der anderen Seite des Rasens flicht Teagan oder Cate Weißblondchen einen Zopf. Ein Mädchen mit karottenroten Haaren und dicken, blassen Fußgelenken redet viel zu laut, von wegen, ihr Spanischlehrer sei scharf auf sie, was doch irgendwie komisch sei, aber trotzdem – hey, er ist immerhin echt süß. Andere Mädchen, die ich noch nicht kennengelernt habe – und wenn es nach mir geht, auch nicht kennenlernen werde –, unterhalten sich oder schreiben Tagebuch oder Briefe nach Hause.

»Hallo, Stevie.« SK trägt ein langes, mintgrünes T-Shirt-Kleid und braune Sandalen. Ein Fesselkettchen mit Perlen schlackert um ihr linkes Fußgelenk.

Jetzt, da sie hier ist, muss ich vorsichtig sein. Wenn man beim Trainieren erwischt wird, bekommt man einen Eintrag und muss für den Rest des Tages drinnen bleiben. Aber die wahrhaft Zielstrebigen unter uns finden immer eine Möglichkeit. Ich spanne jeden Muskel in meinem Körper an und lockere ihn dann wieder, von meinen Schultern bis zu meinen Waden. Eine geheime Geißelung.

Bauch: anspannen, lockern. Hintern: anspannen, lockern. Ich beschatte meine Augen mit der Hand und schaue zu ihr hoch.

»Tut mir leid, dass ich mich verspätet habe«, sagt sie. »Aber andererseits musst du ja nicht irgendwo anders hin, oder?«

Ich schnaube. »Echt lustig.« *Waden: anspannen, lockern.*

Ich warte darauf, dass sie mich anmotzt, weil ich keine Mahlzeit zu mir nehme. Weil mein Schnellhefter schon so dick ist, obwohl ich erst ein paar Tage hier bin. Ich warte darauf, dass sie mir sagt, ich würde mich nicht genügend anstrengen. Ich würde scheitern.

»Wir können unser Gespräch gleich hier führen, wenn du möchtest.«

»Okay.«

Sie schweigt. Meine Eingeweide fangen an zu kribbeln. Das Schweigen wird lauter und lauter, bis es mich aus voller Kehle anbrüllt.

»Josh hat mich nicht vergewaltigt«, sage ich.

Sie hebt ganz leicht die Augenbrauen. Nicht so hoch, als wollte sie sagen: *Was soll das denn bedeuten, du Freak?* Sondern einfach nur: *Oh.*

»Oder mich belästigt oder mich angefasst oder irgendetwas in der Art«, sage ich.

»Okay. Wenn du bereit bist, kannst du mir von ihm erzählen.«

Mein Körper wird steif. Meine Worte haben einen falschen Eindruck gemacht. Sie hat mich missverstanden; ich werde mich ihr nicht öffnen. »Ich wollte nur, dass Sie das wissen. Ich habe keine Ahnung, warum ich gelogen habe.«

»Ich frage mich …«, sagt sie langsam. Die Worte kristallisieren auf ihrer Zunge. »Ich frage mich, ob du dich durch mich unter Druck gesetzt fühlst. Dass du dachtest, ich wollte von dir etwas wissen, was du nicht bereit warst mir mitzuteilen. Vielleicht fandest du es sicherer, etwas zu erfinden.«

»Ich …« Mein Atem verfängt sich in meiner Kehle. »Was?«

»Nun, ich habe über unser letztes Gespräch nachgedacht.« Sie schiebt sich die Sandalen von den Füßen. »Du wolltest offensichtlich noch nicht über deine erste Erfahrung mit deiner Störung sprechen, und ich habe dich gedrängt, wollte, dass du mich einlässt. Ich habe dich *zu sehr* gedrängt, denke ich.«

Ich höre den langsamen, schleppenden Ton meines Herzens in meinen Ohren. Meine Brust vibriert.

»Ich werde dir ein Geheimnis über uns Therapeuten verraten«, sagt sie. »Wir sind so … menschlich. Und manchmal machen wir Fehler. *Ich* mache manchmal Fehler. Und bei diesem Gespräch mit dir habe ich einen Fehler gemacht. Ich habe von dir verlangt, mir zu viel zu erzählen. Zu viel, zu schnell. Wir kennen uns noch nicht. Warum solltest du mir etwas von deiner Vergangenheit anvertrauen, was du vermutlich noch nie jemandem erzählt hast?«

Ich fühle ihren Blick auf meinem Unterarm, so beharrlich wie die Sonne. Mit dem Finger fahre ich über die rötlich schwarzen Umrisse meiner Mutter, von der Innenseite meines Handgelenks bis zu meinem Ellbogen. Das Bild beruhigt mich und regt mich gleichzeitig auf.

»Wollen Sie etwas über das Tattoo wissen?«, frage ich.

»Willst du mir etwas darüber erzählen?«

»Eigentlich nicht.«

»Okay.« Nach ein paar Sekunden steht SK auf und verbeugt sich.

»Was war das denn?«

Sie lässt sich wieder auf die Decke fallen. »Ist es dir nicht aufgefallen?« Sie schmollt ein bisschen, wie ein kleines Kind.

»Was denn?«

»Dass ich ganz brav war und dich nicht weiter ausgefragt habe. Beinahe zehn Sekunden lang.«

»Wollen Sie mich auf den Arm nehmen? Was soll das, wollen Sie einen Keks als Belohnung?«

Sie grinst. »Mir wäre lieber, *du* würdest den Keks essen.«

Ich kann nicht anders, ich muss lachen. Das Geräusch ist wie Staub, der aus einem Erdloch aufgewirbelt wird. »Träumen Sie weiter.«

Sie sagt nichts, sondern presst nur die Lippen zusammen. Aber nicht missbilligend, sondern eher so, als würde sie nachdenken.

»Bei unserem letzten Gespräch sagtest du mir, du würdest versuchen, dich daran zu erinnern, welches Buch Josh während eures Picknicks gelesen hat. Ich habe dich gefragt, ob du das Gefühl hast, dass er dir entgleitet, wenn du dich nicht erinnern kannst.« Sie schiebt sich eine Locke ihres rötlichen Haars hinter das Ohr.

»Und ich sagte, dass ich es nicht wüsste.«

»Vielleicht ist das der Grund für das Tattoo.«

Ich verdrehe die Augen. »Ich dachte, Sie wollten mich nicht ausquetschen.«

»Ich finde es bloß schön. Ich kann mich kaum davon losreißen.«

Wieder fahre ich über die Linien, vom Handgelenk zum Ellbogen. Ich könnte es blind tun: die großen Augen meiner Mutter, ihre lange, römische Nase und die vollen roten Lippen. Die Perlenkette um ihren Hals. Sie ist exquisit. Dauerhaft.

»Vielleicht hast du dich tätowieren lassen, damit du auch nicht das kleinste Detail vergisst«, spekuliert SK.

»Vielleicht interpretieren Sie einfach zu viel in die Sache hinein.«

»Vielleicht.« Sie zieht die Zehen nach hinten. Ihre Waden glänzen weiß in der Sonne. Es ist merkwürdig, dass sie sich nicht bedeckt, als sie merkt, dass ich sie betrachte. Dass sie es duldet, wie sich ihr Kleid über ihren Hintern wölbt, die Weichheit ihres Bauchs verrät. »Ich denke nur, dass die meisten Sachen einen Grund und eine Bedeutung haben.«

Ich schaue zur Seite. »Spielt sowieso keine Rolle. Sie ist weg.«

»Wie lange schon?«, fragt sie leise.

Ich deute auf die beiden Daten unter ihrem Bild. Das eine Datum ist mein Geburtstag und das andere der Tag, an dem sie ging. »Im Mai war es ein Jahr. Ich war sechzehn und Josh siebzehn. Ich habe auf der Veranda gesessen und etwas zu Abend gegessen«, sage ich.

»Als …«

»Als mein Dad mir sagte, dass sie weg ist.«

»Und was genau hat er gesagt?« SKs Gesicht ist anders als die Gesichter der Menschen, in die ich nach Joshs Tod blickte. Gesichter voller Unglauben und neugieriger Faszination. Sie wollten wissen, wie es passierte, *wie genau ist es passiert, lass keine Einzelheit aus.* Als ob sein Tod der Höhepunkt eines schmalzigen Films wäre, den sie verpasst hatten, weil sie draußen waren und eine Zigarette geraucht hatten.

Aber SKs Gesicht ist entspannt, ausdruckslos, bis auf die Augen, die heute die Farbe von Gras haben. Sie sind aufmerksam. Fast traurig.

»Ich weiß nicht«, sage ich scharf. Ich will das nicht noch einmal durchleben, nicht mit ihr. »Ich kann mich nicht daran erinnern, was er gesagt hat.«

»Woran erinnerst du dich dann?«

»An gegrilltes Hähnchen.« Die Worte kommen unerwartet, wie heißes Öl auf meiner Zunge. »Und gesüßten Tee.«

Josh war noch an der Uni, aber ich saß hinter dem Haus in der Broad Street auf der Hollywoodschaukel, als Dads Buick in die Garage einfuhr. Ich aß gegrilltes Hähnchen aus einem

Fast-Food-Restaurant, das von einer afro-amerikanischen Familie geführt wurde. Man bekam das Essen in weißen Papiertüten von kleinen Mädchen mit Plastikspangen an den Enden ihrer Zöpfe nach draußen gebracht.

Der Abend war schwül; man hatte irgendwie das Gefühl zu ertrinken. Dad, der sich neben mich auf die Hollywoodschaukel setzte, roch nach Schweiß.

»Sie tat ihr Bestes, Stevie«, sagte er, »doch sie musste einfach gehen, warum auch immer. Du sollst wissen, dass nichts davon deine Schuld ist.«

Das hat er aus einem Buch, dachte ich.

»Und das bedeutet auch nicht, dass sie dich nicht liebt, mein kleines Mädchen. Sie … weiß nur nicht, wie sie es machen soll.«

Ich saß stumm da, mit den Armen vor der Brust verschränkt, bis er es schließlich aufgab. »Ich lasse dich eine Weile allein«, sagte Dad.

Genau wie sie.

Er stand auf, und die Hollywoodschaukel fühlte sich mit einem Mal zu leicht an. Er ging ins Haus.

Stunden später fand mich Josh über dem Verandageländer hängend, elend und ausgelaugt vor lauter Verlangen nach ihr. Der saure Geruch meines Erbrochenen mischte sich mit dem Duft des Jasmins am Spalier.

»Mach dich sauber, Schwesterherz«, sagte Josh nur. »Geh unter die Dusche.«

Ich gab keine Antwort. Im Garten zuckten die gelbgrünen Lichter der Leuchtkäfer durch die Azaleen. Mein einziger Gedanke war: All diese Schönheit ist eine einzige Lüge.

»Dann wirst du dich besser fühlen.«

Der Kloß in meiner Kehle schmeckte nach frittiertem Fleisch. Ich schüttelte den Kopf.

Josh zog mich an sich, schlaff wie eine Lumpenpuppe. Sein Herzschlag ging ruhig und fest.

»Nicht.« Ich wollte mich aus seinen Armen lösen.

»Nein«, sagte er mir ins Ohr und drückte mich noch fester an sich. »Ich hab dich lieb. Und sie dich auch.« Ich fühlte seine Tränen heiß auf meiner Wange, und ich tat so, als ob es meine wären. »Jetzt ab mit dir.« Seine Stimme zitterte leicht. »Und komm dann wieder raus. Ich habe etwas für dich.«

Unter der Dusche redete ich mir ein, dass sie vielleicht wieder da sein würde, wenn ich nach unten kam. Vielleicht musste ich nur meine Haare richtig waschen oder mir die Beine rasieren, so wie man es in den Zeitschriften immer sah. Vielleicht könnte ich mich in das vollkommene Mädchen verwandeln, die Art von Mädchen, die keine Schokolade stahl oder nach süßen Frühstücksflocken verlangte. Vielleicht dann.

Ich blieb über eine Stunde in der Dusche, zusammengekauert unter dem Wasserstrahl, der längst kalt geworden war. Als ich nach draußen in den Flur kam, war die Stille unaussprechlich laut. Es war eine Stille, die einem in die Knochen drang und keinen Zweifel daran ließ, dass man allein war. Mein Körper wusste es, bevor es mein Geist zur Kenntnis nahm. Sie war nicht da.

Auf dem Weg in mein Zimmer hinterließ ich glänzende Fußspuren auf den Bodendielen. Im Zimmer angelangt, warf ich das fadenscheinige Badetuch zu Boden und trat vor den großen Spiegel.

Schau dich an.

Das Mädchen im Spiegel war zu viel und doch nicht genug. Ihre Konturen waren weich, gewölbt, als ob sie unter dem Druck des Daseins nachgegeben hätten. Schwach war ihr Fleisch.

Es war meine Schuld, dass ihr Fehlen so wehtat. Mein Körper war nicht in der Lage, den Schmerz aufzuhalten. Ich drehte mich um und schlug mir auf den Hintern, starrte entsetzt auf das Übermaß. Ich knuffte mir in den Bauch, knetete das Fleisch dort. Zu viel, viel zu viel. Kein Wunder, dass meine Mutter gehen musste. Ich nahm so viel Raum ein, sie konnte nicht mehr atmen! Ich habe meine wunderschöne Mama mit der Last meiner bloßen Existenz erstickt!

Ich schaute dem Mädchen im Spiegel in die Augen.

»Schluss damit«, sagte ich laut.

SKs Stimme holt mich wieder zurück. »Also verknüpfst du Essen mit dem Verlust deiner Mutter.«

»Sie haben mich gefragt, woran ich mich erinnere.«

»Das ist richtig.«

»Das war's.«

SK bleibt lange Zeit still.

»Was?«, fahre ich sie schließlich gereizt an. Gestern Nacht, nachdem Weißblondchen eingeschlafen war, habe ich ausgerechnet, dass jede Stunde hier achtundzwanzig Dollar kostet. Für das Geld könnte sich SK gefälligst ein bisschen beeilen. Eigentlich müsste sie mir sogar mit Palmwedeln Luft zufächeln.

»Ich habe nur gerade daran denken müssen … dass es bestimmt schwer ist, erst einen Elternteil zu verlieren und dann noch einen Bruder. Ich kann mir nicht vorstellen, wie du dich gefühlt haben musst.«

Nein. Kann sie nicht. »Haben Sie Geschwister?«

»Ich habe eine Schwester. Eine Zwillingsschwester. Wir sind eineiige Zwillinge.«

Ich finde es beinahe unheimlich, dass es irgendwo da

draußen eine Kopie von SK gibt, die vielleicht auch in einem T-Shirt-Kleid auf dem Gras sitzt und mit dem Kopf wackelt.

»Josh und ich waren irische Zwillinge«, sage ich. »Das hat mein Dad jedenfalls immer gesagt. Kennen Sie den Ausdruck?«

»Weil ihr im selben Jahr geboren seid?«

»Ja.«

»Und er ist gestorben …«

So war es nicht. Runzlige Männer, die ihren schlafenden Frauen einen letzten Atemzug auf die Wange hauchen, sterben. »Am einunddreißigsten Juli. Letztes Jahr. Ein paar Monate nachdem meine Mom uns verlassen hat.« Der Wüstenstaub brennt mir in den Augen. Ich blinzle und starre SK unverblümt an. Sie soll merken, dass ich nicht weine.

Frag mich, fordere ich sie heraus. *Frag mich doch, wie ich meinen Bruder getötet habe und wie es sein kann, dass ich keine Träne vergossen habe.*

Doch stattdessen sagt sie: »Ich denke mir, dass du dich sehr allein gefühlt hast. Im Stich gelassen, würde ich sagen.«

Ich sage nichts, weil es nichts zu sagen gibt.

Nach einer Weile versucht sie es wieder.

»Was hat er gesagt?«

»Hä?«

»An dem Abend, nachdem deine Mutter gegangen war. Was hat dir Josh gesagt?«

»Ach. Nichts. Er hat mir ein Tagebuch geschenkt.« Ich wedele abwehrend mit der Hand. »Ich habe es in dem Seminar benutzt, an dem ich teilgenommen habe.«

»Schreibst du immer noch hinein?«

»Warum sollte ich? Er ist tot.« Ich drücke meine Fußsohlen gegeneinander. Fest. Jede Muskelfaser in meinen Oberschenkeln arbeitet auf Hochtouren.

»Okay.« Sie richtet sich auf. »Was würde es für dich bedeuten, wenn du dich entschließen würdest, wieder zu schreiben, obwohl er nicht mehr bei uns ist?« Sie betrachtet meine Beine.

»Er war nie *bei uns*.« Ich rolle meine Hosenbeine hoch, dann wieder runter. Hoch, runter. Hoch, runter.

»Obwohl er nicht mehr da ist, meinte ich.«

Herrgott, die kann vielleicht nerven.

»Also schön, ich bringe es auf den Punkt«, sagt sie. »Ich möchte, dass du wieder mit dem Tagebuchschreiben anfängst. Denkst du bitte darüber nach?«

Ich lege den Kopf schräg. »Kommt darauf an, was ich schreiben soll.«

»Du sollst schreiben, wie es damals für dich war, nachdem deine Mutter weg war. Über das, was wichtig war für dich. Was immer du …«

»Ich denke darüber nach«, falle ich ihr ins Wort.

»Das freut mich.« Sie lächelt. Ihre Augen zucken zu der schmalen goldenen Uhr an ihrem Handgelenk. »Unsere Zeit ist um. Aber wir sehen uns übermorgen wieder.«

»Ich schaue mal in meinem Terminkalender nach, ob ich noch was frei habe.«

Sie lacht und fischt ihre Sandalen aus dem Gras. »Unser nächstes Treffen wird etwas anders ablaufen. Du wirst dein Behandlungsteam kennenlernen: den Psychiater, die Ernährungsberaterin und den Arzt. Du hast dich jetzt schon ein bisschen einleben können, und wir werden den Termin dazu nutzen, zu besprechen, wie deine Therapie verlaufen soll und wie wir deinen Zustand in der Zeit, die du hier verbringst, verbessern können. Hört sich das nicht gut an?«

»Nein.« Ich stehe auf. Wir sind beinahe gleich groß.

»Ist angekommen. Bis übermorgen.«

Als ich zur Villa gehe, fällt mir ein, dass ich meine Übungen gar nicht beendet habe. Ich ordne meinem Körper zur Strafe eine dreifache Wiederholung an. Ich werde die Übungen heute Abend im Bett machen müssen, wenn Weißblondchen eingeschlafen ist.

Gerade als ich die Tür zur Villa öffnen will, dringt SKs Stimme über den Rasen zu mir hin.

»Vergiss das Tagebuch nicht!«, ruft sie.

Ich reiße die Tür auf und lasse sie hinter mir zuknallen. Sie denkt, Schreiben könnte mich retten. Sie ahnt ja nicht, dass mich das Schreiben erst so weit gebracht hat, dass es mich von innen heraus zerstört.

SECHSTER TAG

Mittwoch, 9. Juli, 6.01 Uhr

Zeit ist hier vor allem ein Leitgedanke. Sie ist unwirklich, wird in perfekte, kantige Rechtecke auf dem Stundenplan gezwängt, den wir jeden Morgen bekommen. Draußen geht die Sonne auf, wandert glänzend über das Land und sinkt dann wieder hinab wie ein Ballon, der Luft verliert. Ich weiß, dass die Zeit vergeht, aber die Wegmarkierungen fehlen: das Piepen der Kaffeemaschine in der Broad Street, das hohle Klatschen eines Basketballs gegen die Reklametafel auf dem Parkplatz hinter dem Château Bruchbude kurz vor Sonnenuntergang. Der muntere Chor der Grillen in der Nacht.

Hier fühlt sich jeder Tag gleich an. Jeden Morgen um sechs müssen wir uns zur Untersuchung in der Villa melden. Ich gehe rechtzeitig los, um der Golfcart-Mafia zu entgehen, die das Gelände nach ungehorsamen Mädchen absucht – Mädchen, die eine Runde Walking machen oder joggen, die öfter als nötig zwischen den Bungalows und der Villa hin und her gehen.

Wenn ich die Erste bin, die sich meldet, kann ich mich ein bisschen bewegen, ohne dass jemand es merkt. Ich kann mich wiegen und meinen Blutdruck messen lassen, bevor die anderen kommen. Kann mich ohne die prüfenden Blicke der anderen umziehen.

Aber heute Morgen bin ich spät dran. Ich habe zu lange

im Bett gelegen und die Ecken und Kanten meines Körpers überprüft – und habe die Bestätigung für meine Befürchtung bekommen: Ich werde weich. Es ist so, als ob das bloße Hiersein mich schmelzen würde.

Nach dem Wiegen und Messen husche ich in das kleine, schlecht beleuchtete Umkleidezimmer neben dem Speisesaal der Villa. Es ist leer. In der Ecke thront ein abgewetzter Sessel, und entlang der Wand stehen einige alte Schreib- und Beistelltische. Hier bewahren die Mädchen ihre Kosmetiktaschen auf. Überall liegen Haartrockner und Glätteisen herum. Jeden Morgen vor dem Frühstück geht es hier hoch her: Elektrische Rasierer surren (Nassrasierer sind verboten) und die Glätteisen, mit denen die Mädchen ihre Haare so federleicht wie ihre Körper zaubern, zischen.

Meine Finger fummeln ungeschickt an den dicken Bändern des Krankenhauskittels herum. Ich ziehe meine Jeans und mein Braves-T-Shirt an, als Weißblondchen hereinkommt, im Schlepptau Teagan und Cate (die ich endlich unterscheiden kann). Sie stürmen eng aneinandergedrückt in den Raum und kichern wie drei Geisteskranke, die aus dem Irrenhaus ausgerissen sind.

»Ich mache keine Witze, ich schwör's.« Cate, die Anorektische mit der Magensonde, fasst ihre blonden Haare zu einem Pferdeschwanz zusammen und nickt mir zu. »Also, der neue Pfleger hat mir dieses Mittel gegen Verstopfung gegeben, dieses … wie heißt das doch gleich?«

»Ich weiß, was du meinst.« Weißblondchen schlurft in ihren dreckigen bemalten Sneakern durch die Tür.

»Dieses Zeug, das wie Orangenkreide schmeckt.« Cate geht zu einer Kosmetiktasche aus bunten Stoffflicken, die unter dem einzigen Spiegel steht. Der Spiegel hängt so hoch, dass man nur sein Gesicht sehen kann. Trotzdem stellt sie sich davor und betrachtet ihr Konterfei, fährt mit der Fingerspitze über den Schlauch in ihrer Nase. »Auf jeden Fall muss ich das ganze Päckchen trinken, und er schaut zu, und als ich fertig bin, da macht er einen großen Schritt rückwärts. Als ob ich gleich explodieren und ihn mit Scheiße bespritzen würde.«

»Igitt! Cate!« Teagan verdreht die Augen. Ich schiebe mich auf die Tür zu. Eigentlich ist es nur der Türrahmen. Das Türblatt, wenn es überhaupt je eins gab, wurde entfernt.

»Was denn? Ich hab doch nichts gemacht? *Er* ist doch derjenige, der so getan hat, als sei ich eine tickende Zeitbombe.« Cates Lächeln spannt die Haut über ihren Lippen so weit, dass sie weiß werden.

So laufen die Gespräche in diesem bizarren kleinen Universum ab: Die Mädchen schwatzen endlos darüber, dass ihnen die Haare ausfallen, dass ihre Haut austrocknet, dass sie nicht mehr aufs Klo gehen können. Sie jammern und beklagen sich, aber tief in ihrem Inneren heften sie sich diese Dinge wie Orden an die Brust.

»Musstest du den Kram auch schon trinken, Stevie?«, spricht Cate in den Spiegel. »Dieses kreidige Orangenzeug?«

Ich schüttele den Kopf. »Die kriegen mich nicht dazu, dass ich irgendetwas schlucke.«

»Sie hat ihr Behandlungsteam noch nicht kennengelernt«, erklärt Weißblondchen.

»Ohhh«, murmeln Cate und Teagan wie aus einem Mund. Sie greifen nach ihren Kleidern, huschen in entgegengesetzte Ecken des Raums, ziehen verstohlen die Kittel aus und dann eilig ihre eigenen Kleider wieder an. Ich erhasche einen Blick auf die Wölbung von Cates Wirbelsäule, auf ihre wunderbaren, spindeldürren Knie, auf die Bögen ihrer Rippen, die triumphierend durch ihre Haut stechen. Ich kneife mir in das Fett um meine Körpermitte, bis mir die Tränen kommen.

»Hey!« Weißblondchens begeisterte Stimme lässt mich zusammenzucken. »Lasst uns vor dem Frühstück runter zum Reitplatz gehen und uns die Pferde anschauen. Die Schwestern haben im Moment zu viel mit den Untersuchungen zu tun. Die werden nicht auf uns achten.«

»Ich bin früher geritten«, sagt Cate. Die tiefen Wangenhöhlen werfen graue Schatten über den Rest ihres Gesichts. Sie zupft an dem roten Plastikband um ihr Handgelenk. »Wenn man zu Gelb kommt, darf man hier die Pferde reiten. Ich habe mir meins schon ausgesucht. Es heißt Ernie.« Sie schaltet ihr Glätteisen an. Dann löst sie ihre Haare und wickelt eine Strähne darin ein.

»Du schaffst das«, sagt Teagan mit Nachdruck. Sie zieht an ihrem grünen Armband, bis das dickliche Fleisch an ihrem Handgelenk weiß wird.

»Guten Morgen, Mädels.« Die Rothaarige mit den dicken Fußknöcheln, die ich auf dem Rasen gesehen habe, marschiert an mir vorbei und wirbelt den Gürtel ihres Krankenhauskittels vor sich im Kreis.

»Hey, Jenna. Kennst du Stevie schon? Sie ist jetzt bei uns«, sagt Cate.

Nein, bin ich nicht.

»Cool.« Jenna nickt mir zu und beugt sich über ihre Kosmetiktasche. »Braucht jemand irgendwas?«

»Oh! Ich!« Cate ist mit ihren Locken fertig, schleudert den Kopf nach vorne und wieder nach hinten und schüttelt die Haare.

»Alles klar, aber lass niemand sie sehen, okay?« Jenna hat etwas in der Hand. Ich will wissen, was es ist, und gleichzeitig auch wieder nicht. »Und wenn du erwischt wirst …«

»Dann sage ich kein Wort! Ach komm schon, Jenna.«

Jenna beäugt mich. »Ist sie in Ordnung?«

»Herrgott noch mal. Das ist mir so was von egal«, sage ich.

»Also gut. Hier.« Sie öffnet ihre Hand in Cates ausgestreckte Handfläche und zieht dann stöhnend und ächzend ihre Jeans unter ihrem Kittel hoch.

»Ashley? Kannst du mir die Haare hochstecken?«, fragt Cate. Als sie die Schmuggelware an Weißblondchen weiterreicht, sehe ich, was es ist: Haarnadeln.

Teagan beobachtet mich. »Sie sind verboten, denn wenn man die kleinen Plastikkappen am Ende abnimmt, kann man sich mit den Spitzen schneiden.«

Als ob mich das interessieren würde. Außerdem ist es einfach fantasielos, sich mit Haarnadeln zu verletzen. Ich brauche dazu keine Werkzeuge. Mein Körper ist sowohl Waffe wie auch Wunde, Jäger und auch Beute. Ich werde mich ohne Hilfe selbst zerstören.

»Wie ist es? Kommst du mit? Zu den Pferden, meine ich.« Weißblondchen hat eine Haarnadel im Mund und dreht Cates Haare zu einem dünnen Knoten hoch.

Ich schüttele den Kopf. »Ach nö.«

»Na komm schon. Ich weiß, die erste Woche ist immer hart, aber …«

»Das ist sie nicht.«

»Wie bitte?« Weißblondchens Augenbrauen schießen in die Höhe.

»Es ist nicht hart.« Langsam fahre ich mit den Augen über jeden nachgiebigen Zentimeter ihres Körpers. »Nicht, wenn man auch nur ein bisschen Willenskraft besitzt.«

Als ich draußen auf der Veranda sitze, kann ich wieder atmen. Ich habe ein Notizbuch auf dem Schoß, mit lauter leeren Seiten und einem schwarz-weißen Einband. SK hat es auf mein Kopfkissen gelegt, zusammen mit einem dünnen schwarzen Filzstift und einem Kranich aus pinkfarbenem, metallisch glänzenden Papier. Ein Betthupferl aus Schokolade gibt's hier wohl nicht.

Der Filzstift liegt schwer in meiner Hand. Es ist das erste Mal, dass ich etwas schreibe, seit dem Seminar. Ich mache das nicht für SK. Ganz bestimmt nicht. Ich schreibe, weil ich die Mädchen in der Villa mit ihrem Lärm und den feinen Wolken aus Haarspray nicht ertrage.

Ich schlage die erste Seite auf. SKs Handschrift ist gelöst und unbeschwert:

Schreibe auf, was sich für dich verändert hat. Wie du das Leben nach dem Verlust deiner Mutter empfunden hast.

Die Erinnerung an die ersten Stunden und Tage, nachdem sie verschwand, ist undeutlich, verschmiert, wie Bleistiftmarkierungen, die unsauber ausradiert wurden. Ich erinnere mich hauptsächlich an Geräusche, an das Lachen von Dads Schreibgruppe am Dienstagabend, an das Knarren von Joshs Schritten vor meiner Tür, unsicher, ob er zu mir kommen soll.

Am sechsten Tag kam er dann schließlich. »Steh auf, Schwesterherz. Du hast ein Seminar.«

Ich flehte ihn an, mich nicht zu zwingen. Ich war noch nicht so weit.

»Ich bin in Trauer«, sagte ich, unter der Bettdecke verkrochen. »Verschwinde.«

Aber er meinte, ich müsste gehen und Dad bräuchte die Gewissheit, dass es mir gut ginge, dass alles normal sei, und tausend andere Dinge, die nicht der Wahrheit entsprachen.

Er drängte mich, bis ich angezogen war, das Haus verließ und zu Stacks ging, einer Kneipe – eine Mischung zwischen Bar und Café – in einem viktorianischen Haus ein paar Blocks von uns entfernt. Im ersten Stock gab es einen namenlosen Secondhand-Buchladen, wo Dad hinging, um Hemingway zu lesen und Abgabetermine zu ignorieren. Wo meine Mutter mir haufenweise Klassiker kaufte, als ich klein war (kein Hemingway; Hemingway verweigerte sie mir, als ich sie darum bat. *Hemingway war ein Frauenhasser! Ein Säufer!*). Im zweiten Stock war eine Bar, wo Ben im Sommer an jedem Mittwochnachmittag sein Schreibseminar abhielt.

Die Bar war dunkel, mit mahagonigetäfelten Wänden und trüben Tiffany-Lampen. Ich stand oben an der Treppe und blinzelte dümmlich, während ich darauf wartete, dass sich meine Augen an das Dämmerlicht gewöhnten. Ich war noch nie in einer Bar gewesen, hatte noch nie Alkohol getrunken. Das hatte ich Josh zu verdanken: Alle anderen in meinem Alter besaßen gefälschte Ausweise und verbrachten die Samstagabende mit ihren Freunden hinter dem Fußballplatz, wo sie eine Flasche Schnaps kreisen ließen. Nicht, dass ich irgendwelche minderjährigen Freunde hatte, mit denen ich ein Besäufnis hätte veranstalten können. Aber Josh begriff trotzdem nicht. Er war einer dieser seltenen Typen, die vollkommen nüchtern bleiben und dennoch unglaublich beliebt sind. Er verstand einfach nicht, dass kaum jemand so war wie er. Die meisten von uns brauchten eine kleine Unterstützung für ihr Wohlbefinden.

Hinten in der Bar saßen ein paar Studenten an einem langen, bäuerlich aussehenden Holztisch und tranken Kaffee. Studenten erkennt man gleich. Die Risse in ihren Jeans sehen vorsätzlich aus. Sie haben nicht die gleiche abgekämpfte Haltung wie Normalsterbliche. Mein Magen drehte sich um. Ich gehörte nicht hierher.

Jeder Schritt in Richtung dieses Tisches brachte ein neues Bewusstsein mit sich: die Gänsehaut, die meine Haut wellte, die Innenseiten meiner Oberschenkel, die beim Gehen aneinanderscheuerten, mein vorstehender Bauch und die Fettwulst an meinem Rücken, die sich über dem Hosenbund wölbte. Mein ganzer Körper schien lose zusammengestichelt zu sein, und die Nähte spannten sich bis zum Zerreißen.

Es waren zumeist Jungen, die da saßen, und nur ein Mädchen in meinem Alter und eine Frau mit einem kratzig aussehenden Zopf aus grauen Haaren und einem winzigen Diamanten in ihrem Nasenflügel. Die Frau lächelte mich an. Ich setzte mich ihr gegenüber. Das Mädchen beobachtete ich aus dem Augenwinkel. Sie war dünner als ich. Ihr dickes, glattes Haar war so schwarz, dass es beinahe blau schimmerte. Sie hatte große grüne Augen, die mit cremigem Lidschatten in Chartreuse-Grün und Electric Aqua geschminkt waren, der an ihren Schläfen spitz zulief. Über ihrem rechten Wangenknochen war eine Sternschnuppe tätowiert. Die Luft um sie herum roch zu süß.

»Habt ihr Ashes neuestes Buch gelesen?« Der Junge mit dem hochgestellten Kragen zwei Plätze weiter blickte in meine Richtung. Er hatte die Sonnenbrille auf den Kopf geschoben. Er sah nicht aus wie der typische Zweitsemester. Zu selbstgerecht. Ein Einheimischer vermutlich, mit Geld und einer Anklage wegen Trunkenheit am Steuer oder Drogenmissbrauch, was seinen Plänen, an einer der Elite-Universitäten im Osten zu studieren, einen Strich durch die Rechnung machte.

»Ich finde, er hätte etwas mutiger sein können«, ließ sich die ältere Frau vernehmen.

»Was meinen Sie damit?«, platzte ich heraus. »Mir hat es gefallen.« Mein Dad hatte das Buch während unseres Familienurlaubs lektoriert.

»Ich mag sein frühes Werk lieber«, sagte die Frau. »Damals war er noch hungriger.«

Der Junge achtete nicht auf sie. »Wie heißt du?«, fragte er mich und balancierte seinen Stuhl auf den Hinterbeinen.

»Stevie.« Mein Flüstern war rau. Ich suchte die Bar nach Ben ab, konnte ihn aber nirgends entdecken.

»Stevie. Hübsch.« Der Junge griff nach seinem Kaffeebecher und nahm einen Schluck, der viel zu lange dauerte. Dann leckte er sich – ganz langsam – den Milchschaum von der Oberlippe. »Ich kann mich nicht erinnern, dich schon mal in einem von meinen Kursen gesehen zu haben.«

»Halt dich zurück, Drew.« Die Stimme des Mädchens war dunkel und weich. Sie schaute mich an und verdrehte die Augen. »Hey. Ich bin Eden.«

»Stevie«, sagte ich noch einmal. Meine Wangen brannten, genau wie der Rest meines Körpers. Ich griff in meinen Rucksack und holte das Notizbuch heraus, das Josh für mich gekauft hatte, kratzte an den dunklen Flecken auf dem grasgrünen Einband herum.

»Ich wollte nur freundlich sein«, murmelte Drew. »Darf ich dir einen Drink ausgeben, Stevie?«

»Jetzt?« Ein Stromschlag durchzuckte mich.

»Ganz bestimmt nicht. Nicht, wenn ich hier die Aufsicht habe.« Ben legte einen Stapel Notizbücher ans Kopfende des Tisches. Er war ungefähr zehn Jahre jünger als Dad und etwa so groß wie Josh, aber breiter, mit einem kahl geschorenen Kopf und Diamanten in den Ohren. Die Ärmel seines weißen Hemds waren hochgerollt und leuchteten förmlich gegen die

Schwärze seiner Haut. Er lächelte mich an, und um seine Augen und den Mund war das Mitleid eingegraben. Meine Hände ballten sich zu Fäusten. In meiner Kehle steckte ein Kloß, als ich den Gruß mit einem Nicken erwiderte.

»Fangen wir an.« Ben nahm einen gefalteten Zettel aus der Brusttasche seines Hemdes und las die Namen vor. Als er zu mir kam, rief er mich einfach auf wie alle anderen, und ich entspannte mich ein wenig.

»Herrgott, er ist einfach lecker«, hauchte mir Eden zu. Sie richtete sich auf und warf ihre Haare zurück, und alle schauten zu ihr hin. Alle bis auf Ben.

Ich wand mich innerlich und tat so, als hätte ich es nicht gehört.

Die nächsten drei Stunden hörte ich auch Ben nicht zu, sondern entwarf vier Briefe an meine Mutter, während die anderen einen Text über eine Kindheitserinnerung schrieben. Ich fragte mich, ob Ben meinem Vater kopfschüttelnd bei einem Glas Bier von meiner Unaufmerksamkeit erzählen würde.

»Ich habe keine Lust, jetzt schon in meine Wohnung zu gehen. Meine Mitbewohnerin ist so eine Schlampe«, sagte Eden nach dem Seminar. Der Rest der Teilnehmer war schon gegangen. »Willst du noch ein bisschen bleiben?«

»Wer, ich?« Mit einem Knall schlug ich mein Notizbuch zu.

»Ja, du.« Eden lachte leicht. »Such dir einen Tisch. Ich bin gleich wieder da.«

»Okay.« Eigentlich hatte ich keine Lust zu bleiben, aber ich hatte auch keine Lust heimzugehen. Ich verzog mich in eine Ecke. Kurze Zeit später kam sie wieder, setzte sich mir gegenüber und stellte zwei niedrige Gläser auf den Tisch.

»Oh, eigentlich …« Mit ungeschickten, jungfräulichen Fingern berührte ich das Glas. »Ich meine, danke.«

Es brannte. So beschreiben die Leute doch immer den ersten Schluck Alkohol, nicht wahr? *Er brannte in meiner Kehle.* Aber genauso war es: Feuerfinger, die meine Speiseröhre hinunterstrichen, bis in meinen leeren Magen hinein. Ich hatte sechs Tage lang gefastet, und jetzt hatte ich den Eindruck, als würde in meinem Inneren eine ungeheure Veränderung vonstattengehen.

»He, Mädchen.« Eden lehnte sich zurück. Sie blickte mich anerkennend an, während ich hustete. »Mach langsam.«

Ich dachte, der zweite Schluck würde leichter sein. Aber er war es nicht. »Seit wann hast du das Tattoo?«, fragte ich keuchend und deutete auf die Sternschnuppe.

»Schon ein paar Jahre. Hast du auch vor, dich tätowieren zu lassen?« Ihre Mundwinkel kräuselten sich nach oben.

»Womit denn? Es gibt nichts, was ich für immer und ewig auf meinem Körper haben will.«

»Es ist bloß Kunst. Wenn du darüber nachdenkst, ruinierst du den Augenblick.«

Wir blieben stundenlang in dieser Ecke sitzen. Ich zerrupfte den Stapel mit Papierservietten und baute daraus eine Pyramide aus zarten Fetzen. Sie schlug, ohne zu fragen, mein Notizbuch auf und schrieb mit blaugrüner Tinte ihre Handynummer auf die Innenseite des Einbands. Nicht lesen, was ich geschrieben habe, flehte ich stumm. Sie klappte das Notizbuch wieder zu und ich atmete durch.

»Ich habe das Gefühl, dass Ashe eine wirklich wichtige Rolle auf meinem Lebensweg spielen wird«, sagte Eden ernsthaft. »Er wird mich aus der Kuschelzone vertreiben, du weißt schon, literarisch betrachtet.« Sie beugte sich vor. Je mehr sie sprach, desto näher kamen ihre Lippen meinem Mund.

»Und nicht nur, weil er schwarz ist, oder so was«, versicherte sie mir. »Er ist so … anders.« Sie wich zurück, und in ihre Augen trat plötzlich eine unerwartete Nüchernheit. »Ich kann mir nichts Schlimmeres vorstellen, als gewöhnlich zu sein. Du etwa?«

Aber ich war doch nicht gewöhnlich. Ich war bereits dabei, mich zu verändern. Mein Inneres war leerer, meine Wangen ein wenig flacher.

»Das ist die Last, die Mädchen wie wir tragen müssen«, erklärte sie. »Eltern, Erziehung, Alltag – all das ist so entsetzlich normal. Mittelklasse eben.« Es war beinah unmoralisch, erklärte sie nachdrücklich, auf diese Weise aufwachsen zu müssen. Wir hatten nie wahren Schmerz erlebt. Und das war doch die wesentliche menschliche Erfahrung. Aber indem sie uns vor der wahren Welt beschützten, indem sie uns vor allem Übel abschirmten, hielten uns unsere Eltern – unsere eigenen Eltern! – davon ab, menschlich zu sein. Wir waren etwas völlig anderes.

»Tiere«, sagte ich geistesabwesend und zog meinen Bauchnabel in Richtung Wirbelsäule.

Sie nickte andächtig. »Genau das, was ich sage. Aber nein, wir dürfen nicht mal richtige Tiere sein. Wir dürfen keine Erfahrungen machen, nichts Ursprüngliches, Wildes erleben. Weil man uns als Kinder nur Plüschtiere, abgerundete Bauklötzchen und Barbiepuppen zum Spielen gibt.«

Sie sah so aus, als würde sie gleich anfangen zu weinen, und so nickte ich auch. »Du hast recht.«

»Hast du jemals das Bedürfnis gehabt … Ich weiß, das klingt jetzt blöd, also bitte nicht lachen.«

»Werde ich nicht.«

»Das Bedürfnis, etwas … Besonderes zu sein. Etwas, das dich von anderen abhebt, nur damit du zeigen kannst, dass du … na ja, anders bist?«

Ich verkrampfte mich. Warum erkannte sie nicht, dass dieses Außergewöhnliche bereits begonnen hatte? Dass ich, wenn die Metamorphose vollendet war, etwas ganz anderes sein würde? Offensichtlich waren meine Anstrengungen nicht genug. Ich musste mehr tun als nur fasten. Morgen würde ich anfangen zu laufen. Vielleicht noch heute Nacht. Ja, heute.

»Aber ganz ehrlich.« Sie setzte das Glas an die Lippen und warf den Kopf in den Nacken, obwohl es schon leer war. »Wir sollten etwas *tun*. Etwas Echtes.« Ihre Augen glänzten wie feuchte, metallisch grüne Insektenflügel im Sommer.

Als ich so in dieser Bar saß, wurde mir klar, dass ich keine Ahnung hatte, wie viele Kalorien in einem Glas Scotch waren. Oder in zwei oder drei Gläsern. Aber mittlerweile war ich zu betrunken, um deswegen in Panik zu geraten.

»Was zum Beispiel?«

»Komm mit.« Sie packte mich am Handgelenk und zog mich aus der Nische zur Tür.

Ich lege den Stift weg und wende mein Gesicht der heißen Sonne New Mexicos zu. Ich kann einfach nicht weiterschreiben. Die Geräusche jener Nacht fließen ineinander wie Wasser. Da war das Klatschen unserer Schritte auf dem Asphalt und das Sirren der Neonbeleuchtung vor dem Fenster. Edens Kichern, als sie mir ihren Ausweis gab, bevor wir hineingingen. (*Pst*, sagte Eden, *pst!*) Dann der Klang meiner Stimme, die Worte, mit denen ich sie beschrieb. Das Summen der Nadel.

Ich war so stolz gewesen, als wir fertig waren. Ich hatte das Gefühl, ein Zeichen gesetzt zu haben. Es war irgendwie symbolisch, dass über dem Bild meiner Mutter ein Verband lag. Sie war die Wunde. Es war so verdammt poetisch. Und dann veränderte sich etwas. Eden ließ mich allein, ging zurück in ihre Wohnung, und ich saß da in meinem Wagen und fühlte mich so leer. Ich hatte Hunger – kein Wunder, ich hatte seit sechs Tagen nichts gegessen. Ich vermisste dieses Mädchen, das ich gar nicht kannte, diese Eden, der meine Meinung so wichtig war, dass sie mich bat, nicht zu lachen, deren schwarze Pupillen sich in meine bohrten, wenn sie sprach. Und ich hatte das Verlangen, mich zu füllen, mit irgendetwas. *Schnell, schnell, schnell, hinein, hinein.*

Der Rest ist verschwommen. Verständlich, wenn man meinen Zustand bedenkt. Erst die betrunkene Fahrt zum Lebensmittelladen, wo ich mit schmerzendem Arm in den Gängen herumwanderte. Dann in Dads altem Buick, auf einem Parkplatz ein paar Blocks vom Haus entfernt. Ich lachte ins Leere oder stierte den vorbeifahrenden Autos nach. Das Rauschen des Radios vibrierte in meinen Eingeweiden. Und ich wusste instinktiv, dass dies ein Anfang war. Ich würde etwas tun, was nicht mehr ungeschehen gemacht werden konnte. Etwas Gefährliches. Etwas Berauschendes.

Etwas Außergewöhnliches.

SECHSTER TAG

Mittwoch, 9. Juli, 7.59 Uhr

Nach dem Frühstück habe ich eine Verabredung mit SK draußen auf dem Rasen. Aber als ich mich an Hannah vorbei durch die Tür ins Freie schiebe, ist sie nicht da. Ich schaue mich nach einem geeigneten Platz zum Kotzen um. Es ist mir egal, ob mich jemand dabei erwischt. Obwohl ich nur einen halben Joghurt gegessen habe – ich mag das kühle Gefühl des süßen weißen Joghurts hinten in meinem Hals –, fühle ich, wie er mich überwältigt. Am Rand des Rasens wachsen ein paar niedrige Büsche. Perfekt.

»Hallo, Stevie.«

Ich drehe mich um. SK steht zwischen mir und der Sonne, sodass ich nur ihre dunkle Kontur sehen kann. Wie sich die Sonnenstrahlen so hinter ihr ausbreiten, sieht sie aus wie Jesus in einem Kirchenfenster. Meine Retterin in einem weißen Sommerkleid und den üblichen braunen Sandalen.

»Bereit für das Behandlungsteam?« Sie hat meine Akte dabei. Ihre hellen Wangen sind pfirsichfarben getönt.

»Ach ja. Sicher.« Ich fahre mit den Fingern durch mein kurzes, schlaffes Haar. Mein Schädel ist unregelmäßig, mit Beulen und Dellen.

Wir gehen durch die Villa und zur Vordertür wieder hinaus. Ich nehme die Treppe rechts vom Springbrunnen. Auf die Stufen sind Durchhalteparolen in Pink und Neongelb gemalt. DU BIST EINE SEELE MIT EINEM KÖRPER UND NICHT EIN KÖRPER MIT EINER SEELE! LECK MICH, ES! Es ist schon komisch, dass die Abkürzung für Essstörung ES lautet, als wäre »es« bloß ein Ding, eine unpersönliche Sache.

»Jedes Mitglied deines Teams wird seine Einschätzung zu deiner Therapie abgeben«, sagt sie.

»Aber die kennen mich nicht.« Genauso wenig wie SK. Ich schlurfe ein paar Schritte hinter ihr und wirbele blutroten Staub über ihre Fußspuren. Selbst um diese Uhrzeit ist die Hitze unbarmherzig. Die Sonne fühlt sich an, als ob sie nur wenige Zentimeter entfernt wäre. Mir ist wieder etwas schwindelig, ein tröstliches Gefühl. Mein Körper gehorcht dem Befehl. Ich frage mich, was sie tun würde, wenn ich stehen bleiben und auf der Stelle kotzen würde.

»Stimmt. Sie kennen dich noch nicht.« Sie dreht sich um und wartet auf mich. »Aber nachdem sie deine Untersuchungsergebnisse und deine Bluttests gesehen haben, wissen sie, was du brauchst, damit du am Leben bleibst.«

Wir gehen einen kleinen Hügel zu einem weiteren verputzten Gebäude mit Flachdach hinauf. Ringsum sind struppige Sträucher in den Kiesboden gesetzt. Das gefällt mir an der Wüste. Sie ist offen und schonungslos. Es gibt kaum duftende Blumen, saftig grüne Blätter oder andere Anzeichen von Leben und Schönheit. Die Umgebung ist rau. Das Leben, das geblieben ist, ist kahl und kärglich.

»Hast du schon etwas in dein Tagebuch geschrieben?« SK zieht eine kleine Holztür auf. Ich folge ihr ins Haus.

»Ja.«

»Fantastisch. Das ist wirklich großartig.« Sie schließt die Tür hinter uns und die Diele versinkt in Düsternis. Ich brauche ein paar Sekunden, um mich an das funzelige Licht zu gewöhnen.

»Aber es taugt nichts.«

»Es geht um deine Gedanken und Gefühle. Die werden nicht in Gut oder Schlecht eingeteilt. Sie sind, was sie sind.« Sie betätigt einen Schalter an der Tür, und ein schwaches gelbes Licht leuchtet an der Decke auf.

»Haben Sie das in der Schule für Seelenklempner gelernt?«

Sie lacht. »Ja, du hast recht. Aber es stimmt wirklich.«

In dem Gebäude gibt es lediglich eine Handvoll mit Teppich ausgelegte Räume, eine Küche mit Essecke und ein kleines Badezimmer. Es sieht aus, als hätte hier früher einmal jemand gewohnt. In einem der hinteren Zimmer hängt ein Plastikrollo vor einer Glasschiebetür. Das Rollo sieht ganz so aus wie diejenigen, die wir im Château Bruchbude hatten. Das Zimmer ist leer, bis auf ein paar zu einem Kreis angeordnete braune Klappstühle aus Metall.

Hallo, mein Name ist Stevie, und in zweiundzwanzig Tagen bin ich tot.

Hallo, Stevie!

»Setz dich, wohin du willst.« SK lässt ihre Tasche auf einen Stuhl fallen und zieht die Sandalen aus. Man gewinnt den Eindruck, dass es ihr ein tiefes inneres Bedürfnis ist, barfuß zu gehen. Sie schlendert zu den Rollos und dreht an der senkrechten Plastikstange, woraufhin der Raum mit Sonnenlicht geflutet wird. »Wir warten nur noch auf die anderen vom Team.«

Ich setze mich auf den Stuhl links von ihrer Tasche und starre auf die Welt draußen vor dem Fenster, die durch die Rollos in Querstreifen geschnitten wird. In der Diele knarrt eine Tür. Gleich darauf kommen zwei Männer und eine Frau ins

Zimmer. Die Männer tragen weiße Kittel. Einer von beiden ist der indische Psychiater, den ich schon mit Weißblondchen gesehen habe. Er hat einen Spitzbart, eine Brille mit Drahtgestell und buschige Augenbrauen. Er begrüßt mich mit einer tiefen Neigung seines Kopfes, die fast eine Verbeugung ist.

»Miss Deslisle. Es ist mir ein Vergnügen.« Er hat einen starken Akzent. »Mein Name ist Dr. Singh.« Er setzt sich auf einen Stuhl in dem Kreis. SK und die anderen beiden Neuankömmlinge nehmen ebenfalls Platz. Wir sitzen so nah beieinander, dass sich unsere Knie beinahe berühren.

»Ich bin Dr. Wilkes«, stellt sich der andere Mann vor. Er ist noch ziemlich jung, mit glänzendem schwarzen Haar und einem Grübchen im Kinn. »Ich bin dein medizinischer Betreuer.«

»Und ich bin deine Ernährungsberaterin«, sagt die Frau. Ihre langen weißen Haare sind gescheitelt und fallen ihr rechts und links vom Gesicht über die Schultern. Ihr Lächeln entblößt eine Lücke zwischen ihren oberen Schneidezähnen. Ihre Nase wird von einer limonengrünen Lesebrille gekrönt. »Miss Dalton.«

»Hallo.« Meine Stimme klingt kratzig. Ich räuspere mich und verschränke die Arme vor der Brust. Plötzlich würde ich am liebsten meinen Stuhl nach hinten rücken, weg von dem Kreis. Wir sind zu eng beieinander, diese Fremden und ich, und ich nehme zu viel Raum ein.

»Also schön«, sagt SK fröhlich. »Stevie, wir vier bilden dein Behandlungsteam. Wir sind für dich da, solange du bei uns bist – wenn du Fragen hast oder reden willst oder wenn du Dampf ablassen musst. Okay?«

Die Ernährungsberaterin ergreift das Wort. »Das ist *deine* Therapie, Stevie. Wir möchten, dass du deine Heilung aktiv unterstützt.«

Meine Heilung. Was sie mir damit sagen will, ist ganz einfach: Wenn die Sache schiefgeht, ist es allein meine Schuld. »Sie wissen, dass ich gezwungen werde, hier zu sein, ja?«

Dr. Wilkes hustet.

»Ich bin bloß ehrlich«, sage ich munter. »Sie wissen schon, über meine Gedanken und Gefühle.«

SK stürzt sich auf meine Worte. »Und das wünschen wir uns auch von dir. Wenn die Rückführung zu einer normalisierten Nahrungsaufnahme gelungen ist, hoffen wir, dass es auch dein Wunsch ist, gesund zu werden.«

Rückführung? Allein das Wort klingt unmenschlich.

»Wer möchte anfangen? Sherri?« SK nickt Miss Dalton zu, die links von mir sitzt.

»Gern.« Miss Dalton holt einen schmalen schwarzen Ordner aus ihrer Tasche. Sie riecht süß, wie der Jasmin hinter unserem alten Haus. »Deiner Akte entnehme ich, dass es schwierig für dich ist, deine Mahlzeiten zu dir zu nehmen oder Nahrungsergänzung zu akzeptieren, und zwar seit deiner Ankunft hier, was« – sie überfliegt die Daten – »fünf Tage her ist.«

»Heute ist der sechste Tag.«

»Also sechs Tage. Würdest du sagen, dass diese Einschätzung korrekt ist?«

»Nein. Es ist nicht *schwierig für mich*. Es ist meine freie Entscheidung, nichts zu essen.«

»Okay.« Sie liest eine Weile in der Akte. »Hier steht, dass du sämtliche Nahrung verweigerst, bis auf Joghurt und Salat.«

Danke. »Ja.«

»Also wird es mein Ziel sein, dich so weit zu bringen, dass du den Großteil deiner Mahlzeiten zu dir nehmen kannst. Der Rückführungsprozess …«

»Rückführung bedeutet eine Nahrungsumstellung. Das heißt, dass du langsam wieder an Nahrung gewöhnt wirst, zunächst an solche, die leicht verdaulich ist, bis sich dein Körper wieder darauf eingestellt hat.« Ich hasse es, dass SK in der Lage ist, meine Gedanken zu lesen. »Deshalb fangen wir mit Suppe an, mit Crackern, Apfelsoße und dergleichen.«

Ich schließe die Augen. Suppe ist für mich gleichbedeutend mit einer glänzenden Ölschicht auf Fleischstücken, die in gelben Nudeln ertrinken. Ausgeschlossen.

Miss Dalton setzt wieder an. »Bedenkt man dein Gewicht bei deiner Ankunft …«

Meine Augen fliegen auf und mein Herz summt wie die Flügel einer Hummel. »Wie viel?«

Ihre Lippen werden schlaff. »Wie viel?«

»Wie viel habe ich gewogen?« In dem Ordner ist alles, was ich brauche. Die konkreten Zahlen.

»Was bedeutet das für dich, Stevie?«, fragt SK, schlägt die Beine übereinander und beugt sich zu mir. »Wenn du dein Gewicht weißt?«

Alles. Ich greife mit einer Hand um mein Handgelenk und drücke zu.

»Stevie …«, sagt Miss Dalton zögernd. »Ich habe den Eindruck, dass die Kenntnis über dein Gewicht dir mehr schaden als nutzen würde.«

»Also wollen Sie es mir nicht sagen.« Sie hält mich für zerbrechlich. Sie denkt, ich würde kaputtgehen.

»Im Augenblick würde ich empfehlen, dass wir für dich einen Plan erarbeiten, mit dem du Gewicht zunimmst, anstatt dein Gewicht nur zu halten.«

Gut. Das Gewicht halten gilt für die Bulimischen und die Mädchen, die halbherzige Versuche mit Anorexie unternommen haben. Ich werde natürlich nicht zunehmen, aber ich bin froh, dass man mich hier richtig einschätzt.

Dr. Singh notiert etwas auf dem Klemmbrett auf seinem Schoß.

»Was stellen Sie sich so vor?«, frage ich. Ich bin ganz cool. Völlig ungerührt. »Wie viel Gewicht?«

Ich fühle ihre Augen auf mir. »Wir würden empfehlen, dass du etwa fünfundzwanzig Pfund zunimmst«, sagt sie.

Die Zahl brennt wie Eis in meinen Adern. Das kann nicht stimmen. Es müsste viel mehr sein. Nur fünfundzwanzig? Mein Gott, ich bin so ein Versager.

»Stevie?« SKs Stimme dringt kaum zu mir durch.

Fünfundzwanzig. Ich drücke meine Finger gegen mein Schlüsselbein. Hektisch taste ich. Es ist nicht da, es ist nicht da. Ich fühle nur Fleisch. Fünfundzwanzig. Vor mir dreht sich alles.

»Stevie?« SK legt ihre Hand fest auf meine rechte Schulter. »Was passiert gerade in dir drin? Kannst du uns deine Gedanken mitteilen?«

»Mir geht's gut. Machen Sie weiter.« Ich verstehe das nicht. Ich sollte schon viel weiter sein. Aber obwohl ich mich dagegen wehre, dringt die Wahrheit ans Licht. *Zu viele Fressattacken in den letzten Monaten.* Ich dachte, ich hätte noch Zeit. Ich dachte, ich könnte diese unzähligen Augenblicke der Schwäche noch ausgleichen.

»Stevie.« SK versucht, meinen Blick einzufangen. »Bitte. Ich möchte verstehen, was in dir vorgeht.«

Miss Dalton dreht ihren Stuhl so, dass ich eingezwängt zwischen den beiden sitze. »Stevie, ich weiß, dass die Vorstellung, so viel Gewicht zuzulegen, dir unheimlich sein muss …«

Falsch. Sie versteht alles völlig falsch. Ich bin falsch, so unsagbar falsch. Ich sollte schon viel näher bei Josh sein. Ich habe mich verrechnet. Meine mühevollen Kalkulationen der vergangenen 343 Tage stimmen nicht. *Wenn S. etwa zu der Zeit, in der ihre Mutter die Familie verlässt, den Verstand verliert und mit Vollgas auf ihre Selbstzerstörung hinarbeitet, wie lange dauert es, bis sie ihren toten Bruder erreicht?*

»… aber wir sind da für dich. Wir gehen diesen Weg mit dir gemeinsam«, beendet Miss Dalton ihren Vortrag.

Wieder falsch. Ich gehe ganz allein.

»Machen Sie einfach weiter«, sage ich noch einmal. Ich ziehe die Knie an meine Brust und schlinge die Arme um meine Beine. Das Metall stöhnt unter meiner Üppigkeit. Die Narbe an meiner Hüfte pocht, eine beständige Mahnung daran, was ich getan habe.

»Bitte stell deine Füße auf den Boden«, sagt SK. »Das wird dir helfen, dich zu erden.«

»Herrgott noch mal.« Mit einem Ruck ramme ich meine Sohlen gegen den Teppichboden.

Im Zimmer wird es still.

»Was ist? Sind wir fertig? Kann ich jetzt hier raus?« Das Licht, das durch die Fenster fällt, ist gleißend hell, wie eine gezackte Klinge an meiner Kehle. Ich habe Mühe zu atmen. *Ein. Aus. Ein. Aus.*

»Wir sind noch nicht fertig.« Miss Daltons Stimme ist ruhig. »Kannst du dich bitte noch ein wenig konzentrieren?«

Ich beiße mir auf die Innenseite meiner Wange, bis ich Eisen schmecke. »Von mir aus.«

»Trotz der Notwendigkeit einer starken Gewichtszunahme halte ich eine Magensonde nicht für angebracht. Ich bin der Überzeugung, dass du es auch so schaffst. Aber wenn du weiterhin Gewicht verlierst, müssen wir noch einmal darüber nachdenken.«

Ich habe den Eindruck, dass Miss Dalton eine Bestätigung

von mir erwartet, also nicke ich. Es war wohl die richtige Reaktion. Mir gegenüber fängt Dr. Wilkes an zu reden, aber seine Worte spülen ungehört über mich hinweg.

Ich sitze in der Klemme. Ich kann es mir nicht leisten, dass sie mir eine Sonde durch die Nase schieben, wenn ich am Jahrestag bei Josh sein will. Aber wenn ich weiter abnehme, werden sie mich zwingen. Sie werden mich festschnallen wie eine Geisteskranke. Was ich auch bin.

Dr. Wilkes brabbelt etwas von *Auffälligkeiten in deinem* EKG und *deutlicher Schädigung deines Zahnschmelzes*.

Ich gehe meine Alternativen durch. Wasser aufnehmen ist eigentlich die einzige Möglichkeit, aber es gibt keine Taschen in den Kleidungsstücken und die Schwestern tasten mich ab, ehe sie mich wiegen, um sicherzugehen, dass ich nichts geladen habe. Und ich kann unmöglich vor dem Wiegen so viel Wasser trinken, um sie zu täuschen. Ich muss über den Tellerrand blicken, muss meine kreative Ader ausspielen. Vielleicht eine Rasierklinge oder eine Dose Pillen am Jahrestag, wenn es sein muss. Ich könnte mir etwas besorgen. Ich muss nur dem Arzt sagen, dass ich nicht schlafen kann. Dass ich mich zu aufgedreht fühle oder zu niedergeschlagen oder zu irgendwas. Dass ich Stimmen höre. Schlimme Gedanken habe.

Jetzt fängt Dr. Singh an zu sprechen. Als ich das Wort »Diagnose« höre, schärfen sich meine Sinne. Ich sehe, wie seine dünnen, purpurumrandeten Lippen die Worte formen, die ich zu hören erwarte: *posttraumatisches Stresssyndrom, Dysthymie*. Aber er sagt nicht, wonach es mich verlangt.

Nenn mich bei meinem Namen.

Er schlägt ein Bein über das andere, schiebt die Brille auf seiner Nase nach unten und betrachtet das Dokument auf seinem Schoß.

Sag es.

Als er aufblickt, ist sein Gesicht ruhig. Sein Ausdruck verrät nichts. »Allerdings werde ich deine Achse-1-Diagnose teilweise korrigieren. Mir scheint, dass *Bulimia nervosa* besser auf deinen Zustand passt, insbesondere weil sich dein Gewicht gegenwärtig nicht unter fünfundachtzig Prozent deines Idealgewichts befindet.«

Bulimie.

Das ist absurd. Das Gelächter steigt in mir hoch und fängt an, mich aufzufressen. Es leckt mit seiner Zunge über meinen Rücken, labt sich an meinem Nacken. Schabt mir das Fleisch von den Rippen, und plötzlich tun mir die Seiten weh.

Dr. Singh ist verstummt. Alles im Raum ist still, bis auf mein schrilles Lachen. *Bulimie!* Ich stehe auf.

»Stevie.« Neben mir erhebt sich die Seelenklempnerin und greift nach meinem Handgelenk.

Ich weiche aus. Mein Handrücken macht ein ekelhaftes klatschendes Geräusch auf ihrer Wange. Sie taumelt rückwärts, während die anderen nach vorne stürzen. Ich drehe mich um und durchbreche den Kreis, stolpere zur Tür.

Bulimie! Das ist ein Schlag in *mein* Gesicht, wo ich so hart dafür gearbeitet habe, zu werden, was ich bin.

SECHSTER TAG

Mittwoch, 9. Juli, 11.11 Uhr

Nachdem mich Dr. Singh meines Namens beraubt hat, liege ich stundenlang zusammengerollt auf dem Sofa mit dem goldfarbenen Cordbezug in der Villa. Das Einzige, was über meine Lippen kommt, ist Wasser, mit dem ich die Antidepressiva herunterspülen soll, die man mir verschrieben hat, die ich aber unter der Zunge aufbewahre. Die glauben, sie könnten mich hereinlegen, indem sie Gatorade in mein Wasser mischen, aber ich habe die salzige Süße auf der Zunge geschmeckt.

Ich liege auf der Seite und starre auf mein gewölbtes Spiegelbild im Fernseher. Das Mädchen auf dem Bildschirm ist unfähig. Sie hat keine Kontrolle. Sie hat sich von ihrer Gier und ihrem Hunger beherrschen lassen. Sie verdient das Urteil Bulimie. Ich starre in ihre toten Augen. Wenn sie an diesem Abend nur ein bisschen stärker gewesen wäre. Wenn sie nicht betrunken gewesen wäre.

Sie widert mich an. Ich schließe die Augen, aber sie folgt mir in den Abgrund meiner Erinnerung. *Nein*, flehe ich. *Bitte nicht*. Aber sie zerrt mich weiter, immer weiter, und schreiend und zappelnd erlebe ich wieder mein erstes Mal. Durchlebe es erneut.

Eden war fort und ich war betrunken. Mein Arm tat höllisch weh. Ich saß zusammengesunken auf dem Fahrersitz von Dads altem Buick, den Motor im Leerlauf, die Scheinwerfer ausgeschaltet. Niemand sah, was ich tat.

Das Radio war an, hatte aber keinen Empfang. Die Hintergrundmusik bestand aus einem statischen Rauschen, durchbrochen von der einen oder anderen Silbe eines Radiomoderators. Ich drehte die Lautstärke hoch. Das Rauschen und Knistern wurde so laut, dass ich die Vibrationen tief in mir drin spüren konnte. Sie waren der Beweis dafür, dass ich noch am Leben war.

Mein Herz raste und ich dachte, mein Brustkorb würde explodieren. Unter dem weißen Mullverband pochte mein Arm im Rhythmus meines Herzens. Aber meine Hände waren stark und sicher.

Ich griff nach der ersten Tüte, krallte meine Finger hinein und riss sie auf. Darin waren einzeln eingepackte Schokoladenküchlein mit einer weichen weißen Cremefüllung. Die Creme auf meinen Fingerspitzen hatte den Anschein des Verbotenen, fühlte sich an wie zuckriger Sex. Meine Mutter hatte mir so etwas nie erlaubt. Ich schob mir die Kuchen in den Mund, einen nach dem anderen, bis ich sie einatmete und glaubte, ohne sie würde ich ersticken. Ich nahm mir kaum Zeit zu kauen, so heftig war mein Verlangen nach diesem Sauerstoff. Viel zu schnell griffen meine Hände ins Leere.

Als Nächstes kam eine Tüte mit runden Schokoladentrüffeln, von denen wieder jeder einzelne in diesem vertrauten Goldpapier eingewickelt war. Ich zerdrückte die weichen Kugeln zwischen meiner Zunge und dem gerippten Dach meines Gaumens. Sie leisteten keinen Widerstand.

Es dauerte nicht lange, da wälzte sich die Angst in meinem Magen hin und her, gemeinsam mit dem Zucker und dem Alkohol. Ich hatte vergessen, etwas zu trinken. Das hier funktionierte nur, wenn man etwas trank. Ein Anfängerfehler. Irgendwo hier im Wagen war noch ein Tetrapack mit Tee.

Süßer Tee. Meine Finger ertasteten den Plastikverschluss. Ich schluckte den Tee mit einer Gier, die nur ein Verdurstender begreifen konnte. Der Tee lief mir über die Brust, glitt mit seinen klebrigen Fingern über meinen Hals und zwischen meine Brüste. Die Packung konnte meinem starken Sog nicht standhalten und wurde zusammengedrückt.

So machte ich weiter. Ich stopfte alles in mich hinein: die orangefarbenen Käsebällchen, die Päckchen mit portioniertem Kakaopulver, die ich mit den Zähnen aufriss. Ich hatte mich verwandelt, war nicht mehr menschlich.

Das Ende kam erst, als alles leer war und ich – endlich – voll. Ich schaltete den Motor aus und torkelte aus dem Wagen. Fiel auf Hände und Knie wie das wilde Tier, das ich war.

Es war schwerer als erwartet. Meine fette Zunge wehrte sich gegen meinen Zeigefinger. Mein Körper beschwor mich: *Bitte, Mädchen, bitte. Tu's nicht.*

Aber es dauerte nicht lange, da unterwarf sich mein Körper meinem Willen. Mit geschickten Fingern zog ich an den Schnüren und befahl meinem Leib, sich zu entleeren.

Es war beinahe befriedigend, das alles auf dem mit Gras bedeckten Altar liegen zu sehen: die eingedrückten orangefarbenen Kugeln und die schneeigen Kuchenfetzen, die in zuckersüßem Tee schwammen. Ich kroch ein Stück weiter weg. Zweige und kleine Kiesel drückten ein buntes Muster in meine Haut. Ich rollte mich auf den Rücken, ausgelaugt in einem Moment des Friedens. Ich fühlte mich fast heilig, wie sich mein Körper so gegen die Erde presste, wie sich meine Brust hob und senkte im Takt des unregelmäßigen Singsangs meines Herzens. Ich machte einen Grasengel mit meinen Armen.

Die Sterne schoben sich durch den Samt des Himmels. Endlich verstummten meine Gedanken. Es wurde so still, dass ich die Grillen im Gras hörte, die den Sommer verkündeten.

»Stevie?« Eine Frauenstimme blubbert an die Oberfläche und durchzuckt mich wie ein Stromschlag.

Ich mache die Augen auf. Jede Faser meines Körpers tut mir weh. Ich schaue mich um; SK und ich sind allein in der Villa. Die anderen Mädchen sind draußen im Garten.

»Stevie.«

»Was?« Meine Lippen und meine Zunge sind wie Gummi.

»Wir müssen reden.« SK hockt auf der Sofakante. »Wollen wir hier drin bleiben? Vielleicht in meinem Büro?«

»Keine Therapie. Ich fühle mich nicht gut.«

»Es tut mir leid, dass ich dich stören muss. Hast du geschlafen? Geträumt?«

Ich drehe den Kopf schlaff von einer Seite zur anderen, ohne die Augen zu öffnen. »Ich habe mich erinnert.«

»Erinnert … Woran genau?« Ich fühle ihr Gewicht auf dem Sofa neben mir. Ich ziehe die Knie an meine Brust.

»Das Gedächtnis glaubt, ehe das Wissen sich erinnert.« Dieser Satz kommt mir in den Sinn. Ich werde nicht mit ihr über mein erstes Mal sprechen. Nicht jetzt und auch nicht später. Niemals.

»Wie bitte?«

»Ach, nichts.« Bloß Faulkner.

»Draußen oder drinnen?«, fragt sie ruhig.

»Ich habe doch gesagt, dass es mir nicht gut geht.« Meine Stimme ist lauter, als ich erwartet hätte. Schweiß sammelt sich in meinen Kniekehlen, in den aschfahlen Kuhlen meiner Ellbogen. Mir ist schlecht, als ob es früh am Morgen wäre und ich nach einer betrunkenen Nacht mit Eden nach Hause kommen und versuchen würde einzuschlafen.

»Du bist wütend.«

»Weil Sie mir nicht zuhören.« Ich setze mich auf und schiebe mich zum anderen Ende des Sofas. Den Rücken gegen die knochige Armlehne gepresst, beanspruche ich nur ein einziges Sitzpolster. Eigentlich nur ein halbes, und weniger als das, wenn ich meine Knie ganz fest an meine Brust presse und meine Zehen einrolle.

»Du bist also sauer, weil ich dich bedränge. Und wütend auf das Behandlungsteam, richtig?«

»Wenn Sie es sagen. Mir doch egal.«

»Tatsächlich? Nun, wenn ich du wäre, wäre ich richtig angefressen. Ich wäre stinksauer, wenn, nachdem ich eine Identität gefunden habe, die zu passen schien, irgendjemand daherkommen und mir diese Identität wieder wegnehmen würde.«

»Halten Sie den Mund.« Ich spucke ihr die Worte entgegen.

»Erzähl mir von deiner Reaktion.« Ihre Stimme ist so weich, dass mein Inneres Funken sprüht wie eine Hochspannungsleitung, die man angefasst hat.

»Herrgott noch mal, es ist keine Reaktion! Ich will nicht reden, okay? Das ist alles.«

»Stevie, du *darfst* wütend sein.«

Ich schlage mit der flachen Hand so fest auf ein Kissen, dass meine Handfläche brennt. »Oh, wirklich? Darf ich? Darf ich wütend sein? *Vielen Dank*, dass Sie mir die Erlaubnis geben, mich über Ihre Scheiß-Diagnose aufzuregen.«

Sie zuckt nicht mit der Wimper. »*Deine* Scheiß-Diagnose.«

»Es ist nicht meine. Sie ist falsch.« Ich ertrage es nicht, sie anzuschauen.

»Du wolltest die Anorexie, nicht wahr?«

Ich würde mich übergeben, wenn ich noch irgendetwas in mir hätte. Warum tut sie mir das an?

»Sag mir, was es für dich bedeutet, Stevie. Was bedeutet die Diagnose Bulimie?«

Die Worte sprudeln aus mir heraus, drängen sich eins nach dem anderen an meiner Zunge vorbei. »Dass ich fett bin. Dass ich faul bin. Dass ich keine Selbstbeherrschung habe. Ekelhaft. Schwach. Der letzte Abschaum.« Einen Moment lang strömt dieses Gefühl in mich ein. Salzig und kalt, duchschwemmt und erdrückt mich wie eine hohe Welle.

»Es ist schlimm, so über sich selbst zu denken.«

»Aber es ist wahr.«

»Ich weiß, dass du das glaubst. Ich aber nicht.«

Sie kann glauben, was sie will. Aber es gibt nur eine Wahrheit.

»Was hat die Diagnose Anorexie für dich bedeutet?«

Anorexie. Das Wort klingt intim und traurig. Als ob wir einander kannten, früher einmal, jetzt aber Fremde sind.

»Stevie? Was bedeutete es?«

»Es bedeutete … Stärke. Kraft. Es bedeutete, dass ich besser war. Besser.«

»Besser als was?«

»Besser als jeder andere. Besser als ich selbst. So wie ich davor war.« Sie wird es nicht verstehen. Und ich weiß nicht, wie ich die Verwandlung beschreiben soll. Es ist, als ob man sich sein ganzes Leben lang in einer Hülle versteckt, die einem nicht gehört. Unter der Oberfläche verbirgt sich jemand, der mächtiger ist. Jemand Besonderes. Und eines Tages geschieht es. Vielleicht sitzt man gerade in seinem Zimmer und macht seine Übungen. Vielleicht geht man gerade auf Umwegen zur Schule oder seziert das gegrillte Hühnerfleisch auf seinem Teller mit einem Messer. Und da, ganz plötzlich, hört man das Wort. Man wird gerufen.

Anorexie.

Und es passt. Man hat das faulige Fleisch des Hochstaplers abgeworfen, ist nackt und frisch und neu daraus hervorgegangen. Man ist in sein wahres Selbst eingetreten. Zum ersten Mal ist man wirklich lebendig.

SK legt ihre Hand auf meine. »Du bist nicht deine Krankheit«, sagt sie. Was beweist, was ich die ganze Zeit vermutet habe: Sie hat keine Ahnung.

Ich ziehe die hässliche Wolldecke von der Rückenlehne des Sofas und wickele mich darin ein wie in einen Kokon. Dann schaue ich sie an. Eine rote Schwellung erhebt sich über ihrem rechten Wangenknochen. Habe ich …? Natürlich habe ich. Ich tue allen weh, die ich berühre.

Sie merkt, dass ich sie anschaue. Gleich wird sie einen Scherz machen, so in der Art, dass ich immer noch Profi-Boxer werden könnte, wenn meine Karriere als Hungerkünstler ins Stocken gerät. Aber sie sagt: »Schon gut, Stevie.«

Ich mache den Mund auf, will etwas sagen – ja klar, das ist doch Blödsinn, lassen Sie mich in Ruhe – und mache ihn dann wieder zu. Hinter meinen Augen brennt es. Ich packe meine Unterarme und drücke, bis der Schmerz weggeht.

»Es ist bald Zeit für das Mittagessen. Wenn du dir in den nächsten Tagen etwas mehr Mühe gibst, könnte ich Miss Dalton bitten, dass du dir deine Mahlzeiten selbst aussuchen darfst, und …« Sie bricht ab. »Stevie? Stevie. Hör auf.« In ihrer Stimme liegt ein Drängen. Sie greift unter die Decke und holt meinen Unterarm hervor.

»Was soll …?« Ich schaue nach unten.

Ohne es zu merken, habe ich meinen Daumennagel so tief in mein Fleisch gebohrt, dass das starre Kirschlächeln meiner Mutter mit einem einzigen Blutstropfen zum Leben erwacht.

SECHSTER TAG

Mittwoch, 9. Juli, 21.06 Uhr

Zurück in Bungalow drei ziehe ich die Schublade auf, die in den Bettrahmen eingelassen ist. In dem linken Körbchen meines BHs liegen zwei Tabletten, eine weiße und eine gelbe. Eine ist das Antidepressivum von heute Morgen und die andere ist die Pille, die mir die Schwester nach dem Abendessen gegeben hat, weil ich ihr sagte, dass ich »sehr aufgewühlt« sei.

»Oh, hallo.«

Ich versuche, die Schublade zuzudrücken, aber sie verklemmt sich und bleibt einen Spaltbreit offen stehen. Weißblondchen steht im Türrahmen.

»Hallo.« Ich nicke und betrachte ihre sonnenverbrannten Fußknöchel, die über den Rand ihrer Sneaker quellen. Ich strecke die Arme aus und umfasse meine eigenen Knöchel. Haarstoppeln sprießen in kratzigen Büscheln an meinen Beinen, von meinen Fesseln bis zu meinen Hüften, genauso wie in meinen Achselhöhlen. Ich habe keinen elektrischen Rasierer, und ich werde keins der anderen Mädchen bitten, mir einen zu leihen.

»Ich habe dich in der Villa gesucht, damit wir gemeinsam nach Hause gehen können.«

»Warum?« So, wie ich heute Morgen im Umkleideraum mit ihr geredet habe, sollte man meinen, dass sie nicht mehr scharf auf meine Gesellschaft ist.

Aber sie scheint den Vorfall völlig vergessen zu haben. »Ich wollte bloß wissen, ob alles okay ist. Ich weiß ja, dass du heute dein erstes Treffen mit dem Behandlungsteam hattest.« Sie tritt die Sneaker von ihren Füßen und schiebt sie in eine Ecke ihres Schranks. Der Schrank quillt über vor Strickkleidern, reich verzierten Röcken und weit ausgeschnittenen T-Shirts.

»Oh.«

»Diese Treffen sind echt übel, stimmt's?« Sie seufzt und wuchtet ihren Körper auf das Bett, wobei der Holzrahmen erzittert. »War bestimmt hart.« Sie legt sich auf den Bauch, mit dem Kopf ans Fußende des Bettes, sodass wir nur etwa zwei Meter voneinander entfernt sind.

Ich zucke mit den Schultern. Als Nächstes kommt sie noch auf die Idee, mir die Haare bürsten zu wollen.

»Ja.« Sie nickt und legt das Kinn auf ihre Hände. Sie hat diese nervtötende Art, so zu tun, als würden wir ein normales Gespräch führen.

Ich schließe die Augen. Hoffentlich versteht sie den Wink mit dem Zaunpfahl und macht das Licht aus.

»Ich bin nur froh, dass Anna bei dir war.«

»Anna?«

»Deine … Therapeutin.«

Richtig. SK. Ich gebe auf und drehe mich zur Seite, sodass ich sie anschauen kann. Dabei fällt mir auf, dass ich sie noch nie richtig gesehen habe. Sie ist ein plumpes Kind: rundlich, rosige Wangen mit Sommersprossen wie winzige Sandkörner auf dem Rücken ihrer kleinen, vollkommenen Nase. Ihre Augen sind von einem feuchten, hoffnungsvollen Braun. Ein Funke blitzt in ihnen auf, schwach, aber sichtbar. Der Zorn schlägt über mir zusammen. Es ist undenkbar, dass wir die gleiche Diagnose haben. Wir sind völlig verschieden.

»Sie macht einen tollen Eindruck, diese Anna. Ich wünschte, sie würde meine Therapeutin sein.«

»Wäre.«

»Hä?« Die Haut über ihrer sonnengebräunten Nase kräuselt sich verwirrt. Wertlose Kuh.

»Ich wünschte, sie *wäre* meine Therapeutin. *Wäääre.*« Ich sage es ganz langsam. Damit selbst sie es versteht. »Konjunktiv, klar?«

»Okay.« Sie blinzelt. Ich merke, dass ich sie gekränkt habe. Eine neue Welle aus Wut brandet gegen mich an. Ich hasse sie. Ich hasse sie, weil sie noch in der Lage ist zu fühlen. »Na, egal, jedenfalls scheint sie wirklich gut zu sein.« Sie setzt sich auf und pult an dem Glitzernagellack auf ihren kurzen Stummelzehen. »Also, wenn du längere Zeit nichts sagst, hast du dann … so was wie Flashbacks?«

»Ich habe keine Flashbacks.« Meine Stimme ist dünn. »Ich … erinnere mich bloß.«

»Das geht mir auch manchmal so.« Ihre Worte strömen in einem gewaltigen Schwall aus ihrem Mund, als ob sie sich überhaupt nicht unter Kontrolle hätte. »Na ja, ich erinnere mich an Dinge, an die ich mich nicht erinnern will. Immer und immer wieder. Manchmal kann ich deswegen nicht schlafen und mich auch nicht konzentrieren oder so was. Ich kann sie nicht ausblenden, weißt du? Es ist das Einzige, was ich tun will, aber ausgerechnet das kann ich nicht.«

Ich schlucke und starre unverwandt auf die Flocken aus Nagellack, die sie jetzt mit heftigen Bewegungen von ihren Zehennägeln reißt.

»Geht dir das auch manchmal so?«

Ich gestatte mir ein leichtes Nicken und hasse mich dafür. Ich hasse uns beide.

»Manchmal wünschte ich, ich könnte einfach einschlafen, für immer, und müsste nie mehr träumen.«

Ich schaue auf. »Ich, ähm … na ja, ich habe Tabletten – eine Pille, die bei Aufregung hilft oder … wenn du nicht … wenn du etwas brauchst.«

»Ehrlich?« Sie lächelt und wirkt plötzlich schüchtern. »Danke. Ich meine … im Moment geht es. Aber trotzdem, danke.«

»Ach, schon gut.« Ich habe keine Ahnung, warum ich ihr das angeboten habe; sie könnte mich verraten und dann würden sie mir meinen Vorrat wegnehmen. Aber ein winziger Teil von mir gibt zu, dass ich weiß, wie es ist, wenn man in einer Erinnerung gefangen ist, der man nicht entkommen kann. Wenn man etwas immer wieder durchlebt. Das hat niemand verdient. Niemand außer mir jedenfalls. »Aber sag es keinem.«

»Natürlich nicht. Versprochen.«

»Gut.«

»Also … ähm …« Weißblondchen beugt sich vor. Unter ihrem Kleid schlägt ihr Bauch Falten. Sie sieht aus wie ein sitzender Buddha. Ein weißblonder Buddha. Beinahe hätte ich gelacht. »Worum geht's bei deinen?«

»Bei meinen?«

»Bei deinen Flash… deinen Erinnerungen.«

»Das ist doch wohl nicht dein Ernst.« Ich würde ihr nie von meiner Erinnerung an mein erstes Mal erzählen, nicht von Josh oder Eden oder dem Seminar oder meiner Mutter.

»Du musst nicht darüber reden, wenn du nicht willst. Es ist nur so, dass es manchmal hilft, wenn man Dinge ausspricht. Und du hast noch nicht viel gesagt, seit du hier bist.«

Ich lege mich wieder hin und schließe die Augen, will das surrende, fluoreszierende Licht und ihre Stimme aussperren.

Auf der anderen Seite des Zimmers knarrt das Bett. »Du

hast Glück. Irgendwie scheint dich nichts aus der Bahn zu werfen. Ich habe all diesen Mist in mir eingesperrt, und an manchen Tagen denke ich, wenn ich ihn nicht schnellstens aus mir rauskriege, dann …« Sie seufzt tief. »Es ist wie ein Parasit oder so etwas. Ich weiß auch nicht.«

Ich weiß es. Mir geht es genauso. Als ob meine eigenen Erinnerungen mich verschlingen würden.

»Und weißt du, weil meine Familie von außen betrachtet so perfekt aussieht, denken die Leute einfach …« Sie verstummt.

Ich gähne und recke meinen Nacken. Ich muss mir einen neuen Plan einfallen lassen, wie ich Gewicht verlieren kann, ohne SK oder die anderen von meinem Team aufzuscheuchen. Ablenkungen kann ich mir nicht leisten.

»Tut mir leid. Ist ja nicht so wichtig, du willst bestimmt schlafen.« Wieder knarrt das Bett und ich höre sie über den Teppich tapsen. Ein Klicken, und Dämmerlicht senkt sich über das Zimmer. Die kleine Klemmlampe an dem Einbauregal lasse ich an. Sonst ist die Dunkelheit zu dunkel. Ich rolle mich auf die Seite und betrachte die aschfarben gestrichene Betonwand.

»Oh«, flüstert sie, »bevor du schlafen gehst, könntest du mir bitte noch meinen Reißverschluss aufmachen? Der klemmt nämlich jedes Mal.«

Ich verdrehe die Augen. »Na gut.«

Sie hockt sich auf meine Bettkante, den Rücken mir zugewandt. Innerlich krümme ich mich beim Anblick ihrer fleischigen Kurven unter dem dünnen Baumwollstoff.

»Hier.« Sie schiebt ihre dicken blonden Locken von ihrem Nacken und legt sie über ihre Schulter nach vorne, sodass ich an den Reißverschluss gelangen kann. Ich nehme das kalte Stück Metall zwischen Daumen und Zeigefinger und ziehe es nach unten. Keuche auf, ehe ich an mich halten kann.

Von ihrem Haaransatz bis kurz unterhalb ihrer Schulterblätter ist ihr Rücken mit kleinen, kreisrunden Narben gesprenkelt. Einige sind lila, andere rot, einige wölben sich hoch, dick und weiß. Es sieht so aus, als ob jemand sie mit einem Locher bearbeitet hätte, als ob sie nichts weiter wäre als eine Papierpuppe. Entsetzt strecke ich die Hand aus und berühre eine der Narben. Sie fühlt sich hart an unter meiner Fingerkuppe.

»Oh Gott.« Sie weicht von mir weg und greift nach ihrem Reißverschluss, während sie auf ihre Seite des Zimmers flüchtet. »Es tut mir leid. Ich habe nicht daran …«

»Nein! Schon gut! Ich … was ist mir dir geschehen?« Ich bohre meine Fingernägel in die Matratze und habe plötzlich Angst, mich übergeben zu müssen. Was soll ich jetzt machen? Zu ihr gehen? Sie in Ruhe lassen? Jemanden zu Hilfe rufen? Vielleicht SK. Mir fällt ein, dass im Flur ein Telefon ist.

»Nichts«, sagt sie schnell. Ihre Augen sind groß und kummervoll, als ob sie sich mehr um meinen Seelenfrieden sorgt als um den Meteoritenschauer aus Narbengewebe auf ihrem Rücken. »Jedenfalls nichts Neues. Die habe ich schon länger.« Und dann, als ob sie meine Gedanken lesen könnte. »Die Leute hier wissen Bescheid. Kümmer dich nicht darum.«

»Ich soll mich nicht darum kümmern?« Mit beiden Händen reibe ich mir über das Gesicht. Mein ganzer Körper steht unter Strom. »Aber …«

»Ganz ehrlich, Stevie.« Sie stößt ein scharfkantiges Lachen aus. »Bitte leg dich einfach wieder hin. Da kann man ja fast Angst kriegen.«

Ich zwinge mich ebenfalls zu einem Lachen, aber es fühlt sich falsch an, obwohl ich diese Narben nicht verursacht habe. Genauso wenig wie sie. Sie könnte diese Stellen niemals erreichen.

»Machst du bitte das Licht aus? Ich kann nicht schlafen, wenn die Lampe an ist.« Sie steigt ins Bett, immer noch völlig angekleidet, und vergräbt sich unter ihrer Decke.

Ich habe plötzlich das Verlangen, mich zu ihr zu legen und ihr über das Haar zu streichen, wie Josh es immer bei mir getan hat, wenn ich einen Albtraum hatte. Aber das wäre nicht angebracht. Ich greife nach oben und schalte die Lampe aus. In meinem Kopf wirbeln die Fragen, und in meinem Inneren nimmt ein Schrei Fahrt auf, wie ein Wind, der sich zu einem Sturm auswächst.

»Das ist nicht normal«, sage ich in die Dunkelheit, »nur dass du's weißt.« Ich sage das nicht, damit sie sich schlecht fühlt. Ich sage es, damit sie weiß, dass es nicht okay ist.

»Ja.« Ihre Stimme ist ein Wimmern. Sie scheint zu verstehen. »Ich weiß.«

»Du kannst es mir sagen, wenn du willst«, spreche ich zur Decke, nachdem ein paar Minuten vergangen sind. Mein eigenes geschundenes Fleisch tut weh, und ich knete die Narbe mit meinen Fingern. Nichts kann den Schmerz lindern.

Sie sagt nichts. Ich höre nur ihr leichtes, rhythmisches Atmen im Schlaf. Ein und aus, ein und aus, wie kühles Wasser an einer felsigen Küste.

SIEBTER TAG

Donnerstag, 10. Juli, 4.45 Uhr

Stundenlang liege ich reglos auf meinem Bett. Mein Geist ist randvoll mit einem Wissen, das ich aus meinem Bewusstsein ausradieren will. Ich passe meinen Atemrhythmus dem von Ashley an. *Ein, aus. Ein, aus. Ein, aus.* Ein kleiner, völlig sinnloser Akt der Solidarität. Jede Stunde schaut eine gesichtslose Schwester ins Zimmer. Sie reduziert uns auf Zahlen. Eins. Zwei.

Meine Augen kleben an der Decke, starr und reglos. Ich frage mich, was für eine Art von Tier zu einer solchen Grausamkeit fähig ist. Vielleicht ihr Vater. Das Bild eines gut gekleideten Arschlochs zuckt mir durch den Sinn. Er sitzt in einem mahagonigetäfelten Büro und nippt an einem uralten Scotch, den er für eine besondere Gelegenheit aufgespart hat, die niemals kommen wird. Die Spitze seiner Zigarette ist ein glühender Feuerball.

Ein, aus.

Oder vielleicht war es ihre Mutter. Eine Frau, die aussieht wie Ashley, nur älter, mit einer zarten Faltenhaut und Hüften, auf denen sie die Jahre der Verbitterung in dicklichen Schichten abgelegt hat. Sie steht im Türrahmen und schaut zu, wie Ashley schläft, lauert auf ihr Opfer, stößt silbrigen Atem aus. Wartet auf den richtigen Zeitpunkt.

Ein, aus.

Nachdem die Schwester zum sechsten Mal nach uns gesehen hat, halte ich es nicht mehr aus. Ich springe aus dem Bett und lege mich auf den Boden. Der Beton unter dem papierdünnen, staubigen Teppich ist kalt. Ich hole konzentriert Atem und drücke meine Hüfte gegen den Boden. Hebe mein rechtes Bein langsam und senke es dann wieder ab. Die Enge in meiner Brust löst sich auf wie weicher Schaum. Als Nächstes das linke Bein. Mit jedem Ausatmen fällt mein leerer Bauch gegen mein Rückgrat. Beinahe leer. Da ist der halbe Joghurtbecher und das Gatorade-Wasser. Morgen wird es besser werden.

Meine Hüften brennen, ich spüre die ersten Funken des reinigenden Feuers. *Vergib mir, Bruder, denn ich habe gesündigt.* Aber die Übungen wirken nicht so, wie sie sollen. Gedanken schleichen sich ein. *Morgen kann es nicht besser werden. Sie werden dir eine Magensonde verpassen und dich zwangsernähren, bevor du Josh auch nur einen Schritt näher kommst.* Ich bewege mich schneller, verdoppele meine Geschwindigkeit. *Wenn sie dir einen Schlauch in die Nase stecken und dich mit Kalorien vollstopfen, dann hast du verloren. Und wenn du anfängst zuzunehmen, ist es vorbei. Es gibt keinen Ausweg. Du sitzt in der Falle. Wie ein hilfloses Tier.*

Ein sanftes Klopfen an der Tür. Ich springe auf.

»Wer ist da?«, keuche ich in die Dunkelheit. Meine Haut ist klamm. Ich habe das Gefühl, mich übergeben zu müssen. Der Gedanke beruhigt mich.

»Ich bin's nur.« Die Tür öffnet sich einen Spalt, und Cate steht in dem schmalen Speer aus silbrigem Licht. Wie eine Zeichentrickfigur, spindeldürr und mit vorstehenden Knochen. Eine ausgewaschene pinkfarbene Schlafanzughose hängt an zwei herrlich geformten, spitzen Hüftknochen.

»Was – trainierst du etwa?« Cate flüstert, als ob das etwas Unanständiges wäre, eine verführerische Sünde, nach der sie sich sehnt.

»Ich kann nicht schlafen.« Ich rucke mit dem Kopf zu Ashley hin, aber sie rührt sich nicht. *Ein, aus.*

»Oh.« Cates Konturen zittern und wanken. Sie würde sich zu gerne zu mir legen und dieses eine Mal ihrem Verlangen nachgeben. »Anruf für dich. Am Telefon im Flur.«

Meine Kehle wird trocken, aber ich bleibe liegen. »Ich habe es gar nicht klingeln gehört.«

»Es ist aus Paris.« Ihre Stimme bebt vor kindlicher Aufregung. »Wen kennst du denn in Paris?«

»Niemanden«, sage ich rasch. Mein Herz hämmert gegen meinen Brustkorb. Ich hasse meinen Körper, weil er reagiert, weil er mich verrät. Mit angespannten Abduktoren senke ich mich millimeterweise auf den Boden ab und fahre mit meinen Übungen fort. Soll sie doch zuschauen. Sie ist zu neidisch und zu schwach, um mich zu verpetzen.

Sie leckt sich über die schuppigen Lippen. »Aber … was soll ich denn sagen …?«

»Sag, was du willst. Leg einfach auf. Mir doch egal.« Während ich mein Beintraining intensiviere, höre ich, wie sie durch den Flur geht und eine Entschuldigung ins Telefon murmelt. Dann kommt sie wieder.

»Sie sagt, sie ruft später wieder an.« Der Plastikschlauch glänzt im Flurlicht wie ein geisterhaftes Körperteil.

»Wie funktioniert das Ding?« Pobacken fest zudrücken.

»Was für ein Ding?«

»Die Magensonde. Hast du die gleich gekriegt, als du hierherkamst?«

»Direkt nach meinem Termin mit dem Behandlungsteam.« Sie spielt mit dem Bändel ihrer Schlafanzughose. »Ich bin im Flugzeug ohnmächtig geworden, und ich schätze, sie haben sich Sorgen gemacht.«

Diese Zurschaustellung von Arroganz werde ich mit Nichtachtung strafen.

»Na ja, nachts stecken sie den Schlauch in einer Maschine neben meinem Bett ein. Wenn sie die Maschine dann einschalten, wird irgendeine komische braune Flüssigkeit durch den Schlauch in meinen Magen gepumpt. Morgens stecke ich ihn wieder aus.«

»Krass.«

»Ich versuche, nicht daran zu denken.«

Nach der letzten Übung setze ich mich auf und schlinge die Arme um meine Knie. »Hat es wehgetan, als sie den Schlauch in dich reingesteckt haben?«

»Ja. Man muss sich auf einen Untersuchungstisch legen, während die Schwestern dich festhalten und dir das Ding in die Nase schieben. Sie versuchen immer, es so schnell wie möglich hinter sich zu bringen, aber manchmal geht es schief, und dann müssen sie von vorne anfangen.« Ihr Blick zuckt durch das Zimmer und bleibt auf Weißblondchens Gestalt unter der Bettdecke liegen. »Wie kann sie bloß so tief schlafen? Ich wache hier alle fünf Minuten auf.«

Ich zucke mit den Schultern und umklammere meine Knie fester. Es ist komisch, aber mit einem Mal will ich ihr von Ashleys Narben erzählen, will sie in allen Einzelheiten beschreiben – dass sie aussehen wie die Schnallen auf einer Zwangsjacke –, und zwar nicht, weil ich es verarbeiten will oder weil ich will, dass Cate meine Gefühle nachvollziehen kann (ich lerne schon die Therapie-Sprache), sondern weil es einfach nicht fair ist. Ich habe so viel in mir drin: Josh und Eden, den Jahrestag und meinen Verschwinde-Zauber. Ich will das nicht auch noch mit mir herumschleppen.

Ashley murmelt im Schlaf.

»Es ist irgendwie komisch, dass sie diese ganzen Plüschtiere von zu Hause mitgebracht hat«, sagt Cate leise.

»Warum? Vielleicht fühlt sie sich dann besser«, brause ich auf. »Vielleicht helfen sie ihr beim Einschlafen.«

Cates Augen weiten sich. »Ich wollte nicht … Ich habe zu Hause auch Plüschtiere. Und eine Schmusedecke, seit ich fünf war. Mit Binky, dem Kaninchen. Blöd, ich weiß.«

Ich schaue zu, wie sich Ashleys Leib hebt und senkt.

»Und als sie mir den Schlauch eingeschoben haben, haben sie mir eine Gummiente gegeben, die ich festhalten konnte.«

Ich widme mich wieder meinen Übungen, bis Cate etwas von Wiegen und Untersuchung murmelt und dann durch den Flur zu ihrem Zimmer schlurft. Ich stehe auf und gehe zu Ashley. Da sitzen der Stoffhund und ein blauer Bär, eng umschlungen. Das einohrige Kaninchen liegt verdreht in einem Nest aus blonden Locken, als ob es das alles nicht mehr ausgehalten und sich in einem tiefen See ertränkt hätte. Ich greife nach dem Tierchen, das einen Großteil seiner Füllung verloren hat. Es ist warm und weich und riecht nach Weichspüler mit Lavendelduft.

Ashleys Mund steht offen. Ihr Atem klingt wie statisches Rauschen. Ich stehe eine Zeit lang bloß da und halte das Kaninchen an seinem knubbeligen gebrochenen Hals fest. Draußen erhebt sich allmählich ein farbloses Licht über der staubigen Landschaft. Ich gehe neben ihrem Bett in die Hocke und streiche ihr die Locken von der heißen Wange. Ich bleibe bei ihr und betrachte das kaum merkliche Zucken von Wangen und Mund im Schlaf. Ich lasse sie ruhen, denn das ist alles, was ich für sie tun kann. Für Mädchen wie uns ist die Bewusstlosigkeit der einzige Ausweg.

SIEBTER TAG

Donnerstag, 10. Juli, 12.47 Uhr

Nach dem Mittagessen ist es in der Villa drückend schwül, wie zu Hause an einem späten Nachmittag, bevor ein Sturm den Himmel zerreißt. Ich betrachte Teagan, die sich im Profil vor die Doppeltür gestellt hat und mit bösem Blick ihre breite, kantige Gestalt mustert. An einem der runden Tische blättert Ashley gereizt durch ein Malbuch mit altmodischen Prinzessinnen-Bildern, als ob sie sich über jedes einzelne Happy End ärgern würde. Ich rolle mich auf dem Sofa zusammen und versuche, die Erinnerung an Ashleys Narben wegzublinzeln. Die Mädchen warten, obwohl es die meisten nicht zugeben wollen.

»Ooh! Da kommt er!«, quietscht Cate von der Eingangshalle aus. Sogleich trampelt eine Mädchenherde zum Schreibtisch der Schwester. Der Postbote hat kaum Platz, um seine verkratzte Plastikwanne mit Briefen auszuleeren, und schon fangen die Mädchen an, sich um die Umschläge zu balgen. Es ist wie bei einer Raubtierfütterung: die Kiefer weit aufgerissen, hungrig nach Liebe und Worten. Es erinnert mich an eine Dokumentation über Killerwale, die ich mit Josh gesehen habe, zwei Tage bevor ich ihn umgebracht habe. Wenn ein intelligentes Tier zu lange in Gefangenschaft gelebt hat, können schreckliche Dinge geschehen. Es kann depressiv werden oder sogar gewalttätig. Wenn die Welt eines Tieres schrumpft, wird eine Kleinigkeit manchmal übermächtig und riesengroß. Das Leben ist von Krankheit geprägt und endet früher. Das Tier gibt auf.

»Stevie? Post!« Der Pfleger soll vermutlich warten, bis ich zu ihm komme, aber er ist einer von der netten Sorte. Er fasst den roten Umschlag wie eine Frisbeescheibe und als ich nicke, wirft er ihn mir in hohem Bogen zu. Ich fange ihn und lege ihn auf den Couchtisch, ohne ihn eines Blickes zu würdigen. Ich habe schon fünf davon in der Schublade mit meiner Unterwäsche. Alle ungeöffnet. »Oh. Und noch einen.« Er schickt mir den zweiten Umschlag per Luftpost zu.

»Huch!« Ich hebe meine Hand gerade noch rechtzeitig. Der Umschlag ist dick und golden. Dieses Papier kenne ich. Die Erkenntnis durchströmt mich wie ein heißer Wüstenwind: Eden. Ohne nachzudenken, hebe ich den Umschlag an mein Gesicht und atme ihn ein. Der süße Duft lässt mich erschauern. Mir ist übel und gleichzeitig bin ich erleichtert.

»Ashley.« Der Pfleger hält eine Handvoll Postkarten hoch.

Heute ist ein schlechter Tag für Ashley: bloß drei Karten, eine glänzender und bunter als die andere. Viel zu blaues Wasser und dicke Buchstaben in Glitzerschrift: *Saint-Tropez! Mallorca!* Auch sie würdigt ihre Post keines Blickes.

»Danke, Jeff. Ich schaue sie mir später an.« Ashley sieht von ihrer Prinzessin auf, der sie eine zornige, orangerote Frisur verpasst hat. Ich frage mich, ob ich wegen gestern Abend irgendetwas sagen soll. Aber besser gar nichts sagen als das Falsche.

»Du hast Glück, dass du einen Dad hast, der dir schreibt.« Teagan lässt sich neben mich auf das Sofa fallen und nickt neidisch zu dem roten Umschlag auf dem Tisch. »Willst du ihn nicht aufmachen?«

»Eigentlich nicht.« Edens Brief liegt schwer in meiner Hand.

Ich wünschte, die anderen würden verschwinden, damit ich ihn in aller Ruhe lesen kann.

»Okay, meine Damen!«, meldet sich SK vom Schreibtisch der Schwester aus. »Wenn Gruppentherapie auf eurem Stundenplan steht, treffen wir uns am Haus. Ansonsten bleibt ihr bei Kyle in der Villa.«

Ich ziehe den zusammengefalteten Stundenplan aus meiner Gesäßtasche. Gruppentherapie. Vielleicht habe ich Gelegenheit, einen oder zwei Sätze zu lesen, während eins der anderen Mädchen ein Kindheitstrauma enthüllt. Oder vielleicht sollte ich warten bis heute Abend und ihn im Licht der Klemmlampe in unserem Schlafzimmer genießen. Dann kann ich mich in die Decken und in ihre Worte einkuscheln und sie in weichen Falten um mich legen, bevor ich einschlafe. Tief in meinem Inneren setzt dasselbe Ziehen ein wie vor einer Fressattacke. Ich will mich mit ihren Worten bis oben hin anfüllen, und ich habe Angst, dass sie nicht ausreichen werden, wenn ich sie alle in mir aufgenommen habe.

Ein paar Mädchen folgen SK durch die Eingangshalle. Ashley trottet allein hinterher. Normalerweise geht Ashley nie allein.

»Hey!« Ich springe auf, als sie gerade an mir vorbeikommt. »Hast du … ähm, letzte Nacht gut geschlafen?« Ich schiebe den Brief in meine Gesäßtasche, während wir die Treppe hinunterspringen, immer zwei Stufen auf einmal nehmend.

»Oh, hallo.« Sie fixiert mit den Augen Teagans Fersen, auf denen etliche Blasen prangen. »Ich … Wenn das für dich gestern Abend eine blöde Situation war, dann … tut es mir leid. Ich vergesse nur manchmal, dass die Narben da sind.«

»Nein, schon gut. Das verstehe ich.« Es gab unzählige Tage, an denen ich morgens aufwachte und ganz normale Gedanken hatte. *Kommt mir vor, als wäre heute Freitag.* Oder: *heroisch. Ich hätte beim Scrabble das Wort ›heroisch‹ legen sollen.* Und dann drehte ich mich auf die Seite und dachte: *Oh, ich habe keine Mutter mehr. Meine Mutter hat uns verlassen.* Das ist das einzig Gute, was mein Gehirn je für mich geleistet hat: Hin und wieder behielt es sein Geheimnis für sich, damit ich wenigstens einen Augenblick lang frei atmen konnte.

»Willst du … na ja, willst du darüber reden?« Ich halte den Atem an.

»Nö. Schon in Ordnung. Aber danke.«

Schweigend legen wir den Rest des Wegs zurück, treten in die schemenhaften Fußabdrücke der Mädchen vor uns. Sie führen uns durch die Eingangstür. Nachdem ich über die Schwelle gegangen bin, weiß ich Bescheid: Die Gruppentherapie ist eine Falle.

Zu viele Gerüche auf einmal: geschmolzene Butter, geschmeidige dunkle Schokolade und Puderzucker. Dickliches, feuchtes Fett. Salz und das nussige Aroma von getoastetem Brot. Die Düfte drohen mich zu überwältigen, wollen mich wieder in die Küche von Château Bruchbude zerren oder auf den Fahrersitz von Dads Buick oder in Edens Badezimmer. Ich kann nicht dorthin zurück. Weit öffne ich die Augen und zwinge mich dazu, jedes Detail akribisch aufzunehmen.

Die Küche ist grell und gleichzeitig schummrig. Helle Strahler erleuchten einen Raum voller »Beinahe«-Farben: hässliche Hängeschränke mit hellen Holzfronten, die weder braun noch beige sind. Arbeitsplatten aus Kunststoff, die weder weiß noch gelb sind. Linoleumfliesen, die früher einmal eierschalenfarben gewesen sein mögen, mittlerweile aber einen Schlammton angenommen haben. Auf der anderen Seite der Arbeitsplatte steht ein langer, ovaler Tisch.

Miss Dalton, die weißhaarige Ernährungsberaterin aus meinem Behandlungsteam, steht hinter der Arbeitsplatte. Hinter dem Glas mit Erdnussbutter und einer Rolle Keksteig. Hinter den Kartons mit süßen Frühstücksflocken und Crackern und aufgeblähten Käsebällchen. Hinter der braunen Papiertüte, auf der dunkle Fettflecken glänzen wie unheimliche Nachtschatten an einer Schlafzimmerwand.

Was zum Teufel …? »Soll das ein verdammter Witz sein?«, platzt es aus mir heraus.

»Stevie. Bitte achte auf deine Ausdrucksweise.« SK tritt neben die Ernährungsberaterin. »Kommt herein, Mädels. Willkommen zur Gruppentherapie.«

Die anderen nehmen ihre Plätze zu beiden Seiten der Arbeitsplatte ein: Teagan, Jenna (die Haarnadel-Dealerin) und unzählige andere, deren Gesichter vor mir verschwimmen. Sie sehen aus wie blöde Tiere mit leeren Augen, die nicht begreifen, dass sie zur Schlachtbank geführt werden.

»Ganz ehrlich, Mann«, zische ich in Ashleys Ohr. »Was. Ist. Das?«

»BG«, erwidert sie flüsternd. »Bulimie-Gruppe.«

»Aber ich bin nicht … Ich glaube, da ist etwas falsch auf meinem Stundenplan eingetragen«, sage ich laut. »Moment mal. Wo ist Cate?« Hektisch zucken meine Augen durch den Raum. »Sollten nicht alle Mädchen aus einem Bungalow zusammen sein?« Ich sollte freundlicher zu Cate sein, denke ich. Schließlich ist sie mir ähnlicher als irgendjemand sonst hier.

»Alles klar bei dir?« Ashley legt mir die Hand auf den Arm.

Teagan, die auf meiner anderen Seite steht, sagt »Es wird alles gut«, oder irgendeine ähnliche Lüge.

»Wie ihr euch vielleicht schon gedacht habt«, sagt SK, »besteht die heutige Sitzung aus einem Fressattacken-Experiment.«

Ich stelle mir eine lange Reihe von Mädchen vor, die sich über Toilettenschüsseln beugen, während SK von einer zur anderen wandert und über die Rücken streicht, die Haltung korrigiert und Haarsträhnen aus den Gesichtern hält.

»Ein paar von euch kennen diese Therapie-Einheiten schon«, fährt sie fort.

Jenna gibt einen zustimmenden Ton von sich und spielt mit ihrem gelben Plastikarmband.

»Für andere ist es das erste Mal.«

Ich räuspere mich. »Entschuldigung. Aber mein Stundenplan ist falsch«, sage ich noch einmal, diesmal lauter.

Die anderen sind stumm.

»Ich sollte jetzt eigentlich in der Villa sein. Bei Kyle.« Ich schiebe meine Hand in meine Gesäßtasche und drücke Edens Brief mit den Fingern. Sie würde wissen, was sie sagen muss, um hier rauszukommen. Ihre Worte würden vor Honig triefen, sie würde einen brillanten Witz machen und hinaus in die Sonne marschieren, ehe noch jemand begreifen könnte, was vor sich geht.

»Du bist hier schon richtig, Stevie«, sagt SK ruhig. »Wie ihr seht, stehen auf der Arbeitsplatte verschiedene Lebensmittel, die ihr vermutlich schon einmal während einer Fressattacke zu euch genommen habt. Aber diese Lebensmittel müssen nicht zwangsweise zu einer Fressattacke gehören. Sie können – in angemessenen Mengen – genossen werden, und das wollen Miss Dalton und ich euch heute zeigen.«

Meine Augen fliegen von Ashley zu Teagan und wieder zu Ashley. Ihre Gesichter sind schlaff und fügsam. Ihre Münder hängen offen, machen Platz. Wollen sie das? Wollen sie eine Entschuldigung für ihre Nachgiebigkeit, eine sanktionierte Völlerei, im Namen der Gesundheit? Wie ist es nur möglich, dass SK glaubt, ich gehöre in denselben Käfig wie diese Mädchen?

Jenna, die vor mir steht, murmelt einem weinenden Mädchen etwas zu. Teagan zieht sich ein Haar von ihrem Ohr weg. Zum ersten Mal fällt mir auf, dass dort über ihrem Ohr eine kahle Stelle ist. Ein merkwürdig leerer Ort, wo Haare sein sollten.

»Bitte lasst euch Zeit, bevor ihr eure Wahl trefft«, sagt Miss Dalton.

Endlich tritt Jenna vor und nimmt einen Pappteller.

»Gut, Jenna«, sagt SK, als ob sie das Geheimnis dieses Mädchens kennen würde. Ich frage mich, ob meine Seelenklempnerin zu Jenna das Gleiche sagt wie zu mir. Ich frage mich, wen sie für besser hält, für stärker, würdiger.

Ashley reiht sich hinter Jenna ein. Sie nimmt eine Flasche mit rotem Fruchtnektar von der Arbeitsplatte und neigt sie über einen Pappbecher. Die rote, sirupartige Flüssigkeit rinnt zäh aus der Flasche. Ich sehe die Lippen meiner Mutter vor mir.

»Stevie?« SK nimmt mich beiseite, während die grünen Mädchen grasen und die gelben Mädchen zögern, und da bin ich, das rote Mädchen, das nicht hierhergehört. Wieso sieht das niemand? »Denkst du, du könntest es einmal versuchen?«

Mein Blick prallt von dem Stapel mit den Papptellern zu den aufgehäuften Lebensmitteln. Zahlen und Berechnungen verwirbeln mir das Gehirn; sie sind bestimmt falsch, ich kann einfach nicht mehr klar denken. Gummiwürmer mit Schuppen aus Zuckerkörnern. Schmelzendes Vanilleeis in einem Pappbehälter. Salt-&-Vinegar-Chips, wie Josh sie liebt. *Liebte*. Rasselnd hole ich Atem.

»Stevie, was geht gerade in dir vor?« SKs Stimme dringt zu mir durch.

Ich verschränke meine Arme vor der Brust und zwinge mich, an etwas anderes zu denken. Aber was kommt, sind albtraumhafte Gedanken, die wie Blitze durch meinen Geist zucken: der Anruf aus Paris, Ashleys verhärtete Narben, Joshs Gesicht im Sterben, sein Blut klebrig auf meiner Hand. Ich kneife die Augen zusammen, aber es nutzt nichts. Er ist immer noch da, er stirbt neben mir. Stirbt und stirbt und stirbt. Ich halte es nicht mehr aus. Ich will allein sein mit dem Essen. *Nur noch einmal.* Ich stopfe mich nur noch einmal voll, und nur noch einmal werde ich vergessen. Ich habe keine Bulimie. Ich muss nur manchmal diese Gedanken vertreiben.

»Stevie? Machen wir eine Pause.« SKs Hand schiebt mich zur Tür hinaus, an den anderen Mädchen vorbei, hinein in die Hitze. Ich krümme mich, die Hände auf die Knie gepresst. Würge in den Staub, ohne dass etwas kommt.

»Ich verliere den Verstand«, sage ich keuchend. Mein Magen krampft, und ich muss wieder würgen. Ich dachte, es würde mir helfen, wenn ich es ausspreche, aber es hilft nicht.

»Du verlierst nicht den Verstand. Du bist hier bei mir, und du bist in Sicherheit. Komm her.« SK setzt sich auf eine Betonstufe und zieht mich neben sich. Sie reicht mir einen Pappbecher mit Wasser, den ich gierig trinke. Mein ganzer Körper fühlt sich an wie im Sturzflug, völlig losgelöst. Ein Windstoß, und ich bin fort.

»Du bist nicht verrückt«, versichert sie mir. »Ich denke, dass die Gerüche etwas in dir auslösen. Sie bringen Erinnerungen zurück, die mit Essen zu tun haben oder mit besonders traumatischen Ereignissen, bei denen deine Essstörung eine Rolle spielt. Aber du bist geistig völlig in Ordnung, und du bist hier sicher. Verstehst du mich?«

»Ich verstehe Sie.« Zwischen Verstehen und Glauben ist ein großer Unterschied.

»Versuch bitte, ein paarmal tief durchzuatmen«, sagt sie. »Durch die Nase ein und durch den Mund aus.«

Ich gehorche, aber nur deshalb, weil ich nicht weiß, was ich sonst tun soll. Mein Herzschlag beruhigt sich ein wenig. Ich will immer noch alles in mir drin haben: den Zucker, das Salz und das Brot. Ich muss mich auffüllen, bis nirgends mehr Platz ist für die Vergangenheit.

»Kannst du in Worte fassen, was da drin mit dir pass…?«

»Bitte zwingen Sie mich nicht, wieder reinzugehen«, flehe ich. »Bitte.«

Sie dreht sich zu mir um. Ich fühle ihren Blick auf meinem Gesicht, fast so als würde sie mich berühren. »Was würde geschehen, wenn du diesen Versuch machen würdest, Stevie? Was ist das Schlimmste, was geschehen würde?«

»Nichts. Ich weiß nicht. Ich … Ich will bloß nicht zurück da rein.«

Nach einer Weile schaut sie wieder geradeaus. Sie streckt die Beine von sich und legt die Knöchel übereinander. »Es kann wirklich beängstigend sein, einen Mittelweg zu suchen.«

Ich zucke mit den Schultern und starre in den Staub.

»Vielleicht kommt es dir sogar unmöglich vor. Seit über einem Jahr lebst du mit Extremen, richtig? Entweder fastest du, oder du frisst alles in dich hinein und erbrichst es dann wieder. Dazwischen gibt es nichts. Entweder Schwarz oder Weiß, kein Grau.«

Ich zucke noch mal mit den Schultern. Was sie nicht begreift, ist, dass ich keine Wahl habe. Der Mittelweg existiert nicht für mich. Entweder hungere ich oder ich stopfe mich voll. Entweder bin ich völlig besoffen oder stocknüchtern. Ich liebe Josh und ich hasse mich selbst. Ich gebe Eden die Schuld und ich brauche sie. Wenn ich nicht leben kann, dann muss ich sterben. Es gibt keine Mitte. Nicht für mich.

»Aber ich glaube, du würdest merken, dass du sehr wohl in der Lage bist, maßvoll zu sein, Stevie, wenn du es nur versuchen könntest. Das glaube ich wirklich.«

»Klar.« Es hat keinen Sinn, so etwas jemandem zu erklären, der okay ist.

»Stevie, wenn die Gruppentherapie dich heute überfordert, können wir auch hier draußen bleiben und reden.«

Ich schüttele den Kopf. Ich will nicht mehr mit ihr reden. Ich will meinen Mund nicht mehr aufmachen, weder für Essen noch für Worte.

»Also willst du es versuchen?«, fragt sie.

Meine Haut fängt an zu vibrieren. *Ich werde so tun, als ob. Ich werde das Essen unter den Tisch fallen lassen.*

»Ich denke schon.«

»Gut. Ich bin wirklich stolz auf dich.« SK steht auf und streckt mir ihre Hand entgegen. Sie ist klein und kälter, als ich dachte.

Im Haus gebe ich vor, die Blicke der anderen Mädchen nicht zu bemerken, die mir zur Arbeitsplatte folgen. Ich atme durch den Mund und schäle einen dünnen Pappteller von dem Stapel. Am Tisch ist alles still. Dann macht Jenna den Mund auf.

»Es ist schon komisch«, sagt sie. »Als ich das letzte Mal zu Hause so ein Zeug gegessen habe, war ich allein in meinem Zimmer. Ich hatte dort überall etwas zu essen versteckt, und nachts habe ich es dann in mich hineingefressen. Mir war klar, dass meine Mom die ganzen Verpackungen fand, wenn sie sauber machte. Aber sie hat nie etwas gesagt.« Ihre Stimme wird klein. »Ich verstehe einfach nicht, warum sie nie etwas gesagt hat.«

Ganz einfach. Weil sie dich nicht für wert befand, gerettet zu werden, denke ich.

Ashleys Stimme: »Na ja, vielleicht … vielleicht konnte deine Mom sich selbst nicht eingestehen, was mit dir los war. Vielleicht war es einfach … zu schwer für sie.« Ihre Stimme ist gepresst.

Ich zwinge mich, das Essen anzuschauen. Es ist jetzt noch hässlicher als vorher: das Eis schwimmt in der Pappe, die Chipstüte ist zusammengedrückt und glänzt vor Fett. Am Ende der Reihe liegt diese einfache braune Papiertüte. Ich werfe einen Blick hinein. Allein der Geruch dreht mir den Magen um.

Gebratenes Hühnchen.

Das hat SK mit Absicht gemacht. Sie will mich wieder zu jenem Tag auf unserer Veranda zurückbringen, und sie begreift einfach nicht, dass es jedes Mal genauso wehtut wie beim ersten Mal. Heiße Wut steigt in mir auf.

»Aber sie ist doch meine Mutter«, sagt Jenna. »Mütter sollten doch für ihre Kinder sorgen, egal was passiert.«

Eine andere Stimme am Tisch schnaubt: »Ja, das *sollten* sie.«

Ich greife mir eine Plastikgabel von der Arbeitsplatte und steche sie in das erste Stück Hühnerfleisch in der Papiertüte. Ich schleudere es auf den Teller und fühle bereits, wie sich die Pappe mit dem warmen Fett vollsaugt und mir die Handfläche befleckt. Wenn sie mich derart verletzen will, bitte. Soll sie doch, mir ist es egal.

»Gut, Stevie«, sagte SK leise. »Du forderst dich wirklich heraus.«

Ich wende mich von ihr ab. Zwischen Jenna und Ashley ist noch ein Platz frei, und ich quetsche mich neben die beiden.

Ich lasse meinen Teller auf den Tisch fallen und wische mir die Hände an meinen Jeans ab, wo dunkle Streifen zurückbleiben. Das Fett dringt tief in die Stofffasern ein.

»Jetzt versuchen wir den zweiten Bissen.« Miss Dalton umkreist den Tisch. Langsam, wie ein Hai. »Nehmt wieder ein Stück von eurem Teller. Atmet den Geruch ein. Riecht es salzig oder süß? Welche Gewürze wurden verwendet?«

Ich bohre die Gabel in das Hühnerfleisch und reiße ein Stück vom Knochen weg. Ich werde den Geruch nicht einatmen. Wenn ich das täte, würde ich zusammenbrechen und es hinunterschlingen.

»Jetzt legt das Stück auf eure Zunge und lasst es dort einen Moment lang liegen«, befiehlt Miss Dalton. »Was schmeckt ihr?«

Ich starre das aufgespießte Fleisch an. Meine Lippen kräuseln sich, um einen Schrei zu unterdrücken.

»Versuche es, Stevie«, drängt SK leise hinter mir. »Du machst das großartig.« Der Schrei in meinem Inneren wird immer lauter, rüttelt an meinen Organen. Ich bringe ihn mit Hühnerfleisch zum Schweigen. Als ich das Stück in meinen Mund schiebe, begehrt mein Magen auf, und ich bin wieder auf der Veranda unseres Hauses in der Broad Street. Meine Mutter hat mich verlassen.

In dieser Nacht geschah es wie von selbst. Ich saß auf der Hollywoodschaukel, den Bauch voller Hühnerfleisch und Tee, und mein Leib verkrampfte sich, und ich konnte es nicht mehr aushalten. Ich schaffte es gerade noch bis zum Geländer, wo ich mich zusammenkrümmte und mich über den Rand erbrach.

SKs Stimme hinter mir: »Seht ihr? Ihr könnt einen Bissen nehmen, ihr könnt dieses Essen zu euch nehmen, ohne es zu übertreiben und ohne euch von der Gegenwart zu lösen. Was bedeutet, dass ihr ganz und gar im Hier und Jetzt bleiben könnt.«

Die Luft auf der Veranda war erdrückend schwer.

»Wir sind so stolz auf euch, dass ihr euch solche Mühe gebt«, setzt Miss Dalton hinzu. »Die Stärke, die in diesem Raum am Werk ist, ist unglaublich.«

Auf meiner Zunge liegt immer noch gebratenes Tier. Ich schlucke es hinunter, und mit ihm den Schrei. Das Fleisch bleibt mir im Hals stecken, und einen Augenblick lang glaube ich, dass es sich nicht mehr lösen wird. Vielleicht wird es mir den Atem rauben. Vielleicht wird mich das Essen schließlich doch noch umbringen. Aber mein Körper übernimmt das Kommando und schluckt ein weiteres Mal. Ich fühle, wie sich das schwere Fleisch durch meine Speiseröhre bis in meinen Magen drückt. Mein Magen krümmt sich zusammen, will es loswerden.

»Bitte entschuldigt mich«, flüstere ich. »Ich brauche etwas frische Luft.« Schnell schiebe ich den Stuhl zurück und renne nach draußen. SK denkt, ich könnte das durchstehen, aber sie irrt sich. Mein Körper lässt es nicht zu. Ich stolpere um das Haus herum. Neben der verputzten Wand senke ich den Kopf, und mein Körper gibt auf. Ich muss ihn nicht einmal darum bitten. Ich fühle das vertraute Klicken, fühle den Moment, in dem mein Körper weiß, dass alles gut werden wird. Als ich fertig bin, schiebe ich mit dem Fuß roten Staub über das bleiche Fleisch und denke: *Es ist wie Fahrradfahren.* Was komisch ist, weil ich nie gelernt habe, auf einem Fahrrad zu fahren. Josh ist mit seinem Rad hingefallen und hat sich den Arm gebrochen, als er sieben war, und damit war das Thema für uns beide erledigt.

Ich biege wieder um die Ecke, wische mir die Feuchtigkeit

von den Augen und vom Mund. Endlich gibt mein Inneres wieder Ruhe.

»Oh.« Plötzlich steht Ashley vor mir, wabbelig und grau in der viel zu hellen Sonne. »Ich … ähm … ich wollte nach dir sehen. Ich habe Anna gesagt, dass ich dir nachgehe, damit sie bei den anderen bleiben kann.« Ihre Unterlippe zuckt.

»Okay.«

»Stevie«, flüstert sie.

Ich sollte etwas fühlen. Ein echtes Mädchen würde etwas fühlen. Würde Angst haben, verpfiffen zu werden, oder Wut über diese enttäuschte Miene empfinden.

»Erzähl's ihr doch, wenn du willst.« Ich kann sie nicht einmal anschauen.

»Was?« Ich höre förmlich, wie ihr Schmollen noch deutlicher wird. »Stevie, was soll denn …?«

»Anna. Erzähl's ihr, wenn du willst. Es ist mir scheißegal.«

»Ist das dein Ernst? Ich wollte … Ich wollte bloß nachsehen, ob alles in Ordnung ist. Ich wollte dir helfen!«

»Mir geht's gut! Klar?«, fauche ich meine Füße an. »Ich brauche deine Hilfe nicht.«

»Ja, sicher. Du kommst ja ganz offensichtlich großartig allein zurecht.« Sie stapft zurück zum Haus und lässt die Tür hinter sich ins Schloss fallen.

SIEBTER TAG

Donnerstag, 10. Juli, 21.45 Uhr

Den Rest des Tages gehe ich Ashley aus dem Weg, aber es hilft nichts. Ich fühle ihre Enttäuschung an mir kleben wie Salzwasser, das meine Haut verätzt und sich nicht abwischen lässt. Eigentlich kümmert es mich nicht, was sie denkt. Es ist nur, dass sie die Stirn hatte, aufgeregt zu tun – sogar traurig –, weil ich mich übergeben habe. Als ob sie mich bemitleiden würde. Ein Gelb-Mädchen! Das Mitleid mit mir hat! Ich sollte *sie* bemitleiden. Den ganzen Nachmittag und auch noch während des Abendessens bin ich wie eine Hochspannungsleitung, die bei der kleinsten Berührung Funken sprüht. Ich brauche einen Schnaps. Ich muss mich zusammen mit Eden sinnlos betrinken, muss auf eine Weise vergessen, wie nur wir beide es können. Wir beide gemeinsam.

Als uns die Schwestern am Ende des Abends erlauben, in unsere Bungalows zurückzukehren, lasse ich mir Zeit, um Joshs Sweatshirt, mein Tagebuch und die Broschüre über bewusstes Essen zusammenzuklauben, die SK mir nach der Gruppentherapie gegeben hat. Ich schiebe meine Tabletten in meine Jeanstasche und warte, bis sich die Villa geleert hat. Es ist ein komisches Gefühl, wenn kein krankes Mädchen hier ist, um dem Gebäude einen Sinn zu geben. Ohne ihre Patienten reden und lachen die Schwestern ein bisschen lauter. Meine Haut spannt sich unter den Geräuschen ihrer Existenz.

»Stevie, mein Mädchen! Kann ich dir helfen?« Der nette Pfleger (Jeff, richtig? Ja, Jeff.) schaut von seinen Unterlagen auf und lächelt. Jeff, der nette Pfleger, lächelt ständig. »Möchtest du mit jemandem reden? Ich kann einen Therapeuten rufen, wenn du willst.«

»Nö, danke, Jeff, nicht nötig. Gute Nacht.« Ich drücke das Sweatshirt an meine Brust und beeile mich, ehe er noch mehr nette Sachen sagen kann.

Ich bleibe im Garten stehen, bis im Bungalow drei alles dunkel ist. Dann gehe ich den Hügel hinauf und lehne mich an die kühle Wand. Edens Brief wiegt schwer in meiner Tasche, hält mich am Boden fest. Nach ein paar Minuten gehe ich ins Haus. Ashleys leises Schnarchen sickert unter der Schlafzimmertür hindurch.

Ich husche zu meinem Bett, streife die Jeans ab und lasse sie einfach auf dem Boden liegen. Dann ziehe ich Joshs Sweatshirt über meinen Kopf und schlüpfe unter die Decke, schalte meine Klemmlampe an und fahre mit den Fingerspitzen über die gewölbten Linien, die meinen Namen bilden. Sie sind warm.

Eden hat mit groben Strichen einen Blitz auf die Rückseite des Umschlags gezeichnet und ihn mit neongrüner Tinte ausgemalt. Sie würde niemals ein Herz zeichnen oder die Worte »Ich vermisse dich!« hinkritzeln, wie jedermann sonst auf diesem Planeten.

Ganz langsam pule ich die Klappe auf. Als ich klein war, hat meine Mutter unsere Weihnachtsgeschenke von einem Profi einpacken lassen, mit breitem, drahtverstärktem Goldband und silbern gefärbten Stechpalmenzweigen, die noch im März eine Spur aus glitzerndem Feenstaub in unserem Wohnzimmer zogen. Das Auspacken war immer das Traurigste, denn die Erwartung dessen, was drinnen war, war immer besser als das eigentliche Geschenk.

Der Brief ist um ein Foto gefaltet. Ein richtiges Foto mit scharfen Ecken und einer glänzenden Oberfläche. Mein Bauch verkrampft sich, als ich Eden und mich sehe, die Arme umeinandergeschlungen. Grinsend und mit roten Gesichtern, wie dämliche Idioten, stehen wir in ihrer Küche. Ich weiß nicht mehr, wann wir das aufgenommen haben.

Endlich der Brief. Ihre Handschrift ist ganz anders, als sie sein sollte: Sie ist kantig und klein, irgendwie eingezwängt.

Hey, Mädchen!

Ich habe deine Nachricht bekommen. Dein Handy schaltet gleich auf Voicemail, und deshalb habe ich die Adresse von diesem Kaff herausgesucht, wo du gerade bist. Ich hoffe, das Fett-Camp ist so, wie du es dir erträumt hast. Hier ist es langweilig ohne dich, also schieb deinen Hintern gefälligst bald wieder her. Im Sommer ist hier einfach nur tote Hose, weißt du? Klar weißt du. Ich hänge abends meistens mit den Jungs herum, und tagsüber gehe ich in den Einführungskurs in Anthropologie. Ist ganz okay, da habe ich wenigstens jeden Tag etwas Sinnvolles zu tun. Außerdem denke ich, dass es mir bei meinen Charakterzeichnungen hilft, dass ich Leute in unterschiedlichen Situationen und auf unterschiedlichen Ebenen besser verstehe. Der Prof ist ein echter Spanner, was nie verkehrt ist. Er denkt, ich merke nicht, wie er mich beobachtet, wenn er uns irgendwelche Dias von Naturvölkern zeigt, bei denen die Frauen mit hängenden Titten herumlaufen. Ich bitte dich!

Hör zu, wegen der SMS, die du mir geschickt hast, bevor du weggegangen bist – ich weiß, dass du es nicht so gemeint hast. Du warst sauer, weil du wegmusstest, und wegen allem anderen. Das verstehe ich. Aber weißt du, manchmal denke ich, dass du recht hast. Vielleicht ist das, was in jener Nacht passiert ist, teilweise auch wegen mir gewesen. Ich meine, wir beide wissen, dass ich ihn nicht umgebracht habe. Aber trotzdem. Wir haben nie wirklich darüber geredet. Vielleicht können wir das tun, wenn du zurückkommst.

Wie auch immer, ich wollte dir nur sagen, dass alles klar ist zwischen uns, trotz allem, was du gesagt hast. Wenn du zurückkommst, gehen wir einen trinken. Oder mehr als einen. Was immer du brauchst. Du musst es mir nur sagen. Ich werde mich um dich kümmern, so wie du es verdienst. Das weißt du, doch, nicht wahr?

E

PS.: Schreib mir, du blöde Kuh. Ich weiß ja, dass du nichts Besseres zu tun hast.

Ich lese den Brief viele Male. Sie redet mit mir, als ob alles noch so wäre wie früher, als ob ich überhaupt nicht hier wäre. Ich bin mir nicht sicher, ob ich sie dafür lieben oder hassen soll. Das sieht ihr ähnlich: Sie betäubt mich, bis ich nicht mehr weiß, wo oben und wo unten ist. So war es schon immer zwischen uns, vom ersten Tag in der Kneipe bis zu dem Abend, bevor Dad mich in das Flugzeug nach New Mexico setzte. Wenn ich nur früher wieder zu mir gekommen wäre. Wenn ich nur standhaft geblieben wäre und »Nein« gesagt hätte. Nein. Das können wir nicht tun. Wenn ich die Kraft gehabt hätte, sie abzuweisen, dann wäre Josh noch am Leben.

»Ich kann nicht bleiben«, sagte ich am zweiten Abend nach dem Kurs zu Eden. Wir hockten in den Schaukelstühlen auf der Veranda vor der Kneipe, während die anderen Studenten sich zu Milo's aufmachten oder ins Royale oder in den Bio-Laden am Ende des Blocks. Als Drew durch die Tür polterte, glitt sein Blick schmierig von Eden zu mir. »Mein Bruder bringt mich um.« Ich wollte Josh nicht hängen lassen, aber ich wollte auch nicht heim. Das Haus in der Broad Street war zu dunkel und zu still. Selbst wenn Josh, Dad und ich da waren, wölbten sich die Fenster und Türen vor Leere und Einsamkeit, als ob sie gleich aus den Angeln fliegen würden.

»Du hast gar nicht erzählt, dass du einen Bruder hast.« Eden steckte sich eine Zigarette zwischen ihre pinkfarbenen Lippen und stemmte die Füße auf das Verandageländer. Sie legte den Kopf schräg und hob die Augenbrauen, als wolle sie mich fragen, ob es mir recht sei. Ich nickte.

»Josh«, sagte ich. »Wir spielen jeden Mittwochabend zusammen Scrabble. Und ich habe letzte Woche schon gefehlt.« Ich zupfte an den angegrauten Kanten des Verbands über dem Konterfei meiner Mutter. Die Tinte schmerzte immer noch in meiner Haut.

»Mein Gott, das ist ja anbetungswürdig.« Sie zündete sich die Zigarette an, wobei sie in ihren zerrissenen und abgeschnittenen Jeans und dem tief ausgeschnittenen schwarzen Tanktop, unter dem ein pinkfarbener Spitzen-BH zu sehen war, aussah wie die personifizierte Coolness. »Sag doch einfach, es ginge um das Seminar. Du musst mir unbedingt mit diesem Text helfen, an dem ich arbeite.«

Ich schloss die Augen. Draußen war es hundert Grad heiß, und mir war schwindelig. Schweißtropfen bildeten sich an meinem Haaransatz und unter meinem BH. Ich setzte mich kerzengerade hin und drückte die Knie zusammen. Meine Oberschenkel klatschten gegeneinander und klebten fest. *Dämliche, nichtswürdige Kuh*, dachte ich. *Wenn du dich letzte Woche nicht so vollgefressen hättest …*

Das Handy in meiner Gesäßtasche surrte.

»Mein Bruder«, sagte ich und schaukelte mich nach oben. Ich musste mich am Geländer festhalten, um gerade stehen zu können. Vielleicht hatte ich doch etwas richtig gemacht.

»Ich bin oben. Komm nach, wenn du fertig bist«, sagte sie, als ob ich bereits eingewilligt hätte zu bleiben. Sie winkte mir durch einen chromfarbenen Rauchfaden zu.

»Hallo?« Ich eilte die Stufen zur Straße hinunter. Ich überlegte, ob ich ein Stück rennen sollte, während wir redeten, aber das hätte er gehört. »Hey.«

»Hey, Schwesterherz. Alles klar? Du klingst …«

»Ja, mir geht's gut. Was gibt's?« Ich sprach, während ich schnell auf und ab ging.

»Ich wollte nur mal hören, ob du vor dem Spielen noch etwas essen willst«, sagte er. »Vielleicht bei Milo's.«

»Oh.« Ich erstarrte. »Ich … na ja, weißt du, einige von uns bleiben noch ein bisschen, um sich gegenseitig die Texte zu lektorieren. Ich bin noch im Stacks. Und … ähm, wir essen danach etwas.« Schweiß floss über den fettigen Abhang meiner Nase und landete salzig auf meiner Oberlippe.

Die Stille am anderen Ende war bleischwer. Endlich sagte er: »Ja. Okay. Sieh nur zu, dass du etwas isst, Schwesterherz. Und wenn du nicht zu spät kommst, können wir immer noch spielen.«

»Ja. Gut. Bis später.« Ich drückte so lange auf den Knopf zum Auflegen, bis das Display dunkel wurde.

Oben hatte Eden schon Getränke bestellt und ihre Seminarbücher auf dem Tisch ausgebreitet. Die Bar füllte sich langsam, und das Klirren der Biergläser und das Schwatzen und Lachen der Gäste beruhigten mich.

»Also, ich schreibe einen Songtext für meine Freunde Nic und Reid.« Sie schob sich einen lilafarbenen Stift zwischen ihre perfekten Zähne. »Sie spielen in einer halbwegs anständigen Band, und sie haben an diesem Wochenende einen Auftritt beim Pit.«

Ich setzte mich ihr gegenüber und rollte mein Glas über meinen Nacken, ehe ich daran nippte. »Josh und ich gehen jedes Jahr zusammen zum Pit.« Pit war die Abkürzung für PeachPitPalooza, ein hiesiges Musikfestival, das jedes Jahr das kulturelle Highlight in unserer Stadt darstellte, falls man die einheimischen Garagenbands als Kultur bezeichnen konnte.

»Wenn ihr wollt, könnt ihr dieses Jahr mit mir kommen. Die Jungs haben mir Karten für alle guten Bands besorgt.«

»Ist einer von denen dein ... ähm, Freund?« Ich machte den Mund auf und ließ mir das Getränk durch die Kehle rinnen, ohne zu schlucken. So ging es besser.

Sie lachte und winkte dem Barkeeper. »Nein, so ein Quatsch. Es ist nur so, dass ich meistens mit Typen herumhänge. Mädchen sind mir in der Regel zu zickig.«

»Ja«, sagte ich, obwohl ich Mädchen nie wirklich verstanden hatte und zu dem Thema eigentlich nichts sagen konnte. Als Kind hatte ich in der Mittagspause oft die anderen Mädchengruppen aus der Ferne beobachtet, wenn ich allein an einem der hinteren Tische im Speisesaal saß und ein Buch las, oder vom Rand des Spielplatzes aus. Die anderen Mädchen schienen zu wissen, wann sie lachen oder ihr Haar so unbekümmert nach hinten werfen mussten, dass es wie zufällig aussah. Aber egal wie lang ich sie beobachtete, verstehen konnte ich sie nie. Ich hatte das Gefühl, dass sie ein Spiel spielten, dessen Regeln mir niemand beigebracht hatte. Die anderen waren nicht gemein zu mir. Sie schienen einfach nur nie zu bemerken, dass ich da war. Das änderte sich auch in der Highschool nicht.

»Hey, Babe«, sagte Eden, als der Barkeeper an unseren Tisch kam. Er war jung, hatte einen Bart und einen Ehering, der so sehr glänzte, dass er entweder aus billigem Material oder aber brandneu war. Edens Blick fiel unwillkürlich darauf. »Noch eine Runde für mein Mädchen hier, ja? Und ich nehme auch gleich was.«

Mein Mädchen. Ich grinste in mein Glas hinein. Es fühlte sich gut an, jemandem zu gehören.

»Kriegst du, Eden.« Der Typ ging wieder zur Bar, ohne mich überhaupt eines Blickes zu würdigen. Das war mir schon beim letzten Mal aufgefallen: Alle schienen zu wissen, wer Eden war, während sie niemandes Namen kannte. Sie suchte sich ihre eigenen Namen für die Leute aus, denen sie begegnete: Puppe oder Süße, Babe und Herzchen und andere gezuckerte Worte, die sie einsetzte, wenn ihr die Menschen egal waren.

»Ich stecke fest – eine handfeste Schreibblockade.« Sie rutschte auf ihrem Stuhl nach vorne, bis unsere Knie sich berührten. Keine von uns sagte etwas. Ihre Haut war warm und wunderbar glatt. »Das Lied ist über ein Mädchen«, erzählte sie, »aus dem Blickwinkel eines Typen, und er sagt ihr, dass sie sich wegen ihrer Vergangenheit nicht schämen muss, wegen ihrer Fehler und dem ganzen Kram. Dass er sie bedingungslos liebt.«

»Rot färbt manchmal Mädchenwangen, denn sie leben ja«, platzte ich heraus.

Ihr Kopf fuhr hoch. »Das ist …«

»Elizabeth Barrett Browning«, sagte ich schnell. »Das ist nicht von mir. Es ist aus einem Gedicht.« Ich strich mit den

Fingerspitzen über den Rand des Glases. »*Rot färbt manchmal Mädchenwangen, denn sie leben ja. Halb wünschten sie, sie wären tot, der Schande wegen – das Rot verzehrt sie ganz, vom Hals bis zu den Ohren …*« Ich starrte zur Decke hoch. »Den Rest habe ich vergessen.«

»Mein Gott, das ist unglaublich«, sagte sie. Sie blickte mich an, als ob es meine Worte wären. »Moment mal.« Sie rutschte aus ihrer Nische und kam auf meine Seite. »Ich kann dich da drüben kaum verstehen.«

Jetzt schmiegten sich unsere Hüften und Oberschenkel aneinander, und ich wand mich innerlich, weil auf meinen Beinen eine Gänsehaut lag und sie außerdem so dick waren. Das musste sie doch merken.

Der Barkeeper brachte uns die Drinks, und ich trank meinen schnell aus.

»Noch einen?«, fragte er.

Ich nickte.

»Alles klar.«

In diesem Moment hätte ich aufhören sollen. Ich war wunderbar beschwipst. Edens Gesicht war weich, und mein Körper fühlte sich gut und locker an. Nichts schien mehr besonders wichtig zu sein. Aber ich war gierig und wollte mehr. Ich griff nach Edens Glas und trank einen Schluck, und sie ließ mich gewähren.

»Ich kann mich irgendwie total mit diesem Gedicht identifizieren«, sagte ich. Meine Worte waren dick wie Sirup. »Ich habe das Gefühl, dass das der Grund ist, warum meine Mutter weggegangen ist. Weil mit mir etwas nicht stimmt oder sie es nicht mehr ertragen konnte, in meiner Nähe zu sein, oder so etwas in der Art.« Ich wollte das gar nicht sagen. Aber der Alkohol ließ mir die Wahrheit leichter über die Lippen kommen.

»Ja«, sagte sie. »Wenn ich mir manchmal meine Eltern anschaue mit ihrer perfekten Ehe, dann denke ich mir genau das Gleiche. Ich muss in ihren Augen so verkommen erscheinen.«

Der Raum neigte sich zur Seite und ich rückte näher an sie heran.

»Aber weißt du«, sagte sie und drehte sich zu mir um. Ihre Augen glühten in diesem lebendigen Grün. »Leute wie du und ich – wir sind die Wirklichkeit. Ja, schön und gut, wir sind nicht vollkommen, wir haben Fehler. Na und? Wärst du nicht auch lieber echt und fehlerhaft als irgendein künstlich gestyltes Mädchen, das nie wirklich *gelebt* hat?«

Ich war ihr so nah, dass ich ihren süßen, rauchigen Atem in mich aufnehmen konnte. Ich wollte ihr glauben, mehr als alles andere.

»Ja«, sagte ich, damit es wahr werden würde. »Ja.«

»Deshalb steh ich auf dich, weißt du?«, flüsterte sie, als ob wir – nur wir beide – ein Geheimnis wären, von dem der Rest der Welt nie erfahren dürfte. »Du, Baby-Girl, bist echt. Das merkt man. Und wenn deine Mutter das nicht erkannt hat …« Sie reißt mir, ohne den Blick von meinen Augen abzuwenden, den Verband vom Arm. »… dann – scheiß – auf – sie.«

Ich ahmte die Bewegungen ihrer Lippen nach, wie ein Kind, und wiederholte ihre Worte. »Scheiß auf sie.« Ich wünschte, meine Mutter könnte mich jetzt sehen, betrunken und flüsternd – dicht an dicht – mit diesem Mädchen Geheimnisse austauschen.

»So ist's richtig.« Sie legte eine Hand um meinen Nacken und kam noch näher. Wir atmeten einander ein. Ich wollte alles von ihr – wollte genauso sein wie sie, wild und kompromisslos, wollte der Welt den Finger zeigen.

»Bitte schön. Noch zwei.«

Ich zuckte zusammen, als der Barkeeper die Gläser absichtlich mit einem Knall auf dem Tisch absetzte. Mein Körper wurde geflutet vor Scham über all das, was ich begehrte.

Wenn ich heute daran zurückdenke, merke ich, wie dumm ich war. Ich hatte keine Ahnung, dass ich mich bereits in ihr verlor, dass ich in ihren großen, elektrisierenden Augen verschwand, in ihren philosophischen Überlegungen und in ihrem offenen Mund. Ich merkte es nicht. Sie saugte mich langsam ein, und als ich erkannte, wie gefährlich sie war, war es zu spät.

ACHTER TAG

Freitag, 11. Juli, 5.32 Uhr

Ich bin heute die Erste beim täglichen Gesundheitscheck in der Villa. Ich ziehe die Bänder des Krankenhauskittels zu anklagenden Knoten zu. Der Stoff klebt an der Wölbung meines Bauchs, an meinen Oberschenkeln und an meinem Hintern. Ich kann die Linie meiner Narbe sehen. Meine Augen sind trocken, mein Kopf wie mit Watte gefüllt. So reglos wie eine Tote liege ich auf einem der Sofas, während Hannah die Manschette zum Messen des Blutdrucks aufbläst. Dann setze ich mich auf und sie fährt mit einem Stethoskop über meinen Rücken. Sie macht sich Notizen in einem schwarzen Ordner mit drei Ringen, wie ich ihn immer für die Schule benutzt habe. Es ist ein komisches Gefühl zu wissen, dass ich nie wieder einen kaufen werde. Also denke ich besser gar nicht daran.

»Du siehst heute Morgen müde aus, Stephanie«, sagt Hannah, während sie mich in das kleine Nebenzimmer mit der Standwaage führt. Sie macht die Tür hinter uns zu, und jetzt ist hier kaum Platz für uns beide. Alles an ihr ist zu viel für diese frühe Stunde – die Lippen mit frostigem Magenta bekleistert, ihr Atem schwer und angestrengt. Die kurzen orangefarbenen Haare sind zu perfekten, harten Halbkreisen gebogen.

»Hab nicht geschlafen«, murmele ich mit gesenktem Kopf. Ich hasse diese Untersuchungen. Dieses ganze Messen und Zählen – die Schwestern sammeln Informationen, als ob sie verzweifelt ein Rätsel zu lösen versuchen. Es gibt kein Rätsel. Ich sterbe.

»Tut mir leid für dich«, sagt sie eine Spur zu fröhlich.

Ich verkrampfe mich, als sie mit ihren Handflächen über meine Rippen und über meine Hüften fährt, um sicherzugehen, dass ich weder Unterwäsche trage noch irgendetwas unter meinem Kittel verstecke.

»Hüpfst du mal schnell auf die Waage?«, fordert sie mich auf.

Die Waage klappert unter meinem Gewicht, und ich wende mich von der Skala ab. Diese Momente sind immer eine Qual, während sie die Gewichte auf der Skala hin und her schiebt, hin und her, bis sie ausgerichtet sind. Ich hasse es, dass sie die Zahlen sehen kann und ich nicht. Das ist unfair. Sie gehören nicht ihr. Sie gehören mir.

»Alles klar! Danke, Stephanie.« Während sie mein Gewicht einträgt, kräuseln sich ihre Lippen für den Bruchteil einer Sekunde. Sie hat sich schnell wieder gefasst, aber es ist zu spät. Ich kann die Zeichen lesen: Ich habe Gewicht verloren. Die Erkenntnis durchzuckt mich, stärkt mich, baut mich auf wie ein erster Drink.

Braves Mädchen, denke ich und steige von der Waage auf den kalten Fliesenboden.

Und dann: *Scheiße, ich will keinen Schlauch. Jetzt verpassen sie mir eine Magensonde.*

Schnell ziehe ich mich an und gehe nach draußen, lege mich auf das kalte, federnde Gras hinter der Veranda. Ich muss nachdenken – die Art von Nachdenken, die so wichtig ist, dass man sie nur insgeheim tun kann. Wenn andere Leute glauben, dass du nachdenkst, fangen sie an, für dich zu denken. Und das Letzte, was ich gebrauchen kann, sind die blöden Sprüche von SK – *du schaffst das, ich bin so stolz auf dich* –, denn ich werde es schaffen, aber auf meine Art.

Es ist immer noch dunkel. Ich blicke hinauf in den Himmel, kneife erst ein Auge zu und dann das andere, sodass es aussieht, als ob die Sterne hin und her springen. Die Pferde auf dem Reitplatz sind unruhig.

»Spielst du Sternengucker?« Beim Klang von SKs Stimme atme ich tief ein, ein kalter, harter Atem, der meine Lungen schier zum Bersten bringen will.

»Scheiße, verdammt.« Mit einem Ruck fahre ich hoch.

»Ich wollte dich nicht erschrecken. Darf ich mich zu dir setzen?« Sie lässt sich neben mir nieder. Sie trägt Jeans und Sneaker und ein Kapuzenshirt, das entweder dunkelgrün, dunkelblau oder schwarz ist. Ihr Haar ist feucht und riecht nach Kokos. Sie ist mir viel zu nah.

»Was machen Sie so früh hier? Wohnen Sie hier?« Mein Herzschlag ist unruhig, als ob er nach einem Rhythmus suchen würde, ihn aber nicht findet.

»Manchmal kommt es mir selbst so vor. Aber nein.« Sie stützt sich nach hinten auf ihre Hände und schaut in den Himmel. »Ich bin früher gekommen, weil ich dich fragen wollte, ob du Lust auf einen Ausritt hast.«

»Auf einem Pferd?«

»Auf einem Pferd.«

»Aber ich bin doch immer noch eine Rote«, sage ich und gerate in Panik. – Ich bin doch noch eine Rote, oder? Oder? Ich muss an meinem Handgelenk nachschauen, solche Angst habe ich. »Das ist gegen die Regel.«

»Ich werde nichts verraten«, sagt sie. »Ich dachte, wir könnten mal etwas Besonderes machen.«

»Warum?« Das ist wohl kaum als Belohnung für mein Benehmen in der Gruppentherapie gedacht. Ich betrachte sie misstrauisch. Wird sie mich tadeln, weil ich mich übergeben habe? Ashley hat es ihr bestimmt gesagt. Ein Tadel oder eine Standpauke wären mir lieber als diese Kumpel-Tour, die sie immer fährt.

»Weil ich weiß, dass die Sache mit den Lebensmitteln gestern für dich sehr schwer war. Und deshalb möchte ich dich bitten, dir Zeit zu nehmen, um mal etwas Entspannendes zu tun. Etwas, das Spaß macht. Die Therapie ist harte Arbeit. Das weiß ich genau, Stevie.«

Ich fühle das warme rote Blut unter meiner Haut pulsieren. Wenn sie mich fertigmachen will, dann wäre es mir lieber, sie würde es schnell hinter sich bringen. »Ich denke nicht.«

»Warum nicht?«

»Weil ich noch nie auf einem Pferd gesessen habe.« Das ist nur beinahe die Wahrheit. Ich bin ein einziges Mal geritten, als ich sieben war. Es war auf der Geburtstagsfeier von Emily P., dem beliebtesten Mädchen in unserer Klasse. Ich weiß bis heute nicht, warum sie mich eingeladen hat.

»Ich bin ja bei dir. Es wäre eine gute Gelegenheit, mal rauszukommen. Komm schon, es wird lustig.« SK springt auf und streckt ihre Hand aus. »Wir müssen uns beeilen, sonst verpasst du dein Frühstück.«

Ich stehe auf, ohne sie zu berühren.

»Das wäre natürlich eine Tragödie«, sage ich.

SK steigt auf ein Pferd namens Whimsy und ich kriege Ernie, ein milchkaffeefarbenes Tier, dessen Name mir bekannt vorkommt, aber ich kann mich nicht erinnern, in welchem Zusammenhang ich ihn schon einmal gehört habe. Ich packe die Zügel ungeschickt mit einer Hand und mit der anderen klammere ich mich an die Mähne. Das Haar ist rau und klebrig.

Wir drehen eine Runde auf dem Reitplatz. Mein Pferd folgt dem von SK, und alles in mir rollt sich zusammen wie eine Schlange: meine Muskeln, meine Hände, mein Schädel in dem viel zu kleinen Reithelm, der nach dem Schweiß eines anderen Mädchens riecht. Die Linie aus erhabenem Fleisch an meinem Bein ist steinhart, als ob sie gleich aufbrechen wollte.

»Wie geht's dir dahinten?«, ruft SK, ohne sich umzudrehen. Sie reitet aus der Koppel über die Wiese zur Straße.

»Ganz toll.« Ich sehe meinen Atem in der kühlen Morgenluft, die in der Wüste irgendwie fehl am Platz wirkt. »Wirklich toll.« Ich konzentriere mich auf eine unsichtbare Linie am Horizont, wo das wässrige Rosa auf das blasse Gelb trifft, und verfalle wieder ins Nachdenken. Im Grunde genommen sollte ich mich auf eine Magensonde freuen. Nur die besten Mädchen bekommen Schläuche, diejenigen, die dem Tod so nah sind, dass sie ihn fast mit ihren knochigen Fingern berühren könnten. Aber ich muss meine Prioritäten setzen, und ich möchte nicht den Ruhm einheimsen, halb tot zu sein. Ich will ganz tot sein.

»Die Sache gestern war sehr schwer, ich weiß«, sagt SK. Sie zügelt Whimsy, bis wir Seite an Seite sind, zwei einfache Mädchen, die sorglos in einen Sonnenaufgang reiten. Wie aus einer Tampon-Werbung.

»Schon in Ordnung.« *Sag es*. Weiß sie wirklich nicht, dass ich mich erbrochen habe? Vielleicht hätte ich mit Ashley nicht so grob umspringen sollen. *Konzentrier dich, Stevie*. Wenn ich keine Magensonde haben will, dann bleibt mir nur eine Möglichkeit: Ich muss so tun, als ob es mir besser ginge, jedenfalls bis zum Jahrestag. Bis dahin habe ich genügend Tabletten beisammen, um die Sache zu Ende zu bringen. Ich hasse diese Aussicht. Das bedeutet nämlich, dass ich wenigstens ein bisschen zu mir nehmen muss. Und nach dem gestrigen Erlebnis glaube ich fast, dass ich das nicht kann. Ich habe meinen Körper so perfekt trainiert, dass er den Plan wenn nötig auch auf eigene Faust durchzieht. Ohne mich.

Aber am meisten zuwider ist mir die Sache, weil das Ende falsch ist.

»Wie war dieses Experiment für dich?« SK wendet sich von der Straße ab. Ihre Wangen sind von dem gleichen Rosa wie der Himmel. Die Schwellung unter ihrem Auge wird allmählich grün.

»Mies.« Mehr kriegt sie nicht von mir. Mehr verdient sie nicht, nachdem sie mir mein Ende gestohlen hat. Das Ende, das ich für mich vorgesehen hatte, war perfekt. Poetisch. Und SK hat es mir genommen. Jeder Mensch sollte das Maß seines eigenen Leidens bestimmen dürfen. Es ist ein Grundrecht. Tod. Freiheit. Das Streben nach Unglückseligkeit.

»Stevie, ich versichere dir, dass ich verstehe, was …«

»Tun Sie nicht.« Ich starre geradeaus, aber die unsichtbare Linie am Horizont ist verschwunden. Sie macht alles kaputt.

»Wie bitte?«

»Sie verstehen nichts, weil Sie nicht ich sind, also bitte, tun Sie mir einen Gefallen und …« Ich verstumme, weil die Worte nicht richtig herauskommen. Außerdem würde sie mich sowieso nicht begreifen. Ich kaue auf der Innenseite meiner Wange und versuche, das unregelmäßige Flattern meines Herzens in meiner Brust zu beruhigen. Es will sich losreißen, wie ein gefangener Vogel, der verzweifelt einen Ausweg aus meinem Körper sucht.

»Du hast recht. Ich bin nicht du.«

»Ich werde mir keine Magensonde legen lassen«, erkläre ich. »Das habe ich beschlossen.«

Sie sagt nichts.

»Es ist ekelhaft«, fahre ich fort. »Ich werde nicht erlauben, dass mir irgendjemand einen Plastikschlauch in den Körper schiebt.« In diesem Moment weiß ich es: Was immer ich tue, ich tue es auf meine Art.

»Okay, du willst also keine Magensonde.«

»Das sagte ich gerade.« Meine Stimme zittert, als erst Ernie und dann Whimsy einen kleinen Hügel hinaufsteigen. Schottersteine klappern hinter ihnen den Hang hinunter. Ich packe die Zügel so fest, dass meine Hände kribbeln.

»Gut. Was musst du tun, damit das nicht passiert?« Sie treibt Whimsy an, bis sie wieder neben mir reitet. Die Sonne schiebt sich höher.

»Stellen Sie keine Fragen, auf die Sie die Antwort schon wissen.«

»Aber ich weiß die Antwort nicht. Jedenfalls nicht deine Antwort.«

»Ich werde wohl nicht mehr Gewicht verlieren dürfen. Aber ich werde nicht zunehmen.«

SK legt den Kopf schräg, als ob ihr Helm zu schwer wäre. »Ich bin wirklich, wirklich stolz auf dich, dass du die Anstrengung unternehmen willst, dein Gewicht zu halten, Stevie. Das ist großartig.« Ihre Augen sind fragend.

»Sie glauben nicht, dass ich das schaffe.« Warum diskutiere ich überhaupt mit ihr? Es kümmert mich doch nicht, was sie denkt. Das einzig Wichtige ist Josh. Das einzig Wichtige ist, den Weg zu ihm zu finden, während alle Welt das zu verhindern sucht.

»Stevie …« Sie zögert. »Ich habe den Eindruck, dass du denkst, ich sei nicht ehrlich zu dir. Dass ich vielleicht irgendwelche Spielchen spiele. Das kommt mir öfters so vor, wenn ich mit dir rede.«

»Wie scharfsinnig von Ihnen.«

»Aber – ganz ehrlich – das stimmt nicht. Ich spiele keine Spielchen. Ich werde immer ehrlich zu dir sein.« Sie tätschelt ihrem Pferd den Nacken, und es wirft den Kopf hoch. »Weißt du, was ich mir als Ergebnis für deine Therapie hier wünsche?«

»Das interessiert mich nicht«, sage ich schulterzuckend.

»Ich sag's dir trotzdem. Ich will, dass du gesund werden willst. Ich will, dass du lernst, wie du essen sollst und wie du dich dabei fühlen sollst. Und glaub mir, anfangs kommt dir beides vor wie der letzte Dreck. Ich will, dass du sauer wirst, wenn du sauer werden sollst, und traurig, wenn du traurig werden musst. Ich will, dass du gesund wirst, Stevie. Okay? Das ist alles. Kein geheimer Plan in der Hinterhand.«

Herrje, sie hat ein echtes Talent dafür, in Rekordzeit alles zu verdrehen. Ich frage mich, ob sie auch so ist, wenn sie ein Date hat. Ich stelle mir vor, wie sie in irgendeinem veganen Restaurant sitzt und der Typ ihr gegenüber sagt: *Hi, ich bin Dylan*, und sie sagt: *Ich werde vollkommen ehrlich zu dir sein, Dylan. Diese Tofu-Nuggets machen mich ja so traurig!*

»Warum machen Sie das überhaupt?«, frage ich, bevor sie noch mehr Seifenopernschmalz über mir ausgießen kann.

»Was denn?«

»Das hier.« Ich wedele mit einer Hand zwischen uns hin und her. »Therapie, oder wie Sie das nennen. Um Leute zu heilen?« Mein Magen macht einen kleinen Hüpfer und die Landschaft ringsum verschwimmt leicht vor meinen Augen.

»Nein.« Sie presst die Lippen aufeinander. »Ich glaube … ich glaube, ich mache es, weil ich weiß, dass wir alle in unserem Leben eine schwere Last zu schultern haben. Ich bin nicht so naiv zu glauben, dass ich die Last anderer Menschen mittragen kann. Ich habe mein eigenes Päckchen, das ich schleppen muss.«

»Was meinen Sie damit?«

»Ich meine damit, dass ich meine eigenen Probleme habe, wie alle Menschen.«

Ich bin nicht der Meinung, dass Seelenklempner so etwas laut sagen sollten.

»Aber ich fühle mich geehrt, anderen Menschen zur Seite zu stehen, wenn sie lernen, wie sie mit ihrem eigenen Päckchen fertigwerden können. Vielleicht finden sie heraus, dass die Tragegurte neu eingestellt werden müssen oder dass sie ein paar Gepäckstücke ablegen müssen, die sie nicht mehr brauchen.«

»Wofür sind Sie dann überhaupt gut?«

»Um meine Erfahrungen weiterzugeben, um Vorschläge zu machen. Vielleicht auch, um hin und wieder gute Fragen zu stellen oder meinen Eindruck zu vermitteln. Und immer, um Unterstützung und Hilfe anzubieten. Denn wir müssen den Weg durchs Leben nicht allein gehen. Wir sind Teil einer Gemeinschaft. *Wir*, verstehst du? Wir sind Teil von etwas Größerem, außerhalb unserer eigenen engen Haut.«

Mein *Wir* starb mit Josh. Sie kriegt nicht die Chance, an seinen Platz zu treten und die zweite Besetzung zu spielen, diese unansehnliche Möchtegern-Freundin, die am Premierenabend zu viel Make-up auflegt.

»Was ist Ihres?«, frage ich.

»Was meinst du?«

»Ihr Päckchen.« *Der Hunger in der Dritten Welt*, höre ich sie im Geiste schon sagen, oder: *Meine Zwillingsschwester klaut immer wieder meinen Lieblingspulli. Du hast ja keine Ahnung, wie nervig das ist!*

»Ich bin Alkoholikerin. Seit einer Weile trocken.«

»Oh.« Ich bin mir *ganz* sicher, dass Seelenklempner so etwas bestimmt nicht laut sagen sollten. Was soll ich darauf erwidern? Wahrscheinlich etwas Gedämpftes, Mitfühlendes. Aber was kommt heraus? »Also haben Sie auch Scheiße gebaut.«

Sie lacht, was mich überrascht. Ihr Lachen ist stark und unbekümmert.

»Ich bin nur ein Mensch, Stevie. Und ich hatte früher keine besonders gute Art, mit meinem Leben zurechtzukommen. Jetzt weiß ich es besser, und ich gebe mir alle Mühe, dass das so bleibt. Das ist alles. Keine Hexerei.«

Ich stelle mir SK in unserer Stammkneipe vor, wie sie wackelig auf hohen Absätzen steht und zu laut lacht. Die Vorstellung reizt mich zum Lachen und gleichzeitig zum Weinen.

»Wie ist das für dich, wenn du so etwas über mich erfährst?«

»Keine Ahnung. Sie kommen mir nicht wie eine Alkoholikerin vor. Eden ist eine. Oder wird es bald sein.«

Sie bringt Whimsy zum Stehen und Ernie folgt gehorsam seinem Beispiel. Ich lege mir die Hand über die Augen und schaue mich um. Hier gibt es nichts außer ein paar jämmerlichen Büschen und dem einen oder anderen Kaktus. Es ist viel zu still.

»Du hast viel Zeit mit Eden verbracht, stimmt's? In der Bar, nach diesem Kurs, den du besucht hast. Wie war das?«

»Es war …« Ich weiß genau, was sie vorhat, aber ich denke trotzdem über ihre Frage nach, weil sie mir gerade etwas Intimes anvertraut hat und es komisch wäre, wenn ich jetzt nicht mitspielen würde. »Ich habe einen Brief von ihr bekommen. Gestern.«

SK nickt einmal kurz mit dem Kopf.

Ich verlagere mein Gewicht im Sattel. »Und ich konnte letzte Nacht nicht gut schlafen, weil ich immer darüber nachdenken musste. Sie tat so, als ob ich gar nicht hier sei.«

»Als ob du nicht existieren würdest? Oder als ob du nicht in Behandlung wärst?«

»Als ob ich nicht in Behandlung wäre. So hat sie sich auch benommen, als ich noch zu Hause war. Als hätte ich überhaupt kein Problem. Es fiel ihr nicht mal auf, dass ich so stark abnahm. Sie sagte bloß immer, wie gut und dünn ich aussah, und so was Ähnliches.«

»Sie hat nicht gemerkt, dass du wirklich krank warst.« SK streichelt sanft über Whimsys Mähne.

»Es war nicht ihre Schuld. Ich glaube, sie wollte mir einfach das Gefühl geben, nicht kaputt zu sein. Das habe ich gebraucht.«

SK schweigt. Meine Haut färbt sich rosa – ein langsames, trockenes Brennen.

»Außerdem habe ich es wirklich gut verbergen können. Auch mein Dad hat nicht viel gesagt. Der Einzige, der immer wieder damit anfing, war …« Sein Name bleibt mir im Hals stecken.

»Josh«, sagt sie.

»Josh«, sage ich. Wir haben uns deswegen gestritten, in der Nacht, in der ich ihn getötet habe. Ich schließe die Augen, und seine Worte prasseln wieder auf mich ein.

Übrigens siehst du so was von scheiße aus. Das finden alle, aber Dad hat zu viel Angst, um etwas zu sagen. Dieser ganze Kram mit dem Essen – das ist so selbstsüchtig und verrückt und … du siehst einfach scheiße aus.«

Meine Finger rollen sich zu kleinen festen Kugeln ein.

»Wie denkst du darüber? Dass er der Einzige war, der den Mut hatte, etwas zu sagen«, will SK wissen.

»Wie ich schon sagte, Eden war die Einzige, die mich so akzeptierte, wie ich war.« Ich will umkehren. Es ist viel zu heiß hier. Ich will mein Gesicht in einem Sofakissen in der Villa vergraben und schlafen. Ich will mich an Ashleys Plüschhasen kuscheln und den Lavendelduft einatmen.

»In diesem Punkt haben wir unterschiedliche Ansichten, Stevie. Ich glaube nämlich nicht, dass deine Essstörung dein wahres Ich ist. Ich glaube, es gibt einige Dinge, die wir nicht akzeptieren sollten. Und krank zu leben, ist eins davon. Mir kommt es so vor, als ob Josh dachte, du hättest etwas Besseres verdient. Vielleicht war er nicht bereit, dein krankes Leben zu akzeptieren.«

»Tja, das muss er ja auch nicht«, gebe ich zurück. »Dafür habe ich schon gesorgt, nicht wahr?«

Das bringt sie zum Schweigen. Vielleicht fängt sie jetzt an, mein wahres Ich zu begreifen. Ich habe schlechtes Blut in mir. Ich bin kein braves Grün-Mädchen. Ich bin nicht so klug wie meine Mutter oder so anständig wie mein Vater oder so außergewöhnlich wie Josh. Meine Mutter wusste es und ich weiß es auch: Ich bin ein Monster. Und als Josh in seinem letzten Moment zu mir aufsah, als seine Augen, schwimmend in seinem eigenen Blut, leer wurden, da wusste er es wohl endlich auch.

NEUNTER TAG

Samstag, 12. Juli, 19.45 Uhr

In Gedanken entwerfe ich den ganzen Tag lang Briefe an Eden, allerdings habe ich keine Ahnung, was ich sagen will. SK hat heute Morgen mein Gehirn dermaßen verdreht, hat sich mit ihren Fragen und ihren *Vielleichts* durch die Hintertür eingeschlichen, sodass alles, was ich in meinem Schädel so sorgfältig geordnet hatte, ins Wanken geraten ist. Sie versteht Eden nicht. Sie versteht nicht, warum ich eine Bestätigung dafür brauchte, dass es okay ist, Mist zu bauen. Dass ich nicht die Einzige war. Ich brauchte eine Pause von Dads ausweichendem Verhalten und der Gewissheit, dass Josh jedes Mal, wenn er mich umarmte, abzuschätzen versuchte, wie viel Gewicht ich verloren hatte.

Beim Abendimbiss stehe ich einsam in der Schlange. Vor mir und hinter mir ist alles in Bewegung, Füße scharren und Hände zucken. Zwei Mädchen weiter vorn flicht Ashley Cates schlaffe Spaghettisträhnen zu Zöpfen, während Teagan zuschaut. Ich sollte etwas sagen, sollte anerkennen, dass Ashley mich nicht verpfiffen hat, aber jedes Mal, wenn ich den Mund aufmache, brechen die Mädchen gerade in Gelächter aus, und ich komme mir blöd vor.

»Stephanie? Stephanie D.?« Die Frau, die hinter der Serviertheke steht, weiß immer noch nicht, wie ich heiße. Um ehrlich zu sein, habe ich sie auch nie verbessert. Sie erinnert mich ein bisschen an die Frau im Speisesaal meiner Schule:

faltiges Gesicht, ein schiefes Lächeln und ein Haarnetz über dünnen, feuchten Strähnen.

Ich trete an das Fenster, durch das man das Essen gereicht bekommt. Das Ganze ähnelt einem billigen Kiosk. Snacks stehen auf der Ablage bereit: eine kleine Packung mit Brezeln, ein Apfel mit einem Becher Erdnussbutter, eine Tüte mit Studentenfutter, Schokoladenkekse, eine kleine Tüte mit Jelly Beans. Sie stehen in Gruppen beisammen, und jeder Gruppe ist eine Karteikarte zugeordnet, auf der ein Punktewert zwischen eins und drei steht.

»Wie fühlst du dich, Stephanie?« Sie schiebt ein kleines Tablett in meine Richtung.

»Jedenfalls nicht hungrig.«

»Du schaffst das.« Sie lächelt und konsultiert ihr Datenblatt auf dem Klemmbrett. Keiner hier scheint auch nur einen Schritt ohne ein verdammtes Klemmbrett zu machen. »Miss Dalton hat heute sechs Punkte für deinen Imbiss eingetragen.«

Ich schaue mir an, was für Auswahlmöglichkeiten ich habe, und suche nach einer annehmbaren Kombination. Als ob es die gäbe. Ich greife nach einer Tüte mit Jelly Beans und ziehe die Hand wieder weg, als meine Finger das Zellophan berühren. Es erinnert mich an ein Spiel, das Josh und ich spielten, als wir klein waren. Man musste aus Holzklötzchen einen Turm bauen und dann ein Klötzchen nach dem anderen wieder herausnehmen, bis der Turm umfiel. Hatte man ein Klötzchen einmal berührt, musste man es auch herausziehen. Es gab kein Zurück.

»Warten Sie. Kann ich den Apfel haben? Aber ohne die Erdnussbutter?« Ich deute, fasse aber nichts an.

»Nein, meine Liebe.« Sie dreht sich um und kommt mit einem Apfel, einer Portion Erdnussbutter und einem Plastikmesser wieder. »Und was noch?«

Hinter mir brandet die Flut aus Mädchen in immer stärker werdenden Wellen gegen mich an. Ich will mich umdrehen und sie anherrschen, sie sollen gefälligst fünf große Schritte Abstand halten, damit ich nachdenken kann. »Ich kann nicht … Ich weiß nicht. Das Studentenfutter? Nein, warten Sie.«

»Einmal Studentenfutter, bitte schön.« Sie schiebt mir die Tüte zu. »Und ich hole deine Nahrungsergänzung.«

»Nein, nein.« Ich schüttele den Kopf. Der Apfel und die Erdnussbutter und das Studentenfutter sind schon viel zu viel. »Keine Ergänzungsmittel. Nicht heute Abend.«

Sie widerspricht nicht, macht sich bloß eine Notiz.

Ich nehme mein Tablett und gehe langsam auf den Tisch zu, wo Ashley, Cate und Teagan ihre Snacks begutachten.

»Ähm, hey. Kann ich …?«

»Setz dich.« Ashley tritt von unten gegen den Stuhl ihr gegenüber, sodass er leicht nach hinten schabt. Sie lächelt schief, als ob sie vollkommen vergessen hätte, wie mies ich mich gestern ihr gegenüber benommen habe. »Was hast du dir geholt? Oh! Ich liebe dieses Studentenfutter. Besonders die getrockneten Cranberrys. Die sind so lecker.«

»Finde ich auch.« Cate kämmt mit den Händen die Zöpfe aus ihrem Haar. Sie greift nach ihrer Nahrungsergänzung, schiebt sie dann aber wieder weg. »Ich habe die Jelly Beans, aber die mit Lakritze-Geschmack mag ich nicht. Meinst du, die machen deswegen einen Eintrag? Das hat ja nichts mit der Essstörung zu tun. Ich kann Lakritze einfach nicht leiden.« Sie kaut auf ihrer Unterlippe.

»Ich tausche deine Lakritze gegen meine Kirsche.« Teagans Augen huschen durch den Saal, halten Ausschau nach Schwestern und Pflegern.

Cate schüttelt den Kopf. »Ich hätte den Apfel nehmen sollen.«

»Willst du meinen haben?« Ich verschränke meine Finger hinter meinem Kopf und betrachte mein Tablett.

Sie schnaubt. »Na klar.«

Ich knete die durchsichtige Tüte mit dem Studentenfutter und begutachte den Inhalt. Es ist nicht zu übersehen, dass man Erdnüsse mit Schokoladenüberzug zwischen die Rosinen und Mandeln geschmuggelt hat. Ich lege die Tüte beiseite und widme mich dem Apfel. Er ist mittelgroß. Ich nehme das Plastikmesser und schneide sorgfältig das Mittelstück mit den Kernen heraus. Dann schneide ich die Apfelstücke in Hälften und die Hälften wieder in Hälften und diese Hälften noch mal in Hälften.

»Stephanie.« Eine schwere Hand legt sich auf meine Schulter. »Hör bitte auf, dein Essen klein zu schneiden. Das reicht.«

Ich drehe mich um und schüttele Hannahs Hand ab. Billig aussehender türkisfarbener Eyeliner umrahmt ihre Augen und schlägt Falten, wenn sie böse guckt.

»Okay. Also schön.« Ich nehme ein Apfelstück in die Hand. Das Fleisch ist hell und körnig. Ich beiße ein Stück ab und kaue, so schnell ich kann. »Mmmmm. Essen.«

Sie seufzt und schlurft weiter.

Teagan fängt meinen Blick ein und grinst.

Ich schlucke den mehligen Matsch herunter und pule die Goldfolie von dem Becher mit der Erdnussbutter. Dann stecke ich das Messer in die zähe Masse. Als ich es herausziehe, dehnt sich das Zeug wie Karamell. Ich versuche, etwas Erdnussbutter auf ein Apfelstück zu streichen, aber das meiste davon bleibt am Messer kleben.

»He, Ashley. Danke, ähm … danke«, sage ich und weite betont meine Augen. Aber Cate ist sowieso vollauf damit beschäftigt, schwarze Jelly Beans aus ihrer Tüte zu klauben; sie merkt nichts. »Na, du weißt schon.«

Sie nickt ernst. »Wenn du jemals Hilfe brauchst, wie zum Beispiel jemanden ablenken, dann sag Bescheid. Wir können zusammenarbeiten.«

»Das klingt fast, als wärst du hier angestellt.« Ich beäuge meinen nächsten Bissen. Es kommt mir so unpassend vor. Das muss ein Snack für kleine Kinder sein. Ich versuche, mich daran zu erinnern, ob ich schon früher einmal Apfel mit Erdnussbutter gegessen habe. Vielleicht in der Schule, als ich noch klein war? Ich lege mir den Apfel-Erdnussbutter-Happen in den Mund und kneife die Augen zu. Dann ist es leichter. Das Fett legt sich wie ein Tuch über meine Zunge. Ich kaue hektisch. *Ich tue das für Josh. Ich darf keine Magensonde bekommen. Ich tue das für Josh. Ich darf keine Magensonde bekommen.*

»Ich fände es sogar cool, hier zu arbeiten. Ich frage mich, was man machen muss, um Therapeutin zu werden.« Sie wirft eine Handvoll Brezeln in ihren Mund und kaut. Ich glaube, sie hat sie vorher nicht einmal gezählt.

»Wenn meine Zeit hier um ist, komme ich nie wieder zurück.« Genauer gesagt: Wenn meine Zeit hier um ist, gehe ich nirgends mehr hin. Der Gedanke fühlt sich gut und warm an. Ich zwinge mich zu einem weiteren Stück. Die bittere Apfelschale schabt auf dem Weg nach unten über meine Speiseröhre.

»Ich hoffe auch, dass ich nie wiederkommen muss«, sagt Cate, ohne von ihren Jelly-Bean-Häufchen aufzublicken.

»Ich weiß nicht.« Ashley schlägt die leere Brezel-Tüte mit der flachen Hand platt. »Ich will irgendwie nicht weg. Mir gefällt es hier besser als zu Hause.«

»Ja«, sagt Teagan mit gesenktem Blick. »Hier sind die Leute nett.«

Ashley nickt. »Mir gefällt auch die Sache mit dem Stundenplan.« Ihre Worte purzeln übereinander. »Es ist wie in der Schule. Man weiß genau, wo man sein muss und was man essen soll, also kann man nichts falsch machen, wenn man sich an die Regeln hält.«

Ich widerspreche ihr nicht. Wir halten uns bloß an unterschiedliche Regeln.

»Da draußen ist es viel schlimmer, weil es irgendwie alles gibt und man alles haben kann, und deshalb ist es so leicht, zu viel davon zu nehmen, und man kann nicht mehr aufhören. Hier ist es sicher.«

Ich sehe, wie ihr Gesichtsausdruck hart wird und ihre rosigen Wangen sich noch stärker röten. Cate hat aufgehört, Jelly Beans hin und her zu schieben. Teagan blickt auf.

»Aber wenn ich rauskomme, dann kaufe ich mir einen Haufen einzelner Erdnussbutterbecher, damit ich immer weiß, wie viel ich esse.« Sie schaut mich nicht mehr an. »Ich werde sie ganz hoch stapeln.«

»Wann kommst du nach Hause?«, frage ich.

»Na ja, mein Vierer ist in etwa zwei Wochen, aber sie werden wahrscheinlich nicht kommen.« Sie verzieht das Gesicht.

»Dein was?«

Teagan wirft sich ein pinkfarbenes Jelly Bean in den Mund. »Ihr Vierer. Etwa eine Woche bevor man entlassen wird, kommen deine Eltern für vier Tage hierher und machen eine Art Familientherapie und so was. Außerdem darf man bei ihnen im Hotel wohnen, wenn man will, und muss auch tagsüber nicht auf dem Gelände bleiben.«

»Ashley, vielleicht könntest du bei einer Verwandten wohnen, wenn du rauskommst«, sage ich vorsichtig.

»Vielleicht«, murmelt sie. »Zu wem gehst du nach Hause?«

Zu niemandem. »Zu meinem Vater, denke ich.« Das ist es, was sie zu hören erwartet. »Aber ich meine es wirklich ernst. Hast du irgendjemand, bei dem du bleiben kannst? Jemand, der sich um dich kümmert?« Ich lege meine Hand auf ihre. Sie ist feucht, und als ich sie berühre, zuckt sie zusammen und hält die Luft an. Ihre Augen werden groß. Sie schaut mich an, als ob sie mich zum ersten Mal sähe.

»Nein. Nein, nein, nein«, stottert sie. »Ich habe niemanden. So jemanden jedenfalls nicht.« Ihr Gesicht hat einen flehenden, verzweifelten Ausdruck angenommen. Sie schreit stumm um Hilfe, will, dass ich ihr helfe, sie rette oder irgendetwas Heldenhaftes tue.

»Schon gut«, sage ich dümmlich. »Es wird alles gut.« Ich ziehe meine Hand weg, die schweißnass von ihrer Panik ist, und will einfach nur noch hier raus. Die Villa kommt mir viel zu klein vor für all diese Mädchen und ihre Dämonen, und es ist Wahnsinn, auch nur eine Sekunde lang zu glauben, ich könnte diesem einen Mädchen helfen. Wir sind ein Haufen hoffnungsloser Fälle, die hier abgeladen wurden, damit niemand sehen muss, wie verwundet wir sind.

Als ich mit dem Imbiss fertig bin, nehme ich mein Tagebuch und verziehe mich auf eine Ecke des goldfarbenen Sofas. Ashleys Worte kreisen in meinem zerbrochenen Geist. *Zu wem gehst du nach Hause?* Selbst wenn ich heimgehen wollte, ist kaum jemand übrig geblieben. Wenn. In meinem Kopf stapeln sich die *Wenns*. Ich kann nicht mehr klar denken. *Wenn Josh am Leben wäre. Wenn ich nie zu diesem Seminar gegangen wäre. Wenn ich damals Eden und Josh nicht zusammengebracht hätte. Wenn.*

Die Festivalnacht. Das Pit. Ich machte mich in einem stillen Haus fertig, huschte verstohlen zwischen dem Badezimmer meiner Mutter und meinem hin und her, während ich auf das Schlagen der Haustür lauschte. Als alles still blieb, dachte ich, Josh hätte vielleicht dieses Jahr das Pit vergessen. Ein Teil von mir war erleichtert. Mich reizte die Aussicht, mir mit Eden die richtig guten Shows anzusehen. Nur wir beide. Ich nahm meine Schlüssel und mein Handy, überlegte, ob ich Dad einen Zettel hinlegen sollte, beschloss dann aber, dass es nicht nötig war.

Ich war gerade dabei, die Haustür abzuschließen, als ich hinter mir Josh die Verandastufen hinauftrampeln hörte.

»Schwesterherz, warte mal. Willst du schon zum Pit?«

»Oh«, sagte ich vage. »Ja. Ich dachte, du hättest keine Zeit.«

Er blieb stehen und betrachtete mich in dem unbarmherzigen Schein der Verandabeleuchtung. »Was ist denn das? Lippenstift? Seit wann trägst du Lippenstift?« Er griff nach mir, seine Hand legte sich auf meine Schulter, sein Blick fiel auf das Tattoo, und seine Lippen wurden schmal. Er hatte kein Wort über das Tattoo gesagt. Genauso wenig wie mein Dad.

»Es ist nicht … ach, lass mich doch in Ruhe.« Ich schüttelte seine Hand ab. Die Luft war feucht und legte sich auf das Rouge und die Foundation, die ich aus der Schminkschublade meiner Mutter genommen hatte. Ich hatte meine Haare mit ihrem Lockenstab aufgedreht, aber bei so etwas braucht man Übung, und ich hatte keine Ahnung, wie man es richtig macht. Meine Haare klebten bereits feucht an meinem Nacken.

»Schwesterherz! Ich wollte doch nicht … Du siehst einfach so anders aus. Was hat Dad gesagt?«

»Ich brauche seine Erlaubnis nicht.«

»Nein, sicher, ich weiß«, sagte er leise.

Wir starrten einander an. Er sah aus wie der gute alte Josh, mit T-Shirt und Jeans und Sneakern, und plötzlich kam ich mir blöd vor unter all dem Make-up. *Vergessen wir einfach das vergangene Jahr*, wollte ich sagen. *Setzen wir uns vor den Fernseher, du darfst das Programm aussuchen, und auch die Snacks. Ich werde mit dir fernsehen und die Snacks essen. Ausnahmsweise.*

»Ich treffe mich um acht mit einer Freundin aus dem Seminar«, sagte ich stattdessen. »Ich muss los. Vermutlich hast du keine Zeit …«

»Doch, ich bin fertig. Alles klar.«

»Du musst nicht mitkommen, wenn du nicht willst.« Die Vorstellung, gemeinsam mit Eden und Josh unterwegs zu sein, behagte mir nicht. Ich konnte nicht sagen warum. Wahrscheinlich würde sie Josh nicht gefallen. Er würde sie nicht verstehen, wie er auch mich nicht mehr verstand. Sie war nicht sein Typ. Sie war meiner.

»Klar komme ich mit.« Er klang gekränkt. »Wir gehen jedes Jahr zum Pit.«

»Also gut«, sagte ich seufzend. »Dann komm.« Ich rannte die Stufen hinunter, vorbei an dem »Zu vermieten«-Schild, das Dad, ohne ein Wort darüber zu verlieren, im Vorgarten aufgestellt hatte. Ich hörte, wie er hin und wieder am Telefon von »originalen Holzböden« und einer »umlaufenden Veranda« erzählte, mit dieser gekünstelt fröhlichen Stimme. Ich ging schnell, in der Hoffnung, eine leichte Brise auf meinem Gesicht zu spüren, aber es regte sich kein Lüftchen.

»Jetzt mal ehrlich. Dein … Was du mit deinem Haar gemacht hast, sieht gut aus.« Bei dem Wort *gut* hob sich seine Stimme wie die eines Mädchens. »Hör mal, wollen wir nicht vorher noch bei Milo's vorbeischauen und uns was zu essen holen? Hast du schon zu Abend gegessen? Ich jedenfalls nicht.«

Er warf die Worte betont lässig auf den Asphalt vor unseren Füßen. Alles ganz normal, keine große Sache.

»Nö, ich habe keinen Hunger.« Es stimmte, und ich war stolz darauf. Der Hungerschmerz versiegte langsam. Ich ging ein bisschen schneller und spürte, wie meine Muskeln vibrierten.

»Schwesterherz, mach langsam!«

»Ich will nicht zu spät kommen, Josh, klar?« Mein Gesicht brannte. Ich wünschte, er würde einfach gehen. Wir näherten uns dem Festival; Musikfetzen, unterschiedliche Lieder und Instrumente und die Geräusche von Menschen, die Spaß hatten, legten sich übereinander.

»Deine Freundin – guckt sie nur zu oder spielt sie in einer Band?«, fragte Josh außer Atem.

»Sie hat für eine Band die Texte geschrieben. In Bens Seminar.«

»Cool.« Er streckte den Arm aus und tätschelte meine Schulter, wobei er seine Hand lange genug auf meinem Rücken liegen ließ, um abschätzen zu können, wie stark die Knochen hervorstachen. Ich sank auf ein Knie und tat so, als ob ich meinen Schnürsenkel zubinden müsste.

In der Stadt sah es so aus wie jedes Jahr um diese Zeit. Hübscher als sonst, aber auch irgendwie armselig, wie ein hässliches Mädchen, das in der Ballnacht ein Paillettenkleid trägt. Über der Broad Street hingen die alten, schlaffen PeachPitPalooza-Banner. In den Bäumen baumelten Weihnachtslichterketten mit weißen Glühlampen wie billige, falsche Perlen. Am anderen Ende der Straße war die Hauptbühne aufgebaut, wo sich die Leute auf Klappstühlen aus Metall niederließen. Alle Geschäfte, Bars und Restaurants hatten geöffnet, und auf den Bürgersteigen wimmelte es vor Tischen, Gästen und Biergläsern.

Jede vierte Ladenfront blieb dunkel. Die Schaufenster waren staubig und leer. So ging das schon seit ein paar Jahren: Die Geschäfte schlossen über Nacht, und es kamen keine neuen dazu. Die Leute drängten sich auf der Straße, und alles verschwamm vor meinen Augen. Mir war schwindelig, und das fühlte sich gut an.

»Stevie!« Eden saß an einem Tisch in einer Bar und winkte. Sie war allein. Ich winkte zurück und drehte mich dann zu Josh um.

»Sei bitte nett. Sie ist meine Freundin, okay?«

»Was soll das denn heißen, ich bin doch immer nett.«

»Josh …« Ich hob flehend die Hand. »Bitte.«

Er schnaubte. »Klar. Schon kapiert.«

Eden stand nicht auf, als wir zu ihr kamen. Sie legte ihre Hand über die Augen, obwohl es dunkel war.

»Hey.« Sie grinste Josh an. »Ist das dein Bruder?«

»Hey. Joshua.« Josh hob grüßend die Hand und winkte leicht.

»Oh Mann«, murmelte ich kaum hörbar.

»Eden.«

Ich setzte mich neben sie, und Josh nahm den Stuhl uns gegenüber am Tisch.

»Du hast also Texte für eine der Bands geschrieben? Das ist echt cool.« Josh zog sein graues T-Shirt gerade, lehnte sich auf seinem Stuhl zurück und beugte sich dann wieder vor. In der Bar stimmte jemand eine E-Gitarre. »Hast du schon vorher Lieder für das Festival geschrieben? In früheren Jahren, meine ich.«

In früheren Jahren? Ich schoss ihm einen Blick zu. Das klang so, als würde er sie über ihr Aktienpaket ausfragen oder um ihre Meinung zur Gesundheitsreform bitten.

Eden ließ die schmelzenden Eissplitter in ihrem leeren Glas kreisen und schüttelte den Kopf. »Das ist mein erstes Mal.

Kaum zu glauben, was?« Sie setzte das Glas an, ließ ein Stückchen Eis auf ihre Zunge gleiten und hielt den glitzernden Splitter dann zwischen ihren Zähnen.

Trotz der Dunkelheit konnte ich erkennen, dass Josh rot wurde.

»Wann ist die Band dran?«, fragte ich ein bisschen zu laut.

»Ich glaube, gegen neun.« Sie zerbiss das Eis und schluckte es herunter. Zu Josh gewandt sagte sie: »Die Band, das sind Reid und Nic, zwei Freunde von mir, und die haben diesen coolen Electric Sound. Ich habe ein paar Texte aus dem Seminar zu Liedern umgearbeitet, und es hat ihnen gefallen. Tja, so ist das.«

»Beeindruckend«, sagte Josh, als wäre er vierzig. »Wie läuft's im Seminar?« Er winkte einer Bedienung am Nebentisch, so wie unsere Mutter es getan hätte.

»Richtig gut, denke ich. Ben ist fantastisch. Und es ist so toll, dass ich deine Schwester kennengelernt habe.« Ihr Blick schwenkte in meine Richtung, und sie zwinkerte mir zu.

»He, halt mal still.« Ich beugte mich vor und legte meinen Daumen auf den äußeren Rand ihres Auges. Als ich ihn wegzog, lag ein schwarzer Glitzerfleck darauf, ein Ausreißer ihres neuesten Looks: dunkle, glitzernde, rauchige Augen. Zusammen mit ihrem Sternschnuppen-Tattoo sahen ihre Augen aus wie eine Supernova. Augen, in die man hineingesaugt wurde, in denen man sich verlieren konnte.

»Danke.« Sie blickte mir ins Gesicht. »Du hast dein Haar aufgedreht und dich geschminkt.«

»Oh«, sagte ich. »Ja.«

»Kann ich euch was zu trinken bringen?«, fragte der Typ, der hinter Eden trat.

»Ich nehme noch einen.« Sie hob ihr Glas wie eine Fackel hoch.

»Eistee«, sagte Josh, was mir unglaublich peinlich war. »Und können wir etwas zu essen bestellen, Pommes frites oder etwas Ähnliches?«

Der silberne Stern über Edens Augen erzitterte.

Josh drehte sich mit seinem ganzen Oberkörper zu mir und senkte seine Stimme. »Was willst du essen, Schwester? Such dir was aus. Dad hat mir Geld gegeben.«

»Ich habe keinen Hunger.« Ich schaute zur Bedienung. »Was für Drinks haben Sie im Angebot?«

»Du meinst … *Drinks?*«, vergewisserte sich der Mann.

Eden blieb stumm.

»Nein«, sagte Josh mit Blick auf mich. »Meint sie nicht. Sie trinkt Eistee. Und Pommes. Bringen Sie auch eine Portion Pommes.«

»Josh.« Warum bloß zitterte meine Stimme? Ich konnte nichts dagegen tun. »Ich will deine verdammten Pommes nicht.«

»Hör auf zu fluchen, Schwesterherz.«

»Also …« Der Blick der Bedienung wanderte zwischen uns hin und her.

»Sie …« Joshs Mund wurde schlaff, und seine Augen sahen aus wie farbiges Glas. »Bitte bringen Sie einfach die Pommes«, murmelte er.

Der Mann schaute zu mir.

»Wasser mit Zitrone«, flüsterte ich.

Die Bedienung sprintete förmlich zurück in die Bar.

Ich starrte in die Menge. Ich schämte mich vor Eden und war sauer auf Josh. Als er aufstand und zur Toilette ging, fühlte ich ihre Hand oberhalb meines Knies, wie sie sich heiß durch meine Jeans auf meine Haut brannte. Ich verkrampfte mich.

»Tut mir leid. Er hat einen ausgeprägten Beschützerinstinkt«, sagte ich.

»Ich finde das sehr süß von ihm.« Sie ließ ihre Hand ruhig liegen, beugte sich aber so weit zu mir, dass ich ihren Atem auf meinem Ohr fühlen konnte. »Dein Bruder scheint ein echt netter Kerl zu sein. Ich bin froh, dass er auf dich aufpasst. Jemand muss das tun.«

Ich lasse den Stift fallen, lehne mich in das Sofakissen zurück und reibe mir die Augen. Ich will die Erinnerung an diese Nacht auslöschen. Ich brauchte Josh nicht, um auf mich aufzupassen. Ich brauchte niemanden mehr. Ich wurde mit jedem Tag stärker, selbstsicherer. Am Ende war es Josh, der Schutz brauchte. Nur dass keiner von uns wusste, dass er sich vor mir schützen musste.

ZEHNTER TAG

Sonntag, 13. Juli, 1.06 Uhr

Stundenlang wälze ich mich im Bett hin und her. Ich wünsche mir den Schlaf herbei und habe gleichzeitig Angst vor ihm.

Ich will eine Tablette aus meinem Vorrat holen. Ich will sechs oder zehn, verdammt noch mal, egal wie viel, Hauptsache, ich kann mich vergessen, kann vergessen, wo ich bin und – Gott, wenn es einen gibt, helfe mir – was ich getan habe. Ich will vergessen, dass die Linien und Winkel meines Körper sich zu Kurven ausweiten, dass mein Bauch sich zur Decke wölbt, ein bleicher, schwitziger Halbmond. Der kostbare Raum zwischen meinen Oberschenkeln schmilzt. Und ich fühle, wie das scharfkantige Obst und das schmierige Fett mich beschweren. Mich weiter von Josh entfernen.

Aber jedes Mal, wenn ich mich dem Schlaf nähere, überfällt mich Todesangst. Denn die Erinnerungen kommen jetzt immer schneller, strömen durch mich hindurch, als ob der Wasserhahn, der sie zum Versiegen bringen könnte, kaputt ist. Sie kommen, egal wie weh es tut. Und ich kann nichts weiter tun als den Atem anhalten und versuchen, nicht zu ertrinken.

Ich bin schon fast wieder am Einschlafen, als das Licht in unserem Schlafzimmer angeht. Die Helligkeit lässt mir die Augen tränen.

»He!« Ich drücke meine Handballen in meine Augenhöhlen, bis ich Sternchen sehe. »Mach es aus, hörst du?«

»Tut mir leid. Tut mir leid.« Ihr Flüstern klingt wie Schreien. Das Licht bleibt an.

»Ernsthaft. Mach es aus. Geh in den Flur oder sonst wohin, wenn du Licht brauchst.«

»Das geht nicht, Stevie, tut mir leid. Ich muss das nur fertig machen, okay? Nur das hier … tut mir leid.«

»Ashley.« Ich setze mich auf. Es dauert ein paar Sekunden, ehe ich die Augen aufmachen kann. Sie hockt im Schneidersitz auf dem Boden. Um sie herum sieht es aus, als ob eine Bombe eingeschlagen hätte. All unsere Kleidungsstücke – auch meine – liegen auf dem Boden verstreut. Ihre Matratze ist leer.

»Was zum Teufel …?« Ich rücke bis zur Wand nach hinten und ziehe die Knie an. »Ashley, was …? Geht's dir gut?«

»Stevie, ohmeinGott, es geht mir besser als gut. Es geht mir … fantastisch.« Sie ist vollständig angekleidet, trägt Jeans und ein weißes T-Shirt. Sie hat Make-up aufgelegt, ihr Haar ist tropfnass. »Ich muss nur ein paar Sachen erledigen, weil wir doch tagsüber keine Zeit dafür haben. Ich räume auf, damit es hier in unserem Zimmer hübsch aussieht.« Sie senkt die Stimme. »Ich versuche, leise zu sein.«

Ich schaue auf die Uhr neben meinem Bett. 1.15 Uhr. Ich schaue weg und dann wieder hin. Das ist ein Trick, den mir Josh beigebracht hat, als ich klein war und unter Albträumen litt. Wenn die Zeit auf der Uhr noch dieselbe ist, wenn man ein zweites Mal hinschaut, dann träumt man nicht.

Ich träume nicht.

»Ashley.« Meine Stimme bleibt ruhig, als ob sie ein aufgewühltes Kind sei und ich eine Erwachsene. Aber ich bin keine Erwachsene, und sie macht mir Angst. »Du musst jetzt schlafen gehen, okay? Du musst wieder ins Bett.« Ich zerbreche mir den Kopf, was ich noch tun könnte. Soll ich eine

Schwester rufen? *Hallo, meine Zimmergenossin dreht gerade durch. Welche Symptome? Sie räumt auf. Trotzdem, glauben Sie mir, sie dreht durch.*

»Ich bin nicht müde!«, versichert sie mir. »Es ist irgendwie so … Ich hatte kaum Energie, seit ich herkam, und jetzt, ganz plötzlich … Hör zu. Hör mal! Ich sortiere unsere Kleidung nach Farben, okay? So wie in meinem Schrank zu Hause. Dann kann man die Sachen leichter finden. Ich mache das auch bei dir, ja?« Sie redet zu schnell. Ihre Worte fallen wie trockener Sand aus ihrem Mund.

»Okay«, flüstere ich. Ich bleibe an der Wand, während sie die Kleider zusammenfaltet. Rings um sie bildet sich ein Regenbogen aus unterschiedlich hohen Stapeln. »Aber morgen sollten wir mit deinem Therapeuten reden.«

»Mit Kyle, herrje. Es ist doch echt nicht zu fassen, dass ich den einzigen Mann hier abgekriegt habe, oder? Ich glaube, sie wollen, dass ich mich wegen meines Dads besser fühle. Wusstest du, dass ich einen Vaterhunger habe?« Ihr Lachen ist wie ein Schluckauf. »Als sie mir das sagten, habe ich mir einen Schokoladen-Dad vorgestellt, eingewickelt in Goldpapier, wie ein Osterhase.«

»Das ist lustig. Wir reden mit Kyle darüber, okay? Morgen früh.« Ich werfe einen Blick zur Tür. Meine Haut ist feucht.

»OhmeinGott.« Sie klatscht in die Hände. »Ich habe angefangen, Tagebuch zu schreiben! Weil Anna dir gesagt hat, du sollst eins schreiben, habe ich mit Kyle darüber geredet, und er meinte, klar, warum nicht?« Sie springt auf und fegt alles von ihrem Regal, bis sie ein Spiralheft gefunden hat. Sie schlägt es auf und blättert es durch, viel zu schnell, um es zu lesen. »Aber das ist scheiße. Ganz ehrlich.« Ihr Gesicht verfinstert sich.

»Ashley, ich glaube, du brauchst etwas, das dir hilft, einzuschlafen. Ich habe da etwas.«

»Geht nicht. Ich muss die Wäsche aus der Waschmaschine holen und in den Trockner legen.« Sie reißt die Seiten aus ihrem Spiralheft und wirft sie zu Boden. »Ich bin aber gleich wieder da.« Sie saust zu meinem Bett und nimmt meine Hände.

»Ich weiß nicht, wann ich mich zum letzten Mal so gut gefühlt habe. Mir geht's besser, Stevie!« Ihre Augen sind hell und aufgelöst, wie die glitzernden Flocken in einer Schneekugel.

»Das ist toll, Ashley. Das ist richtig toll.«

Als sie draußen ist, springe ich aus dem Bett und hebe die herausgerissenen Seiten auf. Überall sind Worte. Sie bedecken jeden Millimeter des Papiers in unterschiedlichen Richtungen und Farben, in Pink, Grün und Hellblau, mit dicken und mädchenhaften Buchstaben. Ich kann Worte erkennen, aber keine Sätze. In meinem Mund schmecke ich Erdnussbutter und Galle. Ich halte es hier nicht mehr aus.

Im Flur knallt die Tür zur Waschküche zu. Ich wickele mich in meine Bettdecke ein und nehme mein Tagebuch. Dann husche ich durch den Flur zu der kleinen Veranda an der Vorderseite des Bungalows. Was kümmert mich der stündliche Check der Schwester? Sollen sie mich doch suchen. Ich lasse mich auf einen Schaukelstuhl fallen und ziehe die Decke eng um mich. Sie ist viel zu dünn, und die Kälte dringt zu mir durch. Ich hole mir den anderen Schaukelstuhl herbei und lege meine Füße auf die Armlehne.

In der Ferne, oberhalb meines linken großen Zehs, blinken eine Reihe von weißen Lichtern aus der nächstgelegenen Stadt. Sie erinnern mich an die Weihnachtsbeleuchtung in der Festivalnacht bei uns zu Hause. Ich zähle sie von links nach rechts, dann von rechts nach links. Edens Gesicht unter diesen Lichtern – sie war so schön, so klar, wie zwei plus zwei vier ergibt. Es war eine einfache Tatsache. Und ich war nicht die Einzige, der das auffiel.

Eden,
ich habe deinen Brief bekommen. Vielleicht können wir irgendwann mal telefonieren. Ich schalte das Telefon hier nicht ein, aber ich könnte, wenn ich wollte. Nach dem Essen, wenn es bei dir Zeit zum Ausgehen ist, würde ich vorschlagen.

Ich habe über dich nachgedacht. Ziemlich viel sogar. Darüber, was mit Josh passiert ist, und warum es passierte. Ich glaube, es fing an jenem Abend beim Pit an. Ich spule diesen Abend immer wieder in meinem Kopf ab, wieder und wieder, und jedes Mal stelle ich mir dieselbe Frage: Warum hast du das gemacht? Aus Spaß? Um zu beweisen, dass du es kannst?

Meine Finger zittern vor Kälte und Zorn, und ich lege den Stift in die Falz meines Tagebuchs. Ich durchlebe die Festivalnacht ein weiteres Mal, durchkämme den Sand, um die Muschel zu finden, die mir bislang entgangen ist. Wenn ich das Ganze noch einmal abspule, noch ein einziges Mal, vielleicht werde ich dann verstehen, wie alles gekommen ist.

Josh, Eden und ich blieben zusammen auf dem Festival und hörten uns die Band von Edens Freunden an, die auf der Veranda einer heruntergekommenen Bar spielte. Über uns hing

Weihnachtsbeleuchtung. Ringsum saßen die Hipster auf billigen Klappstühlen und tranken seifig riechendes Bier. Ich war zwischen Eden und Josh eingeklemmt, ignorierte meinen Bruder und beobachtete Eden, wie sie die Band beobachtete. Sie nickte mit dem Kopf im Rhythmus der Musik. Lose Haarsträhnen klebten auf ihrem feuchten Gesicht. Ich hatte noch nie jemanden erlebt, der so mit sich im Reinen war.

»Schwesterherz«, zischte Josh und beugte sich zu mir. »Was hast du denn? Bist du echt sauer auf mich?«

Ich bedeutete ihm, still zu sein, und starrte stur geradeaus. »Ich will da zuschauen. Wäre es wohl möglich, dass du mir das nicht auch noch verdirbst?«

»Ich sollte eigentlich auf dich sauer sein. Wir gehen doch jedes Jahr zusammen zum Pit. Als Familie«, flüsterte er anklagend.

»Also bitte, Josh.« Mit bösem Blick fixierte ich die Band. »Wir sind keine Familie mehr, seit Mom uns verlassen hat.«

»Blödsinn.« Seine Stimme zitterte und ich fühlte mich schrecklich. »Blödsinn.«

Es tut mir leid, hätte ich sagen sollen. *Ich habe es nicht so gemeint*. Doch stattdessen knirschte ich mit den Zähnen und tat so, als würde ich voll in der Musik aufgehen und nicht darüber nachdenken, was für ein Arschloch ich doch war, oder darüber, dass meine Oberschenkel ganz eklig an den Sitzen der billigen Plastikstühle klebten. Ich wollte mit Eden allein sein. Ich wollte mich besaufen. Josh verdarb mir alles.

Als ringsum Applaus aufbrandete, klatschte ich ebenfalls. Ich beugte mich zu Eden, als die Musik wieder laut wurde, und murmelte: »Mensch, ich brauche einen Drink.«

»Dann hol dir einen«, sagte sie, ebenfalls ganz leise. Für sie war alles einfach. Wenn man etwas wollte, dann nahm man es sich. »Ich liebe diese Jungs, aber nüchtern könnte ich mir den Scheiß nicht anhören. Ich habe keine Ahnung, wie du das schaffst.«

»Mein Anstandswauwau würde mich beißen.«

»Sag doch einfach, dass du auf Toilette musst. Ich verwickele ihn in ein Gespräch. Er wird's nie erfahren.«

Ich zögerte und schaute zu Josh. Unter der Weihnachtsbeleuchtung schimmerte sein Gesicht wie das Antlitz eines hingebungsvollen Messdieners. Meine Eingeweide verkrampften sich. Ich musste an den Psychologiekurs denken, den ich im Jahr zuvor belegt hatte. Wir hatten über das Konzept von »Anlage und Umwelt« gesprochen. Josh und ich waren auf die gleiche Weise erzogen worden. Wir hatten dieselben Eltern, obwohl ich manchmal dachte, dass dies keine Rolle spielte. Meine Mutter hatte Josh immer mehr geliebt als mich.

Wenn unsere Umwelt größtenteils dieselbe war, mussten wir uns in unseren Anlagen unterscheiden. Wer wir waren, vom Augenblick unseres ersten Atemzugs an. Der Gedanke war sogar irgendwie befreiend. Ich war nie dumm genug gewesen zu glauben, dass alle Menschen gleich seien. Einige sind einfach besser als andere. Und wenn Josh besser geboren war als ich, wenn das Gute ein Teil seiner DNA war, war das nicht meine Schuld. Ich konnte nichts dafür.

»Ich gehe mal auf die Toilette«, verkündete ich während des nächsten Songs.

»Alles klar.« Eden grinste. Josh sagte nichts.

In der Bar war es dunkel und feucht. In der Ecke stand ein altes Videospielgerät, das merkwürdige Töne von sich gab. Ein paar Jungs umkreisten einen Billardtisch. Der Barkeeper fragte nicht nach meinem Ausweis. Ich bestellte einen doppelten Whisky. Das macht schneller betrunken und hat weniger Kalorien als zwei einfache. Morgen würde ich joggen gehen, versicherte ich mir. Ich wartete, bis er sich umdrehte und zum Fernsehapparat schaute, ehe ich den Whisky trank. Dann bestellte ich noch einen und trank den auch aus.

Ich ließ mich auf den Barhocker sinken und wartete auf die Wärme in meinem Inneren. Ich hasste Josh dafür, dass er mich zwang, im Geheimen zu trinken. Warum war er nicht wie alle anderen großen Brüder, die ihren kleinen Schwestern den ersten gefälschten Ausweis besorgten oder wenigstens so taten, als wüssten sie von nichts? Ich starrte eine Weile auf den Fernseher über der Bar. Die Braves spielten gegen irgendeine Mannschaft. Ich schaute zu, wie der Ball wie eine Perle auf den grünen Rasen prallte.

Als ich mich locker gemacht hatte, rutschte ich vom Barhocker und ging wieder nach draußen. Eden hatte sich auf meinen Stuhl gesetzt und redete wild gestikulierend auf Josh ein, der wie ein Idiot lachte.

»Rück mal, du dumme Kuh, du hast mir meinen Stuhl geklaut.« Ich grinste und stupste ihren Fuß mit meinem an.

»Stevie«, sagte Josh mit väterlich mahnender Stimme.

»Mann, Josh, mach mal halblang, okay?«, sagte ich.

Ich fühlte seine Augen auf mir ruhen. Als Eden keine Anstalten machte, zur Seite zu rücken, setzte ich mich auf die äußerste Kante ihres Stuhls, mein Körper den beiden zugewandt. Die Lichter über uns waren ein bisschen trüber als vorhin, Edens Kontur irgendwie flüssiger.

»Ich habe später ein paar Leute zu mir eingeladen.« Eden streckte sich auf meinem Stuhl aus. »Habt ihr Lust?«

»Ich glaube nicht, dass das geht.« Josh starrte mich immer noch an. »Wir müssen nach Hause.«

»Ich komme, keine Frage.« Ich streckte mich neben ihr aus und klopfte mit meinem Sneaker gegen ihre Sandale. »Klingt lustig.«

»Stevie«, sagte Josh. »Ich finde, das ist keine gute Idee. Ich finde, du musst dich etwas ausruhen.«

Ich rutschte auf dem Stuhl nach unten und blinzelte in die funkelnden Lichter über mir. »Und ich finde, du musst dich mal ein bisschen locker machen, *Joshua*.«

»Kein Grund, euch zu streiten, Kinder«, sagte Eden neckisch. »Schon gar nicht wegen meiner dummen kleinen Party.«

»Stevie, im Ernst.« Joshs Stimme wurde leise und flehend. »Lass uns heimgehen. Ich glaube, du musst ins Bett. Ich bringe dich nach Hause.«

Mein Gesicht unter der Weihnachtsbeleuchtung brannte. »Das ist doch Blödsinn«, fuhr ich auf. Ich sprang von dem Stuhl auf und stolperte über einen Spalt im Verandabelag, durch den das Unkraut wucherte. »Lass mich in Ruhe.«

»Langsam, Tiger.« Eden streckte den Arm aus und griff nach meiner Hand.

»Mir geht's gut. Mir geht's gut. Ich gehe jetzt einfach, okay? Es tut mir leid wegen …«, ich wedelte mit der Hand in Richtung Josh, ohne ihn anzuschauen, »dem da.« Ich ruckte mit dem Kopf herum und suchte nach dem Ausgang. »Ich ruf dich morgen an.«

»Stevie.« Josh griff nach mir, aber ich schlug seine Hand weg.

»Finger weg, Josh.« Ich hörte, wie meine Worte ineinanderflossen, aber es war mir egal. »Ich gehe nach Hause, und es wäre besser für dich, wenn du mir nicht nachkommst.«

Mit gesenktem Kopf stürmte ich auf die Straße und machte um die besoffenen Studenten, die an jeder Ecke standen, einen großen Bogen. Ich hasste Josh, weil er mich derart gedemütigt hatte. Es war mein Leben, kapierte er das nicht? Mein Leben, meine Entscheidung. Er war nicht mein Dad. Er hatte mir nichts zu sagen.

»Stevie!« Joshs Stimme drang zu mir, aber ich ging weiter. Auf dem ganzen Heimweg hörte ich ihn meinen Namen rufen, immer wieder. Aber ich drehte mich nicht um.

»Stevie! Stevie.« Als ich die Augen aufschlage, steht Ashley vor mir. »OhmeinGott, ich bin total ausgetickt, als ich dich nicht finden konnte.« Sie beugt sich über mich, und ihr nasses Haar tropft auf meine Decke und benetzt meine kalte Haut.

»Ich bin hier. Alles okay. Ich … Ich konnte bloß nicht schlafen.« Mit einem Knall schließe ich mein Tagebuch.

»Ich auch nicht«, sagt sie zwitschernd. »Aber der Schrank sieht toll aus. Willst du mal sehen?«

»Ja, klar, ich komme.« Ich ging hinter ihr ins Haus. »Aber dann solltest du schlafen gehen. Du musst dich ausruhen, und ich auch.«

Ich schaue ihr nach, wie sie durch die Diele saust, und ich wünschte, Josh wäre hier. Ich wünschte, ich bräuchte bloß mit dem Finger zu schnippen, um ihn einen Moment lang zurückzubringen. Er würde wissen, was ich tun soll, denn er war derjenige, der sich um andere kümmerte. Ich konnte das nie. Oder wenigstens war er derjenige, der es immer versucht hat.

ZEHNTER TAG

Sonntag, 13. Juli, 7.12 Uhr

Beim Frühstück beobachte ich Ashley, während ich mit der Gabel in dem gummiartigen Rührei auf meinem Teller herumstochere. Helläugig, mit Sommerkleid und Strickjacke, tänzelt sie von der Essensausgabe zu uns herüber. Ich bin mir sicher, dass keine von uns letzte Nacht geschlafen hat. Ich habe gehört, wie sie sich unter ihren heißen, frisch gewaschenen und getrockneten Decken hin und her warf. Vermutlich bin ich ein paar Minuten lang eingenickt, denn als ich mich zur morgendlichen Untersuchung auf den Weg machte, war sie schon fort. Ihr Bett war ordentlich gemacht, ohne die geringste Falte.

»Guten Morgen, Mädels.« Klappernd stellt sie das Tablett neben mir ab. Teagan und Cate sitzen uns gegenüber. »James! Orangensaft bitte!« Sie greift nach der Plastikkaraffe.

»Morgen.« Ich säbele eine Ecke meines Rühreis ab und zwinge es durch meine Kehle. Heute früh denke ich nicht an mein Gewicht oder an Hannahs erfreutes Gesicht, als sie es in meinen Ordner eintrug. Stattdessen denke ich an die bunten Tabletten, die wie giftige Bonbons in meiner Schublade liegen. Ich nehme noch einen Bissen.

»Du bist heute Morgen ja so gut gelaunt.« Teagan gähnt und schiebt den letzten Bissen auf ihrem Teller hin und her. Sie will ihn essen, das sieht man ihr an. Aber dann wäre sie die Erste, die fertig ist.

»Ich habe gestern viel erledigt.« Ashley gießt ihr Glas randvoll mit Orangensaft und beugt sich zu mir. »He, tut mir leid, dass ich dich vergangene Nacht erschreckt habe. Ich habe einfach nur so viel Energie in letzter Zeit, das ist so toll! Ich glaube wirklich, dass die Therapie anschlägt!« Sie spielt mit dem gelben Armband an ihrem Handgelenk. »Es dauert nicht mehr lang, dann kriege ich ein *grünes*!«

»Okay.« Ich suche nach Anzeichen ihrer Unbeherrschtheit von letzter Nacht, aber ihre Augen sind klar. »Vielleicht solltest du trotzdem mit Kyle reden. Du kommst mir irgendwie …« Ich überlege gut, was ich sage. »Irgendwie ein bisschen *zu* munter vor.«

»Oh, klar«, nickt sie. »Ganz bestimmt. Wir haben heute Nachmittag einen Termin.«

Ich werfe Cate und Teagan einen Blick zu, ob ihnen etwas auffällt, doch sie unterhalten sich angeregt über Kaffeearomen.

Aber ich weiß, dass irgendetwas nicht stimmt.

Nach dem Frühstück gehe ich hinaus und setze mich auf den Rasen. SK ist noch nicht da. Ich strecke mich im Gras aus und lasse mir von der Sonne die Haut wärmen. Mit dem Tagebuch auf der Brust schließe ich erschöpft die Augen.

»Guten Morgen.«

Ich schaue hoch. SK hat heute ihre Hippie-Kluft angelegt: ein leichtes T-Shirt aus Leinen und einen dunkelblau gebatikten Maxi-Rock, der so aussieht, als hätte ihn ein Schulkind im Werkunterricht gebastelt.

»Wie geht's dir heute?«, fragt sie und lässt sich neben mir nieder.

»Ich bin müde.« Das ist die Wahrheit, aber nicht die ganze Wahrheit. Ich fühle mich widerlich. Das Rührei liegt mir wie

Zement im Magen. »Ich könnte etwas Kaffee vertragen.« Ich lecke mir die Lippen und schmecke den Sirup, den ich nicht herunterwürgen konnte.

»Vielleicht beim Mittagessen.« Sie lächelt. »Hast du letzte Nacht schlecht geschlafen?«

Ich schaue ihr ins Gesicht, auf der Suche nach einem Zucken, einem Zeichen, das mich ermutigt, ihr von Ashley zu erzählen. Aber Ashley hat mich nicht verraten, als ich mich übergeben musste. Und ihr Problem ist nicht meine Angelegenheit. Ich habe meine eigenen Probleme. Meinen eigenen Plan. Ashley ist nur eine neuerliche Ablenkung.

»Ich schlafe grundsätzlich schlecht«, sage ich.

»Das tut mir leid. Du kannst jederzeit mit Dr. Singh darüber sprechen, wenn du dich mit ihm triffst.«

»Ich brauche mehr Schlaftabletten.«

»Hm.« Ich fühle ihren Blick auf mir ruhen. »Wie willst du heute unsere gemeinsame Zeit verbringen?«

»Ich weiß nicht. Ich bin irgendwie … Könnten wir eine Pause machen? Heute mal keine Therapie?«

Sie rückt etwas näher an mich heran. »Sieht so aus, als würde dir deine Therapie heute Mühe bereiten. Aber ich werde dir helfen, dein Unbehagen zu überwinden, und …«

»Mein Magen ist so dick und so schwer wie eine Bowlingkugel, okay?« Ich setze mich auf. Mein Ausbruch überrascht sogar mich selbst. Meine Hände legen sich um meine Mitte. Mein Leib ist rund und hart. Zum ersten Mal kann ich nicht meinen Arm auf meine Hüfte legen, ohne meinen Bauch zu spüren. »Ich fühle mich beschissen.« Ich mache die Augen wieder zu.

»Ich weiß. Das ist der schwierigste Teil, wenn der Körper sich wieder an Nahrung gewöhnen muss.«

»Ist es so ähnlich, wie trocken zu werden?«

Ich merke, wie sie erstarrt. »Konzentrieren wir uns auf dich, Stevie.«

»Ich könnte Tagebuch schreiben«, sage ich, dem Himmel zugewandt. »Oder Briefe schreiben. Ich habe gestern Nacht einen Brief an Eden angefangen. Den könnte ich fertig machen.« Blinzelnd schaue ich sie an. *Bitte. Ich kann heute nicht reden. Es ist einfach zu viel.*

Sie zögert kurz. »Ruh dich aus, Stevie. Vielleicht möchtest du mich heute Nachmittag sehen. Ich bin in meinem Büro, wenn du mit mir reden willst. Wenn nicht, dann morgen in der Gruppentherapie. Wir können die Therapiestunde später nachholen, okay?«

»Ja. Danke«, sage ich. Ich rolle mich auf den Bauch und drücke die Wange ins Gras. Ich höre die lebendige Erde unter mir vibrieren. Ich mache einen ganz kleinen Grasengel. Dann setze ich mich auf und widme mich wieder dem Brief.

Und weißt du, was richtig beschissen ist, Eden? Ich wollte mich bei ihm entschuldigen. Ganz ehrlich. Ich wollte mich entschuldigen, weil ich an diesem Abend so fies zu ihm war und ihn einfach stehen gelassen habe. Ich hatte noch mal darüber nachgedacht, dass er vielleicht nur versucht hat, mir ein guter Bruder zu sein, und ich wollte mir die Zeit nehmen – Zeit, die ich eigentlich lieber mit dir verbracht hätte – und mich bei ihm entschuldigen. Gott, was war ich dumm.

In der Woche nach dem Festival redeten Josh und ich kaum miteinander, was nicht allzu schwierig war. Am Montagmorgen hatte Dad unser Haus an irgendein Yuppie-Pärchen aus Atlanta vermietet, ohne uns überhaupt zu fragen. An diesem Tag musste Josh zur Uni, und so schleppte ich Umzugskartons in den Pick-up-Truck von einem von Dads Schreibkumpeln und dann wieder aus dem Truck in unser neues »Zuhause«. In der Diele ließ ich den Kram fallen. Ich hörte, wie etwas zerbrach. Dad hörte es auch. Er sagte kein Wort, wie üblich.

Am Dienstagmorgen hatte ich das Schweigen satt. Ich kritzelte drei Worte auf die Rückseite einer Rechnung und pinnte sie neben den Kaffeeautomaten.

Scrabble am Mittwoch?

Bevor ich am nächsten Nachmittag zum Seminar ging, schaute ich nach.

Geht klar, hatte er geschrieben.

Ich ging früher aus dem Seminar, erzählte Eden und Ben, ich hätte einen Arzttermin. Auf dem Weg nach Hause überschritt ich jedes Tempolimit. Ich fühlte mich so schrecklich, weil ich so lange nicht mit Josh gesprochen hatte. Das war noch nie passiert. Es war, als ob unsere Familie früher in einer Art Blase existiert hätte. Wir waren nicht vollkommen gewesen, aber wir waren klargekommen und alles war okay gewesen. Und dann hatte meine Mutter beschlossen, wegzugehen. Damit hatte sie die Blase zum Platzen gebracht, und jetzt wirbelten wir verwirrt und unglücklich durch den leeren Raum.

Sie hatte nicht angerufen, seit sie uns verlassen hatte. Nicht ein einziges Mal. Manchmal wählte ich die Nummer, die ich in Dads Schreibtischschublade gefunden hatte, und lauschte dem fremden Piepen, bis ich ihre Stimme hörte. Dann legte ich auf, weil ich ihr nichts zu sagen hatte, solange sie nicht nach Hause kam.

Das Klicken, mit dem ich die Tür zu unserer neuen Wohnung aufschloss, klang irgendwie schwächlich und mager. Drinnen war es heiß und dunkel und roch chemisch nach Teppichreinigungspulver.

»Hallo?« Ich tastete nach dem Lichtschalter neben der Wohnungstür, schaltete das Licht ein und gleich wieder aus, weil es viel zu grell war. In der Küche lag ein Zettel von meinem Dad. Es kam mir so vor, als ob unsere Familie nur noch durch Satzfragmente auf irgendwelchen Papierfetzen miteinander kommunizieren könnte.

Bin auf ein Bier mit den Jungs weg.
Abendessen in der Kühltruhe.
Alles Liebe,
Dad

Ich fand zwei gefrorene Mahlzeiten, wie versprochen. Noch im Dunkeln riss ich die Packungen auf und stach mit einer Gabel die Plastikfolie ein. Ich würde das Zeug nicht anrühren, aber wenn Essen auf dem Tisch stand, wäre Josh glücklich. Und in letzter Zeit hatte ich ihn nicht oft glücklich gemacht. Während die Uhr auf der Mikrowelle die Sekunden abtickte, holte ich das Scrabble heraus. Als das Gerät piepste, entnahm ich die Portionen und löffelte den Inhalt der Schalen auf die ersten Teller, die ich finden konnte. Es war das beste Porzellan meiner Mutter. Ich schenkte uns beiden Diät-Cola ein. In Weingläsern, mit Eis.

Dann setzte ich mich ins Esszimmer und wartete, während ich die Spielsteine auf dem Scrabble-Brett zu exotischen Wörtern legte. Ich simste ihn viermal an. Nach der dritten SMS antwortete er, es würde später werden, was nicht zu übersehen war, weil es schon nach neun war. *Können wir morgen spielen?* Ich nahm die beiden Mahlzeiten mit in die Küche, schlang sie über der Spüle in mich hinein, übergab mich und entsorgte alles in den Ausguss. Wieder im Wohnzimmer, saugte ich an dem Eis in meinem leeren Glas.

Es war nach zehn, als ich die Eingangstür zuschlagen hörte.

»Schwesterchen! Bist du noch auf?«

Ich sagte nichts, sondern saß bloß in dem viel zu kleinen Esszimmer mit meinem Glas voll Diät-Cola-Wasser.

»Hey«, sagte er atemlos, obwohl er bloß dastand. Er roch irgendwie zu süß, es war ein Geruch, den ich nicht einordnen konnte. »Wo ist Dad?«

»Ausgegangen.«

»Ach so. Tut mir leid, dass ich so spät komme. Ich war unterwegs und habe die Zeit aus den Augen verloren.« Sein Blick fiel auf den Tisch. »Hast du was gegessen? Es riecht nach Fleischklößchen.«

»Nö. Hab keinen Hunger.«

»Ach komm schon, sei nicht sauer.« Er kam langsam zu meiner Seite des Tischs, als ob er sich vor etwas fürchten würde. Dann legte er seine Hand auf meinen Rücken. Als ich zu ihm hochschaute, sah ich etwas auf seiner Schulter glitzern. Ein winziges Fleckchen schwarzer Glitzerschminke. Und das war der Moment, in dem ich begriff, in dem mir etwas Riesiges, Drohendes ins Gesicht starrte. Ich wünschte, ich könnte sagen, ich wusste es in dem Augenblick, in dem er zur Tür hereinkam. Oder dass ich so ein komisches Gefühl hatte, tief in mir drin. Aber ich hatte nichts geahnt, was alles nur noch schlimmer machte.

»Ach so«, sagte ich. »So ist das? Treibt ihr es hinter meinem Rücken miteinander?«

Er wurde aschfahl, als ob ich ihn geschlagen hätte. Die Luft in der Wohnung war so dick, dass ich kaum atmen konnte. Mein Bruder. Und … meine Eden.

»Nein, Stevie.« Er wischte sich über die Schulter, aber der Fleck blieb. »Nein, ich schwöre es. Es war so, ich war ohnehin schon spät, und sie rief an, und …«

»Sie rief an?«

»An dem Abend beim Pit hat sie gefragt, ob sie meine Nummer haben könnte. Das ist doch keine große Sache!«

Ich versuchte, meinen Stuhl zurückzuschieben, was nicht klappte, wegen dieses dämlichen, billigen, verdreckten Teppichs in dem stinkenden Loch, in dem wir jetzt hausten. Ich quetschte mich durch den schmalen Spalt zwischen Stuhllehne und Tisch, aber ich schaffte es nicht, an ihm vorbeizukommen, ohne ihn zu berühren.

»Ich wollte es dir sagen, okay?« Er packte mich an den Schultern. »Herrgott, würdest du bitte etwas essen! Du bist so …«

»Ja, klar, es geht ja immer nur um mich.« Ich entwand mich seinem Griff. Wenn ich noch Tränen gehabt hätte, hätte ich geweint.

»Stevie, bleib da! Ich will mit dir reden, nur reden. Das ist alles.« Er versperrte mir den Ausgang.

»Geh zur Seite, Josh. Ich werde jetzt nicht darüber reden. Ich werde nie darüber reden.« Ich stieß ihn fest an. Er stolperte. »Lass … lass mich bloß einfach in Ruhe.« Ich drehte an dem hässlichen Türknauf und fiel förmlich nach draußen in die Diele. Ich brauchte Raum, Abstand von ihm, so wie ich Luft zum Atmen brauchte. Ich wünschte ihn weit weg. Dann wäre alles so viel einfacher.

ELFTER TAG

Montag, 14. Juli, 11.57 Uhr

Die Gruppentherapie findet wieder in der Küche statt. Ich könnte heulen. Aber diesmal gibt es keine ausgebeulten Kartons mit Frühstücksflocken, keine Plastikbehälter mit schmelzendem Eis, keine festgebackenen Sirupflecken auf der Arbeitsplatte. Und so trete ich ein, gemeinsam mit den anderen Mädchen aus Bungalow drei.

Wir warten. An die Arbeitsplatte gelehnt, zieht Ashley ihren kurzärmeligen Strickpullover über ihren Bauch. Teagan zupft ein Haar von ihrem Kopf und betrachtet die weiße, rundliche Wurzel. Cate schnippt an dem Schlauch in ihrer Nase. Wir kauern uns aneinander wie das jämmerlichste Fußballteam der Schule, das sich flüsternd eine Strategie für das letzte Match zurechtlegt. Aber es spielt keine Rolle, weil wir so oder so eine Schlappe kassieren werden.

»Willkommen zur Gruppentherapie, Bungalow drei!«, ruft SK fröhlich und drängt sich in unsere kleine Gemeinschaft.

Wir geben ein Geräusch von uns, das einem Muhen ähnelt.

»Thema der heutigen Gruppentherapie ist Kochen«, sagt sie. »Wir werden unser Essen selbst zubereiten und dann die Erfahrung aufarbeiten, während wir essen.«

»Was kochen wir? Dürfen wir uns das aussuchen?« Ich kneife mit Daumen und Zeigefinger in mein Plastikarmband. Mir kommt der Gedanke, dass ich bald ein Gelb-Mädchen sein werde, wenn ich weiterhin mein Gewicht halte. Aber ich bin kein Gelb-Mädchen, denke ich und bin plötzlich wütend. Ich schaue zu dem einzigen anderen Rot-Mädchen außer mir, zu Cate, aber sie scheint mit SKs Vorschlag einverstanden zu sein.

SK schüttelt den Kopf. »Auf dem Speiseplan stehen Spaghetti und Salat und als Nachtisch gibt es Brownies.«

Ich kräusele den Mund, um einen Lachanfall zu unterdrücken, der die rosigen, fleischigen Innenseiten meiner Lippen kitzelt. Pasta? Salatdressing – glitschige, schmierige Kalorien, die die Rohkost ruinieren? Und *Brownies*? Ich schaue in die Runde, ob außer mir noch jemandem zum Lachen zumute ist. Aber niemand scheint den Witz zu begreifen.

»Bevor wir die Arbeit aufteilen, möchte ich, dass ihr euch etwas zu trinken aussucht.« SK nickt zum Kühlschrank.

Ashley tritt als Erste vor. Die Kühlschranktür macht beim Öffnen ein schlürfendes Geräusch. Etliche glänzende Metalldosen stehen da aufgereiht nebeneinander: Cola, Sprite, Dr Pepper. Ich muss nicht einmal über die Zahlen nachdenken. Sie kommen ganz von selbst. 140Kalorien39GrammKohlenhydrate39GrammZucker. Zuvielzuvielzuvielzuviel.

»Wo sind die Diät-Getränke?«, frage ich.

»Die gibt es nicht«, sagt SK ruhig. »Machen wir eine kurze Pause. Ich möchte wissen, wie es euch im Moment geht.«

»Oh.« Ashley hat sich schon eine dicke rote Dose genommen.

»Also ehrlich. Das Zeug ist gesundheitsschädlich«, sage ich.

Ashleys Gesicht sackt in sich zusammen wie eine zerdrückte Dose.

»Ich meine, entschuldigt mal, aber das Ziel des Ganzen sollte doch eigentlich sein, uns beizubringen, wie wir gesund« – *fett!* – »leben? Das hier ist wirklich nicht gesund.

Ganz ehrlich!« Ich hasse meine Stimme, die klingt wie die von einem altklugen, weinerlichen kleinen Kind, obwohl ich doch die Einzige in diesem Raum bin, die ihren Verstand noch nicht ausgeschaltet hat.

»Ziel ist es, euch die Angst vor den Lebensmitteln zu nehmen, die Angst vor dem Essen.« Es ist widerlich, dass SKs Stimme ganz weich und anschmiegsam wird, wenn sie die schlimmsten Sachen ausspricht. »Ziel ist es, euch zu zeigen, dass ihr den Lebensmitteln, die ihr fürchtet, die Macht über euch nehmen könnt.«

»Müssen wir?«, fragt Cate leise und presst ihren Schlauch zusammen. Sie starrt zu Boden.

Danke.

SK schüttelt den Kopf. »Ihr müsst nicht. Aber wenn du dich unwohl fühlst bei dem Gedanken, eine Cola oder eine Sprite zu trinken, möchte ich dich in dem Versuch bestärken, dich diesem Gefühl zu stellen und es zu überwinden.«

Ich hasse Worte wie »aufarbeiten«, »bestärken« und »überwinden«.

»Stevie? Auf einer Skala von eins bis zehn, wo ist dein Angstgefühl gerade?« Das klingt, als ob das Knistern, das mich durchzuckt, dieses heiße, schwammige Ding, das mich zittern lässt und mir Übelkeit verursacht, nichts weiter wäre als ein verlegter Haustürschlüssel. *Sag mal, wo ist denn dein Angstgefühl gerade?* Ein paar Bissen beim Mittagessen herunterzuwürgen, ist eine Sache. Eine ganze Mahlzeit zu kochen, eine ganz andere.

»Ich weiß nicht.« In meinem Kopf geht es drunter und drüber.

»Ich bin etwa bei einer Acht«, meldet sich Cate freiwillig. »Cola war so ziemlich das Erste, womit ich anfing. Das Erste, was ich nicht mehr zu mir nahm, und …«

»Also ist deine Angst momentan ziemlich schlimm. Würdest du versuchen, dir eine Dose zu nehmen?«

Cate beißt sich auf die Unterlippe. »Vielleicht ein Sprite?«

»Gut, Cate. Weiter so.«

Als die anderen Mädchen ihre Getränkedosen umklammern, schaut SK zu mir.

»Nein.« Beim Klang des metallischen Plopp, mit dem die Dosen geöffnet werden, zucke ich zusammen. Ich versuche etwas Salat, vielleicht auch Soße ohne Nudeln. Aber Cola? *Cola?*

»Deine Entscheidung, Stevie. Jetzt teilen wir die Arbeit ein. Ich mache den Salat, zwei von euch kümmern sich um die Pasta. Und die anderen beiden machen die Brownies.«

»Wir helfen bei den Nudeln«, sagt Cate. Teagan hakt sich mit ihrem dicken Handgelenk in Cates kantigem Ellbogen ein.

»Und wir machen die Brownies«, sagt Ashley. Es klingt wie eine Frage. »Okay, Stevie?«

»Von mir aus«, murmele ich in Richtung Boden.

»Sehr schön. In den Schränken findet ihr alles, was ihr braucht.« SK klatscht in die Hände, und unsere Kuschelrunde löst sich auf. Die Mädchen verteilen sich. Ich verstehe es nicht. Nicht im übertragenen Sinne, sondern tatsächlich. Mein Gehirn ist nicht richtig gepolt, kann weder erfassen noch verarbeiten, was da geschieht – wie die anderen die Zutaten aus dem Kühlschrank holen, Wasser kochen und trockene Nudeln in zwei Hälften brechen. Ich kann mich nicht bewegen. Mein Gewicht zu halten, ist einfach zu anstrengend. Ich brauche eine Pause. Nur heute. Ausnahmsweise.

»O-kayyyy.« Ashley steht auf den Zehenspitzen und zieht die Tür des Eckschranks auf, wo sie eine Packung Brownie-Backmischung entdeckt, einen Messbecher und eine Plastikflasche mit Öl. »Holst du mal die Eier?«

Im Vorbeigehen drückt mir SK die Schulter. Ich tauche unter ihr weg und reiße die Kühlschranktür auf. In dem kalten weißen Licht stehend, versuche ich, mich zu konzentrieren. Es ist unmöglich, weil da mehr Dosen, Flaschen und Becher stehen, als ich begreifen kann, und die ganzen Zahlen in meinem Kopf herumwirbeln. Irgendwie schaffe ich es, meine Finger um eine Schachtel mit Eiern zu krümmen. Ich hole sie heraus und reiche sie Ashley.

»Danke.« Sie nimmt ein Messer und schneidet die Plastiktüte mit der Backmischung auf. Mehliger brauner Staub erhebt sich, und ich halte den Atem an.

Nachdem wir die Mahlzeiten zubereitet haben, tragen wir das Essen auf und bringen unsere Teller zum Tisch. Es kommt mir wie Betrug vor, hier in diesem Nicht-Zuhause mit diesen Mädchen und SK am Kopfende des Tischs zu sitzen, als ob wir eine Familie aus einer Seifenoper wären: eine alleinerziehende Mutter, die mit den Hypothekenzahlungen in Verzug ist, aber trotzdem noch genug Zeit findet, um gemeinsam mit ihren Töchtern zu essen. Langsam frage ich mich, ob es eine so gute Idee war, mich zu fügen. Vielleicht wäre ich mit einer Magensonde besser dran. Ich könnte sie nachts herausziehen.

Nein. Das würde die Schwester merken.

»Also, wie war es für euch, das Essen zu kochen?« SKs Augen gleiten über den Tisch.

»Okay, denke ich.« Teagans Finger greifen nach ihrem Haaransatz. »Es ist irgendwie komisch, *gemeinsam* Essen zu machen.«

»Dabei nicht allein zu sein, meinst du?« SK dreht Spaghetti auf ihre Gabel, wobei ein paar winzige Soßenklekse auf ihre Tellerunterlage spritzen. Sie merkt es nicht einmal.

»Ja. Ich kann mich nicht erinnern, wann ich das letzte Mal mit anderen Leuten zusammen gegessen habe, bevor ich herkam. Es war immer etwas, das ich alleine tat. Mich vollfressen oder übergeben oder fasten. Egal was ich tat, ich wollte nicht, dass irgendjemand sonst es mitkriegt.«

»Geht mir genauso.« Ashley schmatzt mit dem Mund voller schlaffem Grünzeug. »Es ist peinlich, und verstehen tut es sowieso niemand.«

Mein Kinn fällt zu einem knappen Nicken auf meine Brust. Nachdem unsere Mutter gegangen war, aß ich fast immer nur im Dunkeln. Oder wenn ich betrunken war, was keinen großen Unterschied machte.

»Ihr habt euch geschämt, wenn ihr gegessen habt, wenn ihr Essen zubereitet habt oder euch eurer Essstörung hingegeben habt.« SK nickt verstehend. »Es ist anstrengend, nicht wahr? Diese Scham ständig mit sich herumzuschleppen, meine ich.« Ihre Augen zucken zu mir hin, als ob sie mich auffordern würde, meine Meinung zu sagen.

»Ich will nicht darüber reden.« Ich schaue hinter meinen Teller. Die Gerüche sind überwältigend, und das ganze Essen greift förmlich nach mir, und eigentlich ist morgen ein viel besserer Tag, um den Versuch zu wagen, mein Gewicht zu halten. »Findet ihr es nicht auch furchtbar warm hier drin? Es *ist* furchtbar warm.«

SK greift nach oben und zieht an einer geperlten Messingkette, woraufhin sich der Deckenventilator über uns langsam in Bewegung setzt. »Besser?«

Ich zucke mit den Achseln.

Am Tisch wird es still, bis auf das Klappern von Gabeln. Die Gabeln der anderen.

»Du bist nicht die Einzige, Stevie«, sagt Cate leise.

SK legt ihre Gabel ab. »Was meinst du damit, Cate?«

»Ich meine … Es ist für uns alle schwer, das ist alles. Wenn du mit jemandem darüber reden würdest, wäre es leichter für dich. Oder du würdest merken, dass du nicht die Einzige bist, die fühlt … was du fühlst.«

Ich starre auf meinen Teller. »Ich fühle, dass diese Nudeln … ungenießbar sind«, sage ich, und die anderen lachen. Aber das Lachen klingt hohl und unecht.

»Stevie, ich merke, dass du Schwierigkeiten mit deinem Essen hast«, sagt SK.

Ich schaue mich um. Die anderen Mädchen sind schon halb fertig.

»Vielleicht würde es dir helfen, wenn wir ein Spiel spielen, um dich etwas abzulenken. Wollen wir das einmal versuchen?«

Ich habe sie schon früher angeschaut, aber jetzt schaue ich sie an. Wahrhaftig. Ich halte ihren türkisfarbenen Blick fest, ohne wegzusehen, als ob ein seidenes Band zwischen ihren Pupillen und meinen gespannt wäre. Und ich tue das Undenkbare: Ich flehe. *Bitte, zwingen Sie mich nicht dazu. Nicht heute.* Ich will, dass sie versteht, was ich in meinem Inneren fühle. *Ich kann nicht. Begreifen Sie das nicht?*

Sie nickt kaum merklich, was mir beweist, dass sie es tatsächlich nicht begreift.

»Wir können das Alphabet-Spiel spielen.« Ashley streckt den Arm aus und drückt leicht mein Handgelenk. Mein rotes Armband verschwindet unter ihrem Griff, und ich atme erst wieder, als sie mich loslässt. »Bücher. Du magst doch Bücher, stimmt's? Ich fange an: A – *Alle lieben Paulchen*. Das ist ein Bilderbuch. Das habe ich immer gelesen, als … als ich noch klein war.«

»Ich will nicht spielen«, murmele ich. Unabsichtlich gleitet mein Blick auf meinen Teller. Die Pasta windet sich unter Soßenbatzen. Der Salat hängt schlaff und welk in der Schale.

»B – *Breaking Dawn*. Von *Twilight*«, sagt Cate und drückt die Zinken ihrer Gabel vorsichtig in eine bleiche, fleischige Tomate.

»C – *Charlie und die Schokoladenfabrik*«, sagt SK. »Mein absolutes Lieblingsbuch. Komm schon, Stevie, versuch's mal. Ich weiß, dass du es kannst.«

Ich hebe meine Gabel und denke die ganze Zeit *neinneinneinnein*, aber – *Scheiße* – ich muss, ich habe keine andere Wahl. *FürJoshfürJoshfürJosh.* Und so spieße ich ein Karottenstück mit der Gabel auf. Wie Blei liegt es auf meiner Zunge, und ich kaue und schlucke, so schnell ich kann. Das Öl aus der Soße verschmiert meine Mundhöhle, und SK lächelt.

»Sind auch Filme erlaubt?« Teagans Stimme klingt wie aus weiter Ferne. »D – *Dirty Dancing*. Meine ältere Schwester hat sich den Film ständig angeschaut. Der Hauptdarsteller ist an Krebs gestorben.«

Meine Finger krampfen sich immer noch um die Gabel. Ich wage einen weiteren Versuch, wickele die Spaghetti um die Zinken, während ich meine Gedanken verschließe vor ihrer Blässe, den Kohlehydraten, der Butter. Ich steche und drehe und dann schiebe ich die Gabel zwischen meine widerstrebenden Lippen.

Ich sollte mehr fühlen als das, was in mir ist. Es sollte ein monumentaler Augenblick sein, aber das ist es nicht. Ich esse eine Gabel voll Nudeln und SK sagt: »G – *Große Erwartungen*«, und alles vermischt sich in meinem Schlund, mein Magen begehrt kurz auf, er ruckt und brummt wie ein Auto bei einem Fehlstart.

Als wir fertig sind, spülen wir unser Geschirr und lassen es auf dem Abtropfgitter stehen.

»Gut gemacht, Mädels. Ich bin stolz auf euch alle«, sagt SK. Sie trinkt den letzten Schluck ihrer Cola. Eigentlich hätte ich sie eher für den Kokosnuss-Ananas-Saft-Typ gehalten. »Ihr könnt wieder in die Villa gehen, wenn ihr wollt. Ich räume noch hier auf.«

Vor der Tür blinzele ich in die Helligkeit. Ich fühle, wie sich mein Magen dehnt, wie mein Bauch gegen den Hosenbund ankämpft. Ich hasse es, ich hasse alles, was damit zu tun hat, hasse SK und mich selbst, und sogar Josh, jedenfalls ein bisschen, was unfair ist. Aber trotzdem.

ZWÖLFTER TAG

Dienstag, 15. Juli, 11.01 Uhr

Noch bevor ich mich auf das Sofa in SKs Büro setze, sage ich warnend: »Ich will auf keinen Fall über die Gruppentherapie gestern reden.«

»Okay.« Sie schaut von dem Papierkranich auf, den sie gerade faltet, und nickt. Zum ersten Mal fällt mir auf, dass der Schreibtisch hinter ihr und auch der Fenstersims mit diesen Kranichen übersät ist, jeder in einer anderen Farbe oder einem anderen Muster. Ich habe in der Grundschule ein Buch über Kraniche gelesen. An die Geschichte kann ich mich kaum erinnern. Nur noch daran, dass die Hauptfigur, ein Mädchen, starb.

»Aber wenn du mich fragst«, sagt sie, »ist der Umstand, dass du nicht über gestern reden willst, ein Hinweis darauf, dass wir genau darüber reden sollten …«

»Ich wusste, dass Sie das sagen.« Ich lasse mich auf das Sofa fallen und nehme mir ein Kissen, um damit meinen dicker werdenden Bauch zu verbergen. Meine Jeans werden langsam zu eng, aber ich habe sonst keine dabei. Nur eine von vielen Erniedrigungen.

»Lass mich ausreden.« Sie lächelt. »Natürlich musst du über nichts reden, worüber du nicht reden willst, und ich freue mich, dass du selbst die Regie über deine Therapiestunden übernimmst.« Sie legt den noch unfertigen Vogel auf den Beistelltisch, neben eine flackernde Kerze, die nach

Regen riecht. Ich überlege, ob ich sie bitten soll, mir beizubringen, wie man diese Kraniche faltet, aber dann fällt mir ein, dass es keinen Sinn macht, so etwas zu lernen, wenn einem nur noch sechzehn Tage Zeit bleiben. »Also«, sagt sie, »worüber möchtest du reden?«

»Über Eden«, platzt es aus mir heraus. »Ich weiß nicht, was ich ihr sagen soll.« Ihr Name auf meiner Zunge versetzt mich in tiefe Erschöpfung.

»Irgendwie habe ich das Gefühl«, sagt sie, »dass sie dir im Moment ständig im Kopf herumspukt. Du hast einen Brief an sie angefangen, nicht wahr?«

»Ja. Aber ich bin noch nicht fertig damit.«

»Was, denkst du, hindert dich daran?«

»Ich bin verwirrt.« Ich lege den Kopf auf die eine Armlehne, rutsche nach unten und lasse die Beine über die andere baumeln. Aber das ist unbequem, deshalb setze ich mich wieder hin.

»Worüber bist du verwirrt?«

»Na ja, über das, was ich für sie empfinde. Oder was sie für mich war … oder ist. Oder so. Und Josh hat alles noch komplizierter gemacht, und deshalb …«

»Wieso das?« Sie beugt sich vor, was in der Sprache der Seelenklempner so viel bedeutet wie *Erzähl mal!*.

»Er hat sich mit ihr getroffen. Mit ihr verabredet, meine ich. Oder wie auch immer. Ich weiß nicht genau, was zwischen ihnen abging, aber da war etwas.«

»Woher weißt du das?«

»Weil …« Ich lasse den Kopf nach hinten fallen und starre die Decke an. »Weil er es nicht abgestritten hat. Und sie auch nicht.«

»Okay. Also hat sich zwischen ihnen … vielleicht ein romantisches Gefühl entwickelt. Was für ein Verhältnis hast du zu Eden? Darüber hast du nie gesprochen.«

»Ich weiß es nicht.« Hätte ich die Sache bloß nicht angesprochen. Wie soll SK durchblicken, wenn selbst ich nicht begreifen kann, was wir füreinander waren? »Aber ich war sauer, dass sie mit Josh zusammen war.«

»Wie kommt es, dass dich eine mögliche Beziehung zwischen den beiden so wütend macht?« Eigentlich will sie *Warum?* fragen, aber so etwas machen Seelenklemper nicht, auch wenn sie es sollten. Es verstößt wohl gegen ihre Prinzipien.

»Irgendwie …« Ich mache die Augen zu und bin wieder im Château Bruchbude. Die Wände drängen sich gegen mich. Ich erinnere mich an den Glitzerfleck auf Joshs Schulter, und die Wut kehrt zurück, so frisch wie damals. Sie war die ganze Zeit in mir. »Sie gehörte mir. Eine … Freundin, die mir allein gehörte. Ich brauchte das, verstehen Sie? Ich hatte so etwas noch nie zuvor gehabt.«

»Du hast so etwas wie … Besitzansprüche empfunden. Hast du je mit Josh oder Eden darüber gesprochen, dass dich ihre Beziehung wütend machte?«

»Josh wusste, dass ich sauer war. Aber er hat sich trotzdem weiter mit ihr getroffen. Wenn er heimkam, klebte ständig irgendetwas von ihr an ihm. Manchmal roch er sogar nach ihr. Aber die Mittwochabende, nach dem Seminar, gehörten mir allein.«

»Habt ihr das gemeinsam beschlossen?«, fragt sie.

»Das war so ein unausgesprochenes Gesetz«, sage ich. »Ich habe ihr ja nicht einmal gesagt, dass ich über sie und Josh Bescheid wusste. Bis zu diesem einen Mittwoch gegen Ende des Seminars. Als sie mich zu sich nach Hause mitnahm.«

»So, hier sind wir also. Es ist nichts Besonderes.« Mit einer übertriebenen Armbewegung präsentierte Eden die weiträumige Dachgeschosswohnung, die sie mit einem Mädchen teilte, das sie nicht leiden konnte.

»Eden, das ist fantastisch.« Es war ein einziger großer Raum, nur abgetrennt durch ein paar Wandbehänge, die an den hohen Balken befestigt waren. Das Besondere lag in den Details, wie dem hellgrün gestrichenen Holzboden, den toten Topfpflanzen, die Edens Missachtung für jede Form von Leben zum Ausdruck brachten, und die kleinen bunten Glasflaschen, die auf dem Fenstersims standen. Eine der Wände bestand aus unverputztem Backstein. Hier hingen Rechtecke aus Goldfolie in Rahmen und echte Fotos von schönen Menschen, die ich nicht kannte, bei irgendwelchen interessanten Tätigkeiten. Die ganze Umgebung sah so aus, wie man sich das Leben nach der Highschool im Fernsehen vorstellte.

»Ich überlege, ob ich meine Mitbewohnerin vor die Tür setzen soll.« Sie zog ihre Schuhe aus und schob sie aus dem Weg. »Sie klaut ständig meine Sojamilch und gibt es noch nicht mal zu. Es ist mir recht, wenn sie welche haben will, aber sie kann mich doch fragen, oder?«

»Mhmm.« An der Wand neben der Eingangstür stand ein Bücherregal. Ich fuhr mit den Fingern über die harten, gewölbten Rücken und zog *Anna Karenina* hervor. »Das war früher eins meiner Lieblingsbücher.« Der Einband glänzte, der Rücken war glatt und ungebrochen.

»Meins auch. Anna ist eine so tragische Gestalt.«

Ich blätterte das Buch durch. Die Seiten waren cremeweiß und vollkommen.

»Ich hole uns was zu trinken. Was willst du haben?«

»Mir egal«, murmelte ich. Ich stellte das Buch zurück und

nahm ein anderes heraus. *Der Fremde* von Camus. Auch dieser Band war makellos. »Du behandelst deine Bücher wirklich gut«, sagte ich lahm.

Eine Weile klapperte sie in der Küche herum, und ich setzte mich auf die Arbeitsplatte. Sie schob mir ein Einmachglas zu. Ich hob es an meine Lippen. Wodka, mit einem Hauch Süße. Zitronensaft. Am Rand klebten winzige, fleischige Stückchen. Meine Wangen waren heiß.

»Was liest du nächste Woche?«, fragte ich nach den ersten Schlucken. Nächste Woche fand unser letztes Seminartreffen statt, und es war Tradition, dass Bens Studenten eine Lesung für Familie und Freunde veranstalteten.

»Ich habe mich noch nicht entschieden.« Sie kam auf meine Seite, setzte sich neben mich auf die Arbeitsplatte und ließ die Beine baumeln. »Ich habe mich ziemlich lange mit diesen Songtexten beschäftigt. Ich bin irgendwie in Verzug geraten. Vielleicht könnten wir uns treffen und gemeinsam etwas erarbeiten.«

»Ich habe auch noch keine Idee«, gestand ich. Ich hatte kaum etwas getan, weil ich mich nur schwer konzentrieren konnte, und um ehrlich zu sein, war mir das Schreiben nicht mehr wichtig. Das Schlimme daran war, dass Ben es bemerkt hatte. Und er hatte kein Wort gesagt.

»Ich weiß«, sagte sie. »Es sei denn, du willst einen der Briefe vorlesen, die du an deine Mom geschrieben hast.«

Wie viel hatte sie – über meine Schulter blickend – gelesen, während jemand anders einen Text vortrug und alle anderen zustimmend nickten?

Ich goss mir den Rest des Wodkas in die Kehle und starrte dann auf den Boden des Glases, durch das die Welt verzerrt und verschwommen aussah. Ich spürte, wie mein Bauch gegen meinen Hosenbund drückte. Ich zog ihn ein.

»Deine Mom hätte dir ins Gesicht sagen sollen, dass sie weggehen würde. Sie hat gar nichts gesagt, bevor sie euch verlassen hat?«

»Nein. Sie hatte zu viel Angst oder so was in der Art.« Meine Kehle war eng. »Das sagt jedenfalls mein Dad.«

»Was für eine Scheiße.« Sie füllte mein Glas auf.

Ich ermahnte mich, langsam zu trinken. »Ja.«

»Die Leute sollten einfach immer das sagen, was sie meinen, weißt du? Sie hätte sich mit dir hinsetzen sollen und hätte sagen sollen, Stevie …«

»Ich will was Besseres.« Meine Stimme war tonlos.

»Sie wird niemals glücklich sein, das kannst du mir glauben. Ich weiß ganz genau, dass sie dieser Typ Mensch ist, ich spüre das. Vielleicht tröstet dich das ein bisschen.«

Das tat es nicht, trotzdem nickte ich.

»Leute wie sie …« Sie trank ihr Glas aus und goss sich nach. »Frauen wie sie wollen immer das, was sie nicht haben.«

Die Anschuldigung versetzte mir einen Stich, bis ich mich daran erinnerte, dass es mir egal sein sollte, was andere Leute über meine Mutter dachten. Ich musste sie nicht verteidigen.

»Ja.« Ich rutschte von der Arbeitsplatte. »Wo ist das Badezimmer?«

»Gleich dahinten um die Ecke.«

Ich zog die Badezimmertür hinter mir zu und betrachtete ihre Habe. Winzige Glasflaschen und Tiegel standen auf dem Waschbecken, kleine Parfümpröbchen, Gesichtscremes, Haarmasken und andere Zaubermittel, die ich nicht kannte. Ich benetzte die Innenseiten meiner Handgelenke mit einem Parfüm, das nach Amber roch. Dann betrachtete ich mein Konterfei im Spiegel. Mein Gesicht war zu rosa, mein Haar klebte schweißnass an meinem Nacken. In dem Apothekerschrank fand ich einen Haargummi und band mir die Haare hoch. Dann betrachtete ich die Kontur meines Halses, wo ich meine Schlagader erkennen konnte, die Blut unter meiner Haut hindurchpumpte.

Ich starrte mir tief in die Augen, bis ich den Eindruck hatte, sie würden nicht mir, sondern jemand anderem gehören. *Du bist zu wenig für sie*, sagte ich mir. *Du warst zu wenig für deine Mutter, und du bist auch zu wenig für sie.* Ich fragte mich, ob Josh vor mir hier gewesen war, ob sein Spiegelbild vor meinem auf diesem Glas erschienen war.

Ich spülte die Toilette und ließ das Wasser kurz laufen. Dann holte ich langsam und tief Atem und ging zurück in die Küche. Die Worte ergossen sich aus meinem Mund, ehe mich der Mut verlor und ich sie einhalten konnte.

»Wieso hängst du mit meinem Bruder ab? Du kannst doch jeden Typen kriegen, den du haben willst.«

Ihre Miene verwandelte sich in etwas, das ich nicht ganz deuten konnte. Ich wusste nicht, ob sie sauer war oder verlegen oder irgendetwas sonst. Ich hoffte, sie war nicht wütend. Dieses Gefühl gehörte mir.

»Er ist süß.« Ihre Stimme war scharf. Verärgert. »Was kümmert's dich?«

»Tut es nicht«, gab ich ebenso scharf zurück. »Aber er ist mein Bruder, und …«

»Oh mein *Gott*.« Mühelos sprang sie von der Arbeitsplatte. »Du bist *eifersüchtig*!«

»Was?« Mein Gesicht brannte. »Du bist ja irre, weißt du das?« Ich wandte mich von ihr ab. Mein Gehirn war stocknüchtern. Gedemütigt. Mein Körper dagegen war betrunken. Ich stolperte und hätte beinahe die Lampe neben ihrem Sofa umgeworfen. »Lieber Himmel. Ich muss nach Hause.« Ich war auf halbem Weg zur Tür und überlegte krampfhaft, wo ich meine Tasche und meine Schlüssel hingelegt hatte, als sie anfing zu lachen.

»He, warte mal.« Sie glitt zu mir hin, ein farbenfroher Schemen: pinkfarbene Lippen und Wangen, schimmernder, cremefarbener Lidschatten und ihr schwarzes Haar, das beim Gehen um ihre Schultern wallte. »Es tut mir leid.«

»Von mir aus. Ich brauche meine Schlüssel.«

»Stevie, ich wollte nicht lachen. Es tut mir leid.« Sie nahm mich am Arm und zog mich zu ihr. »Geh nicht weg.« Sie umarmte mich.

»Ich wollte nicht ... Ich habe nur gefragt«, sagte ich zu ihrem Schlüsselbein. Ich streckte die Hand aus und fuhr zart mit der Fingerspitze darüber, weil es so wunderschön war. Lang und kantig.

»Ich weiß.« Sie legte den Kopf ein wenig zurück. »Es tut mir leid, okay? Es tut mir wirklich leid.«

Und dann lag ihr Mund auf meinem, und mein Atem verfing sich in meiner Kehle. So blieben wir geraume Zeit stehen: ihre Oberlippe zwischen meine beiden Lippen gepresst. Wir rührten uns nicht. Sie schmeckte gut, irgendwie herb. Mein ganzer Körper verknotete sich. In meinen Augenwinkeln sammelten sich heiße Tränen und liefen mir über die Wangen.

»Hey, es ist alles gut«, flüsterte sie in meinen Mund. Und dann küsste sie mich, küsste mich wirklich und wahrhaftig. Ich fühlte die Stellen meines Körpers, die sie berührte, weil sie sie berührte. Meine Lippen brannten unter ihren Lippen, und mein Nacken bitzelte, wo ihre kalte, kleine Hand lag. Ich war da, weil sie da war. Sie küsste mir das nasse Salz von den Wangen. Ich erwiderte ihre Küsse, fand mit meiner Zungenspitze ihre Zunge. Ich legte ihr die Hände auf die Schultern.

»Ich bin betrunken.« Ich erschauerte, als sie meinen Hals küsste. »Ich bin echt betrunken, hörst du?« Ich ließ mich von ihr gegen die Tür drücken, fühlte, wie mein Körper unter ihr hart wurde. Ich ließ mich von ihr verschlingen.

»Und wie war das für dich?«, fragt SK, und plötzlich sitze ich wieder in ihrem Büro, die Knie an die Brust hochgezogen und die Knöchel übereinandergeschlagen.

»Das ist die falsche Frage«, sage ich mit gesenktem Blick. »Die richtige Frage muss lauten: Was dachtest du, als du sie geküsst hast?«

»Also gut. Was dachtest du?«

»Ich dachte, dass ich sie besser küssen wollte, als Josh sie geküsst hatte.« Ich kann sie nicht anschauen. »Und ich dachte: Ich kann nicht fassen, dass sie mich begehrt.« Mich. Eine Anfängerin, ein tollpatschiger Welpe ohne Parfüm oder Gesichtsmasken im Badezimmer. Ich hatte noch nie zuvor jemanden geküsst. Andere Mädchen erlebten ihren ersten Kuss in der Mittelstufe, in irgendeinem Partykeller, wo sie an den leicht beschwipsten Lippen der Jungen saugten, mit denen sie aufgewachsen waren. Aber mich hatte vor Eden noch nie jemand haben wollen, und vielleicht war das der Grund.

Es klopft an der Tür. SK zuckt zusammen, aber ich bin dankbar für die Unterbrechung.

»Ich bin mitten im Gespräch«, ruft sie gereizt. Trotzdem wird die Tür geöffnet.

»Anna? Tut mir leid, aber wir brauchen dich mal kurz. Schnell.« Es ist eine männliche Stimme. Jeff, der nette Pfleger, glaube ich.

»Bitte entschuldige, Stevie, ich komme wieder, sobald ich kann«, sagt SK. »Warte bitte auf mich, ja?«

»Ja.« Als sich die Tür hinter ihnen schließt, stehe ich auf und strecke mich. Mein Körper tut weh wegen dieser künstlichen, klimatisierten kalten Luft. Ich beuge mich über die Kerze auf dem Beistelltisch und wärme mir die Hände. Dann laufe ich ein bisschen im Büro herum und fahre mit den Fingern über Buchrücken und Bilderrahmen. Auf ihrem Schreibtisch stehen kleine Schwärme aus Papierkranichen. Ich nehme einen glänzenden grünen in die Hand und tippe leicht auf die Kanten und Spitzen.

Ich stelle ihn wieder ab, neben ein kleines aufgeschlagenes Notizbuch. In der ersten Zeile steht mit Bleistift geschrieben eine Telefonnummer. Ich muss nur die ersten Zahlen lesen, um zu wissen, wessen Nummer das ist. Ich schaue weg. Schaue noch einmal hin. Sie ist noch da. Ich befinde mich nicht in einem Albtraum.

Ich denke, dass ich wütend sein müsste, empört. Ich müsste brennen vor Zorn. Stattdessen ist da nur dieser Abgrund in mir.

»Stevie, bitte entschuldige, dass ...« SK erstarrt, als sie mich sieht.

»Warum telefonieren Sie mit Paris?«, frage ich. Ganz leise.

Sie schweigt einen Moment. Vielleicht überlegt sie, ob sie mich anlügen soll.

»Sie ist deine Mutter, Stevie. Sie hat ein Recht darauf, zu erfahren, wie es dir geht.«

»Was haben Sie ihr gesagt?«, flüstere ich.

»Stevie, bitte dreh dich zu mir um.«

»Was haben Sie ihr gesagt?« Ich kann mich nicht umdrehen. Kann sie nicht anschauen.

»Stevie.«

»Sagen Sie's mir.« Die silbrigen Bleistiftlinien zerlaufen auf der Seite vor meinen Augen.

»Ich habe ihr noch gar nichts gesagt. Wir haben uns gegenseitig noch nicht erreicht. Es ist ziemlich schwierig, wegen des Zeitunterschieds.« SK macht ein paar Schritte auf mich zu. »Stevie, ich glaube, wir sollten darüber reden, was du dabei empfindest, einverstanden?«

Endlich drehe ich mich um. »Reden Sie mit meinem Dad?«

»Ich habe einmal mit ihm gesprochen. Ich bin nicht ins Detail gegangen, aber er macht sich Sorgen um dich, und er will sicher sein, dass du alles bekommst, was du brauchst, während du hier bist.«

»Schön«, sage ich ruhig. »Gut und schön. Aber nicht mit ihr. Seit der Beerdigung hat sie nicht ein einziges Mal angerufen, wussten Sie das?« Ihrem Gesichtsausdruck entnehme ich, dass sie es nicht wusste. »Also ist es ziemlich offensichtlich, dass sie sich keine Sorgen um mich macht. Es gibt daher keinen Grund, dass Sie mit ihr reden.«

»Stevie, ich weiß, dass sie dich verletzt hat, aber …«

»Wagen Sie ja nicht, sie in Schutz zu nehmen.« Ich bin erstaunlich ruhig, wenn man die Situation bedenkt.

»Das tue ich nicht. Ich weiß, dass sie dich gekränkt hat.«

»Sie hat nicht das Recht dazu!« Bin ich das, die da so schreit? Ist das meine Stimme?

»Sie hat das Recht dazu. Sie ist deine Mutter, und sie bezahlt die Kosten für die Behandlung, und daher …« Sie verstummt. Sie weiß, dass sie gerade etwas gesagt hat, das sie nicht zurücknehmen kann.

Natürlich. Sie bezahlt. Ich bin ja so ein Idiot. Warum habe ich das nicht von Anfang an begriffen? Als ob mein Vater in der Lage wäre, eine solche Summe aufzubringen. Niemals. Ich fasse es nicht, wie dumm ich war. Ich stelle mir vor, wie sie in ihrer schicken Pariser Wohnung einen Scheck ausschreibt und sich dabei so großartig vorkommt, weil es ihr gelungen ist, sich von jeder Schuld freizukaufen. Verdammt soll sie sein. Ich werde keinen einzigen Cent mehr von ihr annehmen.

»Stevie. Bitte. Ich sehe, dass dich die Sache aufregt, und ich möchte gerne mit dir darüber sprechen. Wenn du wütend auf mich bist, sollten wir darüber reden.«

»Ich bin fertig mit Reden«, sage ich. Ich starre an ihr vorbei, konzentriere mich auf die flackernde Kerzenflamme. Mit einer winzig kleinen Bewegung könnte ich sie auf dem Weg zur Tür umwerfen. Ich könnte alles in Flammen aufgehen lassen.

ZWÖLFTER TAG

Dienstag, 15. Juli, 18.47 Uhr

An Weihnachten und Ostern steckte unsere Mutter Josh und mich in schicke Klamotten aus steifen, fremdartigen Stoffen – Samt und Taft für mich, Wolle für Josh – und schleppte uns in die Kirche. Mein Vater blieb immer zu Hause und arbeitete an seinem neuesten Manuskript. *Geh du ruhig hin und hör dir dort die Geschichten an*, sagte er zu ihr, *und ich bleibe hier und schreibe meine eigenen.* Als ich noch ganz klein war, hatte ich deswegen Angst um seine unsterbliche Seele.

Zweimal im Jahr machte ich diese Show mit, klapperte in zu engen Mary-Jane-Schuhen durch den Mittelgang der Kirche, setzte mich kerzengerade auf die Bank, neigte zur passenden Zeit den Kopf und spielte mit Josh heimlich Galgenmännchen, wenn unsere Mutter nicht aufpasste, was nicht allzu oft vorkam. Wir waren ihre Püppchen, tollpatschig und ungelenk, mit strahlenden Augen und nickenden Köpfen.

Das ist vorbei. Sie kann mich nicht mehr kontrollieren, auch nicht von Paris aus. Ich werde keine einzige Nacht länger hierbleiben. Ich werde abhauen. Niemand kann mich aufhalten.

Beim Abendessen gebe ich meine eigene Show zum Besten. Ich bin fantastisch. Ruhig. Gelassen. Ich sitze mit den drei anderen Mädchen aus Bungalow drei und Hannah am Tisch und schneide mein zähes Hühnchenfilet in Stücke. Ich esse ausreichend. Langsam. Furchtsam, sodass niemand Verdacht schöpft.

»Du hattest heute Einzeltherapie, stimmt's?« Neben mir schenkt sich Ashley ein zweites Glas Tee ein. Sie schneidet ihr Hühnerfilet in Viertel und steckt sich eins der Stücke in den Mund. »Mit Anna?«

Hannahs burgunderfarben nachgezogene Augenbrauen heben sich. »Kauen und schlucken, bevor man spricht, meine Liebe.«

»Entschuldigung«, sagt Ashley, ohne zu kauen oder zu schlucken.

»Ja.« Ich spieße eine grüne Bohne auf.

»Wie war's?«

Ich zucke mit den Schultern. »Ganz okay.«

Ashley schlingt den Rest ihrer Fleischstücke hinunter. »Ich bin fertig. Kann ich mir jetzt einen Kaffee holen?«

Stirnrunzelnd beäugt Hannah Ashleys Teller. »Ja, gut.«

Während die anderen sich langsam zum Kaffee hinarbeiten, überlege ich doch tatsächlich, ob ich meinen Teller leer essen und mir ebenfalls einen Kaffee verdienen soll. Immerhin ist es das letzte Mal. Und ich könnte heute Nacht das Koffein gut gebrauchen. Aber mein Teller ist noch so voll, und mir ist jetzt schon schlecht. Außerdem darf ich mich nicht ablenken lassen. Ich schiebe meine Hand in die Jeanstasche und taste nach den Pillen, die ich dort hineingesteckt habe. Ein schneller, heißer Blitz aus Schuldgefühlen durchzuckt mich.

Ashley kommt mit ihrem Becher Kaffee und zwei Portionen Kaffeearoma zurück.

»Haselnuss und Vanille«, gibt sie bekannt. Die anderen murmeln anerkennend. »Und morgen? Morgen nehme ich mir zweimal Haselnuss. Oder Haselnuss und Pfefferminz.«

»Das ist eklig.« Teagan rümpft die Nase.

»Finde ich nicht. Mir schmeckt es.« Ashley gießt die Aromen in ihren Kaffee und legt die Hände um den Porzellanbecher.

»Trinken Sie auch Kaffee, Hannah?«, frage ich.

»Sobald ihr fertig seid«, sagt sie.

»Sind wir.« Teagan nickt zu ihrem Teller hin und dann zu Cates.

»Und ich werde nicht auf meinem üblichen Cappuccino vor dem Schlafengehen bestehen«, sage ich.

Ich glaube fast, Hannah verengt böse die Augen, aber es ist schwer zu sagen, ob es einen Unterschied gibt zwischen ihrem normalen Gesicht und einer missmutigen Miene. Ich lächle. Schwer atmend hievt sie ihren Wal-Leib aus dem Stuhl und stellt sich bei der Kaffeeausgabe an. Cate und Teagan folgen ihr.

»Hey!« Ich nicke kurz zu Ashleys Kaffeebecher. »Kriege ich einen Schluck?«

Ashley schaut zu Hannah, die uns den Rücken zugekehrt hat. »Ich weiß nicht.«

»Komm schon«, flehe ich. »Ich war früher ein Koffein-Junkie. Ich habe hier noch keinen einzigen Kaffee getrunken. Ich bin auf Entzug!«

»Du könntest ja deinen Teller leer essen«, sagt sie spitz.

»Es ist …« Ich wende den Blick ab. Das verdient sie nicht, ganz und gar nicht. Aber ich kann ihr die Wahrheit nicht sagen. »Es ist … immer noch so schwer für mich, weißt du?« Ich mache meine Stimme ganz klein. »Nur einen Schluck. Bitte.«

Ashley schiebt mir den Becher zu. »Wehe, wenn du dich erwischen lässt.«

»Danke.« Das war leichter, als ich dachte. In einer fließenden Bewegung ziehe ich die Hand aus der Tasche, hebe den Kaffee an die Lippen und trinke einen kleinen Schluck. Der Kaffee schmeckt mies, aber mir kommt er trotzdem himmlisch vor. Als ich den Becher wieder senke, lasse ich die Pillen hineinfallen, die in der braunen Brühe versinken. Ein Kinderspiel. »Danke«, sage ich noch einmal. Ich schlucke die Scham hinunter. Es musste sein; sie ist in letzter Zeit nachts viel zu unruhig.

»Und? Wie läuft's mit Kyle?«, frage ich. Ich rede zu schnell, aber ich kann nicht anders. »Ist es nicht komisch, einen Mann als Therapeuten zu haben?«

»Ja, schon. Ich glaube, Anna ist besser. Ich habe gebeten, dass ich den Therapeuten wechseln kann.«

»Und?«

»Ich habe meinen Zettel zurückbekommen, mit dem Vermerk *Danke, dass du für dich eingetreten bist.*« Sie trinkt einen Schluck. Ich halte den Atem an. Sie trinkt noch einen Schluck.

»Und das war's?« Ich gerate ins Schwitzen.

»Kyle ist immer noch mein Therapeut. Aber immerhin bin ich für mich eingetreten.« Sie lacht, und ihr ganzes Gesicht öffnet sich. Ich bin froh, denn so möchte ich sie verlassen.

Die Pillen wirken schnell. Ashley gähnt den ganzen Abend lang und kann kaum die Augen offen halten, während wir den Hügel zu unserem Bungalow hinaufgehen. Sie lehnt sich an mich und ich stütze sie ein bisschen.

Kurz nachdem wir das Licht gelöscht haben, höre ich ihr gleichmäßiges, tiefes Atmen. Sie ist eingeschlafen. Im Dunkeln ziehe ich meine Jeans und Joshs Sweatshirt an und packe ein paar Sachen in meinen Rucksack. Mein Handy, das Geld, das ich aus Dads Brieftasche gestohlen habe, das Tagebuch, einen Stift und frische Unterwäsche. Die Tabletten lasse ich in der Schublade. Ich brauche sie nicht mehr. Am Jahrestag bin ich zu Hause. Ich werde mein Ende finden, so wie ich es geplant habe. Ich ziehe Ashley das Stoffkaninchen aus den Armen und stopfe es ebenfalls in den Rucksack. Dann gehe ich wieder ins Bett, raffe die Decke bis zum Kinn hoch und warte.

Pünktlich auf die Sekunde öffnet sich die Zimmertür. Ich fühle fast die Wärme des Strahls der Taschenlampe. Eins. Zwei. Dann geht die Tür leise wieder zu. Geräuschlos schlage ich die Bettdecke zurück, ziehe meine Sneaker an und husche in die Diele.

Ich bin noch nicht einmal an der Tür, als ich umkehre. Ich stelle den Rucksack auf den Boden und wühle darin herum, reiße einen Zettel aus meinem Tagebuch und kritzele meine Handynummer darauf. Dann nehme ich das Stoffkaninchen, lege es Ashley wieder in die Arme und schiebe den Zettel unter den Wecker auf ihrem Regal.

Dann bin ich weg.

ZWÖLFTER TAG

Dienstag, 15. Juli, 23.26 Uhr

Ich gehe geduckt und mit schnellen Schritten. Alle paar Sekunden, wenn ich merke, dass es Zeit ist zum Atmen, sauge ich meine Lungen mit Luft voll. Es sind so viele Schwestern auf dem Gelände unterwegs, dass ich Glück habe, wenn ich überhaupt bis zur Straße komme. Ich hätte nicht so viel essen sollen, dann wäre ich leichtfüßiger.

Ich husche an dem Zaun entlang, der die Wiese und den staubigen Trampelpfad säumt. Der Weg vor mir wird dunkler, je weiter ich den schaukelnden Schein der Verandabeleuchtung hinter mir lasse. Bei jedem Schritt verfluche ich meine Mutter. Sie glaubt, dass ihre Sünden vergeben sind, wenn sie für meine Therapie bezahlt. Ich hoffe, man ruft sie an, sobald mein Verschwinden entdeckt wird. Ich hoffe, sie fühlt sich dann machtlos. Ich hoffe, sie weiß, dass es ihre Schuld ist.

Die Erde unter meinen Füßen wird fester. Ich habe die asphaltierte Straße erreicht. Ich vermute, dass ich nach links gehen muss. Ist das nicht die Richtung, aus der ich gekommen bin, in dem glänzenden weißen Wagen der Zuckerwatte-Frau? Ich bin mir nicht sicher … Vielleicht doch nach rechts. Nein. Links. Jetzt bin ich mir fast sicher. Noch ein letzter Blick zurück, und dann fange ich an zu rennen.

Ich renne auf das Nichts zu, so schnell ich kann. Es ist dunkel, zu dunkel, um etwas zu sehen außer dem trüben Weiß der Sneaker, die auf den Asphalt klatschen. Keine Autos, keine Scheinwerfer. Nur ein paar Sterne über mir, die mir nicht verraten, wie weit ich schon gekommen bin. Das ist das Problem mit dem Vorwärtskommen. Es ist relativ.

Die Wüste ruht zu beiden Seiten. Kakteen ragen als längliche, lilafarbene Schatten in den Nachthimmel. Mein Rucksack schlägt mir gegen die Wirbelsäule.

Wenn man es richtig macht, ist Laufen das, was SK eine »gesunde Herausforderung« nennt. Man darf nur nicht über die Stränge schlagen. Wenn man nicht zufällig achtundzwanzig Meilen auf dem Laufband zurücklegt und dann ohnmächtig herunterfällt – wie es Cate einmal passiert ist –, setzt das Laufen Glückshormone im Gehirn frei. Dr. Singh behauptet, Menschen wie ich haben nicht genügend von diesen Glückshormonen. Daher könnte man allen Leuten, die eines Morgens aufwachen und beschließen, sich umzubringen, weil sie sich für den Tod des eigenen Bruders verantwortlich machen, empfehlen, eine Runde zu laufen. Das ist doch kinderleicht, oder?

Laufen soll locker machen, soll einem die Möglichkeit geben, unterschwellige Wut hervorzukramen und wie Schweiß auf den Asphalt tropfen zu lassen. Heute Nacht widerfährt mir das Gegenteil. Je weiter ich laufe, desto verkrampfter werde ich. Meine Lungen brennen und in meinen Beinen ist ein stumpfer Schmerz. Mein Körper öffnet sich und lässt den Zorn des gesamten Universums in sich ein. Saugt ihn auf, als ob ich ein ausgetrockneter menschlicher Schwamm wäre. Er sickert in meine Knochen ein, bis in den hintersten Winkel meines Körpers. Ich stelle mir vor, wie sich die Wut in kleine Stücke teilt und vervielfältigt, wie Krebszellen.

Ich ringe nach Luft, aber wenn ich stehen bleibe, laufe ich

womöglich nicht mehr weiter. Oder ich komme zu dem Schluss, dass ich den Verstand verloren habe. Ich tanze schon eine ganze Weile am Rand eines Abgrunds herum, aber das hier ist neu. Ich renne mitten in der Nacht in die endlose Wüste hinein, ohne irgendeinen Plan. Da muss sogar ich selbst lachen.

Ohne mein Tempo zu verlangsamen, hole ich mein Handy und das Geld heraus und zähle die Scheine. Es reicht nicht, um ein Taxi zum Flughafen zu nehmen. Ich muss wenigstens einen Teil der Strecke per Anhalter fahren. Eden. Ich muss Eden anrufen. Ich bleibe kurz stehen, krümme mich und spucke aus. Dann schalte ich mein Handy ein. Ich werde sie bitten, mir ein Flugticket zu besorgen. Das ist kein Problem für sie; ich habe schon gesehen, wie sie im Verlauf eines Besäufnisses die Kreditkarte ihres Vaters auf den Tisch geknallt hat. Nur ein Flugticket. Ich werde es ihr zurückzahlen, will ihr nichts schuldig bleiben. Ich kann selbst dafür sorgen, zum Flughafen zu kommen, wenn sie dafür sorgt, dass ich einen Flug bekomme. Ich drücke die Kurzwahl 2. Im Geiste sehe ich SKs Gesicht vor mir, wenn sie merkt, dass ich weg bin.

Hey, Jungs und Mädels. Ihr wisst ja, wie das läuft.

»Eden«, keuche ich ins Telefon. »Ich muss … ich brauche … rufst du mich bitte mal zurück? Bitte ruf an, okay? Ruf an.«

Wieder drücke ich die 2. Es ist spät, wo Eden ist. Oder ist es früh?

Hey, Jungs und Mädels. Ihr wisst ja, wie das läuft.

Okay. Okay, okay, okay. Sie wird zurückrufen. Wenn sie die Nachricht abhört, ruft sie gleich zurück.

Tief in meinem Inneren kommt mir allerdings der Verdacht, dass sie es vielleicht nicht tut. Wenn sie gut drauf ist und sich nicht die Stimmung vermiesen lassen will, wenn sie mit etwas anderem beschäftigt ist oder gerade eine interessante Bekanntschaft gemacht hat – oder wenn sie einfach keine Lust hat, mir zu helfen, dann wird sie es auch nicht tun. Denn Eden ist nur Eden verpflichtet.

Warum habe ich das nicht schon früher erkannt? Warum hat Josh es nicht erkannt? Wenn nur einer von uns sie wirklich durchschaut hätte, wäre Josh noch am Leben. Aber wir konnten es nicht, denn sie war einfach zu betörend. Sie hat mit uns beiden gespielt. Denn genau das waren wir für sie: nur ein Spielzeug.

Am letzten Abend des Seminars nahm Eden die Zuschauer gefangen. Ihre Stimme war dunkel und weich wie Sirup, und in der Bar war es still. Sie las etwas, das sie für tiefsinnig hielt, über eine Beziehung mit einem jüngeren Mann. Ich hörte ihr zu und tat so, als wüsste ich nicht, dass sie von Josh redete.

»Seine Naivität war weiß und vergänglich wie Schnee«, murmelte sie in das Mikrofon.

Gott, dachte ich, *ist das ihr Ernst?* Aber dann lächelte sie, ganz allein für mich. Ich starrte auf ihre Lippen. Heute waren sie mandarinenfarben und feucht. Meine Lippen schürzten sich, als ob ich etwas Saures schmecken würde.

»Sie ist wirklich gut.« Joshs frischer, grüner Atem wehte mir warm ins Ohr. Ich zuckte zusammen.

»Ja«, flüsterte ich meinen Händen zu. »Ich denke schon.« War er wegen mir hier oder wegen ihr?

»Hier habt ihr also euren Kurs? Cool.« Er war zu bemüht, wie schon seit Wochen. Unser Verhältnis war von Unbehagen geprägt, seit er an jenem Abend nach Hause gekommen war, umso mehr, seit ich Eden zum ersten Mal geküsst hatte. Denn es war nicht bei diesem einen Kuss geblieben. Mehr Berührungen, Hände, die an Orte vordrangen, an denen sie eigentlich nichts zu suchen hatten. Ich konnte nicht aufhören. Ich wusste nicht, wie.

»Ja«, sagte ich. »Es war ganz okay.« Die Bar sah heute Abend anders aus. Die Tische waren an die hintere Wand geschoben und an ihrer Stelle standen bunt zusammengewürfelte Stuhlreihen dem Podium vor dem Tresen zugewandt. Der Boden war abgewetzt, aber sauber. Rechts und links des Podiums standen zwei große Topfpflanzen. In einer angelaufenen Plastikschüssel im Hintergrund schwappte rosafarbener Punsch, daneben lagen Platten mit Häppchen und schlaffen Selleriestangen.

»Schwesterherz.« Seine Stimme war wieder die eines kleinen Jungen, wie früher. »Ich glaube, ich mag sie.«

Ich schaute zur Decke. Über uns hing ein bräunlicher Wasserfleck.

»Ich weiß, die Vorstellung von ihr und mir ist … merkwürdig für dich.«

Ich nickte.

»Aber … sie ist so hübsch. Und nett und lustig, weißt du?«

Hübsch. Nett. Lustig. Eine Sekunde lang – nur eine einzige Sekunde, länger dauerte es nicht – war ich rasend vor Wut. Er war mein älterer Bruder. Er hätte anders reden sollen, hätte sie *heiße Braut* oder *Muschi* nennen sollen. Nicht *hübsch* und *nett*. Das machte alles nur noch schlimmer.

Er schaute mich an, aber ich konnte ihm nicht ins Gesicht sehen. »Ich glaube, das könnte was Ernstes werden. Etwas Gutes.«

Bitte nicht. Aber ich konnte es ihm nicht sagen, durfte es nicht von ihm verlangen. Er verdiente, was immer er wollte. Mein ganzes Leben schon hatte ich gewusst, dass er besser war als ich, dass das Gute tief in ihm verwurzelt war. Unser Dad hätte ihn schlicht einen guten Menschen genannt. Man hätte ihn in der Mitte durchschneiden können, dann hätte man gesehen, dass auch sein Kern frisch und grün und gut war. Mein Kern dagegen war verdorben.

»Ich … ich glaube, sie mag dich auch.« Ich werde es ihr heute Abend sagen. Bald.

»Echt?«

Ich musste nicht antworten, denn Eden schaute auf, und die Leute hinter uns fingen an zu klatschen. Also nickte ich bloß und klatschte ebenfalls. Josh steckte Daumen und Zeigefinger in den Mund und pfiff. Ich wusste gar nicht, dass er das konnte. Vielleicht hatte er es früher schon gemacht. Vielleicht hatte ich bloß nicht darauf geachtet.

»Ich darf es dir eigentlich gar nicht sagen, aber Dad ist gerade unterwegs und besorgt Champagner«, sagte Josh, als alle aufstanden. In der Bar war es voll. Fast jeder hatte einen kleinen Teller in der Hand und einen Plastikbecher mit Punsch in der anderen. Ich griff nach einem Teller und nach einer welken Selleriestange.

»Hä?« Ich hörte Edens kehliges Lachen irgendwo in der Menge hochsteigen. Das Geräusch schickte Funken durch meinen Körper, es fühlte sich gut an und tat gleichzeitig weh, wie ein Stromschlag.

»Echter Champagner. Du musst überrascht tun. Und dann liest du uns vor, was du eigentlich heute Abend hättest vorlesen sollen.«

»Ja. Sicher.« Ich hatte meinem Dad gesagt, er müsste nicht kommen. Es würde sich nicht lohnen, weil ich nichts vorlesen würde. *Es kann nicht jeder drankommen, so viel Zeit haben wir nicht*, log ich. »Ähm, ich muss Eden schnell noch etwas sagen. Oder wollt ihr später noch ausgehen?« Ich umklammerte meinen Teller mit einem eisernen Griff. Das Angebot kam nicht von Herzen, und wir beide wussten es. In meinem Inneren staute sich ein Schrei auf, und ich hätte ihn zu gerne aus mir herausgelassen.

»Ach nein.« Er hielt in der Menge Ausschau nach ihr. »Der heutige Abend gehört dir, Schwesterchen. Wir machen das, wozu du Lust hast.« Er drückte mich von der Seite her. Echte Umarmungen gab es zwischen uns nicht mehr. Wir brachten es einfach nicht mehr über uns. »Sag ihr, ich gratuliere von Herzen.«

»Alles klar.«

Eden flirtete mit einem Typen in Kellnerkluft am Ende der Bar. Noch weniger, als sie zu teilen, wollte ich, dass Josh nur ein weiterer Kerl in ihrer Sammlung war. Dafür war er viel zu gut.

Sie trug schwarze Jeans und ein weißes Shirt mit V-Ausschnitt. Darüber einen schwarzen Blazer. Alles umschmiegte ihren Körper.

»Hey«, sagte ich. »Das war echt gut.«

»*Gut?*« Ein Mundwinkel bog sich langsam nach oben. »Das kannst du noch besser. Jake hier sagte, meine Lesung war …« Sie zog einen Schmollmund, als müsste sie nachdenken. »Wie war das doch gleich?«

»Inspirierend«, sagte Jake prompt.

»Inspiriiiierend, Herzchen!«

Sie ist betrunken. Jetzt schon.

»Kann ich kurz mit dir reden?«, sagte ich. »Allein.«

Wir ließen Jake stehen, und ich schob mich in den Gang, der zu den Toiletten führte. Es gab keine Beschilderung, nur zwei Türen, eine links und eine rechts. Man musste raten, welche die richtige ist.

»Wirkönnensonichtweitermachen«, sagte ich in einem Atemzug. Es auszusprechen war leichter, als ich gedacht hatte.

»Was? Stevie …« Sie streckte die Hand nach mir aus. Ich wich zurück, gerade noch rechtzeitig. Ich wollte, dass sie es akzeptierte und mich dann gehen ließ. »Wovon redest du?«

»Von uns«, flüsterte ich. »Was wir … es muss aufhören.«

»Was ist los? Bist du religiös oder so was? Menschen sind nun mal Menschen, Stevie.«

Ich sagte nichts.

»Geht's um Jack, den Kellner?«, neckte sie.

»Jake!«

»Ich weiß, Stevie. Ich mach doch nur Spaß. Aber … sag mir doch, was mit dir los ist.« Als sie diesmal die Hand nach mir ausstreckte, kam ich ihr entgegen. Es war falsch, aber es war ein Reflex, so wie wenn jemand fragt »Wie geht's dir?« und man automatisch mit »Gut!« antwortet, auch wenn das nicht stimmt. Ihre Haut war heiß und weich. Mein Mund öffnete sich.

»Josh mag dich«, sagte ich zu ihren Schuhspitzen gewandt.

»Ich mag ihn auch«, sagte sie. Ganz einfach. »Aber nicht so, wie ich dich mag.«

Die Schuhspitzen rückten nach vorn, und dann legte sie ihre Hand auf meinen Hals, und sie passte perfekt dorthin. »Und weil du dich so lieb um deinen Bruder kümmerst, mag ich dich noch mehr. Natürlich ist das nicht das Einzige, was ich mag.« Sie fuhr mit ihrem Finger über mein Kinn bis zu meiner Unterlippe.

»Ich bin völlig kaputt«, sagte ich.

»Ich auch.« Sie machte noch einen Schritt auf mich zu und drückte mich gegen die Wand. Schob ihren Mund an mein Ohr. »Ich glaube, ich würde dich nicht so sehr mögen, wenn du es nicht wärst.«

Mein Inneres faltete sich zusammen wie Folie.

»Er würde doch wollen, dass du glücklich bist, oder?« Ihr Atem roch würzig nach Alkohol.

Es war falsch und es war selbstsüchtig, aber ihr Herz schlug an meiner Brust und mein Herz erwiderte den Schlag. Wir standen in diesem engen Gang, und es tat mir nicht leid. Josh war mir immer in allem voraus gewesen: Reihen von goldfarbenen Plastikpokalen und Ehrenbänder und Urkunden in seinem Zimmer bezeugten seinen Ruhm. Aber diesmal war ich ihm voraus. Ich war besser im Kaputtsein, und Eden zog diese Art beschädigter Existenz ihm vor.

Ich nickte. »Aber ich kann nicht.« Ich hatte unser Geheimnis sieben Tage lang mit mir herumgeschleppt, und es war bleischwer. Irgendwann würde ich es fallen lassen. Es würde zerbrechen. Es war besser, wenn ich es jetzt sanft absetzte, solange ich es noch heben konnte. »Er ist mein Bruder, Eden«, sagte ich zu dem weichen Fleisch ihres Ohrläppchens. »Ich kann nicht, weißt du?«

Sie atmete aus, als ob sie die Luft angehalten hätte. »Ja.«

»Tut mir leid. Es tut mir so leid.« Ich halte nicht viel von Tränen, und deshalb versuchte ich, an etwas Alltägliches zu denken, an etwas Normales: das Sonnenlicht, das durch die geschlitzten Rollos im Château Bruchbude scheint und schwarze Streifen auf den Teppich malt; den Briefbeschwerer auf Dads Schreibtisch, der alle Papiere festhält; die ordentlich aufgereihten blutroten Lippenstifte in der Schminkschublade meiner Mutter. Es funktionierte nicht. Mein Körper war heiß und voll, als ob er jeden Moment aufplatzen wollte.

»Mir auch. Mir tut es auch leid.« Eden drückte mit ihrer Hand gegen meine Kehle und küsste mich. Langsam, wie wenn man an schönen Orten verweilt, von denen man weiß, dass man sie nie wiedersehen wird. Ich malte ihren Mund mit meiner Zunge aus und schwor mir, dass ich jedes feuchte, fleischige Detail in Erinnerung behalten würde. Ich berührte sie auch, die weiße Höhlung ihrer Kehle, den wunderbaren, V-förmigen Knochen über ihrem Hals. Als sie aufkeuchte und sich ihr Körper versteifte, dachte ich, dass ich vielleicht etwas richtig gemacht hätte.

»Was zum Teufel?« Edens Mund stand offen, aber die Stimme, die von ihren Lippen tropfte, gehörte meinem Bruder. Es war verwirrend, und ich brauchte zu lange, um zu begreifen.

Es war Josh.

DREIZEHNTER TAG

Mittwoch, 16. Juli, 1.25 Uhr

Ich weiß nicht, wie lange ich laufe, bis ich Lichter sehe. Einmal blicke ich hoch in den Himmel, nach dem Stand des Mondes. Aber ich kann ihn nicht finden, und außerdem wüsste ich sowieso nicht, wie ich mich an ihm orientieren könnte. Meine Fersen bluten; eine Pfütze aus klebriger Wärme sammelt sich in meinen Sneakern. Und mir ist so schwindelig, dass ich beim Anblick der Lichter ein paarmal blinzeln muss, um mich zu vergewissern, dass sie wirklich da sind. Es sind einige Straßenlaternen am Rand eines Kreisverkehrs, hinter dem eine Handvoll Häuser stehen, die wohl in dieser Gegend so eine Art Stadtzentrum darstellen sollen.

Ich muss nachdenken. Ich brauche Wasser oder eine Tasse Kaffee, am besten schwarz. Ich brauche einen Ort, wo ich Pläne schmieden kann. Ich humpele durch den Kreisverkehr auf die Hauptstraße. Es stehen kaum Autos in den Parkbuchten, und die Geschäfte sind alle dunkel. Am anderen Ende der Straße befindet sich eine stillgelegte Tankstelle. Die Zapfsäulen sind rostig. Auf dem Schild in dem staubigen Fenster steht BIER.

Meine Schultern entspannen sich leicht, als ich auf der anderen Straßenseite einen Diner entdecke. Er ist klein, aber hell erleuchtet, und ich sehe die Kontur eines Mannes im dritten Fenster. Es gibt einen Tresen mit Barhockern davor und dahinter eine Frau mit einer Schürze. Ich muss an Kuchen denken. Sie verkaufen dort bestimmt auch Kuchen.

Ich höre schon die Bedienung sagen: »Setz dich, Herzchen, such dir einen Platz aus«, denn irgendwie glaube ich, dass dies ein Ort ist, an dem so etwas gesagt wird. Aber als die Glocke über der Tür meinen Eintritt verkündet, dreht sie sich nicht einmal um. Es ist wohl besser so.

Ich setze mich auf den Barhocker gleich neben der Tür. Ich brauche etwas, um mich zu beruhigen, aber vermutlich gibt es hier keinen Schnaps. »Was kann ich …« Die Frau verstummt kurz, als sie mich sieht, und fährt dann langsamer fort: »… dir bringen?«

»Wasser, bitte. Mit Zitrone.« Ich glätte meine Stimme und hoffe, dass sie einigermaßen normal klingt. Ich bin natürlich außer Atem, aber das passiert auch normalen Leuten hin und wieder.

»Noch etwas?«

»Kaffee. Schwarz.«

Sie nickt und wendet sich ab.

Während sie den Kaffee einschenkt, hole ich mein Handy heraus und zähle noch einmal mein Geld. Eden hat immer noch nicht zurückgerufen. Meine Hände zittern, und als die Kellnerin Tasse und Untertasse vor mir hinstellt, schaut sie mich so seltsam an.

»Alles klar bei dir, Herzchen?« Sie ist hübsch, auf eine etwas müde und abgekämpfte Art.

»Es ist kalt da draußen«, sagte ich. Ich lege meine Hände um die Tasse und hole zitternd Atem. Was zum Teufel soll ich jetzt machen?

»Möchtest du etwas essen?«

Mein Kopf nickt, ehe ich ihn daran hindern kann. *Alles*

klar, alles klar, ich fange morgen wieder an und außerdem muss ich mir einen Plan überlegen und deshalb muss ich etwas essen, aber nur eine Kleinigkeit. Ich nehme mir die klebrige Speisekarte und überfliege das Angebot. Ein Albtraum. So viele Worte, und ich bin viel zu erschöpft, um die Zahlen in meinem Kopf zu ordnen.

»Nur … einen kleinen Salat. Ohne Käse und ohne Dressing. Und wo ist die Toilette?«

Sie deutet in eine Richtung.

»Okay. Danke. Ich bin gleich wieder da.« Ich schaufele mein Geld und mein Handy wieder in den Rucksack und versuche, das Neonschild in der hinteren Ecke nicht aus den Augen zu verlieren. Meine Fersen brennen beim Gehen.

Die Toilette ist ungewohnt sauber für einen Laden wie diesen. Es gibt einen Spender für Papiertücher, aber jemand hat ein lilafarbenes Handtuch an einen Haken neben dem Waschbecken gehängt. Die Kanten sind mit weißer Spitze umhäkelt. Auf dem Vorsprung hinter der Toilette steht eine fast heruntergebrannte Kerze mit Lavendelduft und daneben eine Dose mit Duftspray, was ganz gewiss nicht der Brandschutzverordnung entspricht.

Ich beuge mich über das Waschbecken und blinzele in den Spiegel. Kein Wunder, dass die Kellnerin mich so entgeistert angestarrt hat. Ich sehe schrecklich aus. Meine Haare sind schweißnass und kleben an meinem Schädel. Meine Augen sind zu groß für meinen Kopf. Meine Wangen sind gerötet und geschwollen. Ich sehe aus wie eine abgekämpfte Ausreißerin aus irgendeinem billigen Fernsehfilm. Ich ziehe ein paar Papiertücher aus dem Spender, befeuchte sie und pumpe ein wenig von der perlig schimmernden und nach Kaugummi riechenden Seife darauf. Damit wische ich mir Gesicht und Nacken sauber und tupfe mir mit ein paar trockenen Papiertüchern die verschwitzten Haare ab.

»Dein Salat ist fertig.« Es klopft an die Tür. »Alles klar bei dir?«

»Ja! Ja, ja. Danke.« Ich starre auf meine Hände. Die Haut über den Fingerknöcheln ist aufgesprungen, als hätten wir Winter und ich wäre zu lange draußen in der Kälte gewesen.

Zurück am Tresen kämpfe ich die Panik nieder, die mir die Kehle emporsteigt. Ich brauche etwas zu trinken. Ich brauche etwas, das mich beruhigt. *Ichbrauchebrauchebrauche*. Ich weiß, was ich brauche. Scheiß drauf. Ich nehme mir wieder die Speisekarte vor.

»Könnte ich auch noch« – *denk nach, Stevie, sei klug* – »eine Tasse mit Gemüsesuppe haben und den Cheeseburger mit Pommes frites? Medium, bitte. Und dann … haben Sie Kuchen? Irgendeinen Kuchen?«

»Pfirsich oder Kirsche?«

»Pfirsich!« Ich kann kaum an mich halten. Das ist ja fast eine Art Vorsehung, und am liebsten hätte ich es herausgebrüllt. Sie hat ja keine Ahnung, dass ich aus dem Pfirsich-Staat Georgia komme! Dann wäre es doch auch keine Vorsehung mehr! »Mit Vanille-Eis und einer Diät-Cola, bitte. Füllen Sie die Getränke kostenlos nach?«

»Sicher, Schätzchen, sicher.«

»Okay, toll.« Ich hätte in einer der Nischen Platz nehmen sollen, aber wenn ich mich jetzt umsetze, sieht das komisch aus. Ich schaue gefühlte hundert Mal auf meinem Handy nach, ehe meine Bestellung fertig ist. Nichts. Als das Essen vor mir steht, muss ich mich zwingen, es langsam angehen zu lassen. Denn sie beobachtet mich; ihr Blick durchleuchtet jede Einzelheit von mir, jede meiner Bewegungen.

Ich möchte gerne zu ihr hochschauen, aber stattdessen starre ich auf meinen Teller. Ich beiße von dem Cheeseburger ab, langsam und fast gleichgültig. Meine Hände zittern. Das Fett läuft mir über das Kinn, und ich sitze wieder in unserem Garten hinter dem Haus in der Broad Street, wo wir noch eine Familie waren. In mir drin ist so viel Schmerz, dass ich es nicht aushalten kann. Ich beiße noch einmal ab und noch einmal und noch einmal. Ich atme die Cola ein. Die Suppe verschlinge ich mit drei großen Schlucken. Der Kuchen ist buttrig und die Füllung zu heiß. Sie brennt mir in der Kehle.

Ich will das nicht mehr tun. Ich habe nicht mehr die Kraft dazu, aber es ist zu spät. Ich kann nicht aufhören. Ich wünschte, Josh wäre hier. Er würde mir helfen. Er würde mich festhalten, meine Knochen zählen und sauer werden. Ich würde mich wie ein Baby an seiner Brust einkuscheln und seinem Herzschlag lauschen.

»Mann. Diese ganze Diät-Cola«, sage ich ins Leere hinein. Dann rutsche ich von dem Barhocker. Einen Fuß vor den anderen setzend, gehe ich zur Toilette. Ich schließe die Tür ab und lehne mich dagegen, fühle die vertraute Verzweiflung in mir aufsteigen. Ich muss es tun, ich weiß, dass ich es tun muss, aber ich bin so müde, dass ich mich kaum rühren kann.

Ich krümme mich über die Toilettenschüssel und atme den scharfen Geruch des WC-Reinigers ein, als es wieder an die Tür klopft.

»Einen Moment noch!«

»Stevie? Stevie, mach bitte die Tür auf!«

SK. Meine Eingeweide verkrampfen sich beim Klang ihrer Stimme.

»Moment!« Meine Stimme schraubt sich zu einem Kreischen empor und ich greife nach dem Waschbecken.

»Stevie, wenn du nicht sofort die Tür aufmachst, dann werde ich sie aufschließen lassen. Bitte mach auf!«

»Warten Sie!« Ich drehe den Wasserhahn auf und falle vor der Toilette auf die Knie. Mein Körper versteht mich. Er weiß genau, was getan werden muss. Aber ich kann die Ruhe nach dem Sturm nicht genießen. Gerade, als ich die Spülung betätige, geht die Tür auf und SK stürzt herein.

Ich reagiere nicht auf ihr Auftauchen. Ich beuge mich nur über das Waschbecken und schaufele eine Handvoll des metallisch schmeckenden Wassers nach der anderen in meinen Mund. Spüle aus und spucke. Was soll ich jetzt noch verschleiern? Sie kommt sowieso zu spät.

DREIZEHNTER TAG

Mittwoch, 16. Juli, 2.27 Uhr

»STEVIE.«

Als ich mich endlich umdrehe, sehe ich SK dort stehen. Sie sieht merkwürdig aus: Jeans, Kapuzenshirt, kein Make-up. Stimmt, es ist ja mitten in der Nacht, denke ich.

»Ich gehe hier nicht weg«, sage ich zu ihr.

»Stevie, bitte schau mich an.« Sie packt meinen Kopf mit beiden Händen und späht mir ins Gesicht, als ob sie in eine Kristallkugel schauen würde.

»Hören Sie auf.« Ich schüttele sie ab. »Ich bin nicht betrunken oder high oder was immer Sie denken.« Ich kann nicht mehr alleine stehen, und so schiebe ich mich um sie herum und lehne mich an die Tür. SK streckt die Hand nach mir aus, und gemeinsam sinken wir zu Boden.

»Woher wussten Sie's?«, frage ich nach einer Weile.

»Die Kellnerin hat dein Armband gesehen.«

»Oh.« Ich sollte wohl wütend oder ärgerlich sein. Aber als ich tief in mir nach irgendeinem Gefühl grabe, kommt nichts. Gar nichts. »Wie spät ist es?«

»Halb drei.«

»Tut mir leid, dass Sie mitten in der Nacht rausmussten.« Es stimmt sogar.

Sie schüttelt den Kopf. »Ich wollte dich holen kommen. Ich mache mir große Sorgen um dich, Stevie.« Der letzte Satz kommt leise, fast gehaucht. »Aber ich bin froh, dass du in Sicherheit bist. Ich würde dich gerne drücken. Darf ich?«

Ich zucke mit den Schultern.

Sie zieht mich in eine unbeholfene, seitliche Umarmung. Sie ist sehr sanft. Es ist der eine Tropfen, der das Fass zum Überlaufen bringt. Ein merkwürdiges, würgendes Geräusch erklingt – ich glaube, das bin ich – und ich merke, dass mein Gesicht heiß wird, und ich fühle mich so eng und schrecklich in meiner Haut, dass ich wünschte, ich könnte einfach aufhören zu atmen.

»Okay«, sagt sie in mein Haar, und ich möchte stöhnen, ganz schrecklich und furchtbar stöhnen. »Okay.« Ihr Sweatshirt ist nass und riecht nach Kotze.

Mein Schluchzen erschüttert meinen Körper in gewaltigen Stößen. Es ist so dumm, das alles: dass ich dachte, ich könnte damit durchkommen; dass ich so schwach und wertlos bin. Dass ich dachte, Eden würde mir helfen. Ich ziehe mich von ihr zurück und wische mir mit dem Handrücken den Rotz von der Nase. Dann starre ich auf meine Knie.

»Ich habe meinen Bruder umgebracht«, sage ich nach einer Weile.

»Erzähl mir davon«, sagt sie.

»Er hat mich erwischt, wie ich sie geküsst habe«, sage ich. »An dem Abend, als er starb, hat er gesehen, wie wir uns küssten.«

Einen Augenblick lang stand er nur da. Völlig fassungslos. Er starrte mich an, als sei ich eine Fremde.

»Oh mein Gott«, sagte Eden. Sie sah aus, als müsste sie sich ein Lächeln verkneifen.

Da drehte er sich um und rannte, als ob ich jemand sei, vor dem man sich fürchten und fliehen müsste.

»Josh!«, rief ich, aber er war schon fort, stürmte zwischen den vereinzelten Gästen hindurch, die sich noch in der Kneipe aufhielten. »Scheiße!«

Ich rannte ihm nach, folgte ihm durch die Gasse, die er sich gebahnt hatte, rannte die Treppe hinunter, rief seinen Namen, und auf der letzten Stufe streiften die Finger meiner ausgestreckten Hand sein T-Shirt. Aber ich bekam es nicht zu fassen.

»Josh! Warte. Bitte!«

Er stieß die Tür auf und stürzte hinaus auf den Parkplatz. Unter seinen Füßen stob Schotter auf, wie winzige Geschosse, die nach hinten flogen. »Geh wieder hoch zu deiner verdammten *Freundin*, Stevie.« Seine Stimme zitterte, als er meinen Namen aussprach.

»Josh! *Sie* hat *mich* geküsst, okay? Es tut mir leid.«

Neben dem Buick blieb er stehen und kramte in seiner Hosentasche nach den Schlüsseln. »Ich habe dir gesagt, dass ich sie mag. Ich habe es dir *gerade eben* gesagt. Ist dir eigentlich überhaupt irgendjemand wichtig, außer dir selbst?«

Wut brodelte in mir hoch, obwohl ich kein Recht hatte, wütend zu sein. »Und was ist mit *dir*? Du hast sie mir *gestohlen*. Sie war zuerst *meine* Freundin, Josh! Sie war meine *einzige* Freundin, und du wusstest das.«

»Deine *Freundin*?« Sein Lachen war eine einzige Anklage. »Okay. Stevie, wenn es das ist, was du mit deinen Freundinnen tust, dann ist es gut, dass du nie welche hattest.«

»Sei still, Josh. Nicht jeder ist so vollkommen wie du, weißt du? Also hör damit auf, andere immer bloß … zu verurteilen.« Ich schnappte nach Luft, konnte aber kaum atmen. »Du bist genau wie Mom.«

»Verurteilen? Ich verurteile dich also, bloß weil ich die Wahrheit sage? Weißt du, was die Wahrheit ist, Stevie?« Er funkelte mich an. In seinen Augen stand der blanke Hass. »Du bist selbstsüchtig, Stevie. Du bist ein selbstsüchtiges Miststück, und es wird höchste Zeit, dass dir das mal jemand sagt. Man kriegt nicht immer das, was man will.«

Seine Worte waren wie ein Schlag ins Gesicht, und ich taumelte auch tatsächlich rückwärts. So etwas hatte er noch nie gesagt, nicht zu mir und auch zu niemandem sonst.

»Übrigens siehst du so was von scheiße aus. Das finden alle, aber Dad hat zu viel Angst, um etwas zu sagen. Dieser ganze Kram mit dem Essen – das ist so selbstsüchtig und verrückt und … du siehst einfach scheiße aus.« Er spuckte neben seinem Schuh auf den Boden und riss die Fahrertür so heftig auf, dass ich glaubte, sie würde aus den Angeln fliegen.

Obwohl für solche Gedanken keine Zeit blieb, dachte ich unwillkürlich: *Finden die Leute wirklich, dass ich mies aussehe?* Gleichzeitig rannte ich zur Beifahrerseite und zog die Tür auf, ehe er sie verriegeln konnte.

»Josh. Warte. Bitte.« *Josh. Warte. Bitte. Warte. Bitte. Josh.* Ich war ein Baby, das nicht mehr als diese drei einfachen, bedeutungslosen Worte brabbeln konnte. Ich warf mich ins Auto und schlug die Tür zu, während er den Schlüssel ins Zündschloss rammte und mit quietschenden Reifen vom Parkplatz auf die Straße fuhr. Ich versuchte viermal vergeblich, mich anzuschnallen, bevor der Gurt endlich einrastete.

»Ich hab's ihr gesagt, Josh. Ich hab's ihr gesagt, aber sie wollte nicht hören. Ich schwöre es. Ich wollte es beenden.« Was ich sagte, ergab keinen Sinn, selbst in meinen Ohren nicht, und ich überlegte verzweifelt, wie ich ihm klarmachen konnte, dass ich nicht das Mädchen war, für das er mich hielt. *Ich bin nicht so ich bin nicht so ich bin nicht so.*

»*Du* bist diejenige, die so ist wie Mom, dass du's nur weißt!«

Er weinte, und es war ihm egal, dass ich es sah. Er krümmte sich über das Lenkrad und hämmerte mit seiner Faust auf das Armaturenbrett ein, bis ich etwas darin knacken hörte.

»Was redest du denn da? Das ist doch der letzte Blödsinn!« Mein Blut schlug von innen gegen meinen Körper, versuchte verzweifelt, herauszukommen.

»Also bitte, als ob du das nicht wüsstest!« Er fuhr einen weiten Bogen und schwenkte in eine verlassene Einbahnstraße ein.

»Das stimmt nicht! Josh, hör auf! Hör auf!«

»Glaubst du, dass sie einfach so, ohne Grund, nach Paris ging? Bist du wirklich so naiv?« Noch eine Kurve, diesmal in eine zweispurige Straße, eine von der Sorte, die sich wie eine Schnur durch die Dunkelheit zieht und namenlose Städte miteinander verbindet. Die Scheinwerfer des Buick waren wie zwei weiße Perlen, die schnell vor uns herrollten.

»Ich weiß nicht, warum sie weggegangen ist!«, schrie ich die Windschutzscheibe an und krallte meine Hände wie ein Tier in den hässlichen Sitzbezug. »Mir sagt ja niemand was!«

»Sie ist gegangen, weil sie es mit irgendeinem Scheiß-Partner aus der Pariser Filiale ihrer Kanzlei treibt! Sie ist eine Hure, der es egal ist, was aus ihrer Familie wird!« Der Buick wagte ein schwungvolles Tänzchen mit der gelben Mittellinie. »Du bist genauso, Stevie. Du bist genau wie Mom. Eine herzlose Schlampe.«

»Sei still!«, kreischte ich. »Sei still!«

Ich sah den Truck zuerst, weil mir keine Tränen den Blick verschleierten. Es war ein Sattelzug. Die Scheinwerfer kamen näher, zu nah. Zu schnell.

»Josh!« Ich griff zur Seite und riss das Lenkrad zu mir hin. Die trötende Hupe des Trucks zog plärrend an mir vorbei.

Die Zeit schien stillzustehen, sagt man. Oder *Alles geschah so schnell.* Nichts als Lügen. Es dauerte genauso lange, wie es dauerte, und ich fühlte es, jede Sekunde, jedes Detail. Das Brausen der Luft, die Schwerelosigkeit des Autos, das durch die Luft flog wie ein billiges Kinderspielzeug.

Komisch, dachte ich.

Wir prallten dreimal auf der Straße auf: Dach, Räder, Dach. Wurden gegen eine harte, unbeugsame Mauer geschleudert. Der Aufprall war unglaublich und bebte noch lange nach dem Ereignis durch meine Knochen. Da waren zu viele Geräusche auf einmal: splitterndes Glas, reißendes Blech und ein schrilles Kreischen, das nicht enden wollte. Und dann hörte alles auf, alles bis auf dieses eine Geräusch. Ich hing kopfüber, war immer noch angeschnallt, und das Blut strömte mir in den Kopf. Ich war benommen und dachte: *Was ist das? Was zum Teufel ist das für ein Geräusch?*, und dann: *Josh. Wo ist Josh?* Und dann: *Das Geräusch, dieses Kreischen, das bin ich.* Und ich hörte auf zu schreien, jedenfalls äußerlich.

Ich fühlte nichts, nur das Adrenalin, das meine Sinne betäubte. Ich fummelte an dem Verschluss des Sicherheitsgurtes und löste ihn. Dann krabbelte ich aus dem Fenster, in dem keine Glasscheibe mehr war. Ich kroch wie ein sterbender Hund durch das Gras, um einen Baum herum und über eine Wiese zu Josh, der etwa fünfzehn Meter vom Auto entfernt lag.

»Josh!«, schrie ich. Ich zwang meinen Körper, sich schneller zu bewegen. Etwas Heißes und Nasses lief mir über die Hüfte, aber ich hatte keine Schmerzen. Ich konnte die unterschiedlichen Gerüche nicht einordnen. Da waren Benzin und Gummi und ätzender Rauch und heiße Haut und Blut. Ich erbrach mich ins Gras.

Ich war anfangs nicht sicher, ob er es wirklich war. Natürlich war er es, denn das war sein T-Shirt, wer sollte es denn sonst sein? Aber da war so viel Blut, und er war mit Glassplittern übersät, sodass es aussah, als wäre er in einen roten, mit Diamanten besetzten Mantel gehüllt.

In einem Atemzug war er. Und im nächsten war er nicht.

Und ich wusste es, nicht weil sein Atem schwer ging oder weil er seine letzten Worte sprach oder weil er nach meiner Hand griff oder wegen einer anderen dramatischen Geste. Ich wusste es, weil er mein Bruder war. Ich beugte mich über ihn und streichelte sein Gesicht und seinen Hals, blutüberströmt und aufgerissen. Sein Blut und mein Blut vereinigten sich und flossen gemeinsam über meine Haut. Ich sah zu, wie er endete.

Ich legte mich neben ihn. Kuschelte mich an seinen Körper, bis nichts mehr uns trennte. Wir blieben so, bis man mich wegzog.

»Ich verdiene zu sterben«, sage ich zu SK. Es laut auszusprechen, es aus meinem Mund zu hören, macht es wahr. Es klingt gut, angemessen, richtig. Ich vermute, dass sie gleich aufspringen und ausrasten wird, dass sie mich festhält und um Hilfe schreit.

Stattdessen sagt sie: »Ich weiß, dass du das denkst.«

»Es ist die Wahrheit«, sage ich.

»Du hast über einen sehr langen Zeitraum eine sehr schwere Last getragen. Ich kann mir vorstellen, dass du erschöpft bist. Dass du einfach nicht mehr weitermachen willst.«

Sie hat recht. Ich lehne mich an sie. Nur ein bisschen.

»Die Sache ist die, Stevie, dass es nicht sein muss. Wenn du mich deine Last ein bisschen mittragen lassen würdest, während du wieder kräftiger wirst …«

»Sie können es nicht ungeschehen machen.« Ich versteife mich.

»Das stimmt, ich kann es nicht ungeschehen machen. Ich kann deinen Bruder nicht zurückbringen und ich kann auch aus deiner Mutter nicht die Mutter machen, die du verdienst. Ich kann dich nicht zwingen zu glauben, dass es in Ordnung ist, wenn du gesund wirst. Aber ich kann hier bei dir sitzen. Und ich kann dir helfen, die Dinge zu tun, die du im Augenblick nicht allein tun kannst. Das ist der erste Schritt, Stevie.«

»Ich dachte, der erste Schritt sei zuzugeben, dass man ein Problem hat.«

»Und? Stimmt das? Hast du ein Problem?«

Ich nicke. Mein Problem ist, am Leben zu sein.

»Ich kann dir nur helfen, wenn du dich von mir zurückbringen lässt, Stevie. Ich kann dir nur helfen, wenn du bereit bist, dich auszuruhen. Lass mich dir helfen.«

Ich nicke, weil ich keine andere Wahl habe. Ich bin so erschöpft, dass ich kaum die Augen offen halten kann, und freiwillig zurückgehen ist besser, als Widerstand zu leisten. Zum Kämpfen habe ich keine Kraft mehr. Was noch in mir drin war, ist herausgesickert und durch die Sprünge in den Bodenfliesen verschwunden. Zurück bleibt nur ein kaum sichtbarer Fleck.

DREIZEHNTER TAG

Mittwoch, 16. Juli, 5.30 Uhr

Als ich die Augen aufschlage, weiß ich nicht, wo ich bin. Das Bett fühlt sich vertraut an – eine harte Matratze mit einem dünnen Laken –, aber das Dunkel ist anders. Es ist undurchdringlich. Ich blinzele und suche nach dem grünen Leuchten der Ziffern auf meinem Wecker. Es ist nicht da.

Ich setze mich auf. Der Schmerz hinter meinen Augen strömt in Wellen auf mich ein: ein langsames Kreiseln, das schlimmer wird und sich dann zu einem milchigen Nebel auflöst. Mein Hals tut weh, wenn ich schlucke, und da weiß ich, dass ich die letzte Nacht nicht geträumt habe. Es ist Wirklichkeit. Ich schäme mich. Ich will sterben.

»Ich schalte jetzt das Licht ein, Stevie. Pass auf, es ist hell.« Ich atme den Klang von SKs Stimme ein und kneife die Augen zu. Fluoreszierendes Licht brennt sich durch meine Lider.

»Was …?« Ich blinzle und lasse einen Spalt Licht ein. Ich liege in einem Einzelbett in einem kahlen, fensterlosen Raum. Keine drei Schritte entfernt sitzt SK auf einem Holzstuhl neben der Tür. Auf ihrem Schoß liegt ein Kissen aus ihrem Büro. Ich erinnere mich wieder: Wir kamen letzte Nacht hierher, in dieses Zimmer in der Villa. Ich bin wohl in meinen Kleidern bewusstlos geworden. Vermutlich ist sie die ganze Zeit bei mir geblieben. Wie sie es ertragen kann, in meiner Nähe zu sein, nach allem, was sie letzte Nacht gesehen und gehört hat, ist mir ein Rätsel.

»Wie hast du geschlafen?«, fragt sie und unterdrückt ein Gähnen.

»Das war die beste Übernachtungsparty, die ich je hatte«, sage ich mit todernstem Gesicht. »Wollen wir ›Wahrheit oder Pflicht‹ spielen?«

»Nein. Aber ich möchte gerne mit dir frühstücken.«

Ich finde es blöd, dass sie nicht mitspielt. »Sagen Sie mir einfach, ob man mich hier rausschmeißt oder nicht«, fahre ich sie an. »So nach dem Motto ›Ein Fehltritt und du fliegst‹.«

»Nein. Du fliegst nicht raus.«

»Wie schade.« Das Mindeste wäre wohl gewesen, sie hätten mich irgendwo anders hingeschickt, wo die irreparabel zerbrochenen Puppen aufbewahrt werden. Ich kann den Gedanken nicht ertragen, beim Frühstück auftauchen zu müssen. *Hey, Mädels! Was habe ich verpasst?* Ich kann den Gedanken nicht ertragen, wie Ashley mich anschauen wird. Natürlich wird sie erfahren, was ich ihr gestern Abend angetan habe.

»Du musst dich wiegen und untersuchen lassen.« SK schaut auf ihre Armbanduhr. »Es ist noch früh, wenn du jetzt gehst … hast du's hinter dir.«

Was sie wirklich meint, ist: *Wenn du jetzt gehst, sind noch nicht so viele Leute da und es wird leichter für dich sein. Nicht viel. Aber etwas.* Ich setze mich auf, schwinge meine Beine über die Bettkante und drücke die Fußsohlen gegen den Boden. Sie sind wund und mit Blut verkrustet.

SK greift nach der Türklinke. »Ich mache mich etwas frisch, und dann lasse ich uns etwas zu essen bringen, okay? Wir können in meinem Büro reden.«

Ich nicke und schüttele gleichzeitig den Kopf, weil mir mein Gehirn, das wie in Watte gepackt zu sein scheint, nicht gehorcht. Es ist verwirrend, hier zu sein. Ich weiß nicht, was ich dachte, wo ich um diese Uhrzeit sein würde. Vielleicht zehn Kilometer über irgendeinem Bundesstaat, eine leere Wodka-Miniatur zwischen den Knien. Auf Edens Sofa. Zu Hause in meinem Bett. Jedenfalls nicht hier.

Mein Willkommensfrühstück besteht aus Rührei, einem Früchtebecher mit nicht bloß einer von diesen aufgedunsenen hellroten Kirschen darin, sondern drei, und zwei leicht angebrannten Geflügelwürstchen.

»Sie hätten sich nicht so viel Mühe machen müssen«, sage ich in höflichem Ton. »Ich habe gestern Abend ein bisschen viel gegessen.«

Die Furchen um SKs Mundwinkel vertiefen sich leicht und verschwinden dann wieder. »Ich habe gerade mit deiner Mutter telefoniert. Sie macht sich Sorgen, und sie hat mich um eine Familienberatung gebeten. Per Telefon.«

»Ich wollte Sie die ganze Zeit schon fragen, was das mit den Papiervögeln soll. Das ist doch irgendwie komisch.« Ich spieße eins der Würstchen auf und lasse dann die Gabel los. *Ta-ta!* Die Gabel bleibt in dem Würstchen stecken.

»Ich habe ihr gesagt, dass du dafür noch nicht bereit bist.«

»Hören Sie zu«, sage ich zu ihr. »Ich bin ganz offensichtlich für nichts bereit.«

»Stevie, ich möchte mit dir darüber reden, was gestern Nacht geschehen ist.«

Das ist das Letzte, was ich will.

»Du sagtest, du verdienst zu sterben.«

»Habe ich nicht. Das klingt nicht nach mir.« Die Tinte in meiner Haut auf meinem Unterarm brennt vor Selbstzufriedenheit. *Miststück.*

»Glaubst du das, Stevie? Dass du verdienst zu sterben?« SK verschränkt ihre Finger und die Knöchel werden für den

Bruchteil einer Sekunde weiß. So kurz, dass man es kaum bemerkt. Wenn ich geblinzelt hätte, hätte ich den Augenblick verpasst. Aber ich habe nicht geblinzelt, und die Erkenntnis fügt sich in mein Gehirn ein wie ein passendes Puzzleteil in seine Lücke. Ich wandere auf einem rasiermesserschmalen Grat. Nur ein einziger Fehltritt, und alles, wofür ich gearbeitet habe, wird sich in Wohlgefallen auflösen.

»Anna«, sage ich weich und bedeutungsschwanger. »Sie kennen mich doch. Ich war aufgewühlt, und wenn ich aufgewühlt bin, dann werde ich dramatisch. Klar? Ich meine – *hallo-o!*« Mein Lachen klingt eher wie ein Husten. Ich greife mir das einsame Kissen auf dem Sofa.

Sie schüttelt leicht den Kopf. »Ich glaube nicht, dass du *dramatisch* warst. Ich glaube, du hast es ernst gemeint.«

»Okay. Ich … Manchmal fühle ich mich wirklich so. Schuldig oder was auch immer. Aber ich würde deshalb doch nichts anstellen. Jedenfalls nicht so etwas.«

»Du würdest dich nicht verletzen, meinst du? Was könnte dich davon abhalten?«

Ihre Frage trifft mich unvorbereitet, und ich blättere rasch durch die Karteikarten meines Geistes, auf der Suche nach einer passenden Antwort. Damit habe ich nicht gerechnet. Ich weiß nicht, was ich sagen soll, und so erwidere ich: »Die Familie.« Das ist etwas, das ein normaler Mensch sagen würde.

»Reden wir darüber. Wie wäre es wohl für deine Familie, wenn du dich umbringen würdest?«

Wenn du dich umbringen würdest. Es ist seltsam, dass sie es so ausdrückt. Ungeschönt. Offen. Nicht *wenn du nicht mehr da wärst* oder irgend so ein Krampf. Am liebsten würde ich mich bei ihr bedanken. Wenigstens sprechen wir dieselbe Sprache.

»Für meinen Dad wäre es ein Schlag.« Ich mache mein Gesicht weich. Ich stelle mir vor, wie er zusammengesunken auf dem alten Sofa im Château Bruchbude sitzen würde, eine Zigarette in der Hand. Allein. »Er hätte keine Familie mehr.« Ich hasse die Vorstellung, ihm das Gleiche anzutun, was meine Mutter ihm vor mir angetan hat. Aber mehr noch liebe ich Josh. Mehr noch hasse ich mich selbst. »Und meine Mutter würde sich aufregen, aber hauptsächlich, weil sie dadurch wie eine Versagerin aussehen würde. Wie eine Mutter, die es vermasselt hat.«

»Was ist mit Josh? Wie wäre es für Josh?«, fragt sie. »Was würde er sagen, wenn er wüsste, dass du Selbstmordgedanken hast?«

Ich verenge die Augen. »Josh ist tot.«

»Das weiß ich. Aber es scheint mir so, als sei Josh immer noch bei dir. Er ist stets in deinen Gedanken, und deshalb finde es ich es nur angemessen, ihn in die Frage, was dein Selbstmord für deine Familie bedeutet, mit einzubeziehen.«

Mein Geist wird leer. Vor einem Augenblick war er noch angefüllt mit Gedanken, Erinnerungen und Gefühlen, doch jetzt ist da nur noch dieser stille, weiße Raum. Die Wahrheit ist, dass ich nicht weiß, was Josh davon halten würde. Ich tue das für ihn – jede Selbstverleugnung geschah in seinem Namen –, aber ich habe mir nie überlegt, was er dazu sagen würde.

»Ich weiß nicht«, murmele ich. »Ich weiß nicht, was er sagen würde.«

»Ich werde auf einer Antwort bestehen müssen, Stevie. Ich muss darauf bestehen, dass du darüber nachdenkst. Ich denke, es ist wichtig.«

»Warum?« Ich stelle das Tablett mit meinem unberührten Frühstück auf das Sofa neben mich. »Was springt für Sie dabei raus? Finden Sie es toll, wenn ich mich mies fühle? Ist das Ihr Ziel?«

»Natürlich nicht. Aber du brauchst mich gar nicht, um dich mies zu fühlen, stimmt's? Bist du nicht auch ohne mich erschöpft und elend und traurig? Würdest du nicht am liebsten aufgeben?«

»Herrgott noch mal.« Ich mache die Augen zu, denn was ich nicht sehe, ist auch nicht da. Es ist bloß ein altes Spiel aus meiner Kindheit, aber es ist alles, was ich habe.

»Ich werde dich drängen, Stevie, weil ich dich für stark genug halte. Und ich will, dass du dir das anhörst. Bitte mach die Augen auf.«

Ich schaue ihr mit bösem Blick geradewegs ins Gesicht, direkt in ihre strahlend grünen, lebendigen Augen, und ich bin so wütend, dass ich schreien könnte. Ich hasse sie, weil sie mich letzte Nacht zum Weinen gebracht hat, denn jetzt, da der Damm gebrochen ist, ist mir ständig nach Weinen zumute. Als ob mein Körper nur aus Wasser bestünde und sich am liebsten in Tränen auflösen würde. Sie hat mich schwach gemacht.

»Was ist? Was wollen Sie?«

Sie hält meinem Blick stand, aber der Ausdruck in ihren Augen ist weich und fest zugleich. »Wenn du dich umbringst, wird Josh trotzdem nicht zurückkommen. Sein Tod wird genauso sinnlos und unerträglich sein wie vorher. Niemand wird sich besser fühlen, für niemanden wird es leichter, im Gegenteil. Und du wirst dich nicht weniger schuldig fühlen, denn du bist ja tot. Nichts wird besser für dich werden. Denn du bist tot.«

Mein Atem geht stockend, und ich lenke meinen Blick auf die Titel im Bücherregal. *Magersucht: Effektive Hilfe für Betroffene und Angehörige. Kognitive Verhaltenstherapie und Essstörungen. Die Liebe und ihr Henker & andere Geschichten aus der Psychotherapie.*

»Stevie? Bist du damit einverstanden, wenn ich mich zu dir auf das Sofa setze?«

Ich nicke. *Interpersonelle Psychotherapie.*

Ich fühle, wie sie sich neben mir auf dem Polster niederlässt. Sie legt mir die Hand auf die Schulter.

»Du … schau mich an.«

Ich gehorche.

»Du bist viel zu wertvoll, um diese Welt vor deiner Zeit zu verlassen«, sagt sie. »Aber ich weiß, dass ich dich nicht aufhalten kann, wenn du dich umbringen willst – wenn du es wirklich willst. Ich kann mein Bestes versuchen, um dir Sicherheit zu geben, solange du hier bist, aber schlussendlich ist es dein Leben. Doch ich hoffe, ich hoffe so sehr, dass du der Therapie eine Chance gibst. Dass du deine Medikamente nimmst und mitarbeitest, und dass du schaust und abwartest – nur das –, ob sich irgendetwas für dich ändert.«

Als sie verstummt, schaue ich sie an. Ihre Augen sind feucht.

»Sie weinen ja«, sage ich. Ich senke den Blick und sehe winzige dunkle Flecken auf meinen Oberschenkeln. Ich wische mir mit der Hand über das Gesicht, schmecke die Flüssigkeit auf meinen Lippen. Sie ist heiß und salzig. *Verdammt noch mal.*

»Ja. Ich bin sehr berührt. Ich mag dich.«

Ich neige den Kopf, nehme ihre Begründung an. »Wussten Sie, dass sie nicht einmal geweint hat?«, frage ich nach einer Weile.

»Wer?«

»Meine Mutter. Bei der Beerdigung. Sie hat nicht geweint. Keine einzige Träne.«

Am Morgen vor der Trauerfeier stand ich im Badezimmer, in einem hässlichen, langärmeligen schwarzen Kleid, dem einzigen, das ich besaß. Mir war klar, dass meine Mutter es verabscheuen würde, denn es war verblasst und saß so schlecht, dass ich beinahe aussah, als sei ich eine mutterlose Waise. Meine nackten Füße drückten gegen den Linoleumboden. Ich strich mir die Haare aus dem Gesicht und ließ sie dann wieder los. Wie soll man die Haare tragen, wenn der eigene Bruder tot ist?

Es klopfte an die dünne Tür. »Stevie?«

»Einen Moment.« Ich drehte das warme Wasser auf und hielt meine Hände unter den brühend heißen Wasserstrahl. Meine Haut nahm ein dunkles, bußfertiges Pink an. Das Brennen fühlte sich gut an, wie wenn man unter Wasser weint.

»Stevie.« Es klopfte wieder. »Deine Mutter ist da.«

»Ich komme ja schon.« Ich stellte das Wasser ab und trocknete mir die Hände an meinem Kleid ab. Dann rieb ich mir das Gesicht und strich auch das letzte bisschen Gefühl aus meiner Miene. Als mein Antlitz rein und leer war, meißelte ich es in Stein. Mehr würde sie von mir nicht zu sehen bekommen.

Ich öffnete die Tür, und da stand sie in der Eingangsdiele, neben meinem Dad. Sie wirkte fehl am Platz, eine zierliche Porzellanpuppe, die man in ein billiges Puppenhaus aus Plastik gesteckt hatte. *Ein Rätsel: Welcher Gegenstand passt nicht ins Bild?* Das Erste, was mir auffiel, waren die nackten Finger ihrer linken Hand – kein Ehering. Ihr Kostüm war maßgeschneidert, eng anliegend und schwarz. Ihre Haare waren am Hinterkopf zu einem Knoten zusammengefasst, die Nägel rot lackiert, passend zu ihrem Lippenstift. Neben ihr stand ein Koffer, der so klein war, dass ich mich innerlich verkrampfte. Natürlich hatte sie nicht vor zu bleiben. Sie würde nie wieder hierbleiben.

»Oh, Süße«, sagte sie. Sie kam zu mir und zog mich an sich. Alles an ihr, was mich berührte, war kalt: die schweren Glieder ihrer goldenen Armbänder, die sich in meinen Nacken drückten, und ihre Fingerspitzen an meinen Wangen. Meine Hüfte unter dem dicken Verband schmerzte. »Ach, Baby.«

»Hallo, Mom«, sagte ich gegen ihr Brustbein gedrückt. Sie roch teuer, nach einem blumigen französischen Parfüm. Wir standen lange Zeit so in der Diele, und ich hörte nichts außer ihrem Herzschlag und dem unterdrückten Schluchzen meines Vaters. Ich ließ mich von ihr halten, weil ich ihren einzigen Sohn auf dem Gewissen hatte. Ich blinzelte und zählte meine Atemzüge. *Ein, aus. Ein, aus.* Die Luft in der Wohnung war abgestanden und so randvoll mit Trauer und Wut, dass für uns kaum noch Platz war.

»Nun.« Sie atmete aus und wich ein Stück zurück. »Wir sollten uns anziehen. Wo kann ich …?«

»In meinem Zimmer«, sagte ich schnell. Joshs Zimmer hatte seit seinem Tod niemand mehr betreten. Jedenfalls nicht am Tag. Ich hatte einmal in seinem Bett geschlafen, hatte ihn durch die benutzte Bettwäsche eingeatmet. Aber als ich aufwachte, war die Bettdecke fest um meinen Körper gesteckt. Das hatte nicht ich getan, und so ging ich nie wieder dorthin. Ich konnte den Gedanken nicht ertragen, wie mein Dad in dem dunklen Zimmer stand.

Ich zog ihren Koffer über den Teppich in mein Zimmer. Sie setzte sich auf den äußersten Rand meines Bettes und versuchte, nicht missbilligend zu den Kleiderhaufen auf dem Boden zu sehen oder ihre Nase angesichts der säuerlich riechenden Bettlaken zu rümpfen.

»Wie war dein Flug?«, zwitscherte ich.

»Er war … wie … wie geht es dir, meine Liebe?« Sie klopfte neben sich auf die Matratze.

Ich drückte die START-Taste meiner abgespeicherten Antworten, denn sie verdiente nichts Besseres.

»Wir kommen zurecht«, sagte ich.

»Ah.«

»Ich muss mir die Zähne putzen.« Mit der Zunge fuhr ich über die glatten, minzigen Vorderseiten meiner Zähne. »Ich bin im Bad, wenn du mich brauchst.« Ich verließ mein Zimmer und stürmte ins Badezimmer. Schweißtropfen baumelten zornig an meinen Schläfen, ich drehte den Waserhahn auf und bespritzte mir wieder und wieder das Gesicht, als sie plötzlich hinter mir ins Bad kam.

»Diese transatlantischen Flüge sind einfach …« Ihr stockte der Atem, als sie mich sah.

»Schon gut, Mom«, sagte ich ihr durch den Spiegel. Ich bemühte mich um einen sanften Ton.

Ihr Gesicht fiel ganz kurz in sich zusammen. Dann glättete sie es wieder.

»Ja. Ja, sicher.« Sie stellte ihre Kosmetiktasche neben dem Seifenspender auf das Waschbecken. Aus ihrer Handtasche zog sie ein Päckchen Zigaretten. Ich hatte sie noch nie rauchen gesehen. Sie nahm einen langen Zug und blies einen sich schlängelnden Rauchfaden zu ihrem Spiegelbild hin, während ich das Milchglasfenster aufstieß. Schwülheiße Sommerluft wölbte sich in das Zimmer.

»Diese Wohnung ist nicht das, was ich mir für dich gewünscht habe«, sagte sie, immer noch ihrem Spiegelbild zugewandt.

»Tja, nun …« Ich setzte mich auf den Toilettensitz, stellte meine nackten Füße auf den Badewannenrand und betrachtete sie. »Es ging nicht anders. Wegen dir.«

Sie presste die Lippen zusammen. »Ich musste weg, und ich wusste nicht, wie ich es anstellen sollte. Hast du dich noch nie so gefühlt, dass du einfach nur ausbrechen musstest?«

»Wie heißt er?«

»Wer?«

»Ach, ist ja auch egal«, sagte ich. »Ich möchte bloß nicht mehr darüber reden.« Ich hatte das Gefühl, dass sich jeden Augenblick mein Inneres nach außen stülpen würde, und ich würde eher aus dem Fenster springen, als mich von ihr zusammenhalten zu lassen.

»Du bist sehr dünn«, sagte sie. Ihre Lippen zuckten.

»Danke.« Mit den Fingern bildete ich einen Ring um mein Handgelenk. »Wann fliegst du zurück?«

»Heute Abend, denke ich.« Sie griff in die Seitentasche ihres Blazers, holte einen Lippenstift heraus und zog ihre Lippen nach. Ehe sie ihn wieder wegsteckte, neigte sie ihn in meine Richtung und lächelte leicht. Ich fuhr mit dem Finger über die tiefrote, cremige Oberfläche und tupfte mir die Farbe auf die Lippen. So etwas hatten wir nie gemacht, als ich noch kleiner war. Ich kam mir selbstsüchtig vor, weil mir dieser Moment vergönnt wurde, der meinem jüngeren Ich verwehrt geblieben war.

»Du bist ein wunderschönes Mädchen, Stevie«, sagte sie.

Bevor sie ging, beugte sie sich vor und legte ihre Wange an meine. Dann küsste sie mich auf den Kopf. Ich stellte mir vor, wie sie dort einen Lippenabdruck hinterließ, der mich auf ewig brandmarkte.

»Es tut mir leid, Mom«, flüsterte ich. »Es tut mir leid.«

»Er hat einen Fehler gemacht«, sagte sie. »Du konntest nichts dafür.«

Ich schaute sie nicht an. Ich saß bloß da und ließ zu, dass sie ihm die Schuld zuschob, denn er war ja nicht da, und so war es leichter. Und ich dachte, ich würde einen Moment der Leichtigkeit verdienen. Nur dieses eine Mal.

DREIZEHNTER TAG

Mittwoch, 16. Juli, 9.45 Uhr

»Sie hat nicht geweint.« Als SK meine Worte laut wiederholt, schäme ich mich so sehr, dass ich sie nicht anschauen kann.

»Den ganzen Tag lang nicht. Auch nicht bei der Beerdigung. Und ich auch nicht.« Was war los mit uns? Man weint doch bei einer Beerdigung. Man weint, wenn der eigene Bruder stirbt und bestattet wird. So funktioniert die Welt. Aber ich konnte es nicht. Es war, als ob mein Körper seinen Tod nicht anerkannte. Vielleicht war er gar nicht richtig fort, wenn ich nicht weinte. Vielleicht war das alles nur ein schreckliches Missverständnis.

Ich blieb so lange wie möglich am Eingang der Kirche stehen. Das Gotteshaus war überfüllt, und es waren nur noch Stehplätze übrig. Die meisten Leute kannte ich nicht, und ich fragte mich, wie viele wegen des »tragischen Todes eines beliebten Teenagers« gekommen waren, um sich einen Kick zu verschaffen. Das war eine richtig heiße Show. Wenn jemand gewusst hätte, dass ich bei der frevelhaften Tat meine Hände im Spiel hatte, wäre die Schlange der Schaulustigen wahrscheinlich einen Häuserblock lang gewesen.

Der Organist spielte John Lennons »Beautiful Boy«, und ich bekam kaum noch Luft. Die Melodie auf der Orgel zu hören, war furchtbar unpassend, genauso wie die Worte »die Beerdigung meines Bruders«. Genauso wie ein Trauergottesdienst in einer Kirche, statt draußen am See, wo wir Ausschnitte aus seinen Lieblingsbüchern hätten vorlesen und Sandengel auf der Böschung des Sees machen können. Aber meine Mutter hatte auf einem Gottesdienst bestanden, und mein Vater hatte gehorcht. Auch Joshs Tod konnte daran nichts ändern.

Ein Freund von Dad stand an der Tür und verteilte Programme. Er besaß so viel Taktgefühl, mir keins anzubieten, als ich vorbeiging. Ich hätte die Kirche zusammen mit meinen Eltern betreten sollen, aber ich ertrug die Vorstellung nicht, hinter meiner gertenschlanken Mutter herzugehen, deren Hände sich um ein blütenweißes Taschentuch krampften.

Aller Augen ruhten auf mir, als ich durch den Gang schritt, und plötzlich hatte ich das Gefühl, dass ich nicht hier sein dürfte, dass ich in das falsche Klassenzimmer gestolpert war, nachdem es geläutet hatte. Es war nicht mein Bruder, der tot war. Das konnte nicht sein.

Meine Eltern saßen nebeneinander in der ersten Reihe. Sie hatten nie etwas gemeinsam gehabt, außer Josh und mir. Jetzt hatten sie noch den Tod, was viel stärker war. Ich setzte mich neben meinen Vater. Ohne zu mir hinzuschauen, tätschelte er meinen Oberschenkel, den unverletzten. Er hätte mich nie berührt, wenn er gewusst hätte, dass alles meine Schuld war. Ich biss mir auf die Innenseite meiner Wange, bis ich den Schmerz nicht mehr aushielt. Es fühlte sich gut an zu wissen, wo genau es wehtat, zu wissen, dass ich es beenden konnte, wenn ich wollte.

Als das Lied vorbei war, ging Ben zur Kanzel und justierte das Mikrofon.

»Ich möchte gerne aus dem Gedicht *Die Bäume* von Philip Larkin zitieren«, sagte er. Mein Vater gab einen Ton von sich, aber er hatte sich schnell wieder gefangen. Meine Mutter verkrampfte die Kiefer.

»*Die Bäume setzen wieder Knospen an, / wie etwas fast Gesagtes; / die jungen Triebe dehnen sich und sprießen, / ihr Grün ist eine Art von Traurigkeit.*«

Hinter mir erklang zitterndes Schluchzen. Ich erkannte seinen Ursprung, sobald ich es hörte: Eden. Zorn brannte unter meiner Haut. Josh war nicht ihr Bruder. Er war nicht irgendetwas von ihr. Er war bloß der nächste Typ, der ihr zufällig über den Weg gelaufen war.

Nach dem Gottesdienst kamen ein paar Leute, die mir völlig egal waren, zu uns in die Wohnung. Sie standen in Grüppchen beisammen, redeten leise miteinander und schüttelten die Köpfe, in den Händen Plastikteller mit Schinkenhäppchen und Kartoffelsalat. Ich ging in mein Zimmer und legte mich vollständig bekleidet – mit Schuhen und allem – ins Bett, zog die Decke bis zum Kinn. Der Geruch meiner Mutter klammerte sich störrisch an den Stoff.

»Stevie?« Es klopfte, und dann stand Eden neben dem Bett. Sie sah stoned aus, mit roten Augen und irgendwie abwesend. Ausnahmsweise hatte sie sich passend angezogen und trug ein ärmelloses schwarzes Kleid, das ihr bis zu den Knien reichte und sogar ein bisschen zu groß wirkte. »Hey.«

»Hey.« Ich sprach die Decke an.

»Ich glaube, ich habe da draußen deine Mutter gesehen. Ziemlich hübsch.« Als sie sich auf das Bett setzte, drehte ich mich zur Wand, weg von ihr. »Ich wollte anrufen, seit … Ich wollte anrufen.« Sie klang klein, so klein, wie ich sie noch nie erlebt hatte. Gut.

»Ich habe dir nichts zu sagen.« Ich krümmte meine Zehen nach innen und dachte: *Oh Gott, was ist, wenn ich vergesse, wie er aussieht?* Ich schloss die Augen und fand sein Gesicht in meiner Erinnerung, erst körnig und unscharf, dann immer deutlicher. Ich hätte am liebsten nie mehr die Augen geöffnet, wenn ich ihn dadurch so hätte behalten können.

Eden legte sich neben mich und schmiegte ihren Körper an meinen. Gebeugte Knie und gebeugter Kopf. Sie wischte mir das feuchte Haar von meinem Nacken, drückte ihre Lippen auf meine Haut und ließ sie dort. Ich fühlte, wie mein Gesicht in sich zusammenfiel, als ob mein Körper sich nicht mehr aufrecht halten könnte.

»Ist ja gut«, flüsterte sie und wiegte mich langsam. Ihr Atem kam gleichmäßig, als ob sie für mich atmen wollte. »Ist ja gut. Ich weiß.«

Aber sie wusste es nicht, denn ihr Bruder war nicht gestorben. Und ich wusste es auch nicht. Nicht wirklich. Noch nicht. Ich begriff erst später, was sein Tod bedeutete, in kleinen Lebensmomenten, die sich aufhäuften wie Müll. Jeden Tag begriff ich es ein bisschen mehr.

Wenn dein Bruder stirbt, ist alles anders. Du kannst fernsehen, wann du willst und was du willst, weil niemand da ist, der dir die Fernbedienung abnimmt. Aber du interessierst dich überhaupt nicht für das Fernsehprogramm. Meistens schläfst du. Und die ganze Zeit ist es so still. Niemand will seinen Namen aussprechen oder laut lachen – jedenfalls nicht am Anfang. Die Leute nehmen ihre Josh-Geschichten und ihre Josh-Erinnerungen, falten sie sorgfältig zusammen und legen sie auf ein hohes Regal, wo sie »zu gegebener Zeit« wieder hervorgeholt werden können. Du spielst Scrabble. Allein. Du starrst auf die Spielsteine, bis aus den Buchstaben bedeutungslose Linien geworden sind.

Und wenn dein Bruder stirbt, bleibt doch alles gleich. Dein

Vater bittet dich, einkaufen zu gehen, und er ist sich der Lächerlichkeit seiner Bitte nicht einmal bewusst. Du nimmst sein Geld, damit du Lebensmittel für deine Fressattacken kaufen kannst, und dann wanderst du durch die Gänge und fragst dich, wie andere Leute Tiefkühlpizza kaufen und in der Schlange vor der Kasse Zeitschriften lesen können, wo doch dein Bruder gestorben ist.

Wir rollten uns in dem feuchtwarmen Bettzeug ein, während vor meiner Tür die Trauergeräusche auf- und abschwollen. Das Parfüm meiner Mutter und mein toter Bruder verblassten.

Als ich aufwachte, war Eden fort und der Platz neben mir kalt. Im Zimmer war es fast völlig dunkel.

»Süße?«, sagte der Schatten meiner Mutter in der Tür. »Wach auf, Liebes. Ich muss meinen Flug erwischen.«

DREIZEHNTER TAG

Mittwoch, 16. Juli, 9.59 Uhr

Völlig zerflossen hocke ich auf dem kleinen Sofa neben SK. Ich bin leer. Mein Gesicht ist heiß und verkrampft, meine Narbe pocht.

»Fühlen ist Scheiße«, heule ich. Ich drücke die Wange gegen das mit Perlen bestickte Kissen und starre mit verdrehtem Kopf vor mich hin.

»Das ist manchmal so«, antwortet sie nickend. »Aber was du hier tust, ist wichtig. Was war dein vorherrschendes Gefühl an diesem Abend nach der Beerdigung?«

»Wut.« Ich muss nicht einmal nachdenken. »Immer nur Wut.«

»Wut ist ein ziemlich einfaches Gefühl für dich, nicht wahr?«

Ich fahre hoch, und der ganze Raum dreht sich. »Glauben Sie etwa, dass ich kein Recht habe, wütend zu sein? Mein Bruder ist tot und meine Mutter ist weg und Eden will einfach bloß ein Teil dieser großartigen dramatischen Show sein – und Sie denken, ich hätte kein Recht, wütend zu sein?!«

»Natürlich hast du das Recht, wütend zu sein. Ich würde nie von dir verlangen, es nicht zu sein. Wut ist wichtig. Wut ist Teil der Trauer. Hast du jemals den Spruch gehört: ›Die Wahrheit wird dich befreien, aber erst einmal wird sie dich ärgern‹?«

Ich schüttele den Kopf.

»Du musst die Wahrheit aussprechen, bevor sie dich heilen kann.« Sie steht auf und geht wieder zu ihrem Stuhl. Dann knipst sie das Feuerzeug an, das auf dem Beistelltisch liegt – einmal, zweimal –, und entzündet die Kerze. Ich konzentriere mich auf die Flamme.

»Meine Wahrheit«, sage ich, »meine Wahrheit ist, dass ich meinen Bruder getötet habe.«

»Das ist nicht das, was ich eben aus deinem Mund gehört habe, Stevie. Ich habe dich sagen gehört, dass du und Josh euch gestritten habt. Ich habe gehört, dass es einen tragischen Unfall gab. Und dann habe ich gehört, wie du sagtest, dass er aufgrund dieses Unfalls starb.«

Sie kann es so sehen, wenn sie will. Aber ich habe die Last seines Todes fast ein Jahr lang getragen, bis sie ein Teil von mir geworden ist, verschmolzen mit meinen Knochen. *Ich bin das Mädchen, das seinen Bruder getötet hat.* Ich wüsste nicht, wie ich das loslassen sollte, selbst wenn ich es wollte.

»Das ist etwas, was dir widerfahren ist. Ein schreckliches Ereignis in deinem Leben. Es ist nicht das, was du bist. Und es muss nicht definieren, was du sein wirst. Hörst du mich?«

»Ja«, flüstere ich. »Ich höre Sie.«

»Wenn du zulässt, dass diese Krankheit dich verzehrt, gibst du alle Macht ab, die du hast. Du gibst auf, und zwar kampflos.« Sie spricht leise, aber es klingt, als würde sie brüllen.

»Ich habe gekämpft.«

»Du hast recht. Du hast gekämpft. Du bist im Krieg. Aber du bist im Krieg mit dir selbst. All diese Wut, all diese Trauer richtest du gegen deinen eigenen Körper. Und? Gewinnst du?«

»Das werde ich«, sage ich knapp.

»Wann? Wenn du tot bist?«

Ich schweige.

»Wird dein Tod genug sein?«

»Das weiß ich noch nicht. Ich weiß nicht, ob es genug sein wird. Aber mehr habe ich nicht.«

Ich glaube, dass sie mir widersprechen wird, aber sie sagt: »Dann frag ihn doch.«

»Was?«

»Frag ihn. Frag Josh. Frag ihn, ob dein Tod als Preis für seinen ausreicht.« Sie zieht ihren Stuhl näher zu mir heran, sodass unsere Knie sich berühren. »Was würde er sagen?«

Ich kneife die Augen zu, will ihr entkommen. Und ich suche nach ihm. Es ist so lange her, und ich … vermisse ihn. Ich vermisse ihn in all den kleinen Sachen, ständig, unentwegt. Ich vermisse seine Festigkeit, wenn wir uns umarmten, und dass er mich nie gleich wieder losließ. Ich vermisse es, dass er immer die Cornflakes zuerst aus der Schüssel schaufelte und dann die Milch trank. Dann bleiben die Cornflakes knackig und die Milch wird trotzdem süß, sagte er immer.

Am meisten aber vermisse ich das Größte, das Wichtigste, das Unglaublichste, was es auf der Welt gab: dass er wusste, wie er mich lieben musste. Und dass er es tat. Er war nicht wählerisch wie meine Mutter, verteilte seine Zuneigung nicht in kleinen, abgemessenen Portionen. Er machte kein Drama daraus wie Eden. Er liebte mich einfach, still, wenn er konnte, und wütend, wenn er musste. Und plötzlich bin ich so traurig, weil ich das nicht begriff, als er noch am Leben war. Und ich will ihm sagen, wie leid es mir tut, aber mein Mund kann die Worte nicht herauslassen.

»Stevie?«, drängt mich SK. »Was würde Josh wohl jetzt zu dir sagen, wenn er könnte?«

»Es reicht.« Immer noch mit geschlossenen Augen, steigt

ein erstickter Laut in mir auf. Die Worte drücken sich gegen meine Kehle. »Er würde sagen, *es reicht.*«

»Es reicht …«

»Es reicht … mit dem Sterben und dem Weggehen. Es reicht mit diesem Mist von Essstörung. Aber er würde nicht ›Mist‹ sagen. So drückte er sich nicht aus.«

»Er würde also deinen Tod als eine Art Opfer ablehnen? Als Strafe für sein Sterben?«

»Das ist nicht der Punkt.«

»Stimmt. Der Punkt ist nicht, ob Josh wollen würde, das du stirbst. Er würde es nicht wollen, Stevie. *Er würde es nicht wollen*. Das weißt du, oder?«

Ich schlucke. »Ja.«

»Der Punkt ist, ob du selbst sterben willst.«

»Ich weiß nicht, was ich sonst machen soll.« Die Wahrheit bohrt sich rumpelnd ihren Weg an die Oberfläche. Ich reiße die Augen auf. Ich weiß es tatsächlich nicht. Ich habe so hart daran gearbeitet zu verschwinden, dass ich mir jetzt, in diesem Moment, nicht vorstellen kann, es nicht zu schaffen. Und ich kann mir nicht vorstellen, eine Wahl zu haben. Ich kenne nur diese Form des Daseins, nicht ganz lebendig, nicht ganz tot. Nicht ganz. »Es gibt nichts anderes.« Ich muss mich hinlegen. Ich muss schlafen.

»Falsch.«

»Wissen Sie denn nicht, dass sie nicht ›falsch‹ sagen sollen?« Ich fahre mit den Händen durch mein kurzes Haar. *Ich sehe wahrscheinlich wie ein Junge aus*, denke ich. Plötzlich kommt es mir so dämlich vor, dass ich mir von Eden das Haar habe schneiden lassen.

»Wenn etwas falsch ist, muss ich auch ›falsch‹ sagen«, widerspricht sie. »Und ich sage dir, dass du eine Wahl hast. Du kannst zum Beispiel deine Trauer zulassen, kannst Traurigkeit fühlen. Du kannst dieser Therapie eine Chance geben. Du kannst leben, Stevie.«

»Bei Ihnen klingt das so einfach«, sage ich.

Sie schüttelt den Kopf. »Es ist das Schwierigste, was du je in Angriff genommen hast. Aber ich bitte dich, es zu versuchen, Stevie. Du kannst jederzeit zu deinem Weg zurückkehren, Stevie, wenn du es wirklich willst. Aber möchtest du es nicht wenigstens versuchen? Wenn nicht für dich, dann für Josh?«

»Ich …« Ich suche nach ihm, sehne mich verzweifelt nach seiner Stimme. Aber er ist fort, und ohne ihn drehe ich mich hilflos im Kreis. »Ich weiß nicht, ob ich es kann. Ich habe das Gefühl, es ist zu spät.«

VIERZEHNTER TAG

Donnerstag, 17. Juli, 13.57 Uhr

Ich gehe allein zur Gruppentherapie. Durch die Wüste zu laufen ist, als ob man versucht, unter Wasser zu gehen; die Hitze ist wie eine unsichtbare Strömung. Ich bin müde. So müde, dass ich mich hier auf der nackten Erde zusammenrollen und schlafen könnte, bis mich der Staub wie eine dünne Decke einhüllt. Ich bin es müde, dass SK mir vorschreibt, wie ich mich fühlen soll. Ich bin es müde, meine Mutter zu hassen. Ich bin es müde, ein Einzelkind zu sein. Und ich bin es müde, die ganze Zeit wütend zu sein. Aber ich weiß nicht, wie ich es nicht sein kann.

Ich habe über das nachgedacht, worum mich SK gestern gebeten hat – dass ich der Therapie eine Chance gebe. Und tief in meinem Inneren ist da dieser winzige Teil von mir, der glaubt, dass nichts – nicht einmal die Therapie – schwieriger sein kann, als mit Volldampf auf die eigene Zerstörung zuzurasen.

Ich stelle mir vor, wie ich hinter dem Steuer sitze, das Fenster heruntergekurbelt, die Augen geschlossen, das Gaspedal bis zum Anschlag durchgetreten. Meine Lider zucken, meine Knöchel treten weiß hervor; der Jahrestag nähert sich. Und noch ehe ich an mich halten kann, denkt mein Gehirn: *Ich weiß nicht, ob ich das noch will.* Ich könnte Josh die Schuld geben, könnte behaupten, er würde nicht wollen, dass ich mich umbringe. Aber das wäre eine faule Ausrede. Ich glaube, ich habe Angst zu sterben.

Hilf mir, flehe ich stumm. Ein Gebet, an meinen Bruder gerichtet. *Hilf mir.*

Ich halte inne und warte, bin so dumm zu glauben, dass ich seine Antwort hören werde. Aber alles, was ich höre, ist der Wind.

Als ich zum Haus komme, sind die anderen schon da: SK, Jenna, die Mädchen von Bungalow drei und ein neues Mädchen aus Bungalow zwei mit einem Nasenring und tätowierten Armen. Ich kann mir ihren Namen nicht merken; er hat irgendetwas mit dem Wetter zu tun.

»Wir werden heute gemeinsam einen Imbiss zubereiten.« SK zieht sich auf die Arbeitsplatte hoch und lässt die nackten Füße baumeln wie ein sorgloses Mädchen. Sie trägt heute nicht ihren Zehenring. »Wie klingt das für euch, Leute?«

»Was für einen Imbiss?« Teagan zwirbelt ihre Haarspitzen und verschränkt dann die Arme vor der Brust.

»Zimtschnecken«, sagt SK.

Mein Herz flattert in meiner Brust. So viele Fragen – *Mit Teig aus der Rolle? Ich kenne nur die Angaben von den Zimtschnecken aus der Rolle! Mit Zuckerguss darauf? Den ganzen Zuckerguss? Ich kann mich nicht mehr an die Angaben für Zuckerguss erinnern* – und ich versuche, meine Atmung zu kontrollieren, wie SK es mir beigebracht hat. Meine – wie hat sie es genannt? – »Erdungsübungen«.

Mein Name ist Stevie Deslisle. Es ist Donnerstag, und ich bin in einer Therapieeinrichtung in New Mexico, weil ich an einer Essstörung leide. Ich rieche: den beißenden, trockenen Staub, der sich in den Ritzen des Fußbodens festgesetzt hat; Ashleys zuckersüßes Körperspray und Teagans Haarspray. Ich höre: das Surren des Deckenventilators, die anderen Mädchen, die sich Horrorgeschichten über Zimtschnecken erzählen. Ich fühle: den festen Boden unter meinen Füßen, der mir Halt gibt; die verschwitzten Innensohlen meiner Sneaker. Ich schmecke: den klebrigen Zuckerguss, der sich auf meiner Zunge verteilt. Moment mal. Noch nicht. Ich schmecke: meinen eigenen Atem. Ich sehe: SKs kleines pinkfarbenes Lächeln; drei Rollen auf der Arbeitsplatte. Drei.

SK sagt: »Ich heize den Backofen vor. Ashley, hol doch bitte das Backpapier. Wir nehmen uns Zeit, um alles zu besprechen, bevor wir essen. Stevie, ist es okay, wenn du mit Rain zusammenarbeitest?«

Rain. Richtig, Rain aus Los Angeles. Dünn, aber bulimisch, genau wie ich. »Ähm, klar«, sage ich, wobei ich mir wünsche, ich könnte mit Ashley ein Team bilden oder mit einem der anderen Mädchen. Niemand von ihnen hat mein nächtliches Abenteuer erwähnt, aber Ashley würde mich zu gerne darüber ausfragen. Vergangene Nacht, bevor wir einschliefen, hat sie sich mehr als eine Stunde hin und her geworfen. Vermutlich platzt sie fast vor Neugier. SK hat ihr wahrscheinlich eingeschärft, nichts zu sagen, bis ich von mir aus darüber reden würde.

Ashley wirft mir auf dem Weg zum Ofen einen mitleidigen Blick zu. Ich betrachte die Neue, die mein Tattoo beäugt. Rasch lege ich eine Hand über das Gesicht meiner Mutter.

»Ich esse keine Zimtschnecke«, verkündet sie laut.

Das unbeschwerte Geschnatter verstummt.

»Wie du willst«, sage ich. Mein Gesicht wird heiß. »Du musst nichts essen. Wir müssen sie nur zubereiten, und dann isst du so viel, wie du kannst.«

Sie verdreht die Augen. »Hast du eine Ahnung, wie viel Fett in diesen Dingern steckt? Wie viele Kalorien?«

»Rain, keine Zahlen, bitte«, sagt SK scharf. Sie fasst ihre Haare eng am Hinterkopf zusammen und bindet sie mit einem Haargummi zu einem Pferdeschwanz. »Du kannst jederzeit über deine Gefühle reden, über die Herausforderung, die diese Aufgabe für dich darstellt, aber nicht über Zahlen.«

Rain schiebt ihren Stuhl zurück und brummt etwas, das wie *Mir doch scheißegal* klingt. Ich fange Ashleys Blick auf, sie grinst und verdreht die Augen. Als SK nicht hinschaut, verdrehe ich ebenfalls die Augen.

»Was hat sie für ein Problem?«, murmelt Rain leise. Sie stopft ihre Hände in die Hosentaschen, was bedeutet, dass ich diejenige bin, die das Papier von der Rolle abschält – langsam, ganz langsam –, und diejenige, die die Daumen gegen die Rille in der Pappe drückt, bis sich die Rolle mit einem leisen Knallen öffnet und der Teig aus seinem Gefängnis quillt.

»Wer?«, frage ich. *Mein Name ist Stevie Deslisle. Es ist Donnerstag.* Ich betrachte Rains Schultern, ihre Ellbogen. Sie besitzt die perfekte Kantigkeit einer Kranken. Ich fühle, wie mein Bauch über den Bund meiner Jeans hängt, und ziehe ihn ein.

»Sie. Die Therapeutin.« Rain nickt zu SK hin, die am anderen Ende der Küche leise mit Cate spricht.

»Nichts. Sie ist in Ordnung.« *Ich bin in einer Therapieeinrichtung in New Mexico.* Ich drehe die Rolle auf und hole die Teigscheiben heraus. Sie klatschen leise auf das fettige Backpapier. *Hilf mir, Josh. Hilf mir.* Ich frage mich, ob Rain den Versuch machen wird, etwas zu essen. Natürlich nicht. Wenn ich mir Mühe gebe, bin ich vielleicht diejenige in meinem Team, der es gelingt. *Weil ich eine Essstörung habe.*

»Scheint eine echte Kuh zu sein.«

»Das ist sie nicht«, brause ich auf. »Leg die mal in den Ofen.« Ich schiebe ihr das Backpapier zu.

Der Geruch breitet sich langsam aus und überrollt dann den Raum mit einer einzigen riesigen Welle, wie ein Feuer, das alles verzehrt. Für einige Leute mag es wie ein Sonntagmorgen riechen, aber für mich riecht es wie die Küche im Château Bruchbude in der Dunkelheit. Josh und Dad sind irgendwo unterwegs. Ich habe es eilig. Ich reiße das Backpapier aus dem Ofen, noch ehe die Zeitschaltuhr anfängt zu piepen. Schlucke das Gebäck fast im Ganzen, sauge zwischendurch an einer Milchtüte. Ich wünsche mir fast, dass sie heimkommen und mich erwischen, mit Lippen, die vor Zucker und Fett glänzen. Das würde alles leichter machen. Dann würde es schneller vorbei sein.

»Stevie?« SK bedeutet mir, zum Tisch zu gehen, wo eine mit Zuckerguss überzogene Zimtschnecke auf einem Teller auf mich wartet. Die anderen Mädchen sitzen schon. Rain schaut mit bösem Blick auf ihren Teller, den Mund fest zusammengekniffen. Ich kenne diesen Ausdruck.

Mein Name ist Stevie Deslisle. Ich setze mich auf meinen Stuhl. Ich nehme die Gabel. Ich spieße ein Stück auf. Ich stecke es in den Mund. Und ich schlucke.

VIERZEHNTER TAG

Donnerstag, 17. Juli, 22.55 Uhr

Abends im Bett mache ich eine Bestandsaufnahme.

Erst die Handgelenke. Ich schlinge meinen Mittelfinger und den Daumen um das jeweils andere Handgelenk und schiebe die Handschelle aus Fleisch und Blut so weit zusammen, wie es geht. Nicht weit genug. Ich fühle, wie mein Körper sich Zelle für Zelle in seinen ursprünglichen Zustand zurückverwandelt. Als ob ich mit dem Verzehr der Zimtschnecke die Rücklauftaste gedrückt hätte.

Ich betaste mein versinkendes Schlüsselbein, die undeutlicher werdenden Rippen und die verlorenen Hüftknochen. Ich werde weich, in mehr als einem Sinne.

Die Tür geht auf, und ein Dreieck aus Licht fährt über meine Bettdecke. Dann die Taschenlampe auf meinem Kissen und auf Ashleys. Eins, zwei. Die Tür geht wieder zu. Schritte, dann das Knarren einer weiteren Tür. Wieder Schritte.

Und dann, nach einer kleinen Weile, öffnet sich unsere Tür ein zweites Mal.

»Wir sind da, okay? Alle beide«, sage ich knurrend. Ich kneife die Augen zu und vergrabe mich unter der Decke.

Im Türrahmen kichert es. »Ich werde dir einen Tadel verpassen, Stephanie, wegen … Ungehörigkeit!«

Irgendwo neben mir schnaubt Ashley auf.

Ich setze mich aufrecht hin. »Was soll denn …?«

»Pst!« Kalte, knochige Finger verkrampfen sich über meinem Mund.

»Cate?« Ich schiebe sie weg, wobei ich achtgebe, nicht an ihre Magensonde zu kommen. Teagan steht immer noch im Türrahmen.

»Wir haben eine Stunde«, sagt Ashley im Dunkeln. Ich höre, wie sie aus dem Bett schlüpft.

Cate grinst. »Gehen wir.«

»Jetzt erzählt mal«, verlange ich, als wir draußen sind und den Hügel hinuntertrotten. Mittlerweile sollte ich mich an die kalten Wüstennächte gewöhnt haben. Ich hebe Joshs Sweatshirt an meine Nase und atme ihn so tief ein, wie es geht. Mit jedem Mal ist weniger von ihm übrig. »Was habt ihr vor?«

»Ihr? Wir!« Cate, die vorausgeht, kichert. Unsere furchtlose Anführerin in einem rosa Schlafanzug und mit einem Dauer-Strohhalm in der Nase. »Du sitzt mit uns im selben Boot. Du hättest ja nicht mitkommen müssen.«

»Das wird lustig. Versprochen«, sagt Ashley, ohne sich umzudrehen.

Ich bin müde, aber auch ein bisschen aufgeregt. Ich habe mich noch nie zuvor nachts mit Freunden aus dem Haus geschlichen, und es kommt mir vor wie ein wichtiges Ritual auf dem Weg zum Erwachsenwerden, wie die erste Lüge, die man seinen Eltern erzählt. Einen Augenblick lang fühle ich mich ganz normal. Dann erinnere ich mich wieder.

Auf der anderen Seite der Villa verlässt Cate den Hauptweg. Der Wüstenboden ist mit großen Steinen und niedrigem Gestrüpp übersät. Gelegentlich müssen wir über ein knorriges, ausgebleichtes Stück Holz steigen.

»Da«, sagt Ashley und deutet nach vorn.

Etwas von der Straße zurückgesetzt steht ein schwarzer Maschendrahtzaun, hinter dem eine ebenfalls schwarze, fast völlig blickdichte Plane gespannt ist. Aber ich kann riechen, was sich auf der anderen Seite befindet. Mein Magen macht einen kleinen Hüpfer.

»Ein Swimmingpool?« Der chemische Geruch beißt sich in die Innenseite meiner Nase. Unzählige Erinnerungen steigen in mir auf: mein sechsjähriges Ich, das mit eingezogenen Schultern einen Bikini in einer Kabine eines Warenhauses anprobiert, während meine Mutter mit der Zunge schnalzt. Ich mit elf Jahren, in einem Badeanzug im Schwimmbad, wie ich mit meinen Wurstzehen am Rand des tiefen Beckens stehe und das Sonnenlicht durch den Spalt zwischen den Oberschenkeln der anderen Mädchen scheinen sehe. Ich mit zwölf, ich mit vierzehn und jetzt – ich mit siebzehn. Es spielt keine Rolle. Das Gefühl ist immer dasselbe.

Ashley zeigt ihre Zähne. »Man darf erst rein, wenn man auf Grün ist. Aber wir wollten so gerne, also …«

»Kommt schon, Leute.« Cate rüttelt an der schweren Kette, mit der das Tor gesichert ist. »Abgeschlossen. Wir müssen drüberklettern.« Sie hakt ihre Magensonde hinter ihr Ohr und krempelt die Ärmel ihres fadenscheinigen Morgenmantels hoch. Dann krallt sie die Hände in den Zaun. Teagan hievt sie hoch und hinüber auf die andere Seite. Ihre Flip-Flops klatschen auf den Zementboden.

»Jetzt seid ihr dran«, sage ich und nicke Ashley und Teagan zu. »Ich gehe als Letzte.«

Teagan atmet schwer, als Ashley sie von hinten anschiebt. Dann klettert auch Ashley hoch.

»Uff!« Mit wackeligen Klimmzügen erreicht sie die obere Kante, gleich darauf ist sie drüben. Jetzt bin ich an der Reihe; die Sache ist schwieriger, als sie aussieht. Besonders, weil mich die anderen dabei beobachten. Mein Körper ist schwach wegen des ganzen Zuckers. Die Metallmaschen graben sich in meine Haut. Als ich oben ankomme, schwinge ich erst ein Bein auf die andere Seite, dann das zweite. Mein Hintern wölbt sich über der kalten, harten Stange.

»Lass einfach los und spring«, sagt Cate. »So schlimm ist es gar nicht.«

»Ich mach ja schon.« Mein Kopf weiß, dass es nicht tief ist, aber mein Körper ist anderer Meinung.

»Ach, komm schon.« Ashley packt mich am Fuß und zieht. Ich kreische auf und lasse los, komme auf dem Boden auf.

»Pst!«, zischt sie. »Leise!«

Cate fischt einen kleinen Gegenstand aus der Tasche ihres Morgenmantels und verschließt damit das Ende ihrer Magensonde. Dann stehen wir da, eng zusammengedrängt in unseren Schlafanzügen, neben dem stillen, schwarzen Rechteck, starren uns an und dann nach unten, als ob keine von uns wüsste, was sie als Nächstes tun soll. Ich zittere, obwohl es gar nicht so kalt ist.

»Das ist doch dämlich«, verkündet Ashley schließlich und tritt sich die Schuhe von den Füßen. »Ich gehe jetzt rein.« Sie zieht die Schlafanzughosen aus, lässt aber ihr T-Shirt an. »Arschbombe!«, flüstert sie, nimmt Anlauf – *klatschklatschklatsch* – und springt hinein. Wasser schwappt über die Seite und durchnässt meine Hose. Als sie wieder auftaucht, kleben ihre Locken an ihren rosigen Wangen.

»Ich auch.« Cate dreht uns den Rücken zu und zieht sich bis auf die Unterwäsche aus – BH, Tanktop und Unterhose. Mit gekrümmten Schultern saust sie um den Pool zur Treppe und steigt dann ins Wasser. Sie taucht nicht unter.

»Kalt!«, erklärt sie mit einem blaulippigen Grinsen.

Teagan taucht in voller Montur unter, und wieder bin ich die Letzte.

Ich will Joshs Sweatshirt nicht ruinieren, also ziehe ich es über den Kopf und lege es sorgfältig am Zaun ab. Ich habe nur diese eine Schlafanzughose, also ziehe ich sie ebenfalls aus und lege sie zu dem Sweatshirt. Die lange Narbe, die von meiner Hüfte bis zu meinem Knie reicht, leuchtet weiß. Ich haste zum Rand des Beckens, weil ich weiß, dass die Dunkelheit nicht ausreicht, um mich zu verhüllen, und gleite ins Wasser, so schnell ich kann.

Die Kälte raubt mir den Atem. Meine Beine sind mit einer Gänsehaut und kratzigen Haarstoppeln übersät.

Ashleys dunkler, runder Kopf gleitet auf mich zu. »Auf der Website steht, der Pool sei beheizt, aber ich halte das für eine glatte Lüge.«

»Mädels!« Cates Silhouette zappelt im flachen Wasser. »Kommt her!«

Teagan und Ashley holen tief Luft und tauchen unter. Ihre Schatten fliegen über den Grund des Pools. Ich schwimme langsam durch das Wasser und senke nur meine Lippen unter die Oberfläche. Ich bin fast schwerelos. Ich lasse mich in das Gefühl fallen, nicht ganz da zu sein. Ich frage mich, wie viel ich im Wasser wiege.

»Danke«, sagt Cate erleichtert, als ich die Stufen erreiche. Ich weiß nicht, ob sie nicht schwimmen kann oder einfach nur Angst wegen der Magensonde hat.

Ashley und Teagan tauchen gemeinsam auf.

»Lasst uns ein Spiel spielen«, sagt Teagan.

»Oh ja! Reiterkampf!« Ashley bekommt große Augen.

Ich stelle mir vor, wie Cate und ich auf Ashleys und Teagans Schultern hocken und versuchen, uns gegenseitig herunterzuschubsen, aber ich hätte zu viel Angst, Cates Magensonde zu erwischen. Dann stelle ich mir die Sache umgekehrt vor, wie Ashley und Teagan miteinander ringen, während Cate und ich spuckend und prustend nach Luft schnappen. Ich muss so heftig lachen, dass ich Wasser schlucke.

»Tja, ich schätze, das funktioniert nicht«, gibt Ashley zu.

»Handstand-Wettstreit!« Cates eine Gesichtshälfte wird vom Mondlicht erhellt. »Ihr müsst tauchen, und wer am längsten die Luft anhalten kann, hat gewonnen. Ich bin die Schiedsrichterin.«

»Eins, zwei, drei!« Ashley taucht unter und Teagan folgt ihr. Cate bebt vor Aufregung, also tauche ich ebenfalls ab. Ich lege meine Hände auf den rauen Boden des Beckens und drücke die Oberschenkel zusammen, während ich versuche, nicht darüber nachzudenken, wie sie von oben durch das Wasser betrachtet aussehen: aufgequollen und dick wie Ballons. Stattdessen überlege ich, ob ich überhaupt tauchen kann, ob ich es je zuvor getan habe. Ich suche nach einer Erinnerung – eine Poolparty vielleicht oder irgendein Tag, an dem meine Mutter mit mir schwimmen ging –, aber da ist nichts.

Als meine Lungen anfangen zu brennen, stoße ich mich ab und tauche wieder auf. Ashley und Teagan sind bereits da.

»Ich habe gewonnen«, verkünde ich. Es ist dämlich, aber ich bin trotzdem aufgeregt. Ich schaue mich um und tue einen Moment lang so, als sei Josh da oder sogar meine Mutter, die irgendwo lächelnd und stolz am Rand stehen, weil ich etwas richtig Gutes vollbracht habe.

»Du hast gemogelt!« Ashley schubst mich, bevor ich ausweichen kann.

»Wie will ich denn unter Wasesr mogeln?« Ich schubse zurück.

»Du bist doch erst zwei Sekunden nach uns untergetaucht.«

»Aber ich bin mehr als zwei Sekunden länger als ihr unten geblieben, oder?«

Wir drehen uns zu Cate um.

»Stevie hat gewonnen«, erklärt sie.

»Ja!« Ich grinse und streiche meine nassen Haare zu einem Irokesen hoch.

»Hey, sag mal, was ist das für eine Narbe an deinem Bein?«, fragt Teagan bemüht lässig. Die anderen Mädchen schauen mich an.

Meine Hände tauchen unter, zu der erhabenen weißen Linie. »Das ist …« Ich hätte die Schlafanzughose anlassen sollen. »Nichts.«

Alles ist still.

Dann schließt Ashley die Augen, legt sich ins Wasser und treibt dahin. »Mir gefällt's hier.«

Zu viert, einschließlich Cate, legen wir uns ins Wasser und spielen Toter Mann. Unsere Füße durchstoßen die Oberfläche, und wir breiten die Arme und Beine aus, sodass wir aussehen wie Sterne. Langsam drehe ich mich um die eigene Achse. Mit den Ohren unter Wasser ist mein Atem das Einzige, was ich höre. Da oben sind so viele Sterne. In der kalten, schwerelosen Dunkelheit schwebend, frage ich mich, ob sich so der Tod anfühlt.

Mit einem Ruck stelle ich mich wieder auf die Füße.

Die Luft riecht auf einmal anders, aber ich weiß nicht genau, wonach. Nach verbranntem Sommer vielleicht. Es erinnert mich an die Nacht, bevor Josh starb. Eden und ich hatten uns betrunken und uns hinter der Kneipe amüsiert. Es war verzweifelt, chaotisch. Sie hatte mich zu Boden gedrückt und überall berührt. Ihre Hände waren auf meinem Körper, und der

Himmel drehte sich über uns. Mir war ein bisschen schlecht. Aber ich habe es zugelassen. Ich habe mich von ihr berühren lassen, und mein Körper hat auf sie reagiert, hat mich betrogen, wieder einmal, auf eine unvorstellbare Art und Weise.

Die Erinnerung ist nicht richtig. Ich sollte mich daran erinnern, wie Josh und ich als Kinder durch den Rasensprenger gerannt waren. Ich sollte mich daran erinnern, wie ich in dem Wasserstrahl stand und mit nassen Wimpern in die Millionen winziger Regenbogen blinzelte. Das hat Eden mir genommen; das habe ich hergegeben: die Unantastbarkeit der wahren Dinge. Die Dinge, die wichtig waren.

Plötzlich wird mir klar, dass diese Mädchen die einzigen Freundinnen sind, die ich je hatte. Sie sind mir näher, als Eden es je war. Sie wollen nichts von mir. Sie saugen mir nicht die Kraft aus wie ein Vampir.

Nach ein paar Minuten fährt Ashley neben mir mit einem lauten Platschen auf.

»Was ist?« Ich schüttele mir das Wasser aus den Ohren und schaue zu ihr hin. Cate und Teagan werden ebenfalls aufmerksam.

»Pst!« Ashley wird blass.

»Hallo?« Eine Stimme, die ich nicht kenne. Vermutlich eine Schwester. »Wer ist da draußen? Mädchen, seid ihr das?«

»Oh, *Scheiße!*«, flüstere ich. Wir kraxeln aus dem Pool, ich stoße meine Füße in die Flip-Flops und greife mir meine Klamotten. Ich bin als Erste über den Zaun, aber ein scharfer Schmerz durchzuckt meine Wade. Im Dunkeln fange ich an zu rennen. Meine nassen Sohlen rutschen in den Schuhen hin und her und Gestrüpp zerkratzt mir die Schienbeine, während ich mich unter dem Strahl der Taschenlampe wegducke.

»Wir sind ja so was von tot!«, keucht Ashley direkt hinter mir.

»Klappe!«, ruft Cate fauchend. »Lauf!«

Ich renne, so schnell ich kann, den Hügel hinauf. Hinter mir geht eine kleine Schotterlawine ab. Oben angekommen, reiße ich die Eingangstür zum Bungalow auf und stürme ins Haus, die anderen hinterher. Dann schlagen wir die Tür zu und verriegeln sie.

»Nein, wartet mal.« Cate kichert. Sie krümmt sich und ringt nach Luft. Wir alle stehen in einer kleinen Pfütze, und über meine Wade läuft ein kleiner Blutsfaden. »Die lassen die Tür doch nachts unverschlossen, richtig? Wir dürfen sie nicht abschließen.«

»Mädchen? Ich höre euch da drin.« Schritte auf der Veranda.

»Schnell!«, schreit Teagan, obwohl wir wissen, dass es sinnlos ist. Wir sind aufgeflogen. Trotzdem rennen wir in unsere Zimmer, und ich schlage die Tür hinter Ashley und mir zu. Meine Klamotten werfe ich neben dem Bett auf den Boden und springe – klatschnass – auf meine Matratze, zerre mir die Decke über den Kopf und vergrabe mein Gesicht im Kissen.

»Sie kommt!«, quietscht Ashley gedämpft.

»Pst!« Ich zittere am ganzen Leib, weil mir das Lachen, von dem ich nicht einmal wusste, dass ich es in mir hatte, aus Mund und Nase sprudelt.

Auf der anderen Seite des Zimmers fängt Ashley ebenfalls an zu lachen, und dann schnaubt und grunzt sie, und ich muss noch mehr lachen. Es ist verrückt, wir liegen nass und nackt unter der Bettdecke, und ich kann nicht aufhören zu lachen. Mir tut alles weh. Und ich muss daran denken, dass Josh auch lachen würde, wenn er hier wäre.

FÜNFZEHNTER TAG

Freitag, 18. Juli, 11.04 Uhr

»Ich weiß, ich weiß.« Obwohl ich meine Haare heute Morgen dreimal gewaschen habe, stinke ich immer noch nach Chlor, als ich im Schneidersitz auf SKs Sofa sitze, mein Tagebuch in meinem Schoß. Sie kann es bestimmt auch riechen. »Ich weiß.«

»Was genau weißt du?« SKs Ton ist neckend.

Ich werfe ihr einen vielsagenden Blick zu. »Ich weiß, dass wir uns nicht nachts aus dem Haus schleichen sollen.«

SK macht es sich in ihrem Sessel gemütlich. Sie wirkt belustigt. »Ich habe tatsächlich etwas über einen nicht genehmigten Ausflug letzte Nacht gehört, wenn ich jetzt so darüber nachdenke.«

»Okay«, sage ich. »Und?«

»Und … hat's Spaß gemacht?«

»Wie bitte?«

»Na ja, fandest du es schön, mit den anderen Mädchen zusammen zu sein? Hast du gelächelt oder sogar gelacht? Bist du geschwommen? Das möchte ich wissen.«

»Machen Sie sich über mich lustig? Ich habe das deutliche Gefühl, dass Sie sich tatsächlich über mich lustig machen!«

Ihre Augen nehmen Blickkontakt mit mir auf. »Das tue ich nicht, Stevie. Wenn du letzte Nacht Spaß hattest, wenn du aus dir herausgehen und deine Essstörung für eine kleine

Weile beiseiteschieben konntest, dann war die ganze Sache ein voller Erfolg. Das meine ich ernst.«

»Oh.«

»Wenn ihr das allerdings noch mal macht, kriegen wir ein Problem. Verstanden?«

Ich nicke.

»Gut.« Sie lehnt sich zurück und wartet. Eins habe ich gelernt: In einer Therapie geht es hauptsächlich ums Warten. Ich bin überrascht, dass ein Teil von mir ihr über unser Erlebnis von gestern Nacht erzählen will. Und sei es nur, um ihr zu beweisen, dass ich kein totaler Freak bin. Irgendwo in mir drin ist das Bruchstück eines normalen Mädchens, das sich aus dem Haus stiehlt, das zu laut lacht und bei Dingen erwischt wird, die gar nicht so schlimm sind.

»Ich kann das neue Mädchen nicht leiden«, sage ich, weil ich nicht weiß, was ich sonst sagen soll.

»Wen? Rain?«

Ich nicke. »Sie ist irgendwie gemein.«

SKs Miene bleibt neutral. Was habe ich denn erwartet? Dass sie sich zu mir beugt und flüstert: *Ich weiß, du hast recht. Hast du gesehen, wie sie …?*

»Dir gegenüber? Benimmt sie sich dir gegenüber gemein?«

»Ich weiß nicht. Irgendwie schon. Sie ist angenervt, weil sie hier sein muss, was ich ja schon verstehen kann.«

»Und wie geht es dir jetzt bei dem Gedanken, hier zu sein?«

Ich rutsche in eine Ecke des Sofas und betrachte die Bücherregale. Ich habe mir die Fotos angeschaut, die in unterschiedlichen bunten Rahmen stecken. Da ist eine Nahaufnahme, die geradezu nach Selbsterfahrungstrip stinkt: SK auf einem Berggipfel, mit gegen die Sonne verengten Augen und stolzer Haltung. Dann ein Bild, auf dem sie weiter entfernt steht, Arm in Arm mit einer anderen Frau an einem Strand. Vielleicht ihre Schwester.

»Stevie?«

»Ich weiß nicht.«

»Du weißt nicht …«

»Wie ich mich bei dem Gedanken fühle, hier zu sein.« Ich will sie fragen, welches ›Hier‹ sie meint: hier im Therapiezentrum? Oder hier in diesem Leben? »Ich habe darüber nachgedacht, was Sie mir gesagt haben. Dass ich der Therapie eine Chance geben soll.«

»Und was denkst du?« SK beugt sich vor und legt das Kinn auf ihre Hände. Alles an ihr ist weich: ihre Augen, die fedrigen rotblonden Haare, die ihre Wangenknochen umspielen. Ihr Mund. Sogar ihre Worte sind weich, weich wie bemehlter Teig.

Sie wäre eine gute Mutter, denke ich.

»Ich denke, ich könnte es versuchen«, sage ich. »Für Josh. Um zu sehen, ob es funktioniert.«

»Das freut mich. Du denkst viel an ihn, nicht wahr? An Josh, meine ich.«

Als sie das sagt, wird mein Körper eng, als ob sie an einer Schnur zieht, die um meine Kehle und mein Herz geschlungen ist.

»Nur … dass ich ihn so vermisse«, flüstere ich.

»Ich weiß, Stevie.«

Dann schweigt sie, was gut ist und gleichzeitig schlecht. Sie stopft die Leere nicht mit Worten oder Gebeten aus, und sie tut nicht so, als ob sie irgendetwas daran ändern könnte. Sie ist die Erste, die so reagiert. Wir sitzen gemeinsam da, SK und ich, und schweigen, und Joshs Tod ist so schwer, dass er mich beinah erdrückt. Es tut so weh, dass ich mir nicht vorstellen kann, dass der Schmerz jemals weggeht.

»Ich weiß nicht, was ich tun soll«, sage ich.

»Du tust es bereits. Du trauerst um ihn, und diese Trauer wird sich verändern, wird jede Minute anders aussehen. Aber ich denke, ein wichtiger Teil dieses Prozesses wird sein, dass du lernen musst, ihn zu ehren.«

»Ich versuche es.«

»Ich meine, ihn zu ehren auf eine Art und Weise, die gesund ist für dich. Ich glaube nämlich – nein, ich bin mir ganz sicher –, dass er das für dich wollen würde.«

Ich nicke. »Ja. Okay.«

»Ich frage mich, wie das aussehen könnte. Wie du ihn auf eine gesunde Art und Weise ehren könntest.«

»Ich *weiß* es nicht, okay? Ich weiß es nicht.« Allein der Gedanke, dass ich den Jahrestag überleben werde, erfüllt mich mit Angst. Ich weiß nicht, wie ich es anstellen soll, wie ich aufwachen und mich Dad gegenübersetzen soll, wie ich meinen Kaffee trinken soll, ständig in der Gewissheit, dass Josh nicht mehr da ist. Dass er auch morgen nicht da sein wird. Wie ich wieder zur Schule gehen soll, allein durch die Gänge wandern und so tun, als ob ich die mitleidigen Blicke nicht bemerken würde. Wie ich Eden wieder gegenübertreten soll.

»Er war mir einfach ein richtig guter Freund.« Meine Stimme ist zu laut.

»Wie?«, fragt sie.

»Er war da, wenn ich jemanden zum Reden brauchte oder sonst irgendetwas. Und er hat mich immer unterstützt. Egal, bei was.«

»Meinst du, dass er dich auch hier in der Therapie unterstützen würde?«

Das ist eine Fangfrage, aber ich lasse mich darauf ein. »Ich schätze schon. Ja.«

»Du hast hier, glaube ich, Freundinnen gefunden. Besonders Ashley.«

»Ja. Sie ist … Es ist komisch. Ich war richtig fies zu ihr, als ich hierherkam, aber sie war immer nett.«

»Ihre Freundschaft ist also nicht an Bedingungen geknüpft. Daran, dass du gut gelaunt bist oder nett.«

Ich schüttele den Kopf.

Sie lehnt sich leicht zurück und lässt ihre Augen zur Decke wandern. »Worin, glaubst du, unterscheidet sich deine Beziehung mit Ashley von deiner Beziehung mit Eden?«

»Ich weiß gar nicht, wo ich … sie sind ganz anders.« Ich rutsche auf dem Sofa nach unten. Ich muss an die ersten Stunden hier im Therapiezentrum denken, wie Ashley buchstäblich versucht hat, mich einzuatmen, begierig auf ein Lächeln hoffte, auf eine Geschichte. Auf Anerkennung. Oder vielleicht war es nicht Anerkennung, was sie wollte, sondern eine Verbindung. Vielleicht war sie wie ein kleines Mädchen, das ein bisschen Rot vom Lippenstift der Mutter abtupft, nachdem der Bruder gestorben ist. Vielleicht war sie einfach so wie ich.

Wenn Eden mich einatmete, war es etwas ganz anderes. Eden suchte nie nach einer Verbindung zu mir. Sie wollte meine Welt sein. Und ich ließ es zu.

Die meisten Abende nach Joshs Tod verbrachte ich bei ihr, lümmelte betrunken auf dem Sofa und sehnte mich danach, sie zu küssen, obwohl ich wusste, dass wir das nie mehr tun durften, hörte mir Schallplatten auf dem brandneuen altmodischen Plattenspieler an, den ihre Eltern ihr gekauft hatten. Wir hingen zusammen herum, bis sie eine SMS von irgendeinem Typen bekam, mit dem sie sich treffen wollte. Dann ging sie in die Kneipe und ich fuhr nach Hause, mit knirschenden Zähnen, wütend, aber stumm. Ich wusste genau, was sie in mir sah: ihr Eigentum. Sie holte mich aus dem Schrank, wenn sie einsam war, und stellte mich wieder zurück, wenn sie mich nicht mehr brauchte.

Und ich brauchte das Gefühl, jemandes Eigentum zu sein. Ich brauchte das Gefühl, dass jemand dachte: *Dieses Mädchen gehört mir*. Normalerweise ist eine Familie für so etwas da, aber ich hatte kaum noch Familie übrig. Es gab niemanden, der einen Besitzanspruch auf mich anmeldete, außer Eden und meiner Krankheit. Und so gab ich mich beiden hin.

»Also?«, frage ich, als SK beharrlich schweigt.

»Also was?«, fragt sie zurück.

»Na ja, sollten Sie nicht irgendetwas sagen, wie zum Beispiel: *Das klingt, als ob du eine ziemlich ausgeprägte selbstzerstörerische Ader hast, Stevie?*« Gereizt rutsche ich auf dem Sofa hin und her. Ihr Büro kommt mir irgendwie zu klein vor. Es stinkt nach Chlor und nach dieser blöden Duftkerze.

SK legt die Hände aneinander, als wolle sie beten, sagt aber nichts.

»Ja, klar, ich weiß, dass es so war. Das ist ja offensichtlich. Aber an der ganzen Sache war Eden der zerstörerischste Teil. Sie war irgendwie … wie ein Virus.«

»Ein Virus?«

Ich nicke, denn der Vergleich stimmt. Sie war ein Virus, und ich war von einem Fieber befallen, vom allerersten Tag an. Ich dachte, sie sei die Heilung. Ich dachte, sie könnte mir helfen. Aber stattdessen hat sie mich immer kränker gemacht, hat dafür gesorgt, dass ich sie brauchte, denn das war es, was sie brauchte.

»Wie kommst du mit deinem Brief voran? Du wolltest ihr doch schreiben, nicht wahr?«

»Ja.« Ich schlage mein Tagebuch auf und blättere es durch, bis ich den Brief finde. Dann lese ich ihn laut vor.

Eden,

ich habe deinen Brief bekommen. Vielleicht können wir irgendwann mal telefonieren. Ich schalte das Telefon hier nicht ein, aber ich könnte, wenn ich wollte. Vielleicht nach dem Abendessen, wenn es bei dir zu Hause Zeit zum Ausgehen ist.

Ich habe über dich nachgedacht. Ziemlich viel sogar. Darüber, was mit Josh passiert ist, und warum es passierte. Ich glaube, es fing an jenem Abend beim Pit an. Ich habe in Gedanken diesen Abend immer und immer wieder durchgespielt, und jedes Mal stelle ich mir dieselbe Frage: Warum hast du das gemacht? Aus Spaß? Um zu beweisen, dass du es kannst?

Und weißt du, was richtig beschissen ist, Eden? Ich wollte mich bei ihm entschuldigen. Ganz ehrlich. Ich wollte mich entschuldigen, weil ich an diesem Abend so fies zu ihm war und ihn einfach stehen gelassen habe. Ich hatte noch mal darüber nachgedacht, dass er vielleicht nur versucht hat, mir ein guter Bruder zu sein, und ich wollte mir die Zeit nehmen – Zeit, die ich eigentlich lieber mit dir verbracht hätte – und mich bei ihm entschuldigen. Gott, was war ich dumm.

»Hm, mir scheint, du hältst einiges zurück«, sagt SK. »Was möchtest du ihr wirklich sagen? Nachdem du so intensiv über eure Beziehung nachgedacht hast und dir so vieles klar wurde, was möchtest du ihr da wirklich sagen?«

Ich versuche, die Worte zu ordnen, aber sie wollen einfach nicht stillstehen. Ich fühle plötzlich eine unerwartete Energie in mir, und ich frage: »Kann ich es aufschreiben?«

»Aufschreiben, was du Eden sagen willst?«

»Ja. Manchmal ist schreiben … ich weiß auch nicht. Einfacher.« Es ist das erste Mal seit über einem Jahr, dass ich schreiben will, dass ich es wirklich und wahrhaftig will. Ich fühle, wie sich die Worte in meinen Fingerspitzen sammeln, wie sie hervorquellen wollen wie Tinte.

»Aber gewiss. Lass dir Zeit.« Sie steht auf und schlendert zum Regal. Ich weiß nicht, ob sie dort wirklich etwas sucht, aber ich bin dankbar, dass sie mir ein bisschen Privatsphäre gibt. Ich rutsche nach unten auf den gefliesten Boden und benutze den Sitz des Sofas als Rückenlehne. Dann reiße ich den Brief an Eden aus meinem Tagebuch, zerknülle ihn und lasse den Papierball neben mir liegen. Ich schlage eine neue Seite auf.

Und schon fangen die Worte an zu sprudeln.

Eden,
du hast mich nicht danach gefragt, aber ich möchte dir trotzdem sagen, dass ich einiges gelernt habe, hier in dem Therapiezentrum, wo ich wegen meiner Essstörung behandelt werde, nach der du ebenfalls nie gefragt hast, obwohl wir uns seit über einem Jahr kennen. Ich lerne viel über mich selbst und

einiges über uns. Ich lerne, dass ich etwas brauchte, an das ich mich klammern konnte, nachdem meine Mutter uns verlassen hatte. Und du brauchtest jemanden, der sich an dich klammerte. Wir passten zusammen, und es fühlte sich gut an. Du willst immer das Auge des Sturms sein, der Mittelpunkt, um den sich Stühle und Dächer und ganze Familien drehen. Ich habe dich gewähren lassen, und das ist mein Fehler.

Du hast mich nie geliebt. Du liebtest das Kranke in mir.

Du hast Josh nie geliebt. Du hast das Gefühl geliebt, von Josh begehrt zu werden.

Du bist nach seinem Tod bei mir geblieben, weil ich verwundet war.

Ich habe dich nach seinem Tod bei mir behalten, weil ich verwundet war.

Ich will den Schmerz nicht mehr fühlen, und ich will nicht mehr von dir verletzt werden.

Ich will nicht mehr wütend sein, und ich will nicht, dass du noch länger mein Haar streichelst.

Ich weiß nicht, was als Nächstes kommt, aber was immer es ist, ich werde es allein tun.

Ohne dich.

Ruf nicht an, schick keine SMS, schreib mir keinen Brief mehr.

Du und ich, was wir waren, das ist vorbei. Auch wenn du nicht danach gefragt hast.

Stevie

Ich lese den Brief einmal durch. Dann falte ich ihn und bitte SK um einen Umschlag, den ich adressiere. Ich klebe die Briefmarke, die SK mir ebenfalls gibt, in die obere rechte Ecke – *Liebe* steht darauf. Und beim Hinausgehen werfe ich ihn in den Briefkasten neben der Eingangstür.

FÜNFZEHNTER TAG

Freitag, 18. Juli, 19.47 Uhr

Als Abendimbiss wähle ich Brezeln und einen Apfel. Dazu Nahrungsergänzung. Irgendwie kommt mir das Tablett nicht ganz so schwer vor wie sonst. Irgendwie fallen mir alle Bewegungen leichter. Ich bin solider und gleichzeitig schwereloser als zuvor.

»Hallo, Leute.« Ich stelle mein Tablett an dem üblichen Tisch ab und lasse mich zwischen Ashley und Jenna auf einen Stuhl fallen. Ashleys Studentenfutter ist in einer Spirale auf ihrem Tablett angeordnet. Es ist nur eine Frage der Zeit, ehe Hannah darauf aufmerksam wird und sie deswegen tadelt. Aber es scheint sie nicht zu kümmern. Ihre Augen sind feucht und rot gerändert.

»Was ist los?« Ich schaue von Cate zu Teagan zu Jenna und wieder zu Ashley. Die Luft knistert. »War Kyle sauer, weil wir uns rausgeschlichen haben?«

»Nein.« Ashley schnieft. »Ich meine, ja, schon. Aber darum geht's nicht. Ich dachte, meine Eltern würden zu meinem Vierer nicht kommen. Aber heute Morgen meinte Kyle, dass sie wahrscheinlich doch auftauchen.«

»Wie bitte? Heißt das, du sollst die Familientherapie machen und mit ihnen Sachen unternehmen?« Ich fasse sie am Handgelenk. Ihr Puls rast.

»Ja.« Stille Tränen kullern über ihre Wangen.

»Kannst du ihnen nicht sagen, dass sie nicht kommen sollen?« Vielleicht könnte ich mit SK reden, könnte sie bitten, mit Kyle zu sprechen. Ich bin fast sicher, dass entweder ihre Mutter oder ihr Vater – oder beide – für die Verbrennungen auf Ashleys Schultern verantwortlich sind.

»Ich glaube nicht. Sie … machen immer das, was sie wollen.« Sie atmet keuchend, als ob sie keine Luft mehr bekommen würde.

»Aber du musst doch nicht mit ihnen gehen, oder? Ich meine, wenn du im Bungalow bleiben willst, dann darfst du doch, oder?«

»Vielleicht. Ich habe Kyle noch nicht gefragt.«

»Ich werde Anna fragen, okay? Ich werde sie fragen.«

»Ja. Okay. Danke.«

Ich forsche in ihrem Gesicht, das vom Weinen aufgedunsen und gleichzeitig irgendwie zusammengefallen ist. Es ist merkwürdig, eine weitere Version von ihr kennenzulernen. Es ist noch gar nicht lange her, da hat sie mich nachts aufgeweckt, hat Tagebuch geschrieben, ihre Kleidung geordnet und die Wäsche gewaschen, als ob in ihrem Körper ein Turbo gezündet worden wäre. Und jetzt das hier. Sie erinnert mich an diese bunt bemalten russischen Holzpuppen, die meine Mutter auf dem Kaminsims in unserem Haus in der Broad Street stehen hatte: Wenn man eine aufmachte, fand man eine weitere Puppe darin. Und wenn man die aufmachte, war wieder eine da.

»Hey. Hast du Lust, spazieren zu gehen? Wir könnten uns die Pferde anschauen.«

»Geht nicht. Wir müssen noch unseren Imbiss essen.« Sie wirft mir einen merkwürdigen Blick zu.

»Ja. Richtig.« Ich spiele mit meinen Brezeln, und am Tisch wird es still. Teagan ist zuerst fertig, und Cate gibt sich wirklich Mühe. Ich sehe es an der Art, wie sie die Lippen verkrampft und die Erdnüsse zwischen ihnen hindurch auf ihre Zunge schiebt.

Ich suche wieder den Blickkontakt mit Ashley. Ich bin ein bisschen sauer, ein ganz kleines bisschen, weil sie doch eigentlich der Cheerleader unter uns ist; sie darf nicht bedrückt sein. Doch dann ist es vorbei, und ich schnippe eine getrocknete Cranberry auf sie.

»Was für Pläne hast du, wenn das hier vorbei ist?«

»Hä?« Sie zieht einen dicken Batzen Rotz hoch, was mich zum Lachen bringt. Sie fällt mit ein.

»Du könntest mich besuchen kommen, wenn du Lust hast. Du kannst den Rest des Sommers bei uns bleiben.« Ich kann mir gut vorstellen, wie wir beide auf dünnen Handtüchern auf dem nassen Betonrand des Gemeinschaftspools liegen. Ich sehe mein Spiegelbild in den Gläsern ihrer Sonnenbrille, und ich lache so ausgelassen, dass mir der Bauch wehtut. Der Beton brennt sich durch mein Handtuch, und ich kann die Hitze beinahe tatsächlich spüren. Meine Haare sind ein bisschen länger als jetzt und kräuseln sich unbändig und störrisch um meine Schläfen.

»Oh«, sagt sie. Und dann fängt sie wieder an zu weinen. Diesmal richtig. »Ja. Das wäre schön, Stevie. Danke.« Aber sie sagt es irgendwie wehmütig, so wie ich als kleines, einsames Kind mit dem Gedanken gespielt habe, einen Haufen Freundinnen zum Übernachten einzuladen: Es war ein schöner Traum, von dem ich genau wusste, dass er nie Wirklichkeit werden würde.

Am nächsten Tag setzen wir uns in der Gruppentherapie in einem Kreis auf den Boden: SK, ich, Ashley, Cate, Teagan, Jenna und Rain. Rain macht Übungen. Ihre Stirn ist vor lauter

Konzentration gekräuselt. Sie glaubt, dass niemand es merkt. Sie glaubt, sie sei nicht wie wir und wir seien nicht wie sie.

»Wir werden heute eine Körpereinschätzung versuchen«, erklärt SK. Sie sitzt im Schneidersitz, und ihr langer Rock spannt sich über ihren Knien. Sie leert ihre Strohtasche vor sich auf dem Boden aus, und alle recken die Hälse. Da liegen ein paar Knäuel aus bunter Wolle. Echte Scheren, wie ich sie nicht mehr gesehen habe, seit ich hergekommen bin. Ein Maßband.

»Ich möchte, dass ihr alle euch ein Knäuel Wolle nehmt.« Sie hebt einen Garnballen in einem kräftigen Pink auf. »Dann möchte ich, dass ihr den Umfang eurer Hüften schätzt, und zwar an der breitesten Stelle. Wie viel Wolle braucht ihr, um damit eure Hüften zu umfassen? Denkt dran, das soll eine Schätzung sein, ihr dürft also die Schnur nicht an eurer Hüfte abmessen. Sagt mir Bescheid, wenn ihr fertig seid, dann schneide ich euch das Garn ab.«

Wir bewegen uns alle wie in Sirup getaucht, greifen lustlos nach der Wolle. Ich nehme das grüne Knäuel, weil das am nächsten liegt. Ich reiße die Papierbanderole ab und fange an, die Wolle abzurollen. Sie ist aus billigem Acryl und kratzt zwischen meinen Fingern.

»Eine Frage: unsere Hüften, wie sie jetzt sind oder wie sie vorher waren?« Ich tätschele meine Seiten. Sie sind dick und fleischig. Ich versuche, nicht daran zu denken, wegen Josh, aber meine Gedanken gehorchen mir nicht.

»Wie sie jetzt sind.«

»Oh.« Ich schaue seitwärts zu Ashley. Sie starrt auf den gelben Wollball in ihrem Schoß. Meine Schnur muss kürzer sein als ihre und länger als Cates. Kürzer auch als Teagans, aber Teagans wird nur ein bisschen kürzer sein als Ashleys. Rains Schnur wird die kürzeste sein. Ich will nicht, dass mir das wichtig ist, aber trotzdem kommt es mir plötzlich wie die wichtigste Sache auf der Welt vor.

Das ist das Merkwürdige an dem Leben in dieser Blase. Eine von vielen Merkwürdigkeiten, um genau zu sein. Wir sollen uns hier auf die wichtigen Dinge konzentrieren, sollen zum Beispiel lernen, unser Leben nicht zu verabscheuen, unseren Körper zu lieben, uns so zu akzeptieren, wie wir sind. SK hat es mir mindestens zehnmal gesagt: Ich soll meine Zeit hier nutzen, um mein Gehirn umzupolen, mein Denken, die Art, wie ich mich selbst und meine Umgebung wahrnehme. Wenn ich muss, wenn es nötig wird, muss ich in meiner Kindheit forschen, um festzustellen, wie ich gelernt habe, mich mit einer solchen Inbrunst zu hassen. Alle, die wir hier sind, müssen das durchmachen, wenn es nötig ist. Denn wir werden nicht mit Hass auf uns selbst geboren, sagte mir SK einmal.

Aber wir Mädchen sind schon mit unserer puren Existenz dermaßen überfordert, dass der Gedanke an die »wichtigen Dinge« uns völlig lähmt. Das ist doch der Grund, warum wir überhaupt so weit gekommen sind. Das ist der Grund, warum eine einzige Kalorie eine so immense Bedeutung für uns hat, der Grund, dass Pfund und Kilo die Maßeinheit für unser Selbstwertgefühl sind. Denn das sind die Dinge, mit denen wir umgehen können.

Hier, in dieser künstlichen Welt, ist es nicht anders als in der wirklichen Welt. Selbstachtung, Beziehungen, Missbrauch, Eltern, Familien, Erwartungen, tote Geschwister: Das sind die dunklen Wolken, die so dicht über uns hängen, dass wir nicht erkennen können, wie groß sie wirklich sind. Wir können keinen Schritt zurücktreten, um sie in ihrer Gesamtheit zu erfassen. Deshalb konzentrieren wir uns auf die kleinen Dinge. Wir schmuggeln unter der Hand Haarnadeln, während wir uns waschen, weil wir uns dann – nur für einen Augenblick –

wie normale Teenager fühlen. Wir rollen unsere viel zu locker sitzenden Shorts hoch, um unsere skelettartigen Oberschenkel zu bräunen. Diese Dinge geben uns das Gefühl, menschlich zu sein. Ich begreife jetzt, warum die anderen Mädchen so viel Zeit darauf verwenden, ihre stumpfen, dünnen Haare zu Locken zu drehen und Lipgloss auf ihre trockenen, eingefallenen Münder zu schmieren. Es ist alles, was wir haben.

»Das ist schwer«, sage ich laut. In meinem Kopf geht es zu wie in einem überlasteten Sicherungskasten.

»Was ist der schwierigste Teil für dich?«, fragt SK und schaut zu mir hin. Sie sitzt neben Cate, mit einem kleinen Notizbuch und einem Stift in der Hand.

»Ich … ich weiß einfach nicht, wie ich das anstellen soll.«

»Es ist schwierig einzuschätzen, wie der eigene Körper tatsächlich aussieht, nicht wahr?« SK steht auf. »Hast du schon einen Faden abgemessen, Stevie?«

Ich schüttele den Kopf. »Einen Moment noch.« Ich rolle das Garn ab und lege es zu einem Oval, das ich so weit verbreitere, bis es mir passend erscheint. »Okay.«

»Also los.« SK beugt sich vor und schneidet die Wolle ab. Dann misst sie die Länge und trägt den Wert in ihrem Notizbuch ein. »Stehst du bitte mal auf?«

Ich gehorche, und sie legt mir das Maßband um die Hüften. Ich versuche, den Bauch einzuziehen, was mir nicht gelingt. Ich spüre plötzlich überdeutlich, wie eng meine Jeans geworden sind.

»Komm her, Stevie.« SK zieht mich aus dem Kreis heraus und zeigt mir den Eintrag in ihrem Notizbuch. Die Zahlen sollten mir eigentlich Sicherheit geben, aber sie sagen mir nichts, weil ich mich nie auf diese Weise gemessen habe. Nur in Pfunden. »Also, wenn wir uns den Unterschied zwischen den beiden Messungen anschauen – deiner Einschätzung, wie breit deine Hüften sind, im Vergleich mit dem tatsächlichen Umfang –, dann stellen wir fest, dass du dich für ungefähr vierzig Pfund schwerer hältst, als du tatsächlich bist.«

In meinem Kopf hämmert es; ich kann mich nicht konzentrieren. Ashley ist endlich fertig mit ihrem Stück Schnur und legt damit verschiedene Formen, erst einen Kreis, dann ein Dreieck und zum Schluss einen schiefen Stern.

»Was empfindest du angesichts dieses Unterschieds?«, fragt SK.

»Traurigkeit.«

»Traurigkeit?«

»Nein. Ich meine …« Ich schüttele den Kopf, versuche klar zu denken. Ich muss ihr eine Antwort liefern, ansonsten gibt sie keine Ruhe. »Ich fühle mich komisch. Oder unbehaglich oder so was in der Art. Ich habe den Eindruck, dass ich ziemlich genau weiß, wie mein Körper aussieht, und deshalb ist dieser Unterschied … komisch.«

Das reicht ihr. Sie geht zu Ashley weiter. Beugt sich über sie, redet leise mit ihr. Ich versuche Ashleys Gesicht zu sehen, aber es gelingt mir nicht.

Als wir uns wieder in den Kreis setzen, zieht Cate die Knie an die Brust, legt ihre ästchendürren Knöchel übereinander und sagt leise: »Ich hasse das.«

»Was genau?«, frage ich.

»Ich weiß, wir sollen das eigentlich nicht sagen …« Ihre Augen zucken zu SK und dann wieder zu mir. »Aber ich vermisse meinen alten Körper.«

»Wie er war, bevor du krank wurdest?«, fragt Jenna. Rain macht wieder ihre Muskelübungen. Die harten Muskeln an ihren Oberschenkeln zucken unter ihren Jazzpants.

Cate zupft an ihrer Magensonde. »Nein, wie er war, bevor ich herkam. Als ich dünn war.«

Die anderen nicken. Es ist sechzehn Tage her, und ich brauche keinen Spiegel, um zu wissen, dass der leere Raum zwischen meinen Oberschenkeln, zwischen meinem Bauch und dem Bund meiner Jeans und die Vertiefungen in meinen Wangen dahinschmelzen wie Schnee in der Sonne.

»Es ist ein Trauer-Prozess.« SK nickt. »Wenn man sich für die Heilung entscheidet, dafür, gesund zu werden, dann entscheidet man sich gegen seine Essstörung. Habt ihr jemals den Eindruck gehabt, dass eure Essstörung beinahe so etwas ist wie ein Gefährte?«

Ich denke nach. Wenn ich an unserem Esstisch saß, als wir noch in der Broad Street wohnten, wenn ich im Bett lag oder in der Küche im Dunkeln stand und bei dem saugenden Geräusch der sich öffnenden Kühlschranktür zusammenzuckte – die Gedanken waren immer da, immer gegenwärtig. Warm und pulsierend. Erstickend. Da. Mein Name. Mein Gefährte.

»Wenn ihr euch dafür entscheidet, sie gehen zu lassen, dann kann sich das fast wie ein Todesfall anfühlen. Und es ist absolut in Ordnung, diesen Verlust zu betrauern«, sagt SK, hauptsächlich zu Cate gewandt. »Jede von euch verliert mit der Essstörung noch viel mehr. Wer ihr glaubtet zu sein, was ihr damit verändern – oder ungeschehen – machen wolltet.«

Neben mir stößt Ashley hörbar die Luft aus.

»Mich würde interessieren, was das für Dinge sind. Vielleicht können wir darüber reden. Was müsst ihr loslassen, wenn ihr euch für die Heilung entscheidet? Teagan?«

»Anerkennung oder so was?« Teagans Finger huschen über ihren Schädel. Dann setzt sie sich auf ihre Hände.

»Könntest du uns ein bisschen mehr darüber erzählen?«, fordert SK sie auf.

»Es ist aber nicht gerade schön.«

Im Zimmer wird es still. Nur Rain trainiert unbeeindruckt weiter. Sie ist mir so vertraut. Ich schaue weg.

»Mein Stiefvater. Oder Ex-Stiefvater. Sie sind nicht mehr zusammen, er und meine Mom, also ist es eigentlich kein Problem mehr. Aber er mochte meine Schwester Liz immer lieber als mich. Von Anfang an. Auch als wir noch ganz klein waren. Wenn er uns Gutenachtgeschichten vorlas, dann kuschelte sie sich immer auf seinem Schoß zusammen und ich saß neben ihnen, was wohl vernünftig war, weil sie kleiner war als ich. Und dünner. Und blond.«

Ich habe sie noch nie so viel an einem Stück reden hören. Ich stelle mir vor, wie sie als kleines Mädchen war, mit hängenden Schultern in einem verwaschenen, zu engen T-Shirt.

»Es hat sich angefühlt wie ... eine Zurückweisung?«, fragt SK sanft.

Wir anderen geben uns alle Mühe, Teagan nicht anzuschauen. Wir kratzen an unseren Zehennägeln herum, zupfen unsere BHs zurecht und betrachten blinzelnd die Welt draußen vor dem Fenster, weil alles andere einfach zu viel für uns wäre.

»Und als wir älter wurden, wurde es immer schlimmer«, sagt Teagan. »Er hat sie umarmt, mich aber nie. Und er lachte immer über ihre Witze und nahm sie zum Einkaufen mit. Es war so, als ob ich überhaupt nicht existieren würde.«

»Du hast dich unsichtbar gefühlt«, sagt SK. Die Luft auf meiner Zunge schmeckt säuerlich. Ich krümme meine Zehen. Ich spüre, wie neben mir Ashleys Schultern zucken.

»Es war nicht nur er. Alle haben immer nur auf sie geschaut. Sie war hübsch und dünn und lebhaft. Alle haben immer gesagt, sie sollte zum Fernsehen gehen oder so was. Selbst als ich angefangen habe, mich zu übergeben, und immer dünner wurde, hat niemand so etwas über mich gesagt.«

SK nickt. »Aber sein Verhalten hat dich am meisten gekränkt, nicht wahr? Franks Verhalten, meine ich.«

»Es ist so blöd.« Ihre Stimme ist wie Rauch. »Auch noch, nachdem Liz meiner Mom erzählt hat, was er mit ihr gemacht hat, und wir ausgezogen sind, habe ich mich immer wieder gefragt, warum er nicht mich genommen hatte, was mit mir nicht stimmte.«

»Dein Stiefvater ist nichts als ein Stück Scheiße«, rutscht es mir heraus.

SK richtet sich leicht auf. »Stevie …«

»Schon gut.« Teagan schaut zu mir hin. Ihr Gesicht ist leer wie ein unbeschriebenes Blatt. »Es stimmt ja. Und genau das macht es so unverständlich.«

»Ja«, sagt SK. Selbst sie weiß nicht, was sie sonst sagen soll.

»Kann vielleicht noch jemand etwas sagen?«, bittet Teagan.

»Die Verwirrung ist der Punkt, der mich am meisten aufregt«, lässt sich Jenna vernehmen. »Das macht dich ganz irre im Kopf, und man wird fast verrückt. Was natürlich blöd ist, aber manchmal ist es immerhin nicht ganz so schlimm wie das echte Leben, und …«

»Mein Leben war prima«, fällt Cate ihr ins Wort, und alle Köpfe drehen sich zu ihr hin. »Meine Eltern sind nette Menschen, und ich weiß nicht, was ich ihnen sagen soll, warum ich so bin. Sie denken, es ist ihre Schuld.« Ihr schönes Gesicht ist verkniffen und gerötet. »Ich bin fast neidisch. Denn immerhin habt ihr einen Grund; euch ist etwas wirklich Schlimmes passiert.«

»Mein Bruder ist gestorben«, stoße ich hervor. »Möchtest du lieber einen toten Bruder als *Grund* haben?«

Ihr Gesicht wird kreidebleich, als ob ich sie geschlagen hätte.

»So habe ich das nicht gemeint«, wimmert sie.

Rain lässt unvermittelt von ihren Übungen ab. Plötzlich gibt es etwas, das sie interessiert.

»Stevie.« SK eilt zu Cates Rettung. »Ich kann verstehen, dass du verärgert bist, aber bitte benutze nicht diesen Ton.«

»Ich wollte damit nur sagen, dass ich mir irgendwie völlig kaputt vorkomme, innerlich«, versucht es Cate noch einmal. »Mir ist nichts widerfahren, was mich so gemacht hat, also wurde ich vielleicht schon so geboren. Und wenn das stimmt, dann weiß ich nicht, ob ich jemals gesund werde.« Sie zieht die Knie an die Brust und legt ihre Stirn dort ab. Sie hat Angst, mich anzuschauen.

»Egal ob ein traumatisches Erlebnis eure Essstörung ausgelöst hat oder nicht, ihr alle habt durch eure Krankheit Verluste hinnehmen müssen.« SK lässt mich nicht aus den Augen.

»Also schön«, sage ich gepresst. »Okay.«

»Ich denke manchmal an die ganze Zeit, die ich verloren habe.« Ashley räuspert sich. »Und ich werde richtig sauer, dass ich so viel Energie mit Essen und Kotzen und dem ganzen Mist vergeudet habe. So viel Zeit.«

»Ich auch«, sagt Jenna.

Ich nicke und denke, was wir alle denken, aber nicht aussprechen. Ja, die Krankheit hat einen Preis von uns gefordert. Sie hat sich wie eine Krebszelle an unsere Familien geklammert, an unsere Zeit und sogar an unseren Herzschlag. Aber sie hat uns auch etwas gegeben. Durch sie konnte ich die Welt durch einen Schleier betrachten, ohne die Dinge sehen zu müssen, wie sie wirklich waren. Es wäre einfach zu viel gewesen, meinem Leben ins Gesicht zu schauen. Es wäre einfach zu viel gewesen.

SIEBZEHNTER TAG

Sonntag, 20. Juli, 21.30 Uhr

Es klopft an unsere Schlafzimmertür.

»Ich bin's.« Cate schiebt die Tür auf und stellt sich in den Türrahmen. »Darf ich reinkommen?«

»Klar.«

Die Worte sprudeln aus ihr heraus. »Ich wollte sagen, dass es mir leidtut. Wegen der Gruppentherapie gestern. Wegen deinem Bruder und so. Ich wollte dich nicht verletzen. Ich wollte nur sagen, dass es manchmal schwer ist, krank zu sein, ohne den Grund dafür zu kennen.« Sie hat sich die Worte zurechtgelegt, hat sie offensichtlich schon ein paarmal stumm aufgesagt.

»Schon gut.« Auch ich habe mich vorbereitet. »Ich weiß, dass du niemandem wehtun wolltest. Mir tut es auch leid.«

»Und ich wollte dir das hier geben.« Sie macht einen Schritt vorwärts und hebt den Saum ihres T-Shirts ein Stück hoch. Zwischen ihrem Jeansbund und ihrem blassen Bauch steckt ein rosafarbener Einwegrasierer aus Plastik.

»Echt jetzt?« Ich springe förmlich aus dem Bett und reiße ihn ihr aus der Hand, sobald sie ihn mir entgegenstreckt. Ich rolle meine Jeans hoch. Meine Beine sind widerlich: Die Haare sind dunkel und kratzig; erst wenn sie länger werden, werden sie weich. »Wo hast du den her?«

»Es sind ein paar davon in Umlauf«, sagt sie. »Gib ihn bloß

niemand anderem, und lass dich nicht damit erwischen. Und wenn du doch erwischt wirst, verrate mich nicht.«

»Ganz bestimmt nicht.« Ich rolle die Jeans wieder nach unten. »Danke, Cate. Ehrlich, danke.«

Die Eingangstür schlägt zu, und ihre Augen werden groß. Ich schiebe den Rasierer unter mein Kissen, als Ashley hereinstürmt.

»Hey!«, sage ich, ein bisschen zu laut.

Cate verdreht die Augen und lässt sich erleichtert auf mein Bett fallen. »Hey.«

»Wie war das Meeting mit deinem Behandlungsteam?«

»Ich kriege jetzt andere Medikamente, weil ich mit denen, die ich bislang bekommen habe, schlecht schlafen kann.« Ashley zieht ihre Schuhe aus. »Mal sehen.«

Cate und ich wechseln einen Blick.

»Ich gehe noch schnell duschen, okay?«, sage ich.

»Klar. Kann ich schon das Licht ausmachen?«

»Ja, kein Problem.« Ich taste nach meinem Handtuch und meinem Schlafanzug, ziehe unbemerkt den Rasierer unter dem Kissen hervor und verstecke ihn in den Falten der Schlafanzughose. Ich grinse und sause durch die Diele zum Badezimmer, wo ich die Tür schließe, mich schnell ausziehe, ohne mich auf die Zehenspitzen zu stellen, um meinen Bauch im Spiegel betrachten zu können.

Das Wasser ist heiß, und meine Haut fühlt sich trocken an. Ich schmiere Conditioner auf meine Beine und ziehe den Rasierer behutsam und langsam darüber. Nach jedem Streifen fahre ich mit den Fingern über meine glatte Haut. Der Rasierer erinnert mich an den Sommer, in dem ich in einem Ferienlager war – das erste und letzte Mal –, in den Bergen von North Carolina. Ich war zehn. Josh war irgendwo in einem Computer-Camp, und meine Mutter musste geschäftlich nach London. Daher schickte sie mich weg. Sie ließ meinen Dad meine Sachen packen, einschließlich der Unterwäsche, in kleine Reißverschlusstaschen. Eine für jeden Tag. Die entsprechenden Daten waren mit Filzmarker auf den Taschen vermerkt.

Die angesagten Mädchen (die es sogar in den Bergen gibt, was mich nicht hätte überraschen sollen) haben ständig irgendwelche Sachen ausgetauscht, meistens abends, wenn die Lichter aus waren: Kaugummi, Lipgloss mit Geschmack, gefaltete Papierbögen, die voraussagten, wen man heiraten und wie viele Kinder man haben würde. Ich wartete und starrte auf das Etagenbett über mir. Aber mir hat niemand irgendetwas gegeben. Niemals. Bis heute.

Viel zu schnell wird das Wasser kalt. Ich trockne mich ab und ziehe rasch meinen Schlafanzug an. Der dünne Stoff klebt an meinen Beinen. Sie sind glatt und weich, und zum ersten Mal heute fühle ich mich gut. Ich wickele den Rasierer in meine Jeans ein und gehe zurück zu meinem Schlafzimmer.

Alles ist dunkel, doch ich höre unterdrücktes Schluchzen.

»Ist alles in Ordnung?« Ich taste an der Wand nach dem Lichtschalter.

»Lass das Licht aus.« Ihre Stimme ist gebrochen und tränenschwer. »Mach die Tür zu, okay?«

»Okay.« Es ist stockdunkel, nachdem ich die Tür geschlossen habe, und man kann die Hand vor Augen nicht sehen. »Aber ich will bloß … brauchst du irgendwas? Soll ich eine Schwester rufen oder irgendwas anderes machen? Bist du krank?«

»Nein«, sagt sie leise. »Es ist nur … Mein Dad hat heute Abend angerufen, und er meinte, sie kämen auf jeden Fall zu meinem Vierer. Und zwar schon morgen.« Sie schnieft. »Ich will nicht, dass sie kommen, Stevie. Ich bin noch nicht bereit …« Schluchzen erstickt ihre Worte.

»Hast du es Kyle gesagt?«

»Er kann nichts machen. Es sind meine Eltern.« Das Bett erzittert unter ihrem Weinen.

»Warte mal.« Ich lasse mich auf die Knie fallen und taste nach der Schublade, stopfe meine Jeans, das T-Shirt und den BH hinein und krame so lange darin herum, bis ich die Tabletten finde. Die glatten und glänzenden sind die Schlaftabletten. Ich nehme zwei heraus und drücke die Schublade wieder zu.

»Hier.« Vorsichtig tapse ich durch das Zimmer. Mein großer Zeh stößt gegen ihren Bettpfosten. Ich schlucke den Schmerz hinunter. »Rutsch mal.«

Das Bett knarrt, und ich setze mich auf die Kante. »Nimm die.« Ich suche nach ihrer Hand und finde sie. Sie ist heiß und nass, und ich lege ihr die Tabletten auf die Handfläche. Ich höre, wie sie die Pillen schluckt. Sie sagt etwas, das ich nicht verstehe, weil sie so stark schluchzt.

»Ich schlafe bei dir«, sage ich und lege mich neben sie. »Aber wehe, du klaust mir die Decke.« Ich fahre mit der Hand auf der Matratze hin und her, bis ich ihr Stoffkaninchen finde. Das klemme ich zwischen uns.

Sie lacht ein bisschen. Ihr Körper bebt noch immer. Das Kissen ist nass, aber ich weiß nicht, ob von meinen Haaren oder ihren Tränen.

»Tut mir leid«, sagt sie.

Ich rolle mich auf den Bauch und lege meine Hand auf sie, in ihre Ellbogenbeuge. Ich warte, bis sie einschläft, fühle das Hämmern ihres Pulses, das langsamer wird. Auch ihr Atem geht nach einer Weile ruhiger.

»Ja. Mir auch«, sage ich.

ACHTZEHNTER TAG

Montag, 21. Juli, 5.45 Uhr

Ashley schläft noch, als ich am folgenden Morgen aufwache. Ich will sie nicht stören, und deshalb stehe ich so langsam auf, dass eine, vielleicht auch zwei Minuten vergehen, ehe ich mich so weit aufgerichtet habe, dass ich die roten Zahlen ihres Weckers sehen kann. Es ist Zeit für die Morgenuntersuchung. Ohne um Erlaubnis zu fragen, hat sich mein Körper bereits an diese Routine gewöhnt.

»Ashley. Wir müssen zur Untersuchung.« Ich lasse mich aus dem Bett gleiten und fahre mit den Zehen meines rechten Fußes unter mein linkes Hosenbein, nur zur Sicherheit. Die Haut ist noch immer glatt. Ich lächle in der Dunkelheit.

»Wir können zusammen gehen, wenn du willst.«

Sie gibt ein gedämpftes Brummen von sich und vergräbt ihren Kopf unter dem Kissen.

»Okay.« Ich gehe zu meinem Bett und hole meine zerknüllten Jeans aus der Schublade. Den Rasierer schiebe ich ganz nach hinten, zwischen die Falten meines Sport-BHs. Ohne das Licht einzuschalten, ziehe ich mich an, fahre mit den Fingern durch meine Haare und reibe mir den körnigen Schlaf aus den Augen. Ich überlege, ob ich Ashley noch einmal wecken soll, bevor ich gehe, doch dann erinnere ich mich daran, dass heute ihre Eltern kommen. Sie nähern sich wie diese schwefelgelben Wolken, die man oft vor einem Sturm beobachtet. Ihre Mutter zieht sich bestimmt die Lippen im Flugzeug nach, und ihr Vater checkt wiederholt sein Mobiltelefon, ehe eine Stewardess mit fliederfarbenen Lippen ihn zum dritten Mal bittet, es auszuschalten.

Ich lasse sie schlafen.

»Stevie? Können wir uns kurz unterhalten?« Nach dem Frühstück winkt mich SK zu sich. Sie unterschreibt die Einträge der Schwestern.

»Ja, klar.« Ich ziehe meinen Bauchnabel zu meiner Wirbelsäule hin, das heißt, ich versuche es. Aber es passiert nichts; mein Bauch gehorcht mir nicht. Irgendwo in meinen Eingeweiden wächst die saure, faserige Ananas, hockt wie ein Klumpen Lehm das Viertel der kalten, harten Waffel. Ich versuche, an etwas anderes zu denken, an irgendetwas. Ablenkung nennt das SK. Ich begutachte ihr Outfit: locker sitzende Jeans, weißes T-Shirt. Ein taillierter hellroter Blazer. Sie sieht entspannt aus.

»Haben wir Therapie?«, frage ich.

»Na ja, es waren ziemlich intensive Tage für dich. Ich wollte einfach nur wissen, wie es dir geht. Gehen wir ein Stück spazieren?«

»Haben Sie vergessen, dass ich noch auf Rot bin?« Ich wackele mit dem Handgelenk vor ihrer Nase herum.

Sie schüttelt leicht den Kopf, aber ich glaube, ein Lächeln auf ihren Lippen zu erkennen.

Draußen ist es noch heißer als gewöhnlich. Der Boden unter meinen Füßen ist steinhart gebacken. Mit zwei Fingern fahre ich über das Gesicht meiner Mutter auf meinem Arm. Es ist so heiß, dass ich eigentlich schwitzen müsste. Zu Hause wäre ich schon schweißgebadet. Wir gehen am Rand des Innenhofs entlang, und ich balanciere auf der Linie zwischen dem Gras und der Steineinfassung wie auf einem Drahtseil.

»Wie geht's dir heute Morgen?«

»Ich mache mir ein bisschen Sorgen um Ashley. Heute fängt ihr Vierer an.«

»Machst du dir Sorgen, dass es schwierig für sie werden könnte?«

»Ja, aber nicht nur deswegen. Sie ist in letzter Zeit so durcheinander. Himmelhochjauchzend, zu Tode betrübt.« Ich sage nichts über den Weinkrampf von gestern Abend. Das ist zu persönlich. »Sie schläft nachts nicht und hat eine unglaubliche Energie, und im nächsten Moment sieht sie aus, als hätte ihr jemand die Luft aus den Lungen gesaugt.«

»Der Vierer kann ganz schön hart sein. Aber er bietet auch die Chance für etwas unglaublich Aufbauendes. Er kann Raum machen für den Willen, gesund zu werden.« Eine Hochglanzantwort wie aus einer Werbebroschüre. Es fehlt nur noch, dass sie ihre blitzenden weißen Zähne zeigt.

»Aber ich glaube nicht, dass Kyle begreift, wie sehr die Sache sie aufregt.«

»Ich merke, dass du wirklich besorgt bist, Stevie.« Am Reitplatz angekommen, bleibt sie am Zaun stehen und legt ihre Unterarme auf eine Strebe. Die Farbe blättert ab, und darunter zeigen sich Rostflecken. Ich fahre mit den Fingern über die unregelmäßige Oberfläche. »Ich kann dir versichern, dass sich das Behandlungsteam ganz ausgezeichnet um Ashley kümmert.«

»Hören Sie auf damit.«

»Womit?«

»Mit diesem ›Ich kann dir versichern‹ und dass man sich ›ausgezeichnet‹ um Ashley kümmert. Ich sage Ihnen, dass sie sich aufregt. Ich rede mit Ihnen wie mit einem normalen Menschen.«

»Okay.« Sie schaut mich an, und ihr Blick ist jetzt offen und echt. »Ich habe dich verstanden, und ich bin froh, dass du dich mir anvertraust. Aber ich möchte, dass du dich auf dich selbst konzentrierst, deshalb sage ich dir, dass wir uns um sie kümmern. Aber deine Sorge ist angekommen.«

Ashleys Eltern werden nach dem Nachmittagsimbiss erwartet, während der zweiten Entspannungseinheit des Tages. Ashley und ich sitzen auf der Terrasse, sie mit dem Rücken zum Rasen, damit sie gleich sieht, wenn sie durch die Tür der Villa kommen. Wir hocken da wie zwei Vögel auf einer Hochspannungsleitung und schauen abwechselnd uns an und dann wieder schnell zur Tür, wenn sie sich öffnet.

»Findest du das Kleid okay?« Ashley wischt sich die Handflächen an ihrem melonenfarbenen T-Shirt-Kleid ab. Sie hat sich heute Morgen mit einem dünnen silberfarbenen Lockenstab die Haare aufgedreht. Ihre Wimperntusche ist zu dick aufgetragen, aber das sage ich ihr nicht.

»Ja. Du siehst toll aus.« Irgendwie habe ich das Gefühl, dass alle ringsum in Alarmbereitschaft sind. Alle sitzen ein bisschen gerader da, ein bisschen angespannter. Einige der Mädchen auf dem Rasen rollen die Hosenbeine ihrer Shorts zu einer angemessenen Länge nach unten. Einige rollen sie noch höher. Es ist stiller als sonst.

»So ist das immer, wenn irgendwelche Eltern kommen.« Ashley wackelt mit den lackierten Zehen. »Ist das nicht komisch? Es sind doch *meine* Eltern, aber alle anderen sind auch irgendwie nervös.«

»Ja. Komisch.« Aus irgendeinem Grund ist diese Nervosität ansteckend: Mein Magen zappelt in meinen Eingeweiden herum wie ein Fisch auf dem Trockenen. Es ist doch nicht meine Mutter, die da durch die Tür kommen wird. Sie ist es nicht.

Ashleys Eltern sind nur teilweise so, wie ich sie mir vorgestellt habe. Als sie durch die Tür treten, ringt die Mutter die Hände. Ich hätte nicht gedacht, dass das heutzutage noch jemand tut. Sie ist älter, als ich dachte, trägt elegante Jeans, ein blütenweißes T-Shirt und einen schwarzen Blazer. Ihre Handgelenke sind mit Gold behängt, ebenso ihre Finger und Ohren. Vermutlich ist sie recht hübsch unter all diesem Make-up. Der Vater ist genauso, wie ich ihn in meiner Fantasie gesehen habe: groß, gut aussehend, in einem Polo-Shirt, das lässig und gleichzeitig unglaublich teuer aussehen soll. Er riecht nach holzigem Aftershave und Tabak.

Sie sind gar nicht so übel, denke ich anfangs. Und dann erinnere ich mich wieder daran, was sie getan haben.

»Hey, Mama. Hey, Daddy.« Ashley steht auf. Ihr Gesicht ist in einem panischen Grinsen eingefroren. Ich nehme ihre Hand und drücke sie. Sie ist schweißnass und schlaff.

»Hallo, Ash.« Die Stimme der Mutter schwankt leicht. Sie rührt sich nicht, bis auf das Händeringen.

Der Vater räuspert sich und schaut mich an.

»Oh. Ich bin Stevie«, sage ich. »Ashleys Freundin.«

»Schön, dich kennenzulernen«, sagt die Mutter.

Der Vater nickt.

»Stevie und ich sind Zimmergenossinnen«, zwitschert Ashley. »Sie kommt aus Atlanta.«

»Wie schön«, sagt die Mutter. Sie dehnt ihren Nacken und schaut zu Boden. Die anderen Mädchen tun so, als ob sie uns nicht beobachten. Aber insgeheim starren sie diese seltsamen Vögel an, die sich auf unser Territorium verirrt haben. Wir alle wissen, wozu Eltern fähig sind.

»Nun, das ist wirklich ... schön«, sagt die Mutter noch einmal. »Hier ist es fantastisch, Ash. Du hast gar nicht erzählt, wie herrlich es hier ist.«

»Sollte es auch sein, bei dem, was wir dafür bezahlen«, meint der Vater knurrend.

Ashley verkrampft sich.

»Wie war's in Spanien?«, fragt sie. Ich habe sie noch nie so zurückhaltend erlebt.

»Nun, wir sind früher abgereist«, sagt die Mutter, »weil wir doch hierherkommen wollten.«

»Ach ja«, sagt Ashley. »Tut mir leid.«

Zu viert stehen wir da. Der Vater schaut auf seinem Mobiltelefon nach, ob irgendwelche Anrufe oder Nachrichten gekommen sind, und er tut es nicht einmal diskret.

»Ich sollte wohl besser gehen und Tagebuch schreiben oder so etwas«, sage ich.

»Nein, das ist schon okay!«, widerspricht Ashley. Also bleibe ich und beobachte sie dabei, wie sie einander beobachten. Sie sehen aus wie orientierungslose Fremde, die an den Spitzen eines schiefen Dreiecks stehen, wie das, das Ashley aus dem Garn gelegt hat. Unwillkürlich stelle ich mir die Frage, was eine Familie ausmacht. Ich glaube, dass für einige Menschen eine Familie aus den Leuten besteht, die immer in der Nähe sind, wenn etwas Schreckliches geschieht.

NEUNZEHNTER TAG

Dienstag, 22. Juli, 21.45 Uhr

Als ich nach dem Abendimbiss zum Bungalow drei komme, schiebt sich eine dünne Scheibe aus Licht unter unserer Schlafzimmertür durch. Meine Stirn legt sich in Falten. Ashley sollte eigentlich bei ihren Eltern sein.

»Hallo?« Vorsichtig schiebe ich die Tür auf. Ashley geht in unserem Zimmer auf und ab. Mit großen Schritten durchmisst sie den Raum, das Stoffkaninchen fest mit der Faust umklammernd.

»Hey! Was machst du hier?« Ich bleibe an der Tür stehen.

Sie läuft weiter ihre Runden. Geht zum Schrank und wieder zurück. Sie trägt Jeans, ein T-Shirt und einen taillierten Blazer. Ich kenne die Sachen nicht. »Ich konnte nicht, klar? Es war einfach zu viel! Ich wollte nicht noch eine Nacht bei ihnen bleiben.«

»Bei deinen Eltern?« Blöde Frage.

Sie schnieft und schaut auf. Mein Atem klammert sich an meine Kehle. Sie ist so stark geschminkt, dass ihr Gesicht groteske Züge angenommen hat. Millimeterdick hat sie die Foundation aufgelegt, dazu kreisrunde pinkfarbene Flecke auf die Wangen gemalt. Dann bronzefarbenen Glitzer, sodass es aussieht, als hätte man sie geschlagen. Rechts und links, und sehr symmetrisch. Ihre Locken liegen perfekt. Makellos. Aber es ist der Anblick ihrer Augen, bei dem ich am liebsten geheult und gleichzeitig geschrien hätte. Umrahmt von schwarzem

Eyeliner sind ihre Augenlider lila bemalt, wie Blutergüsse. Die Wimpern sind so verklebt, dass ihre Augen einen dauerhaften Schlafzimmerblick haben. Die Farbe läuft ihr über die Wangen, als ob sie schmelzen würden.

»Oh mein Gott.« Meine Stimme ist nur ein Flüstern.

»Meine Mom, die wollte mit mir so eine Art Schönheitstrip machen. Sie dachte, es sei spaßig, eine Mädchensache oder so was. Und mein Dad wollte im Hotel bleiben und sich ein Spiel ansehen, und …« Wieder wandert sie hin und her. Stumme Tränen graben sich durch die dicke Schminke.

Meine Hand zuckt vor, aber ich ziehe sie wieder zurück, weil ich weiß, dass ich sie nicht bremsen kann.

»Komm mit mir«, platzt es aus mir heraus. »Wenn das hier vorbei ist. Du musst nicht mehr zu deinen Eltern zurück, Ashley. Wirklich nicht.«

Sie stößt einen Laut aus, der sowohl ein Lachen als auch ein Röcheln sein kann, ich weiß es nicht. »Klar. Du willst, dass ich mit dir nach Hause komme.«

»Das will ich wirklich!«, sage ich leidenschaftlich. »Mein Dad ist echt nett.«

Daraufhin muss sie noch mehr weinen.

»Nicht«, sage ich und hasse mich für meine Worte. »Ich meinte …«

Es klopft leise an der Tür.

»Verschwinde!« Ashleys Schrei ist erstickt.

»Soll ich … Soll ich jemanden rufen?« Cates Stimme auf der anderen Seite der Tür klingt zwergenklein.

Ashleys Augen werden groß, und ich sage: »Nein, schon gut! Alles in Ordnung.«

»Ähm … okay.« Nach einem kurzen Moment höre ich das leise Klicken der Tür am anderen Ende des Flurs.

»Ashley, komm her. Machen wir dich erst mal sauber, okay?«

»Mir geht's gut. Mir geht's gut«, sagt sie. »Tut mir leid. Mir geht's gut.« Sie wischt sich mit dem Handrücken über die Nase und verteilt dabei Rotz auf ihrer Wange.

»Ich weiß«, sage ich sanft. »Darf ich …?« Ich strecke die Hand nach ihr aus, aber sie versteift sich. »Nur … warte einen Moment, okay?« Ich knie mich neben mein Bett und hole mein letztes sauberes Handtuch aus der Schublade. »Komm mit.«

Sie nickt wild und folgt mir durch die Diele zum Badezimmer. Ich führe sie zur Toilette und drücke sie auf den Sitz. Dann krame ich durch meinen Kulturbeutel auf dem Fenstersims.

»Du wirst dich gleich besser fühlen«, verspreche ich ihr. Aber selbst für mich hört sich diese Behauptung wie eine Lüge an. Ich drehe das heiße Wasser auf und halte einen Zipfel des Handtuchs unter den Strahl. Dann quetsche ich etwas Gesichtswaschgel auf das Handtuch und verteile es auf dem Stoff. »Los geht's.« Ich beuge mich über sie, schiebe ihre Haare nach hinten und wische mit dem nassen Handtuchzipfel in kleinen, langsamen Kreisen über ihr Gesicht. Die Schminke vermischt sich wie Wasserfarben.

»Danke«, sagt sie. Sie weint immer noch.

Ich wasche das Handtuch aus und nehme einen sauberen Zipfel.

»Es waren nicht … meine Eltern.« Ihr Atem geht flach. »Falls du das denkst.«

»Was?«

»Es waren nicht meine Eltern, die … das mit mir gemacht haben. Auf meinem Rücken, du weißt schon. Es war mein Bruder.«

»Wie bitte?« Ich gehe vor ihr in die Hocke, versuche ihren

Blick einzufangen, aber ihre Augen sind überall, huschen rastlos hin und her. »Wovon redest du da? Du hast keinen Bruder.«

»Doch, habe ich. Ich spreche nur nie über ihn, weil es mich zu sehr aufwühlt. Er ist vier Jahre älter als ich und er war schon immer irgendwie ... durcheinander. Meine Eltern haben ihn zu Psychiatern geschickt und alles, aber er wollte seine Tabletten nicht nehmen.«

Ich muss mich zum Atmen zwingen.

»Als wir klein waren, hat er mich geschlagen, und anfangs dachte ich, das sei normal für einen älteren Bruder, weil meine Freundinnen meinten, ihre Brüder würden sie auch verhauen. Aber das war wohl nicht dasselbe. Und als wir älter waren und meine Eltern ausgingen und uns allein ließen, dann wartete er, bis er dachte, ich sei eingeschlafen.« Ihr Gesicht wird runzelig vor Qual.

Ich weiß nicht, was ich sagen soll. Ich habe schlichtweg keine Ahnung, denn wenn man einen Bruder hat wie ich – Scheiße, *hatte* –, dann macht das, was sie gerade behauptet hat, keinen Sinn. Ich kann es mir nicht vorstellen, ich kann es nicht begreifen. Also halte ich meinen Mund.

»Aber ich habe nicht geschlafen. Ich habe gehört, wie er das Streichholz anzündete, und habe den Rauch gerochen, und ich hätte am liebsten geschrien.«

Ich drücke ihr das Handtuch gegen die Wange und fange ihre Tränen auf.

»Aber das konnte ich nicht, weißt du? Ich glaube nämlich, dass er genau das wollte. Ich glaube, er wollte, dass ich schreie.«

Ich fürchte, ich muss mich gleich übergeben. »Haben deine Eltern davon gewusst?«

Sie schüttelt erst den Kopf, dann nickt sie. »Anfangs nicht, jedenfalls glaube ich das. Meine Mom ist einmal ins Bad gekommen, als ich ungefähr zehn war, und hat mich angestarrt, als ob ich irgendein Freak wäre. Und dann hat sie gesagt: *Du musst dich eincremen. Ich hole dir etwas Creme.* Und dann ist sie rausgegangen. Und danach war mein Bruder aus dem Haus, aber wir haben nie darüber geredet.«

»Hast du ihn seitdem noch einmal gesehen?« Am liebsten hätte ich ihn umgebracht. Wirklich und wahrhaftig.

»Nein.« Sie schluchzt. »Aber in letzter Zeit reden meine Eltern ständig über ihn. Sie sagen so was wie: Riley geht es jetzt wirklich gut mit seinen Medikamenten, und ich denke: Scheiß auf Riley und seine Scheiß-Medikamente und Scheiß auf euch, weil ihr überhaupt noch mit ihm redet.«

»Ja. Du hast recht. Scheiß auf sie.«

Sie schluckt und springt dann schnell auf, wobei sie mich zurückstößt. Dann krümmt sie sich über das Waschbecken. Das kleine Bad wird von einem sauren Geruch überschwemmt.

»Schon gut«, sage ich schnell. »Schon gut. Geh einfach wieder ins Bett; ich mache hier sauber.«

»Neiiiiiin!«, heult sie in den Ausguss.

Ich nehme ihren Kulturbeutel und krame darin herum. »Wo ist deine Zahnbürste?«

»Im Hotel.«

»Okay. Dann nimm einfach etwas Zahnpasta auf deinen Finger.« Mundspülungen sind nicht erlaubt, wegen der Alkoholiker.

Murrend wie ein Kind zur Schlafenszeit gehorcht sie. Ich spüle das Waschbecken aus und wische es mit meinem Handtuch sauber. Das Handtuch stopfe ich dann in den Korb für die Schmutzwäsche. Schließlich bringe ich Ashley wieder in unser Zimmer und in ihr Bett.

»Möchtest du eine Schlaftablette? Ich hol dir eine.«

Sie widerspricht nicht, und so nehme ich eine Schlaftablette für sie und eine für mich aus meinem Vorrat. Sie streckt die Zunge raus und ich lege die Kapsel auf die hubbelige rosafarbene Spitze. Sie wirft den Kopf in den Nacken und schluckt. Ich mache es genauso.

Ich will in mein eigenes Bett gehen, aber sie stößt ein Wimmern aus, und so krieche ich zu ihr unter die Decke. Das Licht ist noch an.

»Mein Bruder hat mir wehgetan«, sagt sie.

»Ich weiß. Ich finde, du bist unglaublich tapfer«, sage ich, »weil du die Wahrheit sagst.«

»Erzähl mir von deinem Bruder.«

Meine Augen füllen sich mit Tränen, und ich verkrampfe meine Fäuste um die Bettdecke.

»Bitte. Es würde mir wirklich helfen«, flüstert sie.

»Sein Name war Joshua. Er war wirklich … einfach nur gut. Es ist schwer zu erklären. Er starb vor fast einem Jahr. Bei einem Autounfall. Ich war auch im Wagen. Ich habe mir immer die Schuld an seinem Tod gegeben.«

Mehr kann ich nicht sagen, und sie fragt nicht weiter. Wir liegen nebeneinander im Bett, wie festgenagelt von unserer Trauer und unserem Leid.

ZWANZIGSTER TAG

Mittwoch, 23. Juli, 3.26 Uhr

Ashley wirft sich im Schlaf hin und her und murmelt vor sich hin. Nach einer Weile lasse ich sie allein und gehe in mein eigenes Bett. Mein Schädel brummt, und mein Gehirn ist schwer und träge von der Wirkung der Tablette.

Ich träume von dem Unfall, aber Josh ist nicht dabei. Ich sitze auf dem Beifahrersitz und starre durch die Windschutzscheibe.

»Du bist genau wie Mom, weißt du das?« Als ich zur Seite schaue, sitzt Ashley am Steuer. Ihr Gesicht ist aufgequollen und bunt bemalt. Wie ein Indianer auf dem Kriegspfad.

»Was redest du denn da? Das ist doch der letzte Blödsinn!«

»Also bitte, als ob du das nicht wüsstest!« Sie fährt einen weiten Bogen und schwenkt in eine verlassene Einbahnstraße ein. »Glaubst du, dass sie einfach so, ohne Grund, nach Paris ging? Bist du wirklich so naiv?« Noch eine Kurve, diesmal in eine zweispurige Straße, eine von der Sorte, die sich wie eine Schnur durch die Dunkelheit zieht und namenlose Städte miteinander verbindet. Die Scheinwerfer des Buick sind wie zwei weiße Perlen, die schnell vor uns herrollen.

»Ich weiß nicht, warum sie weggegangen ist!«, schreie ich die Windschutzscheibe an und kralle meine Hände wie ein Tier in den hässlichen Sitzbezug. »Mir sagt ja niemand was!«

Und plötzlich sind wir gemeinsam im Swimmingpool. Es ist

Nacht und unsere Gesichter schaukeln auf der Wasseroberfläche. Im Wasser brennt meine Narbe.

»Mein Bruder hat mir wehgetan«, flüstert sie. Ihre Worte hüpfen über das Wasser wie federleichte Kiesel.

»Ich weiß.« Ich schaue zum Rand des Pools, und da ist Eden. Wie ein hungriger Raubvogel beugt sie sich vor. Sie lacht und stippt einen Zeh ins Wasser.

»Hast du jemals das Bedürfnis gehabt, etwas … Besonderes zu sein?«, fragt sie.

Der Buick wagt ein schwungvolles Tänzchen mit der gelben Mittellinie. »Du bist genauso, Stevie. Du bist genau wie Mom. Eine herzlose Schlampe.«

»Sei still!«, kreische ich. »Sei still!«

Der Buick schlenkert hin und her.

Ich schreie. Das Brausen der Luft, die Schwerelosigkeit des Autos, das durch die Luft fliegt wie ein billiges Kinderspielzeug.

Komisch, denke ich.

Und dann fängt das Schreien an.

Ich fahre im Bett hoch, zitternd und schweißgebadet. Meine Kehle ist ausgetrocknet. Ich lecke mir über die Lippen und presse sie so fest aufeinander, bis ich Blut schmecke. Es dauert eine Weile, bis ich merke, dass die Schreie nicht aufgehört haben und dass es nicht meine Schreie sind. Meine Hand trifft auf etwas Weiches. Das einohrige Kaninchen. Ich kann mich nicht erinnern, dass ich es Ashley weggenommen habe. Jedenfalls nicht heute Abend.

»Ashley?«, rufe ich krächzend. Der Wecker zeigt fünf Uhr und irgendetwas an.

Ich taumele aus dem Bett und taste an der Wand, bis ich den Lichtschalter finde. Ashleys Bett ist leer. Mein Kopf fühlt sich an wie in Watte gehüllt, und das Denken fällt mir schwer. Ich stolpere in die Diele und gebe einen undeutlichen Ruf von mir, folge dem Klang der Schreie bis zu ihrem Ursprung. In der Diele komme ich an Teagan vorbei, die den Telefonhörer an ihr Ohr gepresst hat und immer wieder *Bitte!* in die Sprechmuschel schreit. Sie schaut mich an, ohne mich zu sehen.

Die Badezimmertür am Ende des Flurs steht offen. Eine Dampfwolke, die nach Erbrochenem und Metall riecht, quillt heraus. Cate kauert in der Dusche. Das Wasser läuft noch, hat sie von oben bis unten durchnässt. Das dünne Haar klebt an ihrem Schädel. Sie hält Ashleys Kopf in ihrem Schoß und wiegt sich hin und her. Cate schreit etwas, aber ich kann die Worte nicht verstehen. Der Schlauch ihrer Magensonde, das T-Shirt und die abgewetzte Schlafanzughose – alles ist über und über mit Blut besudelt.

Oh mein Gott, da ist so viel Blut. Es strömt über den Boden wie Wasser.

Alles dreht sich vor meinen Augen. Ich krümme mich zusammen und stütze die Hände auf den Knien ab. Auf der Zunge schmecke ich Galle.

»Was hast du *getan?*«, kreischt Cate. »Was hast du *getan?*«

»Was? Was ist passiert?« Ich sollte mich bewegen, sollte irgendetwas tun. Aber ich stehe bloß da und halte das Stoffkaninchen fest, während der Geruch nach Blut durch die Luft wabert und rosafarbener Dampf aufsteigt.

Cate blickt mit eingefrorenem Gesicht zu mir auf. Ihre Augen sind eine einzige Anklage. »Hast du ihr den Rasierer gegeben? Hast du …?« Der Rest ihres Satzes zerfließt zu einem unbarmherzigen, wortlosen Schrei.

Erst da wird mir klar, dass sie nicht mit Ashley redet, sondern mit mir.

Die Badezimmertür schlägt gegen die Wand. Mehrere Schwestern stürmen herein und schieben mich beiseite.

»Zurück in eure Zimmer, alle miteinander.« Ein Pfleger zieht Cate aus der Dusche. »Komm mit, Liebes, gehen wir.«

»Nein! Fassen Sie mich nicht an!« Cates Schreien ist wie das Brüllen eines sterbenden Tiers. Es sind zwei Pfleger nötig, um sie zu bändigen. Einer hält sie an den Handgelenken fest und der andere an den Fußgelenken, während ein dritter Ashley auf den rosafarbenen Boden gleiten lässt, der früher einmal weiß war.

»Zurück in eure Zimmer!« Eine Schwester, die ich noch nie gesehen habe, scheucht mich durch den Flur.

Der Hörer des Flurtelefons hängt bis zum Boden herab. Die Schwester bringt mich in mein Zimmer. Vor dem Fenster kreisen Lichter, und es wimmelt vor hektischen Bewegungen.

»Ich schicke nach jemandem, der bei dir bleibt, aber du wirst dein Zimmer nicht verlassen, es sei denn, man sagt es dir. Hast du verstanden?«, fragt mich die Schwester.

Ich muss wohl genickt haben, denn sie zieht die Tür von außen zu. Ich lasse mich auf die Knie fallen. Die Schublade unter meinem Bett steht einen Spalt offen, und ich weiß es, ohne nachzuschauen – und trotzdem schaue ich nach, einmal, zweimal, noch einmal, wieder und wieder. Aber ich weiß, dass ich ihn nicht finden werde. Der Rasierer ist weg.

Die Seelenklempner, und zwar alle miteinander, sind schnell zur Stelle und versammeln die Patienten an verschiedenen Orten des Geländes: in der Villa, in den Nebengebäuden und den anderen Bungalows – nur nicht in der Nähe von Bungalow drei. SK bringt Cate, Teagan und mich zu dem Haus, in dem die Treffen mit den Behandlungsteams stattfinden. In der Küche warten blasslila Tabletts mit Frühstück auf uns. Niemand wirft auch nur einen Blick auf das Essen. Nicht einmal SK.

Wir haben uns Jeans und schmutzige T-Shirts übergeworfen und hocken nun zusammengesunken auf Klappstühlen aus Metall. Ich habe die Tabletten aus meiner Schublade in meine Jeanstasche gestopft und Joshs Sweatshirt über mein Top gezogen. Mein Handy ist im BH versteckt. Nach dem, was passiert ist, werden sie unser Zimmer nach verbotenen Dingen durchsuchen. Wieder einmal denke ich nur an mich selbst, während Ashley still und stumm auf irgendeiner Bahre liegt und das Wasser aus ihren leblosen Locken tropft. So ein Miststück bin ich.

»Ich weiß, dass es nichts gibt, was ich tun oder sagen könnte, das dieses Erlebnis weniger traumatisch für euch macht. Für uns alle.« SKs Stimme ist so leise, dass ich sie kaum höre. Sie klingt irgendwie feucht, als ob sie weinen würde.

Ich habe Ihnen doch gesagt, dass ich mir Sorgen mache!, will ich ihr entgegenschreien. Aber es ist nicht ihre Schuld. Ich bin diejenige, die einen Rasierer hatte.

»In Zeiten wie diesen ist es ungeheuer wichtig, geerdet zu bleiben, im Hier und Jetzt zu leben.« Niemand hört hin, nicht einmal SK selbst.

»Ist sie tot?«, fragt Teagan mit dünner Stimme.

»Sobald ich irgendwelche Informationen habe, werde ich euch Bescheid sagen.«

Ich schiebe die Hand unter Joshs Sweatshirt und fühle die beruhigende Erhebung der Tabletten in meiner Hosentasche. Ich schaue SK nicht an. Ich schaue niemanden an. Ich könnte es nicht ertragen – Cates tränennassen, rotäugigen Hass oder Teagans leeren Blick. Wir drei wissen es: Ich habe sie umgebracht.

»Würdet ihr mir einen Gefallen tun? Würdet ihr einmal

langsam und tief atmen? Durch die Nase einatmen und durch den Mund ausatmen.« SK vollführt einen tiefen Atemzug, aber niemand folgt ihrem Beispiel. Es kommt mir so grausam vor, tief ein- und auszuatmen, während Ashley es nicht kann.

Ich sollte etwas fühlen, denke ich. Ich klappere SKs Liste an Emotionen ab: Wut, Trauer, Scham. Aber das sind nichts weiter als Worte.

SKs Handy klingelt, und wir alle zucken zusammen.

»Ich sollte wohl …«, setzt sie an, als ob irgendeine von uns sie daran hindern würde, das Gespräch anzunehmen. Sie zieht ihr Mobiltelefon aus der Hosentasche und schaut auf das Display. »Ich bin gleich wieder da, Mädels.«

Schweigend sitzen wir beisammen. Teagan zieht alle paar Sekunden geräuschvoll die Nase hoch. Ich sage nichts, kein einziges Wort, denn ich verdiene diese stumme Hölle bis in alle Ewigkeit. Ich warte auf die Anklage.

»Es tut mir leid«, flüstert Cate.

Mein Kopf fährt hoch. »Was soll das?«

»Ich hätte dir den Rasierer niemals geben dürfen. Ich hätte ihn wegwerfen müssen. Es tut mir leid. Es tut mir leid. Oh mein Gott.« Ihr Gesicht fällt in sich zusammen.

»Von wem hast du ihn?«, will Teagan wissen.

Cate schüttelt den Kopf. »Das spielt keine Rolle.«

»Ich wusste es nicht … Ich habe ihn ihr gegenüber nie erwähnt«, sage ich verzweifelt. »Ich schwöre es.«

Die anderen Mädchen lassen die Köpfe hängen.

»Ich habe ihn in meiner Unterwäsche versteckt. In der Schublade. Ganz hinten, dick eingewickelt. Ich habe keine Ahnung, wie …«

»Okay, Stevie. Wir haben verstanden. Es ist nicht deine Schuld.« Cates Stimme flackert.

»Es ist niemandes Schuld.« Teagan streichelt die kahle Stelle oberhalb ihres Ohres, reibt fest darüber, als ob sie die Erinnerung aus ihrem Gedächtnis streichen wollte.

»Ich weiß«, sagt Cate erstickt und so schrill wie das Kreischen von Metall auf Metall.

Ich schüttele den Kopf. Was hier passiert, zieht mich nur noch mehr in den Abgrund. Sie versuchen, die Verantwortung aufzuteilen; jede von uns nimmt ein blutiges, pochendes Stück für sich selbst. Aber es gehört mir, alles, ganz und gar.

SK kommt wieder. Hinter mir stehend räuspert sie sich. Sie legt mir die Hand auf die Schulter und ich wimmere leise. »Ich habe gerade mit einem von Ashleys Ärzten gesprochen. Sie lebt. Die Ärzte sind … optimistisch.«

Meine Schultern sacken nach unten. »Was heißt das – optimistisch?«

»Das heißt, dass sie wahrscheinlich überleben wird.«

Cate fängt an zu schluchzen und vergräbt ihr Gesicht an Teagans Schulter. Ich bewahre stoische Ruhe. Ich hätte es besser wissen sollen. Ich dachte, ich hätte mich geändert, aber ich bin immer noch das Mädchen, das Zerstörung über alle bringt, mit denen es in Berührung kommt. Ich bin diejenige, die meine Mutter hat verschwinden lassen, meinen Bruder und nun beinahe auch die einzige wirkliche Freundin, die ich je hatte.

»Stevie?« SKs Stimme ist viel zu freundlich. »Können wir uns nebenan kurz unterhalten?«

»Nein. Nein. Ich will … Ich will sie bloß sehen.« Wieder schiebe ich die Hand unter Joshs Sweatshirt. Die Tabletten sind beruhigend, besänftigend. Jedes Mal, wenn ich sie berühre, schlägt mein Herz etwas langsamer. »Können wir sie im Krankenhaus besuchen?«

»Heute nicht. Tut mir leid.« Sie drückt meine Schulter.

»Könnte ich dann bitte meine Nahrungsergänzung haben?«, sage ich, ohne sie anzuschauen.

»Natürlich.« Sie verschwindet und kehrt mit einem Plastikbecher mit kreidiger Schokoladenmilch zurück.

»Danke.«

»Stevie.« SK kauert sich neben mich. »Rede mit mir. Sag mir, was in dir vorgeht.«

Ich könnte hier sitzen und einfach gar nichts sagen, aber das würde mir nichts nutzen. Ich muss mitspielen. Ich muss den Würfel für alle gut sichtbar hochhalten, ehe ich ihn werfe.

»Ich bin … total geschockt. Und irgendwie zappelig. Ich glaube, ich würde gerne ein bisschen spazieren gehen.«

»Wir dürfen das Haus im Moment nicht verlassen, Stevie. Vielleicht später.«

»Anna. *Bitte.*« Ich drehe mich auf meinem Stuhl um und halte ihren Blick fest. Meine Verzweiflung ist nicht gespielt. Ich bin wirklich verzweifelt. Ich muss gehen, und zwar gleich. Wenn ich jetzt nicht gehe, wenn ich es jetzt nicht tue, dann werde ich es niemals tun.

Sie mustert mich aufmerksam.

»Nur für ein paar Minuten. Dann komme ich zurück. Ich werde hier drin noch verrückt. Bitte!«

Ihr rosiger Mund öffnet sich und schließt sich dann wieder schnell.

»Wir können mit ihr gehen, wenn Sie wollen«, murmelt Cate.

»Nein. Ich will allein sein.« Ich nehme einen quälenden Schluck von der Schokomilch.

SK schaut zur Tür und dann wieder zu mir.

»Du kannst zum Reitplatz gehen und wieder zurück. Auf direktem Weg, verstanden?«

Ich nicke. »Danke. Danke, Anna.« Ich sollte sie umarmen

oder ihre Hand drücken oder so etwas, denn sie hat ihren Job wirklich gut gemacht. Sie verdient Anerkennung. Sie hätte mich sogar retten können, wenn ich nicht schon viel zu weit gegangen wäre, als ich hierherkam.

»Wenn du in zehn Minuten nicht wieder hier bist, schicke ich dir Hannah mit dem Golfcart auf den Hals.« Das soll wohl ein Scherz sein, aber nicht einmal sie lacht darüber.

»Abgemacht«, sage ich.

Draußen ist es wie an jedem anderen Morgen. Aber es ist nicht irgendein Morgen. Mit dem Plastikbecher in der einen Hand zähle ich mit der anderen die Tabletten durch den Stoff meiner Jeanstasche. Ich weiß nicht, ob es genug sind, aber das ist meine einzige Chance.

Mit schnellen Schritten gehe ich zu den Pferden. Das ist alles ganz falsch. Es sollte am Jahrestag sein, nicht acht Tage davor. Und ich hätte mehr Zeit haben sollen, hätte mir ganz sicher sein sollen, dass es funktionieren würde. In den vergangenen dreihundertsiebenundfünfzig Tagen hatte ich immer dieses Bild vor Augen: ich, still zwischen weißen Laken liegend, ein Haufen ausgebleichter, hohler Knochen in vollkommener Ordnung. Ich würde mit weit aufgerissenen Augen zur Decke starren und alles würde aufhören: das lärmende Geschnatter in meinem Kopf, das erbarmungslose Schlagen meines Herzens. Mein letzter Atem würde langsam entweichen. Mein Körper würde pünktlich den Betrieb einstellen, ein Organ nach dem anderen, bis alles dunkel wäre, wie Lichter, die in einem leeren Raum ausgehen. Ich hätte keine Pillen gebraucht. Ich hätte es aus eigener Kraft geschafft.

Am Reitplatz angekommen, hole ich eine Handvoll Tabletten aus der Hosentasche und betrachte sie. Ich verdiene nichts anderes, sage ich mir. Also los. Ich sehe Ashley unter der Dusche vor mir, umgeben von fließendem Wasser und fließendem Blut.

Los.

Automatisch lege ich den Kopf in den Nacken und werfe mir die erste Ladung Tabletten in den Mund. Kalk und Plastik schmelzen auf meiner Zunge. Aber sie schmecken falsch. Und dann wird mir klar: Ich will das nicht. *Ich will es nicht.*

Nach ein paar Sekunden spucke ich sie aus, allesamt, in einem dickflüssigen, rosaroten Klumpen. Ich trete Staub darüber. Zum ersten Mal an diesem Morgen empfinde ich etwas: Demütigung. Eine einfache Aufgabe, eine einzige, bedeutungsvolle Aufgabe. Und ich bringe es nicht fertig.

»Stevie? Stevie!« Sneaker quietschen auf dem staubigen Boden, und dann liegt SKs Hand auf meinem Rücken. »Was machst du da?«

»Nichts. Was machen *Sie* hier?« Ich schiebe noch ein bisschen mehr Staub zusammen.

»Ich hätte dich nicht gehen lassen sollen«, sagt sie reumütig. »Ich habe nicht richtig nachgedacht. Und dann habe ich mir Sorgen gemacht, also …« Sie betrachtet mich von oben bis unten. Fragend. »Alles in Ordnung?«

»Nein.« Ich schüttele den Kopf. »Ich bin müde. Ich glaube, ich halte das nicht mehr aus.« Was genau ich damit meine, weiß ich selbst nicht genau.

Sie umfasst mein Gesicht mit beiden Händen. Ich fühle ihre Finger kalt an meinen Wangen. Mein Puls hämmert. Sie umarmt mich, und ich stehe einfach nur da, an sie gedrückt, verkrampft und beschämt.

»Ich weiß, dass du müde bist«, sagt sie. »Ich weiß.«

DREIUNDZWANZIGSTER TAG

Samstag, 26. Juli, 7.06 Uhr

»Lassen Sie mich gehen«, bettele ich. Ich stehe auf der Türschwelle zu SKs Büro, die Hände flehend gefaltet. Ich habe nicht geklopft. Ich habe die unglaublich hässlichen Jeans angezogen, die ich auf Anweisung von SK aus einem Schrank in ihrem Büro nehmen musste, weil mir meine eigenen nicht mehr passen. In dem Schrank befindet sich ein Friedhof von abgelegten Kleidern, wo Mädchen ihre Sachen beerdigen, die ihnen zu eng geworden sind, damit andere Mädchen sie ausgraben und zu neuem Leben erwecken können. Ich frage mich, wer diese Jeans vor mir getragen hat und wer davor. Ich frage mich, ob diese Mädchen noch am Leben sind. Ob sie glücklich sind. Ob sie an Essen und Kalorien denken oder ob sie sich an die Namen ihrer Pferde erinnern.

Drei Tage sind vergangen, seit Ashley sterben wollte. Seit drei Tagen versuche ich SK dazu zu überreden, dass ich sie besuchen darf. Ich habe mein Ziel fast erreicht. Ich fühle ihre Nachgiebigkeit in ihren länger werdenden Pausen, in dem Kräuseln ihrer Lippen. Sie will einlenken.

Jetzt blickt sie von ihrem Schreibtisch auf, wo sie ein Formular ausfüllt, und sagt: »Ich arbeite daran, Stevie, aber es ist nicht so einfach.«

Ich lehne mich gegen den Türrahmen. »Ach, kommen Sie schon. Sie könnten es mir erlauben, wenn Sie wollten.«

Sie bedeutet mir, ins Büro zu kommen, und ich lasse mich auf den Zweisitzer fallen. Ich nehme mir ein Kissen und lege es auf meinen Schoß. Dann zupfe ich so lange an den kleinen Metallperlen herum, bis das Reißen des Fadens zu hören ist, mit dem die Perle festgenäht ist.

»Ups!«, sage ich. »Entschuldigung.«

Sie hält mir das Formular hin, sodass ich lesen kann, was sie geschrieben hat. Dann schiebt sie es mir über den Beistelltisch hin zu. »Ich habe einen Antrag gestellt, dass wir beide Ashley heute Vormittag besuchen dürfen. Ich warte noch auf eine Antwort unserer medizinischen Leiterin.«

Ich nicke. »Das ist gut, oder?«

»Letztendlich liegt die Entscheidung bei ihr. Ich habe deine Bitte an sie weitergeleitet, weil ich dir die Möglichkeit geben will, deine Zimmerkameradin zu sehen, aber ich will ehrlich zu dir sein, Stevie: Die Tatsache, dass du vor kaum einer Woche versucht hast, wegzulaufen …«

»Ich weiß«, falle ich ihr genervt ins Wort. Oh Mann, wie ich diese hässlichen Jeans verabscheue.

»Wenn sie Nein sagt, heißt das Nein.«

Ich nicke zum Zeichen dafür, dass ich verstanden habe.

Sie greift nach einem Papierkranich, überlegt es sich anders und verschränkt stattdessen die Hände in ihrem Schoß. »Wie läuft's in Bungalow sechs?«

»Na ja, jedenfalls hat bislang noch niemand versucht, sich umzubringen …« Sobald die Worte aus meinem Mund sind, wünsche ich mir, ich könnte sie aus der Luft saugen und sie herunterschlucken, sodass sie nie gehört werden würden. Aber so funktioniert das leider nicht. »Entschuldigung«, murmele ich beschämt.

Sie nickt knapp, nimmt meine Entschuldigung wortlos an.

»Ich … Ich mache mir Sorgen um dich, Stevie, das kann ich nicht verhehlen.«

»Wieso?«

»Ich hatte das Gefühl, dass du dich an einem Wendepunkt befunden hast, dass du drauf und dran warst, dich auf unsere Therapie einzulassen.« Sie wirft mir einen fragenden Blick zu.

»Was wollen Sie von mir hören?« Ich zupfe an dem dünnen roten Armband.

»Ist mein Eindruck richtig oder habe ich etwas falsch gedeutet?«

Ich zucke mit den Achseln. »Ich weiß nicht. Es stimmt schon, ich habe mich irgendwie … anders gefühlt.«

»Ich habe dich beobachtet«, sagt sie. »Du hast dich in der Gruppentherapie beteiligt, hast dir deine Gefühle bewusst gemacht, hast deine Erfahrungen gemeinsam mit mir und den anderen verarbeitet. All diese Dinge sind unglaublich bedeutsam.«

»Okay.« Mir ist unbehaglich zumute, und das liegt nicht nur an diesen lächerlichen Jeans. Wie soll ich mich denn fühlen, wenn sie so etwas sagt? Soll ich mich schämen, dass es so leicht war, mich von den Zielen abzubringen, die ich seit beinahe einem Jahr verfolgt habe?

Sie will, dass ich mich stolz fühle, was sonst? Aber so ist es nicht. Wenn überhaupt, bin ich verwirrt. Ich könnte mich immer noch am Jahrestag umbringen, in fünf Tagen. Aber was ich zu SK sagte, stimmt: Ich bin müde. Ich bin zu müde. Ich will das nicht mehr mitmachen, dieses ganze Planen, die Vorbereitungen auf meinen Tod. Es ist so anstrengend, gegen meinen Körper anzukämpfen. Ich will mich hinlegen und ausruhen, will mir die Decke über den Kopf ziehen.

»Ich bin mir nicht sicher, welchen Einfluss Ashleys Suizidversuch auf dich hat. Ich bin mir nicht sicher, wo du stehst. Wie du die Therapie jetzt siehst.«

Ich denke eine Weile nach, aber mir tut der Kopf weh. »Unentschlossen«, sage ich schließlich.

»Unentschlossen?«

»Der Jahrestag rückt näher, wissen Sie? Der Jahrestag von Joshs … von dem Unfall. Nächsten Donnerstag.«

»Ja. Ich weiß.«

Ich rutsche ein bisschen auf dem Sofa nach unten und lege das Kissen auf die Armlehne. Ich will meinen Kopf dort ablegen, aber es ist unbequem, weil ich mich zu stark abknicken müsste. Allerdings habe ich mir diese Position ausgesucht, also behalte ich sie einen Moment lang bei, ehe ich mich wieder aufsetze. »Ich muss ständig daran denken, dass es irgendwie ein großer Tag ist. Dass es ein großer Tag sein sollte, wissen Sie?«

»Was meinst du mit ›groß‹?«

»Na ja, als ob an diesem Tag etwas Besonderes passieren sollte.«

»Was zum Beispiel?«

»Keine Ahnung.«

Sie rutscht auf ihrem Stuhl ein Stück zur Seite. »Nun, es ist ein sehr bedeutsamer Tag. Und du kannst aus diesem Tag machen, was du möchtest, was du in ihm siehst. Aber was, wenn dieser Tag dir vorkommt wie …«

»Wie jeder andere Tag?«, beende ich den Satz an ihrer Stelle. Ich will nicht, dass sie es ausspricht. »Genau davor habe ich Angst.«

»Was wäre, wenn dieser Donnerstag wäre wie jeder andere Donnerstag?«

»Dann wäre alles verdorben.« Ich lege meine Hand an meine Kehle. Ich kann meinen Puls fühlen. »Es wäre, als ob es mir egal wäre. Als ob ich nicht trauern würde. Aber es ist mir nicht egal, und es tut mir so furchtbar leid. Ich weiß einfach nicht …«

»Er wird nicht wie jeder andere Tag sein, Stevie. So viel kann ich dir versprechen.« Sie holt tief Atem. »Ich weiß nicht, wie genau er sich anfühlen wird, das wirst du merken, wenn es so weit ist. Aber er wird nicht sein wie jeder andere Tag.«

Es ist bizarr, in diesem Tag etwas anderes zu sehen als meinen Todestag.

Hinter ihr auf dem Schreibtisch klingelt das Telefon. Mit hochgezogenen Augenbrauen schaut sie mich an und haucht mir die Worte »Drück die Daumen« zu, bevor sie sich abwendet und den Hörer abnimmt.

»Anna Fredricks«, meldet sie sich.

Oh, denke ich. *Fredricks*.

»Danke, Linda, ich bin Ihnen sehr dankbar. Ich melde mich, wenn wir zurückkommen.«

Ich grinse schon, als sie sich zu mir umdreht.

Nebeneinander sitzen wir auf der Rückbank des weißen Minivans, hinter dem Fahrer, der nur grunzt, als SK ihm unser Ziel nennt. Ich schiebe das einohrige Kaninchen unter meinen Sicherheitsgurt. Vielleicht ist das derselbe Wagen, mit dem die Frau mit den Zuckerwatte-Haaren mich hergebracht hat, aber ich bin mir nicht sicher. Was ist wohl aus ihr geworden? Ich würde mich ja nach ihr erkundigen, aber ich weiß ihren Namen nicht.

SK redet eine Zeit lang, während der Wagen über die schnurgerade Straße fährt. Sie sagt mir, dass Ashley noch schwach ist, dass wir nicht lange bei ihr bleiben können. Sie fragt mich nach meinen Erwartungen.

»Ich weiß nicht.« Es ist heiß und stickig im Wagen. Aus dem Gebläse der Klimaanlage kommt nur lauwarme Luft.

»Wie fühlst du dich bei dem Gedanken, sie zu sehen?«

Ich denke darüber nach. »Unentschlossen«, sage ich wieder und starre aus dem Fenster. »Erleichtert, weil sie am Leben ist, aber auch … aufgewühlt.«

»Aufgewühlt wie in ›wütend‹? Oder …«

»Aufgewühlt wie in ›stinksauer‹«, sage ich, dem Fenster zugewandt. Meine Wangen wirken aufgebläht in der Glasscheibe. Ich schaue an meinem Spiegelbild vorbei. Die Wüste sieht noch genauso aus wie an meinem ersten Tag. Als ob jemand die Pause-Taste gedrückt hätte und die ganze Welt darauf warten würde, dass ich mein Leben wieder in den Griff bekomme. »Ich weiß, dass es hier nicht um mich geht, aber trotzdem.« *Es geht um mich. Um mich und darum, was ich getan habe. Wenn ich einfach dankend abgelehnt hätte, als Cate mir den Rasierer geben wollte, wäre das alles nicht passiert.*

»Stinksauer«, sagt sie. »Das ist … ja. Das kann ich verstehen. Verraten?«

»Es ist nicht ihre Schuld«, sage ich. »Wussten Sie, dass sie einen Bruder hat?«

»Nein.«

»Ja. Aber nicht so einen Bruder wie Josh.«

»Hm«, sagt sie.

»Es wäre besser für sie gewesen, wenn sie eine Frau als Therapeutin gehabt hätte, glaube ich. So jemand wie Sie.«

Sie lächelt. »Ich bin sehr stolz auf dich, Stevie«, sagt sie, und an der Art, wie sie es sagt, erkenne ich, dass sie es ernst meint. »Ich glaube, du fängst an, an dir zu arbeiten, und die Beziehung, die du zu Ashley aufgebaut hast, ist … bewundernswert.«

Sagen Sie nichts Nettes über mich, flehe ich stumm. *Ich bin noch nicht so weit, dass ich das verkraften könnte.*

»Ich möchte dir etwas klarmachen, Stevie. In die Welt da draußen zurückzukehren, nachdem man eine Zeit lang in einem Therapiezentrum verbracht hat, ist nicht immer leicht. Manchmal ist es überwältigend. Ich will, dass du weißt, dass ich bei dir bin. Und wenn es dir im Krankenhaus zu viel wird …«

»Es war meiner.« Die Augen meines Spiegelbilds weiten sich.

»Was denn?«

»Der Rasierer.« Ich schlucke die Ausflüchte hinunter: *Er gehörte mir eigentlich gar nicht. Ich habe damit nur meine Beine rasiert. Ich habe ihr nichts davon gesagt. Ich weiß nicht, wie sie …* Nichts als Geräusche. Bedeutungslos. Ich halte die Luft an und erwarte, dass sie eine Blase aus Wut um uns herum aufbaut. *Wir werden jetzt sofort umkehren, junge Dame, damit du Bescheid weißt* – aber sie tut es nicht.

»Ich bin froh, dass du es mir gesagt hast, Stevie.«

Mist. Sie ist enttäuscht. Wut wäre so viel einfacher gewesen.

»Es tut mir leid. Es tut mir so leid.«

»Dir ist klar, dass wir darüber sprechen müssen, wenn wir wieder zurückkommen, nicht wahr?«

»Ja. Okay.«

»Die Sache wird Konsequenzen haben, und du musst dich mit deinem Behandlungsteam treffen.«

»Ich tue alles, was nötig ist.« Meine Stimme ist ganz klein. Von den Tabletten, die ich neben dem Reitplatz vergraben habe, sage ich nichts. Vielleicht weiß sie schon Bescheid. Den Rest habe ich die Toilette hinuntergespült. Ich habe zugeschaut, wie sie sich im Wasserstrudel im Kreis drehten und dann verschwanden. Ich habe kein überwältigendes Gefühl der Erleichterung gespürt. Aber ich konnte ein bisschen freier atmen, und das hat schon gereicht.

Was mir als Erstes auffällt, ist, wie laut es in einem Krankenhaus zugeht. SK und ich eilen durch den Gang zu Zimmer 346. Im Stillen sage ich diese Nummer immer wieder auf – 346, 346, 346 –, damit ich etwas habe, woran ich mich festhalten kann. Die Eindrücke drohen mich zu überwältigen. Die Gänge sind weißer als weiß, das Licht zu grell und der Lärm – mein Gott, hört das außer mir denn niemand? Das Plärren aus einem unsichtbaren Lautsprecher: *Doktor Kildaire, Doktor Kildaire, bitte zum …* Das Quietschen des Rads an einem Rollwagen, jemand lacht aus vollem Hals – das Geräusch prallt von den Wänden ab und springt durch den Gang. Ich balle meine Hände zu Fäusten.

»Geht's noch?« SK wirft mir einen Seitenblick zu.

»Ja.« Ich blicke stur geradeaus. Der Lärm hallt in mir wider und bringt meinen Körper zum Vibrieren. Ernsthaft, hört das sonst keiner?

»Es wird eine Weile dauern, bis du dich wieder daran gewöhnt hast«, sagt sie. »Einfach weiteratmen. Ich weiß, es ist schwer.«

Als wir am Ende des Gangs ankommen, bedeutet sie mir, stehen zu bleiben, und beugt sich über den Tresen der Schwesternstation. Sie zeigt einer Frau ihren Ausweis und sagt leise etwas, das ich nicht verstehen kann. Dann kommt sie wieder zu mir, drückt meine Schulter und nickt zur Tür.

»Darf ich allein reingehen?«, frage ich, obwohl ich die Antwort schon kenne. Fast bin ich dankbar, dass ich die Erlaubnis nicht bekommen werde.

Sie schüttelt den Kopf.

»Okay.« Ich packe den Türgriff und drücke ihn langsam herunter. Die Tür ist schwerer, als ich gedacht habe. Ashley liegt halb aufgerichtet in ihrem Bett. Die blonden Locken kleben seitlich an ihrem Kopf, überall schlängeln sich durchsichtige Schläuche um sie herum, und der Krankenhauskittel sieht genauso aus wie der, den wir zu jeder morgendlichen Untersuchung anziehen müssen. Eine Seite ihres Gesichts ist bläulich verfärbt. Erst danach schaue ich auf ihren Arm. Er ist blütenweiß verbunden. Der andere sieht aus wie immer. Als ob seinem Zwilling nichts Schlimmes widerfahren wäre.

»Hey«, murmelt sie. »Da bist du ja. Hallo, Anna.«

»Hallo, Ashley.«

Ich bleibe bei der Tür stehen. Das Zimmer ist winzig klein, und das einzige Fenster geht hinaus auf den Flur. Tageslicht gibt es nicht. In der Ecke neben einer piependen Maschine liegen drei Luftballons. Auf einem steht *Gute Besserung*, was mir unglaublich grausam vorkommt, aber Ballons für einen misslungenen Selbstmord gibt es vermutlich nicht. Neben ihr auf dem Tisch stehen ein paar Karten mit Genesungswünschen in geschwungener Kursivschrift und mit pastellfarbenem Hintergrund.

»Wo sind deine Eltern?«, frage ich.

»Sie sind rausgegangen, um etwas zu essen. Aber sie waren hier, meistens jedenfalls.« Ich glaube, sie versucht zu lächeln. Ihre Lippen sind aufgesprungen. Sie ist blass. Ich frage mich, ob ihre Haut sich klamm anfühlt. Ich frage mich, ob ich auch so aussehen würde, wenn ich versucht hätte, meinen Plan durchzuziehen. Der Gedanke dreht mir den Magen um. Vielleicht war das alles keine besonders gute Idee.

»Kannst du nicht ein bisschen näher kommen? Es fühlt sich komisch an, wenn du so weit weg stehst«, sagt Ashley.

»Okay.« Ich mache ein paar kleine Schritte, bis ich an ihrem Fußende stehe. SK setzt sich auf einen Stuhl neben der Tür. Sie stellt ihre Tasche mit einem leisen Aufklatschen auf dem Boden ab.

»Es tut mir leid«, sage ich und zwinge mich, sie anzuschauen.

»Ja. Mir auch«, sagt sie. Sie zieht ihre Beine ein wenig zur Seite und klopft auf die Seite ihres Bettes. Ich setze mich hin.

»Wolltest du es wirklich?«, frage ich.

Sie schaut über meine Schulter hinweg zu SK, dann zu mir. Sie nickt. »Ja. Und dann auch wieder nicht. Ich habe es gemacht, weil ich wirklich dachte, dass es vielleicht doch besser sei, als nach Hause zu gehen. Ich hasse die Vorstellung, nach Hause zu gehen. Ich hasse sie. Und dann wurde alles verschwommen und ich habe Panik gekriegt, aber ich konnte mich nicht bewegen. Und dann wurde mir ganz warm, und das ist das Letzte, woran ich mich erinnere.«

»Oh.« Ich senke meine Stimme. »Woher wusstest du, wo der …«

»Mädels«, sagt SK mit einer sanften Warnung in der Stimme.

»Tut mir leid.« Ich lächle gezwungen und sie lächelt zurück. »Cate hat dich gefunden«, sage ich zu Ashley.

»*Stevie.*«

»Ich weiß«, sage ich, ohne mich umzudrehen. »Entschuldigung.« Mehr wollte ich gar nicht sagen. Den Rest muss sie nicht wissen.

»Du hast Glück, weißt du?«, sagt Ashley leise.

Ich runzle die Stirn.

»Weil du einen Dad hast, der dich in die Therapie geschickt hat. Das heißt, dass er will, dass du gesund wirst. Das heißt, dass du es wert bist, gesund zu werden.« Ihre Augen sind rot und glasig. »Du hast jemanden, zu dem du heimgehen kannst. Jemanden, der es *wert* ist, dass man zu ihm zurückkehrt.«

Ich senke den Kopf. »Also, ich bin froh, dass es dir gut geht.«

»Ich auch, glaube ich.«

»Ich hab dir was mitgebracht.« Ich lasse das Stoffkaninchen zappelnd durch die Luft tanzen.

»Cool.« Sie lächelt mit wunden Lippen. »Danke.«

Ich stecke das Kaninchen neben ihr unter die Decke.

»Ich werde wahrscheinlich eine ganze Weile hierbleiben müssen«, sagt sie.

»Wahrscheinlich.«

»Meinst du, du könntest mich trotzdem besuchen kommen? Danach, meine ich?«, fragt sie.

»Auf jeden Fall. Danach.« Dann, mit angehaltenem Atem, tätschele ich ihr den Arm oberhalb ihres Verbandes. Er ist warm und weich. Lebendig. Ganz anders, als ich erwartet habe.

ACHTUNDZWANZIGSTER TAG
DER JAHRESTAG

Donnerstag, 31. Juli, 7.45 Uhr

»Bist du bereit?«, fragt SK.

Einfach so. Wir sitzen am Rand der Rasenfläche auf ihrer kratzigen Picknickdecke. Der Himmel ist so blau, dass man meinen könnte, es sei das Meer, endlos und weit, mit ein paar weißen Schaumkronen. Vor mir auf einem Tablett steht mein Frühstück samt Nahrungsergänzung. Quesadillas, also überreife Bananen, gemischt mit billiger Erdnussbutter und braunem Zucker, auf Weizentortillas gestrichen, die dann überbacken wurden. Ich bin jetzt schon satt, obwohl ich noch keinen Bissen gegessen habe.

Ich presse die Lippen zusammen und zucke mit den Schultern.

»Ich möchte dir die Kraft geben, mit deiner Stimme auszudrücken, was du ihm heute sagen willst.« Sie hockt mir im Schneidersitz gegenüber, in weiten schwarzen Hosen. »Wo in deinem Körper fühlst du es?«

»Was?«

»Deine Worte. Deine Geschichte.«

Meine Hand zuckt zu meinem Hals. Sie nickt.

»Dein Kehlchakra. Der Sitz des Wortbewusstseins und der Wahrheit. Sprich deine Wahrheit aus.«

»Herrgott, Anna. Ausgerechnet heute?«

»Heute ist der perfekte Tag, um die Wahrheit auszusprechen, Stevie.«

Ich will meine Wahrheit nicht aussprechen. Das tut einfach zu weh. Ich habe mir heute Morgen überlegt, ob ich Dad anrufen soll, aber ich habe es nicht getan, und zwar genau aus diesem Grund.

»Ich möchte dich dazu ermutigen, dich auszusprechen, ohne dich selbst oder irgendjemanden sonst zu verurteilen«, sagt sie.

Ich hole tief Atem, versuche einen befreienden Atemzug, aber es fühlt sich an, als würde ich die Luft durch einen Strohhalm einsaugen.

»Okay. Ich hasse die Tatsache, dass dieser Tag existiert«, setze ich an.

»Sag es ihm.«

»Josh.« Ich starre in die Leere neben ihr. Ich soll mir vorstellen, dass Josh da ist, soll ihn in seinen ausgewaschenen Jeans und seinem T-Shirt vor mir sehen, mit zerwuschelten Haaren, noch feucht von der Dusche, und seinem grotesk langen mittleren Fußzeh. Ich will ihn sehen, will es so sehr. *Bitte, Josh,* flehe ich stumm. *Nur heute. Ich werde nie wieder darum bitten.*

»Josh«, sage ich noch einmal. »Ich hasse die Tatsache, dass dieser Tag existiert. Ich hasse es, mich an diesen Tag erinnern zu müssen, und die Wahrheit ist, dass ich mich die ganze Zeit so fühle, als wäre es meine Schuld, dass dieser Tag jedes Jahr wiederkehren wird.«

»Gut, Stevie.«

»Du weißt vermutlich, dass ich mich heute umbringen wollte.« Ich fühle SKs Augen auf mir liegen. »Natürlich weißt du es.« Ich lege meine Hand auf die Decke. »Aber ich habe viel darüber nachgedacht und ich wollte dich fragen, ob du etwas dagegen hast, wenn ich es nicht tue. Wenn ich es heute nicht tue.«

Ich warte auf eine Antwort. Die Luft ist heiß und stickig, schwer vor Hoffnung.

»Ich meine, ich weiß, du würdest nicht wollen, dass ich sterbe. Das will ich damit gar nicht sagen. Ich will dir nur sagen, dass ich heute nichts für dich habe. Um dich, na ja … um dich zu ehren. Ich weiß nicht, was ich dir geben könnte.«

»Vielleicht könntest du«, sagt SK behutsam, »ihn mit deinem Leben ehren. Statt mit deinem Tod.«

»Der echt miese Teil an der ganzen Sache ist, dass ich mit … dem hier leben muss, wenn ich heute nicht sterbe.« Ich reibe mir den Nacken. »Mit … dem hier.«

»Was genau meinst du?«, will sie wissen. »Sag es Josh.«

»Ich bin krank, Josh. Und es ist wirklich schlimm, krank zu sein, wo du doch nicht mehr da bist.« Ich lache, aber es klingt eher wie ein Würgen. »Oh Scheiße, mir geht's wirklich schlecht.«

»Okay.« SK hebt besänftigend die Hand. »Wie fühlt sich das an, es laut auszusprechen?«

Ich senke den Kopf. Zucke zusammen, als mir eine Träne auf das Schlüsselbein fällt. »Ich weiß nicht, wie ich es schaffen soll, nicht mehr krank zu sein. Es ist so lange her.«

»Ich weiß. Und es wird auch lange dauern, gesund zu werden.« Immer noch mit überschlagenen Beinen rutscht sie näher zu mir heran. Erst als unsere Knie sich berühren, bleibt sie sitzen. Dann legt sie ihre Unterarme auf ihre Schenkel. »Ich glaube, Stevie, dass wir Menschen … nach Gesundheit streben.«

»Und das heißt was?«

»Das heißt, dass dein Körper gesund werden will. Dein Geist will gesund werden. Wenn du dahin gelangen kannst, dass du deinem Geist und deinem Körper erlaubst zu tun, was sie wollen, dann gehst du den Weg in Richtung Heilung.«

»Ja.« Ich schniefe und blicke über ihre Schulter. »Darf ich Sie etwas fragen?«

»Natürlich.«

»Was steckt hinter der Sache mit den Papierkranichen?«

»Es steckt gar nichts dahinter. Ich mag sie einfach. Ich stelle sie gerne her, mache gerne etwas mit meinen Händen. Und die Kraniche selbst symbolisieren Frieden. Manche Menschen glauben, dass sie auch ein Symbol für die Erholung sind. Diese Vorstellung gefällt mir.«

»Oh.«

»Wenn du möchtest, bringe ich es dir bei.«

Ich nicke. »Das wäre wirklich … Danke.« Wenn ich die Lider ein kleines bisschen senke, verschwimmt die Wüste vor meinen Augen. Ich versuche, ein Bild von Josh heraufzubeschwören. Nicht unbedingt Josh als Teenager. Ich versuche es mit Josh als kleinem Jungen, damals am See. Mit dem Micky-Maus-Handtuch und dem Taschenbuch. Ich nehme alles, jedes beliebige Bild. So verzweifelt bin ich.

»Ich möchte ihm auch sagen, dass es mir leidtut. Nicht nur wegen des Unfalls und weil ich ihm nicht helfen konnte. Sondern auch wegen Eden.«

»Sag's ihm.« Sie streckt die Hand aus und drückt sanft meinen Arm.

»Sie hat mich eingesaugt, Josh. Das ist keine Entschuldigung, ich weiß. Aber ich glaube, du weißt, was ich meine.«

»Sie hat euch beide manipuliert.«

»Ja.«

Ich hole tief Luft, weil ich ihm jetzt das Allerwichtigste sagen werde. »Ich liebe dich, Josh. Sie habe ich nie geliebt.

Nicht … Dich liebe ich auf eine wahrhaftige Art und Weise.« Mein Kopf ist schwer vor Tränen und der ganzen Warterei auf diesen Jahrestag. Diesen Tag, der nicht ausgelöscht werden kann und immer erinnert werden muss.

»Wie empfindest du diesen Tag bislang?«, fragt SK.

»Er ist anders.« Ich zupfe zwei Grashalme aus und verdrehe sie miteinander.

»Inwiefern?«

»Zum einen dachte ich, ich würde heute sterben.« Ich rede schnell weiter, weil ich ihr keinen Raum geben will. Das Letzte, was ich heute gebrauchen kann, ist, dass ich in diesem winzigen Zimmer in der Villa lande. »Und anders, weil ich mir vorgestellt habe, dass ich viel weinen und richtig ausrasten würde.«

»Vielleicht kommt das noch. Trauer kann so oder so sein. Kalt und schnell und schlichtweg unberechenbar. Aber im Augenblick habe ich den Eindruck, dass du an einem Ort angelangt bist, wo du Akzeptanz findest.«

»Akzeptanz?«

»Dass dein Bruder tot ist. Dass du unter einer Essstörung leidest, dass du noch eine Weile hierbleiben musst. Akzeptanz bedeutet nicht, dass du etwas gut findest oder dass du dich damit wohlfühlst. Aber es bedeutet, dass du es als das anerkennst, was es ist.«

»Ich denke schon.«

»Und heute jährt sich der Unfalltod deines Bruders zum ersten Mal.«

»Das stimmt.« Ich bin plötzlich todmüde, würde mich am liebsten einfach ins Gras fallen und verschlucken lassen. Ich möchte tagelang schlafen.

SK schaut auf ihre Armbanduhr, und zwar so, dass ich es

merke. Seltsam, dass ihr ein solcher Anfängerfehler unterläuft. »Hör zu, Stevie. Ich habe etwas für dich. Etwas, um diesen Tag besonders zu machen. Ich möchte es dir schenken, wenn das für dich in Ordnung ist.«

»Oh? Okay.« Ich stehe auf und fege mir die trockenen Grashalme von den Jeans, die einmal einem anderen Mädchen gehört haben. Dann nehme ich mein Tablett und folge ihr in die Villa bis zu ihrem Büro. Sie schließt die Tür auf.

Dort auf dem kleinen Zweisitzer-Sofa steht ein Papierkranich. Er ist golden und fühlt sich schwer an, als ich ihn hochhebe und auf meine Handfläche setze.

»Hey. Der ist wunderschön. Danke.« Ich schlucke den Kloß in meiner Kehle herunter, aber er steigt immer wieder an die Oberfläche. Ich muss mich anstrengen, um meine Handfläche offen zu halten, um dieses herrliche kleine Ding nicht zu zerdrücken, nur weil ich es ganz eng bei mir haben will.

»Gern geschen. Und noch etwas.«

Ich schaue auf. Schaue weg und dann wieder hin, obwohl ich schon beim ersten Mal richtig gesehen habe. »Was …?« Ich träume nicht.

Er steht im Türrahmen. »Hey, Stevie. Hey, Kleines.«

Ich habe vergessen, wie ähnlich er Josh sieht – oder wie ähnlich Josh ihm war, mit diesen welligen, fast lockigen Haaren und den breiten Schultern. Er trägt ein weißes Hemd. Er trägt sonst nie weiße Hemden.

»Ich darf eigentlich nicht sagen, dass du gut aussiehst«, sagt er. »Aber ich … du … es ist so schön, dich zu sehen.«

Ich gehe ganz langsam, weil ich Angst habe, dass er verschwindet, wenn ich mich zu schnell bewege. Ich schlinge meine Arme um seinen Hals und drücke mein Gesicht gegen seine Brust.

»Geht mir genauso.« Ich lege meine Hände an seine Wangen, seinen Nacken, an seine Schultern, und jedes Mal ist er noch da. »Was machst du hier?« Ich weiche ein kleines Stück zurück und werfe einen Blick über seine Schultern, ob sie dort steht mit ihren perfekt geschminkten roten Lippen. »Wo ist …?«

Seine Mundwinkel sacken leicht nach unten, und ich komme mir so dumm vor. Natürlich.

»Sie ist noch in Paris«, sagt er. »Aber sie wollte kommen.«

»Schon gut.« Ich drehe meinen Kopf und sehe SK in ihrem Büro stehen. Plötzlich bin ich verlegen.

»Was machst du hier?«, frage ich noch einmal. »Wann bist du …?«

»Anna hier hat mich angerufen. Sie meinte, es würde vermutlich ein harter Tag für dich werden, weil doch …« Seine Stimme zittert. »Und sie hat mich gefragt, ob ich herkommen will, um schon etwas früher mit der Familientherapie anzufangen.«

SK hebt die Augenbrauen. »Was sagst du dazu? Du müsstest weiterhin hier essen und schlafen. Aber wir könnten schon mit den gemeinsamen Gesprächen starten.«

Ich kann meine Augen nicht von ihm abwenden. »Und wann genau?«

»Jetzt?«, schlägt SK vor.

»Ich habe nichts dagegen.« Dads Lachen ist zittrig. Nervös. Ich kann es ihm nicht verdenken.

»Ich auch nicht.«

»Also dann, legen wir los.« SK setzt sich auf ihren roten Sessel.

Dad schließt die Tür hinter uns und ich gehe in den Raum hinein. Mit einem Mal ist mir mein Gewicht überdeutlich bewusst. Die Last sämtlicher Teile: mein schlagendes Herz, meine Knochen, mein Fleisch – und alle Dinge, die geschehen sind und die gerade geschehen. Und Josh, der zwischen allem ruht. Ich trage die Gesamtheit dieser Last, und sie ist so schwer, dass ich völlig erschöpft bin und mich ausruhen muss. Sie ist so schwer, dass ich weiß: Ich bin hier. Ich bin am Leben.

ANMERKUNG DER AUTORIN

Ich habe mein Bestes versucht, um Stevies Geschichte so glaubwürdig wie möglich zu gestalten, was ihre Erfahrungen mit einer Essstörung betrifft und den Alltag in einem Therapiezentrum. Aber trotzdem ist ihre Geschichte erfunden, genauso wie die Figuren in diesem Buch, wenn auch diese Erfindung auf dem basiert, was ich als wahr empfinde, als Schriftstellerin, als Therapeutin und – vermutlich am wichtigsten – als Überlebende.

Wenn ihr oder jemand, den ihr kennt, an einer Essstörung leidet, dann informiert euch über mögliche Hilfsangebote, zum Beispiel im Internet oder bei Ärzten eures Vertrauens.

DANKSAGUNG

Dieses Buch hat es lange Zeit nur beinahe gegeben, und ohne den Glauben, die Fachkenntnisse und die intensive Leidenschaft eines großartigen Teams wäre es wohl nie Wahrheit geworden. Sara Shandler, Josh Bank und Les Morgenstein von Alloy Entertainment waren von Anfang an von diesem Projekt begeistert und haben ihr Vertrauen in dieses Buch während seiner unterschiedlichen Phasen nie verloren. Lanie Davies ist die gründlichste Lektorin, die es gibt, und ich bin so froh, dass sie die Geschichte bis zum Ende begleitet hat. Ohne ihre Intelligenz, ihre Herzensgüte und ihr Mitgefühl wäre sie nicht zu dem geworden, was sie ist. Jen Klonsky bei Harper war so von dem Buch überzeugt, dass sie mit der Axt drohte, für den Fall, dass sie es nicht bekäme, was mich zu Tränen rührte (hauptsächlich aus Freude, aber ein bisschen auch aus Furcht).

Rebecca Friedman ist nicht nur eine brillante Agentin, sondern auch eine nimmermüde Leserin und eine Unterstützerin von Stevies Story. Ihr verdanke ich, dass Stevie eine Stimme bekommen hat. Natalie Sousa schuf das wunderschöne, nuancierte Cover, das perfekt zu der Geschichte passt. Christina Colangelo, Elisabeth Ward und Kara Brammer trugen Stevies Geschichte mit Elan und Begeisterung in die Welt hinaus.

Laura, Erin und Melody waren mir eine Mauer aus Kraft in einer wichtigen Phase meines Lebens, und ich bin dankbar für ihre Klugheit und Fürsorge. Megan, Jess, Becky, Alison, J9, Jamie, Lindsay und Emily gehört ein besonderer Platz in meinem Herzen.

Schreiben ist immer ein persönliches und emotionales Unterfangen. Dieses Buch zu schreiben war für mich besonders persönlich und emotional, und die Hilfe meiner Lieben hat mich in dieser Zeit begleitet. Meine Eltern, Mimi und Hugh, sind mit mir durch die Höhen und Tiefen des Lebens und Schreibens gegangen, und sie haben nie einen Schritt ausgelassen, selbst wenn ich stolperte und mit der Nase im Staub landete. Meine Schwester Molly und mein Bruder John sind mir liebevolle und beharrliche Cheerleader gewesen. Und *last but not least* David, mein fantastischer Partner. Er hat für mich gesorgt, während mich der Schreibwahn überkam, hat mir Essen gebracht und mir zur rechten Zeit Mut zugesprochen. Er hat lange Nächte ertragen, frühmorgendliche Schreibattacken sowie die Tatsache, dass ich manchmal mit der Arbeit kein Ende finden konnte, und das alles mit Würde. Ich weiß nicht genau, wie ich ihm danken kann. Ich kann ihm nur das eine sagen: Je mehr Liebe, desto besser.

M.H.

QUELLENNACHWEISE DER ZITATE:

Elizabeth Barrett Browning. *Aurora Leigh*. London: Chapman and Hall. 1857

Elizabeth Bishop. *Die Kunst, was zu verlier'n*. Deutsch von Christa Schuenke. In: »Love Letters to the Dead« von Ava Dellaira, Random House: cbt, München, 2015

William Faulkner. *Licht im August*. Deutsch von Helmut Frielinghaus und Susanne Höbel. Reinbek: Rowohlt Verlag. 4. Auflage 2014

Philip Larkin. »Bäume«. In: *Gedichte*. Stuttgart, Klett-Cotta. 1988. Übersetzt und herausgegeben von Waltraud A. Mitgutsch.